⑧

I GOT A CHEAT and moved to another world, so I want tolive as I like.

せっかくチート
を貰って異世界に
転移したんだから、
好きなように生きてみたい
8

人物紹介

ライトニング

タウロを尊敬する若き騎士操縦士。雷光の如く動きで相手を穿つ実力者。

タウロ

商人ギルドの騎士操縦士。裏業界では『ドクタースライム』と恐れられている。

黄金の美食家（グルメ・オブ・ゴールド）

王国騎士団の団長。数々の娼館から出入り禁止となっている。その理由とは……。

コーニール

王国騎士団の下級操縦士。タウロと同じく裏業界では『串刺し旋風』で知られている。

Cast Profile

ポニテ

C級騎士操縦士でタウロの元同級生。タウロとの経験が忘れられずにいて……。

教導軽巡

ジェイアンヌの影のリーダー。タウロとの再戦に勝った事で話題の人となっている。

黒タイツ

ポニテと同じ娼館につとめる同僚。騎士操縦士の実力不足でタウロに特訓されている。

死神

帝国の騎士操縦士。口数も少なく不気味な雰囲気を漂わせているが真性のドM。

CONTENTS

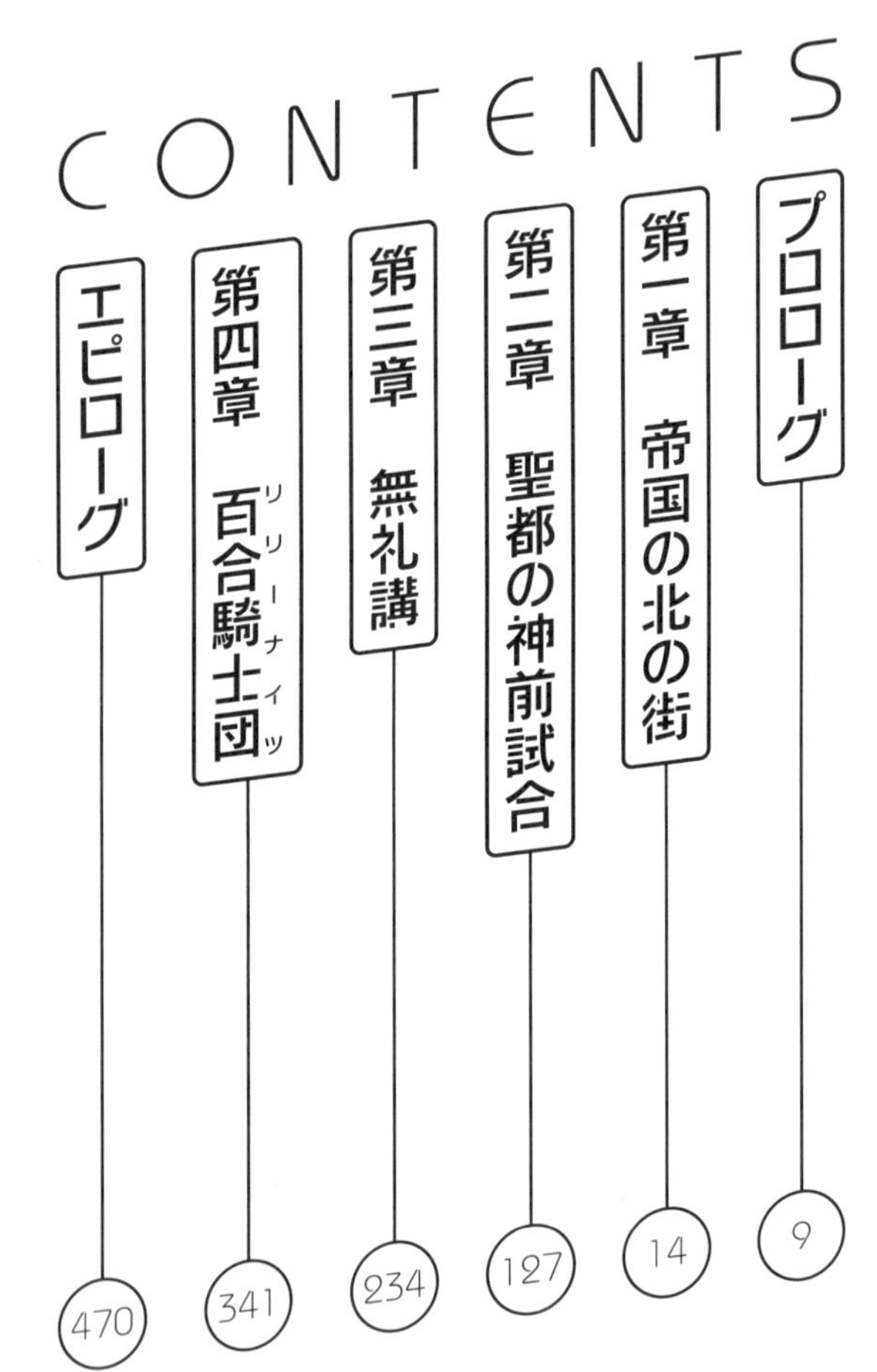

プロローグ　9
第一章　帝国の北の街　14
第二章　聖都の神前試合　127
第三章　無礼講　234
第四章　百合騎士団（リリーナイツ）　341
エピローグ　470

プロローグ

　オスト大陸北部に広がる、草がまばらに生えるだけの痩せた平地。だがその中でも最北といえる地に、緑濃く木々が密集する場所がある。

　樹高千メートルを超える巨木『世界樹』と、それを中心にした『精霊の森』だ。

『世界樹は、循環する魔力の地上への噴き出し口』

　これはエルフ学者達の見解にして、事実。溢れ出る魔力のおこぼれが、木々と生き物達を養っているといえるだろう。

　所有者なき荒野は南の丘陵地まで続き、そこから先は帝国領となる。今、精霊の森と帝国の北の街をつなぐ街道の上を、大型のゴーレム荷馬車の車列が南へと進んでいた。

「今日は風が強いねえ。荷が飛ばされなきゃいいんだけど」

　先頭の御者台に初老の夫婦が並んで座り、妻の方が顔をしかめ口にする。目をすがめているのは、砂が入りそうになったのだろう。

「荷と言ってもゴミだがな」

　真剣さの足りない口調で返す夫へ、目つきを険しくする妻。二人はこの車列、計六両のゴーレム荷馬車隊の所有者である。

　ただし商人ではなく、運送を生業(なりわい)としていた。

「落ちたら、拾いに行かなきゃならないだろう。あんたは荷馬車を停めて、待っているだけでいいけれどさ」

荒れ地のただ中とはいえ公共の道、ゴミを撒き散らせば旅人や商人達から苦情が出る。通った時刻を調べれば、落とし主が自分達である事がわかるだろう。

無言で肩をすくめる夫を見やった後、御者台に膝立ちし、後ろへ顔を向ける妻。髪を後方へたなびかせる事しばし、座り直すと言葉を継いだ。

「大丈夫みたいだよ。今のところはね」

荷にかぶせた帆布は風にあおられてはいるものの、ロープのおかげでめくれてはいない。

ロープの本数を増やすか迷ったものの、夫は結局、荷馬車を止めず先を急ぐ事にした。

「何とか持ったな」

夫が口にしたのは、冷涼な風吹きすさぶ平野を越え、丘陵地へたどり着いた後。しかし北の街へは向かわず、手前の川の手前で曲がり、流れを遡るように山の奥へ進む。

ようやっとゴーレム馬の脚を止めたのは、大分奥。異臭漂う谷間だった。

「始めろ！」

御者台の上で立ち上がった夫が車列後方へ叫ぶと、従業員達から威勢のいい返事が戻り、散らばるように男達が降りる。

彼らは荷台に取りつくと、ロープをほどき帆布を外し、積み荷を谷底へ投げ捨て始めた。

『エルフの里から出る、廃棄物の処理』

これが、夫婦のもっぱらの仕事。

『家々から出る生活ゴミと、工房や研究室から出る、取扱いに注意が必要かも知れない廃棄物』

それらを週に一度、精霊の森の入口で、金貨の入った袋と共に受け取るのである。

エルフ達は処分の方法に興味がない。そのため夫婦は最も金が掛からない方法、つまり『山に捨てる』を採用していた。

「この谷も大分埋まって来たねえ。もう少ししたら、もっと山深くまで行かないと」

妻の言葉に、夫が眉根に皺（しわ）を寄せ相槌を打つ。二人共声がくぐもっているのは、顔の下半分を布で覆い、首の後ろで結んでいるため。

作業する男達も同様なので、盗人の集団に見えなくもない。だが顔を隠したいのではなく、単に谷の底から上がるゴミの臭気が嫌だったのだ。

「火を放て！」

六両の荷車がすべて空になったのは、日が傾き始めた頃。腕を組んで見守っていた夫は、次なる指示を従業員へ出す。

『焼く事で、ゴミの体積を減らす』

少しでも長くこの場所を使うための、彼らなりの知恵である。短杖（ワンド）から数ヶ所へ向け放たれた火種により、谷底から濃い煙が立ち上り始めた。

ちなみに最初の色は紫、それが黒、次に灰色へと変わって行く。何かの燃える色を不完全燃焼の黒が上書きし、さらに水蒸気の白が混ざったのだろう。

「いつもながら、たまらんな。この臭いは」

咳き込みながら、夫が言う。悪臭を超えた刺激臭から逃げるため、夫婦と作業員達は急ぎゴーレム荷馬車に乗り、足早に来た道を戻る。

「川の色も、ここまで来ればわからないよねえ」

川沿いの道を下る事しばし、流れを見やった妻が言う。

谷のすぐ直下では赤や青、それに緑が入っていた川の水も、流れ込む支流で薄められたらしく、濁った流れになっていた。

「……そうだな」

夫の返しが鈍いのは、ゴーレム馬の手綱さばきに神経を使っているため。

『薄暗がりの中の、川側が崖の山道』

そこを大型ゴーレム荷馬車で通るのは、慣れてはいても楽ではないのだ。

「急ぐぞ、暗くなる前に家へ着きたい」

山道を抜けてすぐ、夫は手綱を大きく上下に振るう。

目の前の北の街なら間もなくだが、彼らが住むのは小山を一つ越えた先の村。しかし従業員の一部はともかく、夫婦はその村の生まれではない。

『大型のゴーレム荷馬車が六両』

運送業として規模の大きな部類に入るこの夫婦が、なぜ拠点を人の多い北の街ではなく、村に置いているのか。

「ここの水は飲みたくないし、これで作った料理も食べたくないからねえ」

妻の言葉がその理由。北の街の水源であるこの川を避けたければ、小さいとはいえ分水嶺を越える必要があったのだ。

ところで、わかってやっている夫婦はともかく、使われている男達に思うところはないのだろうか。

『ゴミを捨てる許可は取ってある』

雇い主である夫婦がそう伝えているため、多少のわだかまりはあっても罪悪感は感じていない。

ただし許可とは、出す側であるエルフ達の『好きにしろ』という言葉の事。捨てる先の北の街の領主には話もしていなかった。

(領主なんていってもさ、帝都に戻りたくて、そちらにばかり顔を向けている輩だよ)

山奥の事など、視界に入りさえしないだろう。この考えは、妻だけではなく夫も同じ。

夕日で赤く染まり始めた北の街の城壁を背景に、大型ゴーレム馬車の車列は街道を進むのだった。

第一章　帝国の北の街

精霊の森や帝国最北の街から遥か南の、少し東。ここは王国の王都の中央広場近くにある、大衆食堂である。

隅にあるテーブルで、三人の男達が食事を取りつつ相談をしていた。

彼らは、この店を馴染みにしている冒険者。本来は四人なので、今は一人足りない。

「やはり、おかしい」

リーダーである渋いおっさんが、表情をさらに渋くして声を絞り出す。

問題になっているのは、ここにいない前衛のおっさんの件。最近とある娼館の女性に入れあげ、仕事へ来なくなっていたのだ。

「女に熱を上げるって事は、前にもありやした。ですが今回は異常ですねえ」

酒焼けした痩せたおっさんが、細い腕を組み唸る。

少し前、彼らのチームは、仕事でアウォーク南の荒野へと赴いた。

『商人ギルド騎士が狩った、ゴーレムの運搬』

内容はこれで、依頼主は、今や冒険者ギルド以上のお得意様となった商人ギルド。

大型のゴーレム荷馬車まで準備したのだが、何か不都合があったらしく、現地で待機しただけで戻っている。

『大穴と呼ばれるゴーレムの巣には、すでに帝国の死神がおり、なおかつエルフの騎士と戦っていた』

　このような大事件が起きていたのだが、彼らには知るよしもない。

　ここで一旦、時と場所は、荒野からアウォークの宿へ戻って来た直後に移る。

「何だかスッキリしねえな、こういうの」

　空振りでも報酬は支払われるが、達成感のなさが不満らしい。口を曲げてリーダーが言う。

「じゃあ、娼館でスッキリして来ましょうや」

　帰りの道中で『楽でよかった』と鼻歌を歌っていた酒焼けのおっさんだが、リーダーの様子に肩をすくめ提案。

　結果彼らは夕食後、最年少の魔術師を除いた三人で、アウォークの上級娼館『エルサイユ』へ行く事にしたのである。

『運命の女と会った』

　それがプレイ後、ロビーに戻って来た戦士職のおっさんの言葉。以来、こまめに休みをねじ込んでは通っている。

　ここで問題となるのが、チームの本拠地である王都とアウォークの距離だ。定期ゴーレム馬車で片道二日も掛かるため、大きな穴が空いてしまうのである。

「とうとうあいつも、年貢の納め時か？」

「いや、上級娼館勤めが相手じゃ、失恋するだけだろ。慰め会の準備でもしておくか」

　それでも仕事を、前衛がリーダー一人の状態になりながらも回していたのは、『すぐに冷める』と考えていたから。しかし今回は長く、さすがに見過ごせなくなっていた。

ここで時と場は、王都の大衆食堂へと戻る。

「おいビンス、お前はどう思う？」

一番年下のメンバーに、リーダーが問う。ビンスと呼ばれた魔術師はソーセージの刺さったフォークを止め、困惑した顔を向けた。

「どうって言われても」

チームに参加したのはごく最近。アウォーク通いのおっさんの事を、それほど知っているわけでもない。

何を求められているのか、わからなかったのである。

「お前も、娼館にはまっているだろう？」

（うっ！）

予想外の指摘に、声が詰まる。

アウォーク通いのおっさんと同じ。そう見られるのは心外だが、自分でもどこが違うのか説明出来ない。

「……みんなに迷惑を掛けていないのなら、いいのではないでしょうか」

「迷惑が掛かっているから、こうして相談してんだろ」

盗賊職の酒焼けで痩せたおっさんが呆れたように言い、そのまま続けた。

「とにかく、何かおかしいんだよ。心当たりになりそうなもの、何でもいいから知らないか？」

宙にあったフォークを置くと腕を組み、ビンスは頭の中を探す。

（そんな事言われてもなあ、ツインテさんやミニツインさんみたいな人がいれば、通ってしまうのも

しかたがないだろうし)

ツインテールで胸が大きく敏感な一人と、小柄な体つきで、自分の短杖(ワンド)でも『大きい！』と息も絶え絶えになってくれるもう一人。彼女達の事を考えている間も、メンバーの視線が皮膚に突き刺さる。

(何でもいいから口にすべきだ)

そう判断したビンスは、ツインテとのピロートークを思い返す。

(媚薬を盛られた事がある。そう言ってたよな。きっと彼女を、薬で虜にしてしまうつもりだったんだろうけど)

話を聞いた時は、怒りで視界が赤く染まるほどであった。すでに解決済みの話だったので、すぐに落ち着いたのではあるが。

「以前ですが、娼館の女性が客に媚薬を使われるという事がありました。もし様子が普段と違い過ぎるのなら、薬物という可能性もあるのではないでしょうか」

ほう、という表情のメンバー達。

半年ほど前に起きた娼館での媚薬事件は、彼らの記憶に鮮明に残っていたのだ。

働き手の女性と客のおっさん、立場は逆だが一考の価値はある。そう思わせるには充分なくらいに。

「薬か、確かめておく必要はあるな」

ビンスの思い付きは意外なほど賛同を集め、アウォーク通いのおっさんが戻り次第、こっそりと調べる事になったのだった。

そして翌日、一人を除いて揃ったのは、彼らチームの作業場。ここは冒険者としての装備やポーシヨン、そういった一式が保管されている場所である。

そこへ現れる、ふわふわした雰囲気を漂わすアウォーク通いのおっさん。時間どおりに来たのに待ち構えられている、その事への違和感は微塵(みじん)も感じていないらしい。

「おらよっ！」

リーダーである渋いおっさんが、いきなり後ろからFランクの状態異常治療薬をぶっ掛ける。それを見てビンスは目を丸くした。

(こっそりって話じゃなかったっけ？)

当然ながらアウォーク通いのおっさんは振り返り、驚きと抗議の声を張り上げる。

「ちょっとリーダー！　何するんですか？」

しかし渋いおっさんは、まったく気にせず問い掛けた。

「来月、またアウォークへ行くつもりか？」

「当たり前でしょう！」

即答されたリーダーは顔の片側を歪め、今度はEランクの入った瓶を頭の上で逆さにする。

「どうだ？　まだ行くか？」

「何を言っているんですか？　冗談にしてもひど過ぎますよ！　いい加減にしないと怒りますからね！」

変わらぬアウォーク通いのおっさんの言動に、渋いおっさんの顔は苦みで満ちた。

そしてポーション棚の前にいるビンスを顎で指し、大きな声で告げる。

「Dランクを持って来い！」

（えっ）

その言葉に驚く、チーム最年少の魔法使い。Dといえば市販の品では最高ランク、仕事用に取っておくと思っていたのだ。

気持ちを読み取ったのだろう、渋いおっさんは言葉を重ねる。

「ジャンク品だから遠慮はいらん。どうせ現場では使えんからな」

よく見れば、瓶に工房を示すラベルはない。また、鑑定済みのシールも張られていなかった。

ポーションは、魔獣に襲われたり罠に掛かったりした時の最終手段である。確かに無印など、怖くて持って行けるものではない。

「キノコの練習に使ったポーション、その残りだ」

補足を聞いて頷く。そういえば毒キノコの調理法を、有料で教えたとか言っていた。

リーダーを始め、世の中には物好きの多い事よと、思ったものである。

「放して下さいよ！」

訳がわからず、抵抗を続けるアウォーク通いのおっさん。前衛だけに力が強い。

限界が近いのだろう、渋いおっさんと酒焼けの痩せたおっさんは、焦った様子で再度叫ぶ。

「早くしろ！」

二人にうながされ、ビンスは戸棚から出したDランクの状態異常回復薬を振り掛けた。

効果は劇的。アウォーク通いのおっさんは、体を硬直させ口を開けると虚空を見つめ出す。

「……」

皆が固唾を呑んで見守る中、流れるのは十数秒の時。とまどいの表情を顔に浮かべつつ、アウォーク通いのおっさんは再起動した。

「……あれ？」

口から漏れたのは、自信なげな声。渋いおっさんは相手の両肩を正面からつかむと、目線を合わせ再度問う。

「アウォークへ行きたいか？」

「……いえ、それほどでも」

振り返り、笑顔で親指を立てる渋いおっさん。ビンスは返し方がわからず、中途半端な笑みを浮かべる。

その後すぐアウォーク通いのおっさんへ、皆の事情聴取が始まった。

「何でそこまで入れ込んだか、自分でも理由がわからないってか」

憑き物が落ちたような表情で、メンバーの質問に答える固太りの親父。かなりの金を使った事と、皆に迷惑を掛けた事は自覚しているようで、身を縮こまらせている。

リーダーの渋いおっさんは、顎に手を当て唸り思う。

(これは、薬物で当たりだな)

以前の媚薬騒動は、かなりの大事件へと発展している。

(それがもし、王都から地方都市へ場所を移し、まだ続いているとするならば)

とても見過ごせるものではない。リーダーは唾を飲み込み喉を鳴らす。

「衛兵の詰所に行くぞ。お前も一緒に来て証言しろ」

そしてアウォーク通いのおっさんを囲み、皆で外へと出て行ったのだった。

同じ頃、王都の娼館に一人の客が訪れていた。店の名はジェイアンヌ。歓楽街の大通り沿いに建つ、超高級娼館である。

「いや、さすがは王都御三家。先日は大変楽しませてもらったよ」

応接室でそう口にするのは、口の大きく曲がった中年の痩せ男。王立魔法学院で教授を務める、国内最高の薬師と呼び声高い人物だ。

「過分なお言葉をいただき、ありがとうございます」

対面に座り、頭を下げるコンシェルジュ。社交辞令ではないのだろう、その角度はいつもより深く、下げている時間もいつもより長かった。

(テルマノ様には、良い方の目が出たか。助かった)

コンシェルジュは、心に掻いた冷や汗を拭う。

事故ともいえる遭遇により、始まってしまったテルマノの人生初プレイ。お相手を務めたのは冷たい印象で表情の薄い、己が欲望のままに初物を喰らう女性だ。

彼女はある意味、サイコロのようなもの。受け取り手によって結果は、一から六まで大きく振れる。

「それで相談なのだが、また彼女にお相手を願えないかな」

はにかみながら、小声で続けるテルマノ。その姿を見てコンシェルジュは、新たな問題の発生に気がついた。

(初物が失われる時に発する光は、人生に一度しかない。だからこそ彼女は、それを愛してやまないのだ)

そしてテルマノは、すでに輝きを終えている。

生涯の生活費を、すでに稼いだと口にする彼女。店に籍を置いているのは、初物狩りに都合がいいからに過ぎない。

（強く頼めば、一度は首を縦に振ってくれるだろう。しかしテルマノ様はご執心の様子、今後も望まれるに違いない）

目を閉じ、眉間に皺を寄せ考える。期待を込めて窺うテルマノにコンシェルジュは恐縮しつつ、嘘はないが誘導するように告げた。

「実は彼女、先の聖都における商売の神の神前試合、その総合優勝者なのです。そのため再戦には、少々難しい事情がございまして」

テルマノの両目、それに傾いた口が大きく開かれる。

商売の神は、春の売買を司る。その本殿のある聖都での神前試合は、数あるA級大会の中でも別格だ。

事実、この店でトップを張る王立魔法学院の教え子ですら、苦戦を重ねた上で女子の部の準優勝に留まっている。

「……いや、そこまで気を遣っていただいていたとは。知らぬ事とはいえ、失礼した」

両膝に手を当て、頭を垂れる口の曲がった中年男。

『自分のために店は、四大大会（グランドスラム）の優勝者を用意した』

破格な特別扱いに深い満足を覚えると共に、気軽な申し出を恥じた。あまりに過大な要求と自覚したからである。

実際は、テルマノが手洗いの帰りに店内で迷った結果の遭遇戦なのだが、双方の幸せのためにコンシェルジュは口にしない。

「ですが当店も、末席とはいえ御三家。遊び相手の質と種類には自信を持っております。他の者を推薦させてはいただけませんでしょうか」

諦めてくれた事に安堵し、代替案を提示するコンシェルジュ。頷くテルマノを確認し、続ける。

「よろしければ、お好みのプレイをお聞かせ下さい」

一瞬、困惑した表情を浮かべるテルマノ。だが息を一つ吐き出すと、曲がった口から言葉を漏らした。

「正しい情報がなければ、望みの場所には到達出来ないか。当然だな」

ポーション研究者として、思うところがあったのだろう。二人しかいない応接室で周囲を見回すと、身を乗り出し小声で話し出す。

「……なるほど、了解致しました」

説明を聞く事しばし、要約すれば『冷たい感じの女性に、積極的にされるのが好き』である。クールさんとの卒業プレイが、好みに大きな影響を与えたのだろう。

(さて、では誰にするか)

初物から卒業した直後、戦闘力はまだ最底辺。そんなテルマノの情報を踏まえつつ、頭の中の分厚い図鑑をめくって行く。

あるページで、ピタリと指が止まった。

(彼女はどうだ？　冷たいのとは違うが、方向性は近い)

一見して怖い雰囲気で、主導権を握るプレイスタイル。条件には合う。

そして何といってもお薦めなのは、その面倒見のよさだ。卒業し一皮剥けたばかりの中年男性を、傷つける事なく導いてくれるだろう。

(同じ相手だ。学院長様と、共通の話題にもなる)

絶対の自信を持って、コンシェルジュはその名を告げたのだった。


時間はそれから十数分後、場所は応接室から二階のプレイルームへと移動する。

私服姿でソファーに座るテルマノは、眼前で仁王立ちする女性を見上げ、少なからず強張っていた。

(何だ彼女は。冷たいというより、暴力的な感じだぞ)

ワイルドなショートカットで、ボーイッシュな雰囲気。制服のようなミニスカート姿で、表情に笑みはない。

ロビーのカウンターから一緒に歩いて来たのだが、会話はなし。部屋に入った後は座るよう顎でうながされて、以来この状態である。

「ふん」

耐え切れず下を向いた口の曲がった中年を見て、暴力女は馬鹿にしたように鼻を鳴らす。

ミニスカートの裾をひるがえしつつ片膝を突くと、今度は眉を八の字に曲げ口を三角に開き、威嚇するように覗き上げて来た。

(……怖いな)

テルマノの正直な気持ちである。

彼の人生の主舞台である学院と工房にいるのは、教師に生徒に弟子達だけ。ゆえに荒事への耐性はない。

「まあ、俺が相手じゃ当然だな」

その姿に、暴力女は独り言ちる。眉間の皺を消し口元を緩めた表情は、第三者が見れば嬉しそうに、あるいは満足そうに見えただろう。

「おい、お前。女は好きだが慣れてねえだろ？」

暴力女はニヤニヤ笑いながら自ら襟元のボタンを外し、片膝立ちの脚を少し開く。

「びびっているくせに、さっきから視線がここを往復しているぜえ？」

図星を指され、心拍数を跳ね上げるテルマノ。

『シャツの隙間から覗く谷間と、ミニスカートからわずかに見える奥』

恐怖とは別に、どうしてもそこへ目が行ってしまうのだ。ポーション学の教授は気づかれないようにしていたつもりだが、あまりにもあからさまだったのである。

「悪いこっちゃねえ。何せ、目の前にいるのが俺だからな」

しょうがねえ、と繰り返しつつ立ち上がり背を向ける暴力女。そのまま痩せ気味の中年男性の膝の上に、尻を落とす。

（わっ）

突然加えられた女性一人分の体重にテルマノは驚くも、暴力女に気にする素振りはない。頭の後ろで手を組み胸を張ると、口を開く。

「慣れるのが一番だ。好きなだけ揉め」

物慣れぬ中年男性が驚きもあり何も出来ずにいると、脅迫するように語調を強めた。

「ああ？　俺のじゃ不満だってのかあ？」

怖がっていても、女性への興味は別。そのような事らしく、恐る恐るといった様子で脇の下から両手を伸ばすと、豊かな双丘にシャツの上から手のひらを当てた。

「早く」

重ねての指示に揉み始める、卒業したばかりの中年男性。

初心者らしく最初は遠慮がちに、だが次第にそれは薄れ、すぐに指を立て力強く双丘を変形させ始める。

「くっ」

女性の口から時折漏れる、こらえるような吐息。『うまく出来ている』事への実感からだろう、テルマノの鼻の穴が大きく開き、女性のうなじの毛を揺らす。

（これほど自由に揉み続けるなんて、生まれて初めてだ）

これは、女性と縁薄い生活を送って来た中年教授の心の叫び。

彼にとって意外だったのは、第一印象で恐怖を感じた彼女が、こまめにアドバイスをくれた事だ。

（命令するのが好きなのか？）

そう推測するもしっくりこず、曲がった口が水平になるほど首を傾（かし）げる。しかし答えを得る前に思考の主導権は、両手の弾力ある柔らかさに持って行かれてしまう。

（もっとだ、もっと触りたい）

それしか頭にない状態で手を動かす事、十数分。

「そっちはまだ早え！」

太腿に右手を伸ばしたところで、ぴしゃりとはたかれ横目で凄まれてしまった。

慌てて手を引っ込めると、再度胸をこねる作業へと戻る。

（……これは？）

それからしばしの時が流れた後、暴力女の背が体重を預けて来た事にテルマノは気づく。やがて彼女の顎が上がり、目の前にあった頭は真横へ移動。

豊かな胸越しに見下ろせば、先ほどまで閉ざされていた両脚が、少しばかり開いていた。

（今度はどうだろうか）

恐る恐る太腿へ右手を伸ばし、肌に触れるが怒り出す気配はない。

肌触りを堪能するかのように、あるいは逡巡するかのように往復する手のひら。心が定まったのか、一気にスカートの奥へと滑り込む。

「んんっ！」

艶のある声と共に、背を仰け反らす暴力女。下着の上からなぞった指の腹にテルマノが感じたのは、間違いなく熱帯の雰囲気である。

（もうちょっと）

熱帯雨林の奥。中指が探索へ踏み出そうとしたその瞬間。身を起こした女性が彼の右手首をつかむ。

「大分慣れたようじゃねえか。これなら次の段階に行ってもいいな」

紅潮した頬に、熱のこもった瞳。暴力的ではあるものの、女戦士のような艶やかさがあった。

よろめきながら立ち上がった彼女は、口の曲がった中年男性へ向き直ると膝を曲げ、彼のズボンを引きずり下ろす。

「曲がってんのは、口だけじゃねえんだな」

大気中にさらけ出された魔法使いの杖をしげしげと眺め、次に指で曲がり具合を確認しながら考察らしきものを口にする。

「この曲がりからして右利きだな？　しかも自分で、かなり使い込んでやがる」

曲がった口の顎が下がった事から、当たっているのだろう。さすがはプロといったところだろうか。

火が出るかのように顔を赤らめた中年男性を見上げながら、女戦士はやさしくなで上げ言葉を続ける。

「自信持てよ、この形は結構な武器になるぜ。それにサイズもなかなかだ」

俺じゃなきゃ、相手をするのは厳しいかもな。と続けるその声音に、当初の暴力的な雰囲気はなかった。

手を止めた元暴力女はベッドへ上ると、服を着たまま仰向けに寝そべり、男性を手招き。

「脱がすところから最後まで、好きにやってみろ。一回経験しておくだけで、全然違うからな」

言われて身を乗り出し掛けたテルマノだが、ある事に気づき動きを止める。

(私が慣れていない事を知った上で、経験を積まそうと導いてくれているのか)

いいように遊ばれているのかと思っていたが、違う。彼も生徒や弟子を持つ立場ゆえに、その事は断言出来た。

(しかしなぜ、顔合わせの時、威嚇するような態度を取ったのだ？)

首を傾げるも、ある答えにたどり着く。それは『軽く見られないように、一発目は強く出る』というもの。

新入生や新弟子が、同じ立場の者へのあいさつでよく見せるものだ。生徒に限った事ではなく、生徒との顔合わせの時にやる教師もいる。

「脱がす脱がさないも任せるからな。望むとおり、やりたいようにやるのが大事だぞ」

相変わらずの言いようだが、こちらの見方が変われば印象も違う。今のテルマノには彼女が先生、もしくは先輩のように感じられた。

(ありがとうございます先輩)

感謝を心に呟き、ベッドへ上る口も股間も曲がっている中年男性。そして後輩は、敬愛する先輩のシャツのボタンへ震える手を伸ばす。

それから一時間後、やり切った満足感で脱力した後輩は、肌を紅潮させ汗にまみれた先輩と、同じ枕で仰向けになっていた。

「合格だ。悪くなかったぞ」

鼻先を触れ合わせながら、先輩が言う。

「怖い先輩の、厳しい指導の賜物です」

返す後輩なテルマノの言葉に、暴力女と思われていた先輩は少し目を大きくした。

「怖い、かあ。まあ、しゃあねえやな」

照れ笑いを隠すように、人差し指で鼻の下をこする。『先輩』という呼び掛けを気にした様子がない事から、他の客や同僚、あるいは見習いの子から言われているのかも知れない。

「またお願いしても、よろしいでしょうか」

すっかり心服しているらしい後輩に、満面の笑みを押し隠しつつ頷く先輩。その様子から推察するに、上位者として扱われるのが好きなのだろう。

「いいぜ、まだまだ頼りねえからな。その曲がり杖で俺に悲鳴を上げさせられるようになるまで、たっぷり付き合ってやるよ」

こうして後輩は面倒見のいい先輩を、そして先輩は王立魔法学院の看板教授という常連を、それぞれ手にする事になったのだった。

冬を迎えようとしている、昼下がりの王都。日没は驚くほど早くなり、あと二、三時間もすれば暗くなるだろう。

ダウンタウンの北の外れにある、タウロの自宅。その屋上にある森のような庭も、すでに木々の影が長く伸び始めていた。

(元ノ長サダ)

木陰となった池の中央で、体長二十センチメートルほどの亀が独り言ちる。その目が向けられているのは、自らの尻尾だ。

左右に動かした後、今度は水面へ叩きつける。

(完全ニ治ッテイル)

何の不具合も感じられなかった。

(甲羅ノ傷モ消エタ)

頭を前に向け直すと、目の下まで水に沈ませる。そして、かつての友について考えた。

背中に住む事を許した、人族の魔術師。あらゆる高位魔法を使いこなし、当時世界最高の魔術師とうたわれた人物である。

彼なら、自分の傷を治せただろうか。

(難シイダロウ)

試した事はない。治療を頼んだ事はなく、友からも言い出さなかった。

自分自身、傷の存在を忘れていたほどである。気がつかなかったのも、無理からぬ事だろう。

(彼ノ魔法ハ、光ラナカッタ)

この地の主が自分に治癒を施した時、体全体が赤い光に包まれた。それは、高位を超える魔法の証。

この地にいれば体長二十センチメートルほどだが、本来のサイズは二百メートル前後。その体についた傷を消すなど、並大抵の魔力では不可能だと亀は思う。
(フム)
かつての友は、森に住む人型の生き物と友誼(ゆうぎ)を結び、力を貸していた。

精霊の森を好み、散策と読書を趣味とした彼。寿命を迎えた後は、精霊の湖のほとりに埋葬されている。

墓守をしていたつもりはなかった。しかし他に行きたいところもなかったため、あの湖に留まっていたのである。

(ソロソロ、ヨカロウ)

思えば、随分(ずいぶん)昔の話である。人族なら、十数世代では済まないだろう。

自分もあの頃とは違い、住みたい場所と食べたい物が出来た。話をしてみたい相手もいる。

（皮肉ナモノヨ）

望みが増えるのは、残りの生が短くなってから。その事を思い、わずかに首をすくませる。

ただそれも自分の種族で見ればの話。人族に比べれば、生はまだまだ長い。

（ドレ、眷属筆頭殿ノモトヘ向カウトスルカ）

残りの時間を好きなように生きるため、池のほとりに立つ薬草樹へ向け泳ぎ出したのだった。


ダウンタウンにある一部三階建ての石造りの住宅。その最上階へ向け一人の男が、外階段を上っている。

「よいしょっと」

俺である。自宅へ到着した後はキッチンへ向かい、それなりに膨れた布製の買い物袋をテーブルの上へ置く。

中身はコーヒー豆、紅茶の葉、それにイチジクのドライフルーツ。先ほど商店街で買い求めた物だ。

「味見を兼ねて、一服するか」

袋から褐色の豆を出しコーヒーミルへ入れ、ハンドルを回してひき、出て来た粉をガラス容器へ入れる。

用いるのはサイホンだが、フラスコを上下にくっつけたようなシンプルなものではない。曲がりくねったガラス管で構成された、錬金術師の工房にありそうな奴だ。

「点火」

サイホン下部の魔法陣に手を当て命じると、無色の炎が出現。魔術師ではない俺だが、魔法の道具は使えるようになっている。

「まあ、転移して一年近くになるからな」

高校の交換留学生なら、英語ペラペラで帰って来るくらいの期間だ。俺も成長しているのだろう。

「もう沸騰したか。さすがはプロフェッショナル向け」

コポコポと音を立て踊り狂う水の様子に、目を細める。

『プロ用』と口にしたが、これは本来、コーヒーに使う道具ではない。薬師がポーション作製に使うものだ。

薬師を自称する以上、薬師必須の道具は持っておくべき。そう考え、インテリア代わりに購入したのである。

(しかしコーヒー用のサイホンより、こいつで淹れた方が断然うまいってどういう事だ?)

香りを壊さない、あるいは逃がさない、そういう性能があるのかも知れない。ちなみに紅茶もこれを使う。

付け加えるとこの器具、見掛けより掃除は簡単だ。さすが仕事の道具、メンテナンスの事もよく考えて作られている。

「……いい香りだ」

庭森を眺めつつ、ブラックを楽しむ。半分ほど飲んだところで眷属筆頭である庭森の管理責任者、アゲハ蝶の五齢幼虫そっくりの精霊獣であるイモスケから呼び出しを受けた。

「何だ?」

香気を顎下でくゆらせつつ返答。俺達主従の絆は深く、これくらいの距離なら声が届かなくても会話が成り立つ。

「庭の池に来てほしい？　わかった、だがその前に飲み終えさせてくれ」

少々の間を置き、居間の掃き出し窓から外へ出る。すでに眷属達が迎えに来ていた。

言われるがまま俺は肩にイモスケを乗せ、ダンゴムシなダンゴロウに先導されつつ庭森を歩く。二匹共今日は、眼帯も棘鎧(とげよろい)も付けていない。

飽きたのかと思ったが、違うらしい。イモスケ達なりの、時、ところ、場合があるのだそうだ。

「ザラタンが、眷属になりたいって？」

頷くイモスケ。

ザラタンとは、庭森の池に住まう亀型の大精霊獣。以前に一度誘い、その時は遠慮されていたのだが、どうやら気が変わったらしい。

「やっぱり、この間怪我を治してやったのが効いたのだろうな」

ボロボロになった尻尾や傷だらけの甲羅、それをBランクの怪我治療魔法で癒やしたのだ。

「何？　俺の偉大さがわかったようだって」

さすがは眷属筆頭、素晴らしい接待トークである。おだてられた俺は、気持ちよく笑う。

「わかっているじゃないかイモスケ君。見どころがあるよ君い」

そんな会話を楽しみつつ、池のほとりへ到着。すでにザラタンは、岸辺で待っていた。

俺は、イモスケを地面に降ろしつつ聞く。

「眷属になると、直接話が出来るようになるんだったか」

上下に頭を振るイモムシ。精神的パスがつながり、意思疎通がしやすくなるらしい。

しゃがんだ俺は、亀へ声を掛ける。

「えーと、俺の眷属になるって事でいいのかな？」

イモスケの通訳を経て、首肯する亀。俺は右手の小指を差し出し、言葉を続けた。

「ザラタン、これからよろしく」

前足を片方出し、小指の先端に触れるザラタン。こちらこそ、という気持ちが何となく伝わって来た。

「これで終わり？」

イモスケいわく、今ので契約完了という。

随分あっさりだが、思えばダンゴロウの時も似たようなもの。『眷属として受け入れよう』としか言わなかった気がする。

「じゃあ、せっかくだし、皆で話でもするか」

草の上であぐらを掻き、二匹を膝上に乗せる俺。ザラタンは正面の水辺のままだ。

庭森についての、たわいのない意見交換。それで交流を深め、精神的パスを深めて行く。

さすがは強力な精霊獣。すぐに会話らしきものが成り立つようになった。

「ん？　何だ」

ザラタンが、何か聞きたそうにしている気配を察し、うながしてみた。

亀は俺を、下から真っ直ぐに見つめる。

『串刺シ旋風トハ何カ？』

場を支配したのは沈黙。庭森を吹き抜ける冬の風が、落葉を軽く巻き上げて行く。

何を聞かれているのか、即座には理解出来なかったのだ。

「……どうしてそれを？」

王国騎士団の操縦士にして、大人のグルメ倶楽部のメンバー。少々ブサイクなスケベマッチョの顔を思い浮かべ、問い返す。

ザラタンとコーニール、一体どこに接点があったのだろうか。

答えはすぐに、別の方向からもたらされた。

『くしざしせんぷう！』

『くしざしせんぷう！』

そう言いながら動き出す、イモスケとダンゴロウ。

『串刺し旋風』という単語に反応したようで、俺とザラタンの間で追いかけっこを始めている。

ザラタンが知っているのは、この二匹が原因で間違いない。

(何と説明したものか)

互いの尻を追っているのだろう、地面に輪を描く二匹。それを見つめながら思考を巡らす。

「俺の親友の二つ名にして、必殺技の名前でもある」

亀を見つめ返し、正直に答える。ザラタンは俺から視線を外し、動き回るイモスケ達へと移した。

『必殺……』

何やら考え込んでいる。

『ぎゃくかいてん！』

今度は反時計回りに駆け始める、アゲハ蝶の五齢幼虫とダンゴムシ。どちらも足が遅いので、ぐるぐるという程にはならない。

結局、ザラタンからそれ以上の質問はなかった。

こうして俺は、新たな眷属を迎え入れたのである。


ここで舞台は王都から、真っ直ぐ東へと動く。そこにあるのは宗教国家、東の国。

帝国には遠く及ばぬものの、その国力は王国に迫る。オスト大陸有数の大国、そういってよいであろう。

首都である司教座都市、その中央に鎮座する大教会は、文字どおり政治と宗教の中心である。現在、大教会に付随する大聖堂で、盛大なミサが執り行なわれようとしていた。

「……おい、大丈夫かよ」

心配そうな表情の青年が、よろめく友人の手を引いて大聖堂に入って行く。

床全面に絨毯が敷かれた、椅子一つない大空間。すでに大勢の人がいたが、二人は何とか場所を見つけ膝を突く。

「何とかな、今回は本当に危なかったぜ」

答える青年は、きつく目隠しをしている。手を引かれているのも、よろめいたのも、周囲が見えていないため。

「年々ひどくなって行くな。俺とは逆だ、正直羨ましいよ」

言われた目隠しの青年は、照れたような、それでいてどこか誇らしげな様子を見せた。しかしすぐに友人への気遣いが湧き、謝罪の言葉を口にする。

「すまない、面倒を掛ける」

「気にするなって。これもお前が、神様へ近づくためさ」

今日行なわれるミサは、一年で最も重要なもの。なぜなら断交月(マラダーン)が、日没をもって終了するからである。

青年が目隠しをしていた理由。それは女性の姿を視界に入れないようにするため。でなければ彼の場合、抑え込んでいた欲望が破裂しかねないのだ。

「くそっ、女の声が響きやがる」

目隠しの青年は、両手で耳を押さえ頭を左右へ振る。本当に限界寸前なのだろう。

幸いな事に、大聖堂を埋める人々のざわめきは急速に収まって行った。

自分達の入って来た入口の大きな両扉。そこに大司教が、よく肥えた姿を現したからである。

「……大司教猊下(げいか)」

通路の両脇から漏れる言葉の中、大司教は大聖堂奥のステージへ向け真っ直ぐ歩く。

絨毯の毛足は長く、足音はほとんど立たない。堂内に響くのは、ステージ両翼で歌い始めた聖歌隊の声だけだ。

(よっ、ほっ)

これは、大司教の心の声。

一段高くなった、大聖堂奥のステージ。聖歌隊の後ろには、修道士と修道女が隙間なく並ぶ。

ステージの上に組まれているのは、高さ四メートルはある櫓(やぐら)。そして櫓の最上部、夏祭りの盆踊り会場なら歌い手が立つところに、祭壇が設けられている。

苦労しながら縄梯子を上り、祭壇にたどり着く大司教。額に汗しながらも、休む事なく縄梯子を巻き上げた。

（これで誰も上がっては来られぬな）

大司教は額を首に掛けた紫の帯で拭い、ひざまずいた信者達で埋め尽くされた大聖堂内を見回す。

東の国は一神教なので、信者はすなわち国民。同じような光景は、国内すべての教会で目にする事が出来るだろう。

（そろそろ始めるか）

祭壇の両脇で、一生懸命歌う少年少女達。それが終わるのを待ち、信者達に語り掛ける。

「この一ヶ月、男女の交わりはもとより、自らで行なう事も禁じられていた。皆、本当に大変だったと思う」

群衆の中で、とくに少年達の頭が縦に振られた。

「だがこれには、大きな二つの意味がある。まず一つは忍耐を学ぶ事」

一呼吸置き、言葉を継ぐ。

「もう一つは感謝を知る事だ」

抑え込まれ、圧力を高めた欲望。それはやがて、心の壁を突き崩す。

顔やスタイル、それに年齢。そのような些事へのこだわりが、一時的にとはいえなくなるのだ。

「断交月（マラダーン）を終えた今、諸君らの心にあるのは、異性への強い関心だ」

大聖堂に集（つど）った人々は、いわば限界まで引き絞られた弓と言える。

『異性であれば何でもいい』

すでにその状態にある人々。つがえられた性欲という名の矢が放たれた時、心に残るのは大きな満足と感謝のみ。

大司教は経験で、その事をよく知っていた。

「神は己が身を模し、男と女を造られた」

話題を聖書の一節に移す大司教。

「それゆえ我らは不完全。男女が一つに交わる事により初めて、完全となる事が出来るだろう」

ステンドグラスを背に、朗々と語り続ける姿。それは丸々と太っているにもかかわらず、神々しささえ感じさせた。

「神のお考えとお心は、不完全な我らでは理解するのが難しい。しかし、完全となった時ならどうだ？　わずかとはいえ、察する事が出来るのではないか？」

ここで大きく息を吐き、唾を飲み込み喉を湿らせる。

「我らは人、ゆえに完全でいられる時間は短い。この時間の質を高める事こそ、我らの目指すもの」

静かに聞き入る聴衆を眺めながら、声に力を込め身を乗り出す。

「我慢に我慢を重ねた今日、より高くへ到達出来るだろう。そして戻って来るまでの時間も、常より長いはず。その事を心に留め、教えへの理解を深めてほしい！」

大司教は大きく息を吐き出すと、表情を緩めた。

「さて、話はこれくらいにしておこう。これより『交わりの儀』を行なう。聖歌隊、祈りを」

ステージ上の、修道服姿の少年少女達。胸の前で両手を組み、言葉を旋律に乗せる。

『――独りで祈る時、あなたは人目を避けなければなりません。掛けられるのなら鍵を掛け、かなわぬのなら周囲に気を配りなさい。とくに家族には――』

祈りと共に、徐々に高まって行く大聖堂内の興奮と熱気。歌い終えた時、交わりの儀が始まるからだ。

高く離れた祭壇の上、そこにいてなお聞こえる、信者達の生唾を飲み下す音。

「俺んだあああ！」

「あたしのよおお！」

聖歌隊が口を閉ざした直後、我先にステージへよじ登る信者達。周囲を蹴落としながら、次々と聖歌隊に襲い掛かって行く。

少女は青年に、少年は若い女性に組み伏せられる。後に続くのは、体力に劣る中年と老人達だ。

勿論、ステージ上だけではない。信者同士での交わりも、各所で発生している。

（いつもながら壮観だな）

互いに襲い襲われる信者達。それを眺めながら、大司教は満足げに目を細める。

相互の理解は、間違いなく深まっているだろう。

（ステージの最奥まで、波が到達したか）

視線を向ければ、こぼれ落ちんばかりの信者達。その様はまるで、ゾンビの群れのよう。

修練を重ね技を磨いた修道士や修道女達であるが、数の力には敵し得ない。見る間に列を崩され、呑み込まれて行く。

大聖堂で無事なのは、縄梯子を用いて祭壇に登り、梯子を引き上げた大司教だけだ。

（仲良き事は、美しきかな）

中年おばさん達の濁流、その渦中に姿を消した胸毛フェロモン修道士。腹の出たおっさん集団に囲まれた就活女子大生修道女は、すでに前後から刺され甘い悲鳴を上げ続けている。

神への感謝が渦巻く大聖堂。その中に高く立つ祭壇は、まるで荒海の中の一隻の船のようであった。

(神よ、この一年を与えて下さいまして、ありがとうございます)

『自称賢者』による虐殺など、目を覆いたくなるような出来事もあった。よい年だったとは、とても言えないだろう。

しかし、最悪の一年でもない。歴史を紐解けば、もっとひどい年はいくらでもある。

(来年は、今年よりよい年でありますように)

ひざまずき、天へ祈りをささげる大司教だった。


アウォークは、王国南西部に位置する地方都市。王都からは真っ直ぐ西へ、定期馬車で二日の距離にある。

地方都市の中では大きい方だが、娼館の数は意外に少ない。理由はおそらく、一軒の娼館に人気が集中しているためであろう。

「あなたも驚いたでしょう?」

その店の名はエルサイユ。雛壇裏の控え室では女性が一人、自身の右腕に向かって話し掛けていた。

チロリと舌を出したのは黒い蛇。肘と手首の間に巻きつき、彼女の方に鎌首をもたげている。

「南の大穴で、騎士同士の戦闘があったとはねぇ」

マネキンのように完成された美しさを持つ女性は、そう言って小さく息を吐き出す。

彼女はエルダ。エルサイユ雛壇の頂点に、長年君臨し続けている存在だ。

ちなみに本名ではなく、そう名乗ってもいない。

分厚い化粧の下に隠された、年老いた素顔。それがエルダー・リッチを思わせたため、タウロが勝手に呼んでいるだけである。

「こんな事が起きるなんて、私も驚いたわよ」

蛇と会話をしているようだが、室内に響くのはエルダの声のみ。

この体長五十センチメートルほどの黒い蛇は、彼女の精霊獣。そのため蛇からは、念話の形で意思が伝えられていた。

「魔力噴出による、ゴーレムの大発生。それだけだと思っていたのにね」

以前、地震のような震動を、アウォークの南で感じたエルダ。不審に思った彼女は、自らの精霊獣を派遣し様子を探っていたのである。

「それで帝国の騎士と戦ったのは、エルフの騎士で間違いないのね？」

一度頭を下げ、口を開け牙を見せるカラス蛇。答えを得、笑う形にエルダの口角が吊り上がる。

(エルフの騎士が里を出た？　しかも人族の前に姿を現す？　よほどの事よ)

慌てて表情を抑えたのは、化粧にヒビが入りそうになったから。しかし続く情報に、今度は眉の間に亀裂が入りそうになる。

「え？　岩山から撃たれ、エルフの騎士が逃げ出したの？」

詳しく聞けば、一、二騎が攻撃魔法で倒されているという。エルフ騎士の強さを知る彼女にすれば、あり得ない話だった。

「そう、これ以上はわからないのね」

申し訳なさそうに、左右に首を振るカラス蛇。穴に潜んでいたため、岩山の方はよく見えなかったらしい。

状況を想像し、考えを巡らせる。

(そんな事が出来るのは、エルフの騎士だけよ。仲間割れでもしたのかしら)

であるならば、なお好都合。

死にたくない、その思いだけで生き延びて来た。しかし今、転機が訪れようとしているのかも知れない。

(面白くなって来たじゃない)

さらに吊り上がる口元。さすがに今度は耐えられず、両側に亀裂が斜めに入り、化粧の粉がパラパラと下へと落ちて行く。

肩をすくめたエルダは、修繕すべくバッグから高価そうなコンパクトを取り出した。

「ん？　どうしたの」

丁寧にパフをはたいていると、カラス蛇がエルダの手の甲をつついている。

「お客様が来たのね？　ありがとう」

シュッとソファーの下に潜る、長さ五十センチメートルの黒い蛇。直後に、控え室の扉がノックされた。

「入っていいわよ」

この部屋は彼女の専用、他の女性が休憩に訪れる事はない。やって来るのは、店のスタッフか彼女の下僕だけである。

「お伝えしたい事がありまして」

現れたのは角ばった顎に、ややうつろな瞳を持つ私服の壮年男性。

アウォーク衛兵隊の副隊長を務めているが、その目の光はエルダの影響下にある事を示していた。

「近いうちに、この店へ衛兵隊の捜査が入ります」

(えっ？)

驚きと憂いの表情で、先をうながすエルダ。

「洗脳に類する行為。それが行なわれているという、根も葉もない告発がありまして」

馬鹿馬鹿しい話です、と呆れた様子で首を左右に振る衛兵副隊長。自分が洗脳を受けているなど、露ほども思っていない。

その姿を眺めやるエルダの眉間に、細いひびが縦に走った。

(どうして、ばれたのかしら)

彼女の洗脳術は強い。魔法と熟練した技の併用で、高位の状態異常回復魔法でなければ太刀打ち出来ないレベルにある。

(Dランクの魔法かポーションが使われた？　そんな貴重品を、一体誰が)

市販品の最上位、アウォークでは稀にしか出回らない。簡単に使えるものではないはず。

そのため彼女は、資産家や有力者を避けていた。洗脳を施す層は、娼館で遊べる程度の小金持ちである。

(しょうがないわね、原因は後で考えましょ。まずはこの街を離れなくちゃ)

ピシッ

危険を感じたら、迷いや希望的観測は致命的。それを充分に知る彼女は、決断を即座に下す。

行動にも移したいが、下僕へのフォローは欠かせない。

「頼りになるわねえ」

首に腕を回し、頬にお礼のキスをする。そして股間を、服の上から軽く一なで。

だらしなく顔を緩めた下僕を、笑顔で部屋から押し出す。そして振り返ると、笑みを消し鋭く舌打ちした。

(せっかく面白くなって来たのに)

姿を消す事については、割り切っている。

築き上げた下僕ネットワーク。それを惜しむ気持ちはあるが、身の安全には代えられない。

逆に、いい機会と思う事にした。

(この街に来てから結構になるわ。潮時かもね)

寿命が長いため、あまりに長く同じ場所で生活をすれば、人族に疑いを持たせてしまう。いずれ遠くない未来に、移動しなくてはならなかったのだ。

(次は、どこに行こうかしら)

王国は、もう駄目。東の国には、彼女の天敵ともいえる『聖女』がいる。

惜しみなく、超高位の状態異常回復を行使する聖女。そんな存在がいる場所では、彼女の洗脳術は早晩露見するだろう。

(じゃあ帝国?)

ばれて逃げ出し、王国へ来た。

しかしそれから、かなりの時間が経っている。ほとぼりなど、とうの昔に冷めているだろう。

（せっかくだし、精霊の森近くにしようかしら）

頭に浮かべたのは、帝都の北にある地方都市。精霊の森にほど近い。

エルフ側で動きがあるのなら、近くで様子を探るのもいいだろう。

（ランドバーンも悪くはないけれど、ここからだと近過ぎるのよねえ）

エルフが大穴に来た理由がわからないから、もう少し調べたい。その気持ちはあるのだが、さすがにこの距離は危険だ。

アウォークの西隣で、最近までは王国領だったランドバーン。ここでの噂など、すぐに届いてしまうだろう。

ちなみに引っ越し先候補から帝都を外したのは、エルフが娼館を開いているため。主要国の首都には、まず間違いなく存在しているのだ。

「よいしょっと」

席を立ち、奥のバスケットを手に取り戻る。ご褒美を期待して、ソファーの下からカラス蛇が這い出して来た。

「お腹空いたでしょ？　今あげるわね」

取り出し床に落としたのは、一匹の蛇。長さは二十センチメートルといったところか。

黒い蛇を見て、逃げようと動き出す。しかしカラス蛇は鋭く跳ね、一瞬で首元に喰らいつく。

そのまま息の根を止めると、頭からゆっくりと呑み込んで行った。

「おいしそうねえ」

目を細め微笑みと共に見つめるエルダ。彼女の精霊獣は蛇食である。

（形的に、蛇が一番食べやすいのかしら）

ふと浮かび上がり、すぐ朝霧のように消えて行く感想。その後早退した彼女は、高級住宅街にある自宅へ戻り、引っ越しの準備を始めたのだった。

数日後、エルサイユへ、衛兵の集団が予告なく雪崩れ込む。事前に正面玄関、従業員出入口を押さえての万全の態勢である。

「動かないで下さい！」

プレイルームへ飛び込み、共同作業中の男女へ向かって叫ぶ。

生木を引き裂くように引き剥がされ、ロビーへ行くよう指示される男女達。こうして全員が集められたのだが、その中にエルダの姿はなかった。

「奴の家はどこだ！」

コンシェルジュに詰め寄り、すぐに部下を走らせる衛兵隊長。しかしすでに引き払われ、行方をくらませていた。

「逃げられたか」

一番怪しいと睨んでいたエルサイユのナンバーワン。その女性を捕らえられず、衛兵隊長の表情は苦い。

とりあえず店の従業員から客まで、その場にいた全員が調べられる事になった。

その結果判明したのは、恐るべき事実。

「何だこれは！」

衛兵隊長が叫んだのも無理はない。客の多くが状態異常に陥っていたのである。

しかもその力は強く、元に戻すにはDランクの状態異常回復手段が必要だったのだ。

「レッサーサラマンダー級だと？」

呆然とした表情で、中空を見つめる衛兵隊長。頭に浮かぶのは、王国一の冒険者と誉れ高い『堅牢』の件。

昨年、鉱山でレッサーサラマンダーを倒し、王都に凱旋した彼ら。しかしその後は、悪化し続ける火傷に苦しんだのだ。

『原因は、深刻な火傷と呼ばれる呪いです。レッサーサラマンダーから掛けられたものでしょう』

それが、調査にあたった王立魔法学院の報告。

解呪には、Dランク以上の状態異常回復魔法が必要という。当時人々は、呪いの強烈さに戦慄（せんりつ）したものである。

『英雄達を助けねば』

その呼び掛けに、国を代表する魔術師達が力を振るい、商人ギルドがポーションを掻き集めた。

結果として何とか、全員の命を救ったのである。

（今回はそれに強さで匹敵、しかも数は大幅に上回る）

衛兵隊長は、体の震えを止められない。

「国の危機だ！　大至急、王都へ連絡を！」

類を見ない大規模な洗脳事件の発生に、すぐさま使いを走らせたのだった。

アウォークを出立した急使がゴーレム馬に跨り、歯を食いしばって走らせている頃。

王都東門近くにある騎士格納庫では、二人の男が並んで老嬢を見上げていた。

「何か、うまい方法はありませんかねえ」

俺の問い掛けに、線の細い青年が眉根を寄せる。

「老嬢の強化ですか」

腕を組み渋い表情をするのは、草食整備士。自分でアイディアを出せなかった俺は、諦めてプロに相談したのである。

勿論、石像から貸与された根源魔法、それを明かすつもりはない。

「エルフ騎士への対策ですよね」

溜息にも似た草食整備士の声。

「難しいですねえ。タウロさんの長所、それを伸ばす方向しかないと思うのですが」

俺の長所を伸ばす。

それはもっと遠くから、もっと大きな威力で攻撃魔法を撃ち込み、エルフ騎士より速く逃げるという事。

「騎士というより、操縦士に依存している部分なんです」

これに必要なのは大きな魔力と、それを扱える魔力操作の力。確かに騎士側ではなく、操縦士側の問題だろう。

「補助魔法陣で効率を上げるという方法もありますが、タウロさんには合わないようですし」

山岳地帯でのヘヴィーストーンゴーレムとの近接戦、それを思い出したのだろう。草食整備士は首をすくませる。

多過ぎる魔力に、かえって流れの障害になってしまった補助魔法陣。あの時俺は、出力不足で死にそうになったのだ。

(魔力はあるけど、騎士がもたない。そんな事とても言えないよなあ)

幸い草食整備士は、俺が『エルフ並みの魔力量を持つ人間』という事で納得してくれている。

『実は、もっと凄いんです』

そんな事を口にすれば、恐ろしい事になるだろう。俺をエルフと疑った時の様子を思い出し、背筋が寒くなった。

「ちょっと時間をもらえませんか、考えてみますよ」

無言で身を硬くする俺を見て、慰めるように言う草食整備士。俺達はこの場で一服する事にした。

(しかし、屋内で見ると大きいよなあ)

引っ繰り返した木の箱に座り、マグカップのコーヒーをすすりつつ老嬢（オールドレディ）を見上げる。

体高およそ十七メートル、西洋風の甲冑そのものの外観。

今、胸甲部は上に開いており、肺の位置にある操縦席がわずかに見えている。

B級騎士としては、やや小柄で細身。嬢（レディ）と呼ばれるゆえんだが、格納庫の中では圧倒的な存在感だ。

「ところでタウロさん。この間は結婚式に来ていただき、ありがとうございました」

声を掛けられ、老嬢（オールドレディ）から草食整備士に目を移す。

「本当に助かりましたよ。タウロさんがいなければ、こちらの負けでした」

妹さんの披露宴に、親族間のパワーバランスからお呼ばれした俺。操縦士の肩書きは、招待客の中でも一番上だったようである。

「いえいえ、お役に立てて光栄です」

そう返す俺に、草食整備士は困ったような顔で言葉を重ねた。

「実は、妹から頼まれ事がありまして。友人にですね、タウロさんを紹介したいと」

「お断りします！」

即答する俺に、苦笑する草食整備士。わかっていて聞いたようである。

「会場で、追い掛けられてましたからね」

友人の結婚に刺激を受けたのだろう。俺は肉屋の娘を始め、八百屋や酒屋の娘にもアプローチを掛けられ続けたのだ。

理由はただ一点、俺が『操縦士』だからである。

この話はここで終わり、草食整備士は別の話題を持ち出した。

「タウロさんは、娼館で働きたいと思った事はないんですか？　ドクタースライムの腕なら、アルバイトでも引っ張りだこですよ」

なぜ急にそんな話が出たのかと思えば、父親の憧れの職業なのだという。

確かにこの世界、娼館で働く女性の地位は高い。中級娼館でも、女優、アイドル、アナウンサーに匹敵するほどだ。

女性向け娼館もある事から、男の方も同じだろう。

「仕事だと相手を選べませんから。それより好みの女性に、お金を払って奉仕してもらう方がいいですね」

　正直、金には困ってはいないし、社会的地位も充分だ。わざわざ雛壇に座り、上を目指す必要などはない。

　確かにそうですね、と頷きつつ草食整備士はさらに問う。

「では、調律師はどうです？」

「調律師？」

　聞きなれぬ言葉に問い返すと、得意げな顔で説明を始める。

　どうやらこれも、父親のなりたかった職業らしい。妹の結婚というイベントにおいて、父親と会話をする機会が多かったのだろう。

「娼館で働く女性へ、技術を指導する仕事です。技を仕込んだり、新人の開発を行なったりするらしいですよ」

　初めて聞く話に目の光った俺を見て、草食整備士は嬉しそうに言葉を足す。

「一流になれば、世界中を旅して歩くそうです。各地の娼館から招かれるんでしょうね」

　なかなか楽しそうである。

「自分流の味付けをし、それを多くの人達に味わってもらう仕事。父は、男冥利に尽きると言っていました」

　思わず無言になってしまう。そのような職があるとは、想像すらした事がなかったのだ。

「……素敵ですね」

「素敵ですよね」

頷き合う俺達。

せっかくの異世界、一度きりの人生。旅をしながら女性と触れ合うのもいい。

それに俺も、いずれ体力の限界が来るだろう。その時には、消費側から供給側に移るというのも手だ。

今の経験と技術が、きっと役に立つだろう。

(イモスケ達や庭森があるから、当面は無理だけどな)

物知り長生きの亀も来た。そのうち相談してみるのもいいかも知れない。

(今度先生の『断頭台』、あれを分析してみよう)

楽しみ、かつ学ぶ。娼館は通う者の姿勢により、娯楽から学習、鍛錬の場まで幅広く変化する。

その奥深さに、感嘆すら覚える俺であった。


オスト大陸北部、世界樹を中心に広がる精霊の森。

それは世界樹から溢れ続ける魔力が育んだ、豊かな森林地帯である。

枝を伸ばし葉を茂らせ、漂う魔力を身に取り込む木々や草。それらは良質の餌となり、多くの魔獣や精霊獣を養っていた。

『どこよりも北なのに、なぜここはこんなに暖かく、そして過ごしやすいのだ?』

かつて森を訪れた人族の魔術師は、日記に驚きを書き残している。興味を持って調べた彼は、後に一つの推論を導き出す。

『精霊達が原因に違いない』

生の魔力は精霊の餌。地水火風の四大精霊をはじめ、この地には多くの精霊が集まっている。それらが互いに牽制しあった結果、暑くなく寒くなく、そよ風吹き抜ける場所になったのであろう。清い水と、地味豊かな大地。その存在も同じ理由に違いない。

『素晴らしい、大自然の奇跡だ』

いたく気に入った彼は、森にある湖のほとりに住み始める。巨大な亀と知り合ったのは、その直後だ。

エルフ族が人族である彼を追い出そうとしなかったのは、強力な精霊獣である亀を共にしていたためか、あるいは腕のよい魔術師と認めたからか、その理由はわからない。いずれにしても、遥かな昔の話である。

そして今、精霊の森の南にある草原には、人の十倍もの背丈がある甲冑姿が二つ、横殴りの強風に小揺るぎもせずたたずんでいた。

『検問所を作るなら、この辺りだろうねえ』

腕を組み周囲を見回す真紅の甲冑が発した、ハスキーな女性の声。響きに不自然さがあるのは、外部音声だからだろう。

この二体は騎士、いわゆる人型のゴーレムだ。体高は十八メートルほどで、胸郭内に人が座り操縦する。

低木まばらな草原なのでわかりにくいが、街中であれば巨大さに圧倒されただろう。

『ちょっと下がり過ぎだと思うかい？』

ハスキー声の持ち主は、新たにこの地の領主となった熟女子爵。

彼女の乗る真紅の騎士は、細身ながらも胸や腰周りに膨らみが目立つ。それはこの騎士が、A級である証だ。

『国境線より、かなり街寄りではあります。しかし魔法による遠距離攻撃を警戒するなら、これくらいの距離は必要でしょう』

斜め後ろに立つB級騎士が、北に見える精霊の森を見つめながら答える。

エルフ族は、精霊の森以外には興味がない。そのため国境は、森と平地の境とみなされていた。

『これだけ見通しがよければ、隠れるところはないからねえ。姿を見せて攻めて来たら、その時はその時さ』

真紅の騎士を振り返らせ、操縦席でおどけたように言う熟女子爵。

彼女の心づもりは、ここに防衛線を敷く事。同時にこれまで街の入口で行なっていた検問を、街道上でも実施する気であった。

『早速、作業に入らせます』

操縦席でB級を頷かせる、老け顔の痩せた男。この幸薄そうな操縦士は、熟女子爵の副官である。

北部諸国との戦いでは、騎士の膝を打ち抜かれ真っ先に脱落しており、遠距離攻撃の恐ろしさは骨身に染みていた。

『よし、次は見張所の位置だね』

熟女子爵はそう口にし、近くの丘陵へ向かって歩き出す。

南に見えるのは、この地域の中心都市。地方都市としては、標準的な規模だろう。

しかし彼女が以前に治めていた北東部の小さな町とは、比較にならないほど大きい。

（このまま沈んで行くと覚悟していたが、このような大役をおおせつかるとは）

副官は上司の騎士の、左右に揺れる豊かな尻を見ながら思う。

（それだけに最後のチャンス。気を引き締めていかねばな）

深く息を吐き出すと、自らのB級を真紅の騎士に続かせたのだった。


帝国北部の国境の町から北へ少し、舞台は精霊の森へと移動する。

そこは世界樹の根元にある大きなウロの中。大空間には数十メートルの高さがある書棚が何列も並び、書棚と書棚の間をところどころで吊り橋がつないでいる。

ここはエルフの里の大図書室。知識と記憶が保管されている大切な場所だ。

（手掛かりがあるはずだ）

吊り橋の敷板の上であぐらを掻く太ったハイエルフが、分厚い歴史書のページをパラパラと手早くめくって行く。

調べているのは、『無血革命』以降の出来事。ちなみに無血革命とは、エルフ族が王制から議会制に移行したきっかけである。

一滴の血も流されずに行なわれた革命は、民度の高さを示すものとして、彼らの誇りになっていた。

（革命を生き延びた王族。それがいるのならば、歴史に足跡を残しているのではないか）

なりふり構わずあがいたのなら、それが記録されていてもおかしくはない。太ったハイエルフはそう睨み、連日調べ続けていたのである。

（ん？）

エルフの歴史を読み終え、人族の『帝国の歴史と事件』へ移行していた太ったハイエルフは、気になる記述を見つけ手を止めた。

（帝国の地方都市で起きた、大規模な洗脳事件だと？）

数百年前の無血革命から数十年後、ある娼館を舞台に起きている。内容は、多くの男性客が働き手の女性へ、長年にわたり金品を貢いでいたというもの。

（娼館で客に洗脳を施すのは、我らエルフ族の常套手段だ。しかしエルフの里に、この事件の記録はない）

つまり、里のエルフはかかわっていないという事。

そして特筆すべきは、その洗脳術の強度である。解除するには状態異常回復のEランク、もしくはDランクが必要とされたらしい。

エルフの娼館で行なわれている術は、Fで解除可能なものがほとんど。それを思えば、明らかに異常だった。

（人族でこの強さはあり得ない。エルフであっても、並みのエルフでは無理だ）

王族は、魔力的に一般民より優れている。その血筋に生まれただけで、ハイエルフの認定を受けられるほどに。

これほど強力な術式も、王族の生き残りが行なったと思えば違和感は少ない。

（……やはり生き残っていたか。王家の血を引く者よ）

自分の予想が当たった事を確信し、満足げに頷き立ち上がる。大きく足元が揺れた事で、自分が今吊り橋の上にいる事を思い出した。

（夢中になり過ぎていたようだ）

ここは書棚の中でも上層部、転落すればただでは済まない。また、落とした本が下にいる者に命中でもすれば、命にかかわる事態となろう。

薄寒い気持ちで遥か下の床を見やり、手にしていた本を胸に掻き抱いた。

（しかし惜しむらくは、この後の足取りが不明な事）

気を取り直して思考を進める。

人族は犯人を捕らえられなかった。多額の金品を所有したまま、いずこかに姿を消している。

（もし自分であれば、場所を移して続けただろう）

どこかで同種の事件が起きていないか。それを調べるためには、新たな本が必要である。

人族の歴史コーナーを目指し、恐る恐る吊り橋の上を歩き出す太ったハイエルフであった。

いく日かの時が流れ、再度舞台は帝国の北の街へと戻る。

中央広場に面して建つ領主の館。その執務室の扉を一人の操縦士が叩いた。

「ご報告に参りました」

入室を許された中年男性は一瞬驚き、慌てて目をそらす。

新たに領主となった女性が高々と脚を組んだ状態で、コーヒーカップを手にしていたからである。

「何だい？」

口の端に笑みを浮かべ、薄いほうれい線を歪ませる熟女子爵。操縦士を見ながら、わざと脚を組みかえた。

女性操縦士の制服はタイトスカート、そして彼女のは、標準よりやや短い。

冬であってもタイツを穿かず、剥き出しとなった生の太腿。その奥へ視線が向かうのを感じ取り、彼女は目を細めた。

「検問に、荷馬車の一団が引っ掛かりました。精霊の森から来たようです」

『精霊の森』という語に、警戒心を刺激されたのだろう。コーヒーカップを置いた熟女子爵は、部屋の隅で書き物をしている副官を呼ぶ。

幸薄そうな老け顔の男性は、ペンをおくと椅子を立ち彼女の横へ。手を後ろに組むと、操縦士に続きをうながした。

「運んで来たのは、ゴミだってえ？」

部屋に響く、女性の甘いハスキーボイス。

大型のゴーレム荷馬車が六両。満載されていたのは雑多な廃棄物で、ゴミとしか表現しようがないらしい。

「わかった、すぐに向かうよ」

席を立ち、駆け足で愛騎へと向かう熟女子爵。副官と報告者である中年男性操縦士も後を追う。

真紅のA級に副官の地味なB級、それに不格好なC級が一騎。三騎の騎士が検問所へ到着するのに、さして時間は掛からなかった。

「説明してもらえるかな？」

検問所の天幕で、老け顔の副官が問う。

正面に引き立てられたのは、荷馬車の一団を率いていた夫婦。老人と呼ぶには、少しばかり早いだろう。

「エルフの里で廃棄物を引き取り、この地で処分を行なっていた？」

話を聞いて、副官は唸る。夫婦は長年、それを生業としていたらしい。

どうも後ろめたい事があるらしく、二人の表情は冴えなかった。

「どこに運び込んでいたんだい？　教えておくれよ」

いつもより低音を強調した熟女子爵の声に、首をすくめる男女。観念したらしく、ぼそぼそと話し出す。

少し先の谷、そこへ捨てていたとの事だった。

「案内しな、すぐにだよ」

兵士の付き添いで、検問所の小型ゴーレム馬車へ押し込まれる夫婦。

三騎の騎士を従えゴーレム馬車がたどり着いたのは、北の街から低い山を越えたところにある小さな渓谷であった。

『これは、ひどい臭いですな』

副官の外部音声に、熟女子爵も頷く。

『この街、空気が悪いと思っていたけどさ、これが原因だったんだねえ』

谷を埋めるゴミの山。容積を減らすためなのだろう、そこにあるのは火を放たれた後の残骸だ。

奥底ではまだ燻(くすぶ)っているらしく、炎は見えないものの白い煙が各所から立ち上っている。

『何やら、気味悪い色の水も染み出しておりますな』

操縦席で顔をしかめる中年男性。彼のC級騎士が見つめる先には沢があり、原色の緑や青の水が流れていた。

騎士達の発する外部音声を聞いて、馬車の夫婦は顔を青ざめさせている。

先ほどの天幕での様子といい、空気や水を汚しているという自覚はあったようだ。

(気づかなかったよ、これは。こっちの落ち度もあるねえ)

熟女子爵は、腕を組んで考える。街に出入りして売買するのではなく、途中で捨てて引き返す。

そのような商売があるとは考えていなかったのだ。

(とにかく、これ以上は認められないね)

思いつつも、顔をしかめ舌打ちをする。

あれだけの数の大型ゴーレム馬車、荷の上げ下ろしにも人手がいる。仕事を奪えば、生活に影響の出る者達も少なくないだろう。

夫婦はともかく、その下で働いていた者達に責はない。

『あの馬車と人足、我らで雇うというのはどうでしょう。騎士の待機所建設など、資材の運搬に手は必要です』

心を読んだかのように、副官が提案して来る。さすが長年、熟女子爵を支え続けて来た人物であった。

年齢よりも上に見え幸薄そうな印象があるのは、いろいろと苦労を重ねて来た結果なのだろう。

『いいねえ、それ。そうしようか』

決断を下す北の街の新領主。

帝国北部の渓谷と、エルフの里。その間を定期的に往復していた大型ゴーレム馬車の一団は、こうして折り返す事なく解散したのであった。

オスト大陸の西部を領する帝国。国のほぼ中央の内陸深くにある帝都から西へ進んだ海岸に、帝国最大の港町がある。

帝都に次ぐ第二の都市でもあるここの歓楽街、数ある娼館の中でも指折りの上級娼館の玄関の前で、客らしき青年が戸惑った声を上げていた。

「今日は休みぃ？　明日までだってえ？」

視線が向かう先は、玄関脇に張り出された大きな紙。二日間の休業と、その理由が記されている。

「何だよ棚卸しって。娼館で何の棚を卸すんだよ」

周囲に聞かせるためだろう、独り言にしては大きい。玄関前には彼の他にも男性が数人おり、いずれも『休みとは知らずに訪れた客』だった。

「おかしいぜ。こんな話、聞いた事がない」

俺は騙されないぞ、というような雰囲気を出して一人の男が言い出せば、別な男が意味深に頷き口を開く。

「何か、まずい事が起きているんじゃないか。客にはとても知らせられないような」

なるほどな、可能性は高い、などと何人かが追従し、玄関前で盛り上がる。『根拠のない悪評』を事実のように、しかもわざと声高に言い立てているのは、不満からだろう。

『好みの美女との、体の芯からの交流』

楽しみにしていたそれが、かなえられなかったためだ。

「ちょっといいかな」

そんな彼らに声を掛けて来たのは、エプロン姿の一人のおっさん。服装からして、上級娼館の客ではない。

事実、このおっさんは、店の前を縄張りにしている『炒め物をメインにした屋台』の主である。

「棚卸しについて、誤解があるように思えてね」

そして始まる、『眼前の休業中の娼館の中で、今何が行なわれているか』の説明。どうやら『資産評価のために在庫を数える作業』ではなく、『働き手の欠点を洗い出す作業』らしい。

「勿論、その後の指導も含まれているよ。質を維持する手間を惜しまないからこそ、上級娼館たり得ているのだろうね」

感心と納得の表情を浮かべる者がいる一方で、顔を斜めにし疑いの眼差しを投げる者もいた。

「それにしても急じゃないか。訳知り顔で言うけれど、本当は店に火消しを頼まれているんじゃないの？」

噛みついたのは、信じていない者の一人である言い出しっぺの青年。彼は振り返ると『常連の俺達が知らないなんておかしいよな？』と同意を求め、何人かの頷きを得る。

エプロンおっさんは軽く肩をすくめると、『休業のお知らせ』へ手を向け口を開く。

「数週間前から張られているがね。それにこの店は、毎年この時期に棚卸しを行なっているのだよ」

常連なのに知らないのかい？　と目で語りはするが言葉にはしない。おっさんの目的はおとなしく解散させる事であり、恥をかかせる事ではないのだ。

「腹が膨れれば気持ちも治まるさ。娼館は休みでもうちはやっているから、何か食って行ったらどうだ？」

今日はいい貝が手に入ったんだ、と背後の屋台を顎で示すも、顔をしかめ足早に去る青年。先ほど『常連』と主張していた数人も、方向は違えど揃ってこの場からいなくなる。

残ったのは三人ほどで、彼らは互いに顔を見合わせると、屋台に一番近いテーブルセットに腰を下ろした。

「勉強になったよ、ありがとう」

代表して一人の青年がいい、二人も頷く。ここに残って『親父のおすすめ』を注文したのは、正しい情報をくれた事への礼だろう。

ただし、聞きたい事があったのも事実である。

「棚卸しを疑うつもりはないよ」

青年は疑念の原因である、『客のいないガラガラの席』を見回し言葉を継ぐ。

「だけれど、説明役くらいは要請されているんじゃないの？」

他の娼館は営業しているとはいえ、この屋台はまさに真ん前。客の入りを考えれば、休む、もしくは別な場所で開くだろうと考えたのだ。

「頼まれてはいないね。あくまで自主的にだよ」

問われたおっさんは、フライパンに油と水のいい音をさせながら返す。

「上級娼館は、根も葉もない薄い噂程度じゃ小揺るぎもしないさ。だがまあ、店のおかげで食わせてもらっている自分にすれば、気持ちのいい話ではないからな」

ささやかな恩返しだよ、と続けると出来上がったらしい料理を平皿に盛り、飲み物と一緒にテーブルへ運ぶ。

それは、モヤシと牡蠣の卵とじ。二人はすぐに食べ始めるも、一人は両手のひらを空へ向けた。

「貝ってこれかよ。苦手なんだよなあ」

ホタテかアサリを想像していたらしい。『それは悪かった、作り直すか？』と頭を掻くエプロンおっさんだが、隣の友人らしき男が手で制す。

「お前、食べた事あったか？」

何でも青年は内陸出身で、そこで牡蠣は出回っていないらしい。青年の答えは、『ないけれど見た目がちょっと』というもの。

エプロンおっさんはニヤリと笑い、テーブルへ来て青年の肩を軽く叩いた。

「娼館で遊ぼうって者が、こいつの形が駄目というのはおかしいな。経験と思ってまずは食ってくれ」

友人からもうながされ、しぶしぶとフォークを伸ばす青年。口へと運び、眉根に皺を寄せたまま何度か噛むと、皺を消してエプロンおっさんを見上げる。

「悪くないだろう？　何より遊ぶための精力付けには効果大だ」

ガンガン食ってパンパン遊んで、この娼館だけじゃなくうちの常連にもなってくれ。破顔しそう続けたエプロンおっさんへ、三人は『努力します』と肩をすくめて笑うのだった。

一方、休業中の上級娼館にある大部屋には、多くの人が集まっていた。

男女の比率は、『女が三に、男が一』くらい。特徴があるのは女性側で、青い果実から芳醇な食べ頃まで年齢層は幅広いが、いずれも顔立ち体形共に整っている。

「ありがとうございました」

仰向けの男性に跨って腰を振っていた女性が、中に出されたのを確認して立ち上がり、下の男に頭を下げ礼を言う。

次に彼女の視線が向かった先は、中央奥の椅子に全裸で座り、太い腕を組む固太りの中年男性。

『調律師が見ている前でプレイを行い、問題があるかどうかのチェックを受ける』

これが『棚卸し』であり、固太りの中年が調律師だ。

中年男性が無言で重々しく頷くのを見て、明らかにほっとした彼女は、壁際の席へ向かい観戦に戻る。

『他の者のプレイ』

それもまた稽古の一つであるというのが、彼の教えなのだ。

「後で来なさい」

別の女性へ、そう返す調律師。何か問題となる部分が見つかったのだろう。

ちなみに相手を務める男性陣は、見習いも含めたコンシェルジュ達。ただ店の男達だけでは棒が足りないため、一部の客にも協力してもらっている。

『店のファンとして長く通い、なおかつ働き手の女性達からの評判も良好』

声が掛かったのは、そのような人々。ボランティアなので謝礼は出ないが、それを理由に断る者はまずいない。

客達にとっては光栄な事らしく、多くの者が心待ちにしているのである。

「遅れたうえに、挨拶もなしとはどういうつもりだ！」

男女の甘い嬌声に満ちた大部屋に、突如コンシェルジュの鋭い声が飛ぶ。

向けられた相手は、働き手らしい私服姿の少女。遅刻したためこっそり入室しようとしたのだが、ちょうど休憩中だったコンシェルジュに見つかったらしい。

「棚卸しなんて、受けても受けなくても変わらないでしょ」

年の頃は十代頭だろう。開き直った少女は、部屋の奥に座る固太りの男性を胡散臭そうに見やり、吐き捨てる。

調律師への敬意に満ちていた室内の空気は、その一言で凍り付いた。

「申し訳ございません。この者は棚卸しが初めてでして、価値がよくわかっていないのです」

慌てて固太りのところへ駆け寄ると、『こちらの教育不行き届きです』と深々と頭を下げるコンシェルジュ。しかしその背の向こうでは少女が、『自分には必要ない』と言い続けている。

「構わんよ、ああいうのはたまにいる」

背後を睨むコンシェルジュへ、表情を変えずに告げる固太りの中年調律師。彼はコンシェルジュに、少女がどういった人物なのかの説明を求めた。

「言い表すのなら、早熟の天才でしょうか」

入店のきっかけは、コンシェルジュのスカウト。街中を歩いていた時に少女を見掛け、気づいた時には声を掛けていたという。

『磨けば光るやも』

ただし、その時の認識はこの程度で、いい方向へ大幅に裏切られたのだそうだ。

「見てのとおり非常に生意気です。それを好むとあるお客様が、見習いの段階で指名されまして」

教育が終わる前にデビューする事になったのだが、年齢に見合わぬ悪魔的な知恵回りで翻弄し、屈服させたという。

『娼館は紳士淑女の社交場』

そうであるがゆえに、同好の士の間で少女の名は広まり、指名が相次ぐ。『さすがにボロが出るだろう』とコンシェルジュはフォローの準備をしていたが、何と生意気少女は、素の振舞いで客達を手玉に取ってしまったのだそうだ。

「一時のブームの可能性はありますが、先月の店の売り上げ第一位です。天賦(てんぷ)の才という言葉を、心から実感致しました」

頭を軽く左右へ振りながら、深々と息を吐くコンシェルジュ。一方の固太りの中年調律師は、ゆっくりと頷く。

「好む客層があるのなら、このまま放置するというのも手だ。しかしその場合、年齢と共に客の好む範囲から外れて行く危険がある」

そうなれば待っているのは、上るに倍する落下速度だろう。過去の栄光で肥大したプライドを抱え、誰にも相手にされない存在になってしまうかも知れない。

「伸びた鼻を一度折るか、それともこのまま才の導きに任せるか。それは店の判断だな」

自分達の間でだけ聞き取れる声量で告げられ、コンシェルジュは悩む。どうしたものかと少女へ目を向けると、視線を感じた彼女は鼻で笑った。

「聞いたよお。おっさんは世界一位(ワールドチャンピオン)って呼ばれているって。だけど昔の話でしょお?」

物知らぬ少女を危惧した同僚の女性が、親切心から教えてくれたのだろう。

しかし少女に感銘を受けた様子は全くなく、『伝説へ敬意を払うように』との思いは通じていなかった。

「あたし知ってるう。伝説って、いつでも大げさだよね。猫の額のような土地を支配して、世界のほとんどを征服したとか」

まあ当時は、その狭い土地が世界だったのかも知れないけどお。と続ける少女。当然ながら周囲の顔色は、コンシェルジュを含め青へと変わる。

ちなみに現在の国々のルーツは『開拓期』の帝国にあるため、一般に知られている歴史で言えば少女の言は正しい。人族の生活圏は、魔獣を気にしながらも拡大しているのだから。

『開拓期の前に暗黒時代があり、その前の人族は今よりも繁栄していた』

そのような説もあるが、これは一部の好事家だけの間で信じられている話なので、この場に知る者はいない。

「聖都での神前試合における、帝国の女性代表。その席を逃したため、荒れているのです」

彼女も普段はもう少し穏やかなのですが、と額の汗を手の甲で拭いながら、目線を下へ向け釈明するコンシェルジュ。

「ここまで成功体験のみで来ていたため、初めての挫折だったのでしょう」

出場を疑わず『優勝しちゃうかも』などと鼻高々で吹聴していたため、面目は丸潰れ。数日前に『落選』の通知が来た時には、癇癪を起こして備品を壊している。

またその後は、半ば不貞腐れた状態が続いてもいた。

固太りの中年調律師にして『世界一位（ワールドチャンピオン）』の二つ名持ちは、ただ無言でコンシェルジュに判断をうながす。

「……鼻を折る、でお願い致します」

唾を飲み込むとコンシェルジュは顔を上げ、目を合わせ言葉を絞り出す。固太りの中年男性はゆっくりと頷き、次に生意気少女へ目を移し口を開いた。

「実力は、言葉ではなく体で示せ。弱い小鳥ほどよくさえずるというぞ」

重々しく告げ、椅子から立ち上がる調律師。言われた側は敏感に反応し、目尻を吊り上げ叫び返す。

「それはこっちのセリフだよ！　過去の栄光にすがって、偉そうに眺めているだけのくせにさあ」

壁際から歩を進め、部屋の中央で向かい合う中年男と少女。男はもとより全裸であり、少女も途中ですべてを脱ぎ捨てている。

『この二人は、今この場で激突する』

それを察した皆が、二人を囲むように円陣を作って行く。

「始め！」

コンシェルジュが片手を高く上げ、振り下ろしながら宣言。直後二人は正面からつかみ合う。

体格の差だろう、固太りの中年は、少女をたやすく床のマットへ押し倒す。押し潰すような侵入の直後から開始されたのは、蒸気機関車もかくやという体重の乗ったピストン運動だった。

『ゴッ、ゴッ、ゴッ』

そんな音さえ聞こえて来そうな光景に、『すげえ』や『初手からこれ？　見ているだけでおかしくなりそう』との声が各所から漏れる。

時折交じる『あの傷が』というのは、固太り中年男性の背中に、無数の傷を見ての事。

『相手をした女性が、たまらずに爪で掻きむしった』

その痕であり、強さを示す勲章とも言える。もしかしたら少女も、その背を先に見ていれば、ここまで侮った態度は取らなかったかも知れない。

(いきなりの強襲、そこから下腹部への重いボディブローの連打。これまで経験した事などないだろう)

千はある、との噂の傷を見やりつつ、沈痛な表情のコンシェルジュは思う。

(甘やかし過ぎたか。我々も、それにお客様方も)

少女の人気の源は、天然の不遜さである。指名する客達もその味を求めているので、先制で潰しきるような事はしない。

たとえ客の力量的に、それが可能だとしてもだ。

(さすがだ、もう決まるとは)

プレイが始まってから、さほど時間は経っていない。しかし少女には、強制的な絶頂を迎える前兆が見える。

勝敗の宣言をするべく二人へ近づくコンシェルジュだが、帝国第二の都市で一番の店の支配人である彼をしても、世界一位（ワールドチャンピオン）の真価は知らなかったらしい。

「見ろ、ここを」

苦悶の表情を浮かべる少女へ、自分の下腹部を顎で示しながら言う。そこでは手のひらほどの大きさの魔法陣が、薄く光を放っていた。

刺青(いれずみ)のようだが色合いは肌に近く、光らなければわからなかったろう。

「これはな、ある魔法を無効化する魔法陣だ」

続く説明に、室内の女性陣は戦慄する。なぜなら無効化する魔法とは、『避妊』であったから。

「安心しろ、さして強力なものではない。お前が達しさえしなければ、いくら中で出しても弾かれる」

口の端で笑いながら言葉を継ぐ、固太りの中年男。だが下で潰されている生意気少女は、ホッとしたりなどしない。

逆を言えば、達した状態で出されたら妊娠する、という意味だからだ。

「やめろおっ！」

甲高い絶叫が響くも、やめろと言われてやめる男など娼館にはいない。さらに深さを増し、しかも正確に急所へと突き込んで行く。

少女は必死の抵抗を試みるが、体重と筋力の差からまったく効果を上げられない。そしてついに背が反り、腹筋が痺れるように振動した。

「ちくしょおお！」

顔を歪め涙目で叫んだのは、直後に中へ大量に吐き出された熱を感じ取ったから。心で拒否しようとも、体の反射は一滴残らず奥の壷へ送り込もうと蠕動(ぜんどう)する。

怒りと悔しさから男の背に爪を立てる少女だが、痛がるそぶりすら見せず、調律師はやわらかな口調でささやいた。

「落ち着け、無効化されたからといって、必ず孕(はら)むわけでもあるまい。魔法が掛かっていない状態になっただけだ」

少しではあるも顔に色が戻ったのは、『絶対』ではない事がわかったからだろう。しかしそれも、次の言葉で溶け消える。

「だが避妊魔法の反動か、確率は五割と言われている。後はお前の信じる神に祈れ」

まだ残る負けん気から、言い返そうと口を開く少女。しかし抜かずに再度始めた重い連続突きのせいで、出て来たのは意味のない嬌声だった。

「なかなかにいい味だ。あと二回はこのまま行くぞ」

嫌なら全身全霊で耐え、勝つための技を振るえ。そう言葉を継いで、ペースを一回目よりも上げて行く調律師。

腹の下で身をよじる彼女の耳に口を寄せると、言葉を重ねる。

「コインを三枚投げ、全部裏が出れば妊娠しない。確率で言えばだがな」

半ば朦朧とする頭の少女は、『一枚でも表が出たら？』と問い返す。

「その時は、我が子の母になるだけだ。養育費は出してやる。お前と私の間の子だ、男女どちらでもやり手に育つだろう」

口の両端を吊り上げた中年男の悪魔的な笑みに、我に返った少女は腹の底から絶叫。だが力の差はいかんともしがたく、二回目、三回目と負かされては中に注がれる。

「うわあ、あの子、思いっきり出されているわ」

「最初はいい気味と思ったけれど、さすがにねえ」

ヒソヒソと交わされる、女性達の会話。一方の固太りの中年男性は、気に入ったのか四回目まで出し、やっと引き抜く。

ぐったりとした少女が別室へ運び出された後に再開された『調律』は、先ほど以上の緊張感をもって行なわれ、トラブルが起きる事なく終了したのだった。


その後夕食を取るべく、店の前の屋台へ向かう調律師とコンシェルジュ。本日のおすすめ料理が出来るまでのつなぎとして、コンシェルジュは話題を振った。

「調律は明日までですが、その後はどちらへ向かわれるのでしょう」

しばらく考えた末、固太りの中年男性は顎に手を当て口を開く。

「聖都だな。神前試合に出ようと思っている」

予想外の答えに、心の中で驚愕の叫びを上げるコンシェルジュ。『世界一位（ワールドチャンピオン）の現役復帰』は、花柳界にとって大ニュースであるからだ。

『四大大会（グランドスラム）の中でも最も名の知れた大会に、飛び入りで出場出来るのか？』

その問いの答えは、『彼に関してだけは出来る』である。

過去の累積ポイントでいまだ世界ランキング一位である彼には、無条件で出場権が与えられるのだ。

「気になる相手がいるのだよ」

なぜと聞かれ、答える固太りの中年。頭に浮かぶのは、昨年の総合優勝者。

昨年話題になったのは、一般参加で男性の部を制したライトニングに、死神を破った爆発着底お姉様。そのせいで優勝者は今一つ目立っていない。

（しかしそれは、苦戦なく対戦者を圧倒したからだ）

誰だろうと頭をひねるコンシェルジュを見やりながら、心に思う中年男性。久々に対戦したいと思った相手なのである。

「楽しみだよ、とてもな」

名前が出て来ないらしいコンシェルジュをよそに世界一位(ワールドチャンピオン)は聖都のある東へと顔を向け、目を細めたのだった。

そして舞台は、帝国の港町から王国は王都に、そのダウンタウンの北の外れにある三階建ての建物へと移動する。

俺は自宅の居間で床に座り、目の前のイモスケを眺めていた。

眷属筆頭は今、床に敷かれたバスタオルの上で横になり、心持ち丸まっている。おそらく眠っているのだろう。

(ふむ)

ここにいるのは俺達だけ。

新たに眷属となったザラタンは、池の中央に泳ぎ出している。そしてダンゴロウは土の手入れをするらしく、石の下に潜って行った。

(イモムシは、栄養をたくわえるのに最適化された姿だ)

順調に成長すれば、いずれ蛹(さなぎ)になるのだろう。そしてその後は大人になるはず。

(精霊獣だからな。もしかしたら、ずっとこのままなのかも知れない)

その可能性はさておき、前世の知識をもとに推測してみる。

（形から見て、アゲハ蝶であるのは間違いないだろう）

大きな翅を羽ばたかせ、空を舞うイモスケ。その姿を脳裏に浮かべ、静かに頷く。

（そして蝶は、子孫を残すのに最適化された姿だ）

綺麗な服で異性の目を惹き、交尾をするのだ。

「イモスケ、もし蝶になったなら、イケイケのヤリヤリになるのか？」

目を覚ましたようなので、声を掛けてみる。

『ちょう？』

頭を傾げている。突然話を振ったため、理解出来ていないらしい。

その素朴な姿から見て、まだまだ大人の話題には縁遠いようである。

（しかし大人になった後はどうだ？　派手な翅をひらひらさせ、交尾しまくりになるよな）

疲れたら、栄養ドリンクがわりに花の蜜をチューと吸う。そしてまた、異性を求め飛び立つのだ。

「さすがは俺の眷属筆頭」

頼もしいばかりである。腕を組み何度も頷く俺を、イモスケは不思議そうに見上げていた。


王都の中央にある大広場。

その東側に立つ、間口の広い横長の三階建ての建物。王国商人ギルドの本部である。

俺はその三階にあるギルド長室で、出されたお茶を飲んでいた。

別段用件はない、立ち寄ったらお茶に誘われたのである。向こうも暇だったのだろう。

「今年は、副ギルド長が引率ですか」

俺の言葉に、大きな椅子に埋まるように座る小柄な老人が頷く。

この知性と威厳を感じさせる人物こそ、商人ギルドのギルド長。見た目がゴブリンに似ている事もあり、俺は陰でゴブリン爺ちゃんと呼んでいる。

「誘わなんだが、タウロ君も出たかったかの？」

ギルド長が口にしたのは、聖都で行われる神前試合の件。春の売買を司る商売の神、その神殿で行なわれる一大イベントだ。

俺は去年、商人ギルド枠で出場させてもらい、大いに知見を広めたものである。

「悩ましいですねえ。試合は見たいのですが」

四大大会(グランドスラム)の一角であるこの大会には世界級(ワールドクラス)の男女が集い、繰り広げる戦いは素晴らしいの一言に尽きる。

しかし、自分が出たいかと問われれば微妙だ。

「娼館と違って、勝った場合は出せないというのがどうも」

勝利を宣言された時点で、相手から離れなければならない。最後までプレイして満足する、そんな事は許されないのである。

「確かにあれは生殺しじゃの」

俺の言葉に、深い同意を示すギルド長。

中身もゴブリンな爺ちゃんは、種をばら蒔(ま)くのが好きなのだ。あのルールには思うところがあるのだろう。

「出場しないで、試合観戦と神殿参拝。それでしたら最高なんですが」

ちょうど今年の副ギルド長の立場だ。引率者一名と、出場者が男女二名ずつ。

招待されるのはこれだけなので、俺の入る余地はない。

「それなら、個人で見物に行くしかないの。しかし今からでは、来年の予約も難しかろう」

今年ではなく来年。一瞬驚くが、すぐに納得する。

世界的に名の知れた大会だ。プラチナを超えるチケットでもおかしくはない。

「ところで、今年はどこの娼館が代表なんですか？」

興味を持ってギルド長に問う。

女性陣は、王都御三家が持ち回りで出場する慣例。昨年はジェイアンヌだった。

「キャサベルじゃの」

王都御三家で一番の老舗。伝統があり格式が高く、国家レベルの接待に用いられる事も多い。

ギルド長は考え深げに顎をさすりながら、言葉を続ける。

「二人のうち一人は、『罪と罰』で行くそうじゃ。各国に向け宣伝するつもりらしいの」

ジェイアンヌのコンシェルジュが慌てておったわい。そう付け加えると、人の悪そうな笑みを浮かべた。

『罪と罰』の発祥はジェイアンヌ。爆発着底お姉様が、死神への接待に用いたのが始まりである。

しかし宣伝で遅れを取れば、キャサベルが元祖で定着してしまうかも知れない。コンシェルジュは、それを危惧しているのだろう。

「ですが、勝ち抜けるのでしょうか。一回戦で負けては、逆効果になるのでは？」

この世に広まり始めたばかりのプレイ。痛みを喜びに変換して飛び立てる者は、まだ多くない。

そして対戦者がそうである可能性は、ほぼ皆無だ。

「発案者であるドクタースライムも、知らぬ事はあるようじゃのう」

ニヤニヤと笑うギルド長。怪訝な顔で聞き返すと、説明を始める。

驚いた事に、鞭を手に出場するのは『地味子ちゃん』だという。

「確かに、キャサベルで一番人気の女王様です。しかし、なおさらまずいのでは？」

地味子ちゃんの売りは、攻略可能なところ。ある程度の強者なら女王様を引っ繰り返し、逆に屈服させてしまう事が出来るのだ。

そのため『もう少しで勝てる』という実感を持つ者達が、長蛇の列を作っている。

「それは少し前の話じゃや、彼女も成長を続けておる」

その鞭は正確さを増し、未経験者にも初撃で甘い電流を走らせるという。

未知の感覚に戸惑っている間に、再度飛来する鞭の先端。それでほぼ決まるらしい。

「時間たっぷり甘く苛め抜かれ、最後はヒールで止めじゃな」

「ヒールですか？」

聞き返す俺に、口元をほころばせるギルド長。

「靴のかかとじゃよ。あれを後ろにやさしく突き込まれ、こじられる事で新たな世界に目覚めて終わりじゃな」

あれは新鮮であった、と腕を組み頭を縦に振るギルド長。すでに体験済みらしい。

「……それは期待出来そうですね」

「台風の目になるやも知れん。新たなスタイルで上位に食い込めば、花の都の盛名もいや増すじゃろうの」

そう言って、ギルド長は楽しそうに笑う。

初めて知ったが、王都は『花の都』と呼ばれ始めているらしい。

名が売れれば、観光客も増える。商人ギルドとしては、嬉しいところだろう。

「本当は試合を見てみたかったんじゃが、今回はあやつの番じゃからの」

笑い終えた後、そうこぼす。

「代わってくれと頼んだんじゃが、断られてしもうた。『罪と罰』に関しては、わしより先輩じゃと抜かしおってな」

裸で鞭打たれ、キャンドルサービスを受けるサンタクロース。その姿を想像し、俺は窓の外へ目を向ける。

さすがは王国商人ギルドの上層部、進取の気性に富む人達が多い。

「ところで、ちょっとお聞きしたい事があるんですが」

区切りがついたところで、話を振る。

「ギルド長は、『調律師』という職についてご存じですか？」

草食整備士から聞かされて以来、俺の心を捉えて放さない魔法の言葉。もっと詳しく知りたいと思う。

小柄な老人は頷くと、お茶を一口すすった。

「興味があるようじゃな」

ええまあ多少は、と答える俺に、呆れたような表情を作る。

「薬師に操縦士、さらに調律師にまで手を伸ばす気かの？　働き過ぎなのも考え物じゃぞ」

俺の場合、どれも仕事と思っていないので微妙な感覚だ。この世界だと、仕事中毒(ワーカホリック)に見えるのだろうか。

「まあ、才能はありそうじゃがの」

溜息をつきつつも、教えてくれる。

基本は徒弟制度だそうで、娼館でコンシェルジュの見習いなどをしながら、技術を身につけるという。

「コンシェルジュが調律師を兼ねている、そういう場合が多いのう」

ギルド長の言葉に、思い当たる節があった。シオーネで親子丼を提案した時の事である。

あの時コンシェルジュは、自ら味を見て調整すると言っていたはず。

「コンシェルジュを兼ねない専門の者、それを『調律師』と呼び区別しておるの」

複数の店を顧客に持つのが一般的らしい。呼ばれて世界を旅するなどというのは、本当に限られた人達だけだという。

「どこかに弟子入りして、そこから始まるわけですか」

腕を組み、俺は表情を渋くする。調律師に憧れはするが、そこまでする気になれるだろうか。

自分の心の中を探りながら唸っていると、ギルド長が軽く笑った。

「普通はそうじゃが、特別というのはどこにでもあるの」

顔を上げた俺に、頷きながら言葉を継ぐ。

「名の売れた者ならば、そのまま調律師になる事も可能じゃ。資格が必要というわけではないからの」

弟子入りするのは、技術を学ぶだけではない。顧客を得るためでもあるという。

(実績のない見ず知らずの人物に、調律を頼んだりはしないか。確かにな)

親方のもとで修業をしながら、客を紹介してもらったり、あるいは譲ってもらったりするのだろう。

ギルド長は、さらに続けた。

「業界の有名人なら、最初から指名で客がつく」

そして、と一呼吸。

「ドクタースライム。その名を王都花柳界で知らぬ者などおらん。看板を掲げれば、客が来るのは間違いないじゃろう」

笑みを浮かべそうになる俺を見て、眉根を寄せつつ、でかい釘を刺すギルド長。

「しかし最初だけじゃぞ。そこで信用を失えば、もう客は訪れまい」

名前が通用するのは、最初の一回のみ。

(なるほどねえ)

いろいろと勉強になった。

それを踏まえて考えれば、いきなり一流店に出向くのは悪手だろう。

スター選手が引退後、いきなりトップクラスチームの監督になるようなものだ。注目度が高いだけに、しくじれば無能の烙印を焼き込まれる。

「ありがとうございます。大変参考になりました」

頭を下げる俺に、ギルド長は微笑む。そして一言。

「もし調律師になり、アイディアに詰まったら、わしに相談するがええ。温めているのがあるからの」

下げた頭を、俺は上げられない。『三代丼』を始め、ギルド長のアイディアは危険なものが多いのだ。

一瞬の表情が消えるのを待って、身を起こす。

「その時は是非、好意に甘えさせていただきます」

心にもない事を口にする俺であった。

王都から、東へ延びる街道がある。

それは『賢者を自称する者がいた伯爵領』を通り抜け、東の国の司教座都市へと続く。

その街道の王都寄り、定期ゴーレム馬車で一日程度の北側にある大きな湖。今そこの湖岸には、二騎の騎士が立っていた。

『湖面に波が立ち始めました。そろそろ来ます』

拡声器で騎士に告げたのは、丘上に立つおっさん。湖面を吹き抜ける風の冷たさに負けぬよう、丸々と着膨れしている。

『わかったわ、任せておいて』

顎を引き答えたのは、薄い青色に塗られたB級騎士。武装は両手剣のみで、盾は持っていない。

隣に立つC級騎士は、緊張した様子で盾を前面に掲げている。

二騎の所属は王国騎士団。

『大型魔獣が湖と陸を往復し、街道を危険にさらしている』

その連絡を受け、急遽派遣されたのだ。

『来ました！』

おっさんが叫び、盛り上がった水面の中から、巨大な甲羅が姿を現す。

その直径は、騎士の身長の二倍はあるだろう。続いて見えた爬虫類系の顔が、亀である事を示していた。

『……大っきい』

C級の操縦席でそう漏らしたのは、うら若い女性。編み込みおかっぱの髪型に、砲弾型の大きな胸を所持している。

『一頭じゃないのね』

さらに続く水面の盛り上がりに、舌打ちの音を響かせるB級。

こちらの操縦席にいるのもまた女性。きつめの顔立ちで、髪をポニーテールにまとめていた。

『私が倒す間、もう一頭の牽制をお願い！』

ポニーテールは叫ぶと、両手剣を上段に構える。そして今上陸して来た巨大亀に、正面から突撃した。

踏み込みで、ドンッという振動が腹に響く。同時に圧力を掛けられた地面が、耐えられずに深く沈み込む。

(硬い)

頭めがけて振り下ろすも、意外な素早さで引っ込めた巨大亀。その甲羅は傷がつくものの割れず、渾身の一撃を撥ね返した。

激しい金属音が鳴り響き、丘上のおっさんは耳を押さえる。

（繰り返すしかないわね）

痺れるような剣の振動。感覚同調によるフィードバックに顔をしかめつつ、癖なのかポニーテールを横へ一振り。

騎士を数歩下がらせると、再び剣を上段に構えた。

（えっ？　抑え切れてないの？）

だがそこで視界に侵入して来たのは、地面を震わせつつ接近して来る別の巨大亀。

振り返れば同僚が、もともといた一頭に押しまくられていた。

（新手！　三頭って多過ぎじゃない）

先日上陸したのは一頭。そのような情報だったのだが、まだまだ仲間がいたらしい。

（倒すのは無理ね、追い返すへ方針変更よ）

騎士団勤めの経験で、以前より柔軟性を身につけたポニーテール。だからこそ今回、現地での指揮を任されたのだ。

『もう少しでそっちに行くから、何とか持ち堪えて！』

頭を引っ込めたまま、低速だが強力に前進して来る巨大亀。それを何とか横へかわし、甲羅に剣を叩き付けながら外部音声で叫ぶ。

僚騎からは、悲鳴交じりながらも了解の声が聞こえて来た。

彼女達が巨大亀を撃退したのは、それから三十分後の事である。

『もう大丈夫よ』

丘の上にいるおっさんに、外部音声で告げるポニーテール。依頼主は礼を言いつつも、その表情は微妙に見えた。

(何よ、不満でもあるっていうの)

三頭もの巨大亀を、追い返す事に成功。

体当たりで転倒したところを踏み付けられたため、騎士はダメージを負っている。しかし深刻なものではない。

成果としては充分なはずだった。

(……気のせい?)

しかし、おっさんが曖昧な表情を見せたのは一瞬だけ。今は笑顔で礼を述べている。

ポニーテールは自分の思い過ごしと理解し、騎士の足先を王都へ向けた。

『じゃ、あたし達は戻るわ。何かあったらまた連絡をちょうだい』

街道を西へ歩み去る、二体の巨人。遅れて届く足音を耳にしつつ、丘の上のおっさんは溜息をつく。

(ドロップ品回収の人手、準備していたんだけどなあ)

昨年も今頃、巨大亀が上陸して来た。その時は三頭から、非常に質のよいドロップ品、つまりは死体が手に入ったのである。

今年もと期待して、すでに丘の陰に待機させていたのだ。

(まあ、しょうがないか。昔と違って、騎士団は無償でやってくれているんだし)

魔獣退治に騎士団が出動するなど、最近までは考えられない事だったのである。

『騎士は、騎士としか戦わぬ』

『魔獣の相手など、誉れ高き王国騎士団の職務ではない。どうしてもと言うのなら、国を滅ぼすほどの魔獣の群れを連れて参れ！』

それが上級操縦士達の言い分。それが今では、上級、中級、下級という操縦士の区分さえない。

「いい世の中になりつつある、って事かな」

街道は商人で賑わい、物の値段も安くなった。それで困る者が出たのは事実だが、喜ぶ人達がそれ以上に増えたのもまた事実。

自分に限定すれば、生活は格段にしやすくなっていた。

『申し訳ありませーん、ドロップ品は出ませんでしたー！　この場で解散となりまーす！』

地元有志の回収班に、拡声魔法で告げる。返される不満の声に頭を掻きながら、おっさんは丘を降りるのだった。


人で混み合う王国商人ギルドの一階、その一番壁際のカウンター席に座っている俺。いつものようにポーションを納めに来たのである。

「タウロさん、ちょっとご相談があるのですが」

赤、青、緑、濃淡様々なポーションの入った瓶を受け取りつつ、強面のおっさんが言う。俺のポーション買取を担当してくれている、商人ギルドの主任だ。

「Dランクの状態異常回復薬、その納品数を増やしていただけないかと」

即答せず、理由を聞く。

すると強面のおっさんは、手のひらを口の脇に立て顔を寄せる。教えてはくれるようなのだが、公には出来ない情報らしかった。

「まだ捜査の途中なのですが、アウォークの娼館で大事件が起きたみたいなんですよ」

昼食のものだろうか、口から漏れ出る香辛料のきつい臭い。それに耐えつつ続きをうながす。

「かなりの人数が、心を誘導されているみたいでして。しかもそれが、極めて強力なんです」

それを聞いて俺も理解した。こういった事は今回が初めてではない。エルフの娼館と同じようなものだろう。

ただ驚かされたのは、その強さだ。

「解除するのに、Dランクが必要なのですか？」

頷く主任。以前、国を代表する冒険者チーム『堅牢』が、レッサーサラマンダーから『深刻な火傷』の呪いを受けた事がある。

あれを解呪するのにも、Dランクの状態異常回復魔法が必要だったのだ。

『状態異常回復魔法のDランク』

怪我や病気の治療に比べて、習得している術者は少ない。同じ回復系なら、そちらの方が需要があるためだろう。

そんな事情もあって、『堅牢』メンバーの治療はなかなか進まなかったのだ。あの時も商人ギルドの依頼を受け、ポーションの納品割合を変更したものである。

（確かにな）

当時の騒ぎを思い出せば、間違いなく大事件。俺が返事をするより先に、主任は言葉を続けた。

「王国は東の国へ、聖女様の派遣を懇請したそうです。幸いにも来ていただけるそうですが、なにぶん被害者の数が多いもので」

商人ギルドとしても、やれる事はやっておきたいのです。と息を吐き出す。

「東の国の……聖女様ですか？」

香辛料の風の直撃を受け、息を止める俺。それでも耳慣れぬ言葉に、小首を傾げつつ尋ねる。

主任は頷くと、親切に教えてくれた。

「生まれながらに、神の寵愛を受けていると言われる人物です」

「ほう」

ファンタジーな話に目を光らす俺へ、強面のおっさんは言葉を継ぐ。

「超高位の状態異常回復魔法。それと同等の効果を日に数度、代償なしに発揮出来るそうですよ」

何か、表現に引っ掛かりを感じる。『魔法と同等の効果』とは、一体どういう事なのだろう。

主任は俺の顔を見て、考えを読み取ったようだ。

「聖女様は魔術師ではありません。そのお力は、先天的なものだそうです」

呪文の詠唱や魔法陣の作成など、そういったものは一切不要らしい。

「凄いですね」

自分の事は棚の上に仮置きし、驚きの声を漏らす。

Dランクの魔法を、日に一度使用出来れば、高位の魔術師とみなされるのがこの世界である。それ以上の力を発揮出来るなら、『聖女』と呼ばれるのも納得だ。

「ここからが重要なんですが」

主任の話は、まだ続く。

「聖女様は、まだ十代半ば過ぎの若さ。美人というほどではないようですが、かわいらしいと言われています」

目を輝かせ、熱く語り始める。

（そういや主任は、アイドル好きだったな）

聖都でのアイドルグループのステージに毎夜通い、触れ合い小部屋に並んでいたのを思い出した。

完璧な美人より、親しみの持てるかわいい系。そこがツボなのだろう。

「機会があれば、一度見てみたいですねえ」

言い終えた主任は両手を胸の前で組み、うっとりとした表情を浮かべている。趣味があるのはいい事だ、人生の彩りが違う。

「わかりました。次回からは状態異常回復薬をメインに持って来ます」

満面の笑みで礼を口にする主任。俺は挨拶をして席を立ち、商人ギルドを後にする。

中央広場の屋台で昼食を取りつつ、アウォークの事件に考えを巡らせた。

（おそらく、犯人はエルダ）

思い出すのも苦痛である。

それは俺がこの世界に転移して来て、初めて遭遇した深刻な危機。

もし高位の状態異常回復魔法を、謎の石像から貸与されていなかったら。さらに寝る前、自分へ残った魔法を施す習慣がなかったとしたら。

（危なかった）

回避した危険の大きさを思い、冷たい汗が噴き出す。

エルダの洗脳、それを解く事は出来なかっただろう。股間に留まらず、骨の髄までしゃぶられていたに違いない。

（しかし解除にDランクが必要とか、そこまで凄かったのか）

ポニーテールに行なわれていた、男エルフからの洗脳。それはFランク魔法で解除出来た。

Dが高位、Eが中位、Fで低位と区分される魔法。その中でDとは尋常ではない。

（事前に心を折る言葉責め、意識を朦朧とさせる口技、それへ魔法を組み合わせたものかも知れないな）

見た目はエルダーリッチだが、その技は間違いなく一流。俺の股間へ老婆が食いつくシーンを思い出し、頭を強く左右へ振る。

ちなみにその後の合体シーンについては、どうしても思い出せない。心の防衛機構が働いたのだろう。

（逃げ出せて、本当によかった）

あの頃の俺は、この世界に転移した直後。よそ者以外の何者でもない。

姿が消えても、気に掛ける者などいなかったろう。

（しかし今は、王国商人ギルド騎士の操縦士）

確固たる立場を築いている。

（友人も何人か出来た）

王国騎士団でA級騎士を駆るコーニール、ニセアカシア国の国家操縦士ライトニング。それに配下という形になっているが、初物喰らい(ユニコーン)のクールさん。

皆頼もしい。いざという時は、力になってくれるはずだ。

(だけど眷属達が頼れるのは、俺しかいないんだよな)

そこで、自分の家族の事を思う。

アゲハ蝶の五齢幼虫そっくりのイモスケ、ダンゴムシそのもののダンゴロウ、それに亀であるザラタン。

俺に何かあった時、生活の場である庭森を守れないだろう。

(家賃滞納で立ち退きを要求されても、会話一つ出来ないからな)

それに金貨も銀貨も持っていない。

(万一の事を考えると、やはり後見人が欲しい)

エルフの騎士という、強力な存在が姿を見せ始めている。守るべき者がいる身としては、保険を掛けておきたい。

頭の中の友人リスト眺めれば、適任者は一人しかいなかった。

(ライトニングだな)

庭森に案内し、イモスケとダンゴロウを紹介した事がある。その時ライトニングは、敬意を持って接してくれた。

イモスケを召喚した時、エルフ達の見せた馬鹿にした態度。そんなものとはまったく違う。

(よし、今度娼館にでも誘ってみるか)

なぜ娼館か。理由は簡単、俺の接待術はこれしかないからである。

食事や酒に関しては、まだまだ知識不足。一番自信を持てるのは、娼館遊びなのだ。

(死ぬ死ぬ団へ入ってくれれば、一番いいのだけれど)

そうなれば、クールさんともつながりが出来る。ライトニングが、彼女の力を借りる事も出来るだろう。

(ただ、ライトニングがどう思うか)

正義感溢れる、短い口ひげの好青年。その姿を思い浮かべつつ、食後のコーヒーに手を伸ばす。

『悪の秘密結社、死ぬ死ぬ団』の目的は、『所属する怪人達が、思うがままに生きる』事である。

そのためには、社会の決まり事からはみ出す事もいとわない。貸本屋の爺さんの初めて、それを奪ったのがいい例だ。

(不法侵入して、寝込みを襲ったんだよな)

しかもクールさんの格好は、爺さんの想い人のコスプレ。物質と精神、その双方を蹂躙(じゅうりん)したといっていいだろう。

『前人未踏の、心と体を踏みにじる』

その喜びは、初物喰らい(ユニコーン)を大いに魅了し、貸本屋の爺さんが気を失うまで、腹上でいななくのをやめなかったほどだ。

(……義賊と言えば、納得しないだろうか)

ちょっと苦しいかも知れない。

(とにかく、声を掛けてみよう)

俺の下の階に、家族三人で住んでいるライトニング。近いうちに訪問する事を、心に決めたのだった。


同じ頃、帝国北部の地方都市。

その高級住宅街の一室で、マネキンのような美しさを持った女性が目を覚ました。

(ちょっと、うたた寝をしていたみたいね)

ソファーから身を起こし、テーブルの上に伏せられていた本を閉じる。

(この夢、久しぶりに見たわ。アウォークから逃げて来たせいね、多分)

夢とは、遥か昔の少女時代の記憶。故郷を、暴力をもって追われた時の話だ。

生き残れたのは彼女だけ。親兄弟を含め親族は、全員が命を失っている。

「ふう」

ピッチャーから水をグラスに注ぎ、一口飲む。

彼女が生き残れたのは、精霊獣の導きで里を抜け出せたため。幼かった彼女は、まだ眷属を得ていないと思われていたのだ。

もし知られていたなら、真っ先に眷属が殺されていただろう。周囲の者達がそうであったように。

(私が、隠していたせいでもあるんだけど)

眷属を得た事、それには親すら気がついていなかった。

ふと思い立ち、宝石箱を開ける。取り出したのは、大きなルビーのはまった指輪。

指にはめ魔力を通すと、宝石の中に模様が浮かび上がった。それは大きな木を背景にした、ワシの上半身にライオンの下半身を持つ精霊獣の図柄。

『世界樹とグリフォン』

エルフ王家の紋章である。

(何が『無血革命』よ。生きたまま埋めて殺したから、血が出なかっただけじゃない)

眼を細くして思う。外聞と見た目だけを気にする、自分達らしい名前の付け方だ。

土属性を嫌い、軽蔑するエルフ族。彼らにとって生き埋めは、恐怖と屈辱を同時に与えるものだ。

(まあいいわ)

化粧の粉が落ち始めたのを感じ、表情が動いていたのを知る。

気を取り直して考えたのは、エルフ騎士達の戦闘。アウォーク南の大穴で発生した件だ。

精霊戦争以降、初めての事だろう。

(何かが起きている。今までとは違うわね)

口の端でわずかに笑い、ソファーの下を覗く。

そこにいるのは、彼女の大切な精霊獣。体長は五十センチメートルほど、土属性の黒い蛇が丸まっていた。

(私の寿命が尽きるより先に、面白い事が起きるかも)

眠っているであろうカラス蛇。それに微笑み掛けた後、頭を上げ北に顔を向ける。

それは故郷、エルフの里の方角。

(あらやだ、もうこんな時間)

壁掛けの時計が目に入り、少し驚く。そしてエルダは、この地の娼館に出勤すべく腰を上げたのだった。

舞台は再度王都、タウロの自宅がある石造りの建物へ移動。

三階には俺、そして二階にはニセアカシア国から派遣された操縦士、ライトニングが家族で住んでいる。

俺は今、お土産を手に階下へお邪魔し、温かく迎え入れられていた。

「気を遣っていただきまして、すみません」

礼儀正しい青年操縦士は、頭を下げる。

手土産にしたのは、様々な種類のお菓子が入った箱、しかも大箱である。やはり、食べてなくなるものが一番だと思うのだ。

早速、入っていたお菓子が皿に盛られ、紅茶が出される。

「すっかり冬になりました。国では雪が降っているでしょう」

北にあるニセアカシア国は、王都より季節の進みが早い。この時季すでに暖房が欠かせないそうだ。

年老いたニセアカシアの木を伐採し、暖炉の薪に使う家もあるという。

「魔法の品は、高いですからね」

ライトニングは軽い感じで口にするが、考えさせられる。

この世界は魔法のおかげで、便利で清潔。空調なども部屋自体の温度が変わるため、前世よりも快適なくらいだ。

(だがそれも金次第)

いかにいい道具があろうとも、金がなくては手に入らない。気持ちを切り替えるべく、俺は話題を振る。

「そういえば、ニセアカシア国には魔人がいるそうですね」

教導軽巡先生が素手で倒したとか、怪しげな噂が流れている件である。何の気なしに口にした一言だが、次の瞬間、俺は心の底から後悔した。

(やっちまった)

それまで温かかった雰囲気が、一瞬にして凍りついたのである。

ライトニングどころか、隣に座る奥さんの顔も青い。二人揃って、目線が下を向いている。

変わらないのは、眠っている幼児だけ。部屋の隅にある小さなベッドで、ぬいぐるみに抱きついていた。

(何だかわからないが、間違いなく禁忌(タブー))

よそ者が聞いていい話では、なかったようである。

少し後に、硬い表情に笑みを浮かべたライトニング夫妻は、ぎこちなく別の話題を口にした。魔人の話は、そのものがなかった風な態度である。

俺も引きつった笑みでそれに応え、何とも気まずい時間が流れて行く。

「えっと、どうもご馳走さまでした」

お茶を飲み終えると、席を立つ。

(娼館へ誘うのは、次の機会にしよう)

とてもではないが、言い出せる空気ではない。

(ニセアカシア国出身の人の前で、魔人の話は厳禁だな)

心に命じ、三階への外階段を上るのであった。


王都の北東、王国と東の国の境にある山々の中。

『温泉の湧く谷にある、小さいけれど高級な保養地』

その表現が一番しっくり来るであろうこの地は、国際的傭兵騎士団『百合騎士団(リリーナイツ)』の本拠地である。

中規模国並みの武力と『金への誠実さ』、つまりビジネス的にプロフェッショナルな姿勢を保つ事で、どの国にも属さない勢力として存在し続けられている。

「開放感があって気持ちいいけれど、何か気が引けるわね」

日の光降り注ぐ青空の下、露天風呂に肩まで浸かったプラチナブロンドのショートボブな女性が言う。

二十歳になったばかりの彼女だが、白百合隊の隊長である。そして共に湯気に包まれている六名の女性達は、部下だ。

「皆が働いている時間だからなんて、関係ないですよ。私達はやる事をやり終えて、休暇中なんですから」

十代半ばの少女が言い、他の者達も同意を示す。

仲の良い姉妹のように会話を交わす隊長達の姿を眺めやり、この場で最年長、それでも三十代の女性が微笑みと共に思う。

(皆にわだかまりはないようだね)

白百合隊は少し前に、穏便ではない経過で隊長が変わっている。

『前隊長が、当時の副隊長をしつこく侮辱。我慢出来なくなった副隊長が言い返し、決闘に発展』

それがこれ。

『神前試合の初戦で無名相手に敗れた、百合騎士団の面汚し』

そう罵った相手に負けた事で、居づらさを感じた前隊長は辞職。勝利した副隊長が隊長へ繰り上がったのだ。

(前の隊長が不人気だったせいもあるか)

思い出したのか、肩をすくめ息を吐く三十代の隊員。

女盛りで痩せ型の前隊長は、マナーにうるさかった。それが誰もが頷く一般的なものであったなら、教養として受け入れられただろう。

しかしそれはオリジナル、もしくは極めてマイナーなものだったのだ。

例を挙げればこれだ。

『駐騎時の騎士の姿勢は、上位者へ敬意を示す形にするのが常識』

『格納庫に立たせておく時は、隊長騎へ首を垂れ、片膝を地に突く時は、隊長騎へ頭を向ける』

勿論、赤、青、黄百合隊では行なっていないので、並んだ時は妙に目立つ。他隊の隊長や団長が何も言わないのは、面倒臭いからだろう。

白百合の前隊長は自己評価が高く、異議を唱えられるとしつこく噛みつくのだ。

「隊長！　今日も寝る前に稽古をつけて下さい」

一人の少女の宣言に、隊で最年長者の意識が戻される。

「私もお願いします。乱取りでお時間は取らせませんから」

ずるいとばかりに他の少女も、隊長を囲み前のめりの姿勢で言い始めた。

気圧された様子の隊長だが、結局は承諾したのだろう。『やったあ』との少女達の声が沸く。

(また始まった)

それを見た最年長の彼女は、眉根を寄せた。C級乗りである少女四人が求めているのは、一対四での乱戦である。

稽古と称しているが、突き動かしているのは性欲。二十代になったばかりのお姉様にむしゃぶりつき、責めまくりたいのだ。

(負けはしないのだろうけれど)

一回戦までしか進めなかったとはいえ、昨年の神前試合における百合の谷の代表選手。多対一なれど、最終的には各個に撃破し昇天させている。

それでも数で押した時の隊長の悶え顔がかわいらしく、少女達の嗜虐心を刺激するらしい。

(だけどこうも毎日、断ればいいのに)

真面目な性格に加え、初めての隊長就任という事もあり、鍛錬と言われると頷いてしまうのだろう。

視線を感じそちらを向けば、困った表情の副隊長と目が合った。

(副隊長なんだから、止めなってば)

目で言い返すが、副隊長は視線を下へ向けてしまう。

彼女は白百合隊で唯一の編入者。隊長が抜け副隊長が繰り上がったところに、他の隊から補充としてやって来たのだ。

『初の副隊長職で、自分はよそ者』

その意識に加え、二十代前半の副隊長より十歳も年上の自分が、古株としている。

(やりづらいか)

胸の底から息を吐く。これはまだ役割を果たせていない副隊長へだけでなく、不甲斐ない自分へ向けてのものでもあった。

『隊長でも副隊長でもない、役なしのB級乗り』

そしてC級の操縦士は十代の少女達。

『年齢的にC級は卒業したが、役が付くほどの腕はない』

これが自分への評価であり、残念だが妥当だろうと自身も思う。もし、もう少し実力があれば副隊長の席が渡され、新しく来るのは役なしのB級操縦士だったはずだ。

(手を貸すのは今のうちだけだよ、副隊長さん)

役なし最年長のB級乗りは肩をすくめ、心に呟きながら動き出す。

「あんた達、いい加減にしな。そんなに修練がしたいなら、あたしが一人ずつ、気を失うまで舐め倒してやるよ」

言いながら隊長を囲む四人の少女達の頭を背後からつかみ、湯に沈めもがかせる。視界の隅には副隊長の、申し訳なさそうに片手で拝む姿が映っていた。

「ところで休暇明けの任務は、もう決まっているんですか?」

少女達を充分に反省させた後、三十代だが最年長の彼女が問う。

隊長は『正式には、まだ何も』と答えた後、少し思案して言葉を継ぐ。

「帝国で魔獣退治を行なっている黄百合隊の任期が、間もなく終わります。出動するとすれば、彼女達と入れ替わりでしょうね」

耳にした少女達から、歓声が上がる。理由は、休暇が終わっても半分休暇のような状態が続くからだ。

『黄百合隊が谷へ戻るまで、白百合隊は谷で待機』

プラチナブランドでショートボブの隊長の言は、このような意味。待機する隊の仕事は『谷を守る』だが、一隊が残る谷を攻めるような勢力は周囲にない。

「お姉様、次の任地が王国っていう事はないのですか？」

一人の少女の発言に、他の少女も続く。

「花の都って呼ばれているんですよね。私も王都へ行ってみたあい」

遊びに行くのではないのだから、と困り顔で返す隊長。しかしその目は、手の掛かる妹達を見るようなやさしさに満ちたものだった。


王国の王都から西へ、定期ゴーレム馬車で二日の距離にアウォークがある。そしてさらに西へ二日揺られると、そこにあるのはランドバーン。

この地方都市は半年ほど前に攻略され、今や帝国の最前線都市である。領主である辺境伯は今、執務室に一人の人物を迎えていた。

「聖都に向かわれるのですか。確かに、もうそんな季節ですなあ」

ハゲ頭の中年領主は、感慨深げな声を出す。思いを馳せたのは、昨年の今頃について。

皆、昏（くら）い顔で沈んでいたものだ。

(麻薬による王国弱体化工作、それが露見し失敗。後始末をしていた頃だな)

そして、それ以上に辛かったのが、工作の指揮を執っていた同僚の逃亡である。

本人は病を理由に帝都へ帰還したのだが、気がつけば責任のすべてがこちらに押し付けられていた。

(何だその鮮やかな逃げっぷりは。その手腕をなぜ、工作時に発揮しない?)

心底そう感じたものである。

そして元同僚は、仮の病から円卓会議に復帰。その席で、辺境伯の器量に対して疑問を口にしたという。

『辺境伯が意見を採用してくれてさえいれば、このような結果にはならなかったと思います。勿論、上司である彼を説得出来なかった自分に、一番の責任があるのですが』

手の者から発言内容を聞かされた時は、怒りで視界が赤くなるほどだった。

(まあよい。今はその頃の事もすべてばれ、身分も財産も失ったというからな)

黒い満足感を感じていると、正面に座る長身の痩せ男が口を開く。

そして、抑揚のない低い声を発した。

「必ず参加、という訳ではない。職務を理由に断る事も可能だ」

この人物は死神。A級騎士を駆る操縦士であり、帝国最強の呼び声が高い。

皇帝の信任も厚く、直々にこの地へ派遣されている。

(正直なところ、ランドバーンにいてもらえると心強いのだが)

死神の言葉に辺境伯は、髪の少ない頭を悩ませた。

王国、エルフ、正体不明の騎士。不安要素を数え上げればきりがない。

「しかしですなあ、聖都の商売の神の神殿、その神前試合でしょう？　世界に冠たる四大大会（グランドスラム）、その中でもとくに格式の高い大会です。出場辞退は、お立場に響きませんか」

死神の戦闘力。それは花柳界でも遺憾なく発揮され、世界ランク上位につけている。

この有名人を試合に出さないとする決定、それを自分が下すのは躊躇（ためら）われた。

「陛下は何と？」

責任を上に押し付けるべく、死神に問う。しかし返答はにべもない。

「辺境伯に相談せよとのおおせだ」

左右に頭を数度振り、辺境伯は決断した。

「是非、出場なさって下さい」

王国騎士団に目だった動きはなく、幽霊騎士（ゴーストナイト）も姿を見せていない。

そして大穴の周囲は、ローズヒップ伯が見張りの仕組みを構築しつつある。眼前に迫る危機というものは、ないはずだった。

「了解した。そうさせてもらおう」

尖った顎を頷かせ、死神は退室。その背を見送りながら、辺境伯は小さく息を吐く。

(あまり乗り気ではないようだな)

戦場とベッドの上、その双方で大鎌（デスサイズ）を振るい続けた死神。

戦いの中にこそ、生きる目的を見出（みいだ）している。辺境伯は、これまでそう思っていた。

『死神卿は変わった』

最近噂される言葉が、頭に浮かぶ。これには辺境伯も頷かざるを得ない。

飢えに昏く光る両眼。かつての死神は、目を合わせるのに勇気が必要な存在だった。

しかし今の彼には、落ち着きというか、達観したような様子がある。

（しかし、弱くなったわけではないぞ）

騎士での手合わせをしたローズヒップ伯いわく、逆に隙がなくなっているらしい。淡々と振るわれる大鎌（デスサイズ）に、勝つイメージを見出せないという。

（強さを増した上に、話しやすくなった。これは、よい変化だろう）

他人の心の中を詮索しても、あまりいい事はあるまい。そう考えメイドを呼ぶ。

テーブルの上の飲み物を、片づけさせるためだ。

（おほっ）

トレイにカップを乗せ、テーブルを拭くメイド。その姿に辺境伯は頬を緩める。

スカート後部の裾が、下着に引っ掛かっていたのだ。

（手洗いに行った直後か？）

下着を引き上げた時、裾を巻き込んだのかも知れない。丸見えの尻を眺めつつ、そんな事を想像する。

（気づいていないところが、また素晴らしい）

そのまま退室して行く、すまし顔のメイド。その後ろ姿に目を細めつつ思う。

（今日は何か、いい事がありそうだ）

日常の中で見つける、些細な幸運。それが辺境伯の心を温かくさせたのだった。

そして舞台はランドバーンから東へ、王都に移動する。

中央広場の北にある王城、そのさらに北側に存在する王国騎士団の本部。ここでも二人の男が、一室で向かい合っていた。

「聖都で行なわれる、神前試合への出場か」

椅子に座り、太い腕を組んで頷くのはコーニール。二十代後半の若さながら、このマッチョマンは王国騎士団でも高い地位にいる。

具体的には、副団長のすぐ下。そして今彼は、部下から相談を受けていた。

「許可しよう、働き過ぎなくらいだからな。早めに休みを取って調整に当ててもいいぞ」

机の前に立ち敬礼をするのは、口の上に短い髭をたくわえた操縦士。コーニールとは、ほぼ同年代だろう。

「お心遣い、感謝致します」

彼の名はライトニング。ニセアカシア国の操縦士だが、王国へ派遣されている。

戦力不足に悩む王国と、B級騎士の維持費用に苦しむニセアカシア国、そして自らの視野を広げたいライトニングの、三者の望みが合致した結果だった。

「しかし、男性の部の前回優勝者か。凄いものだな」

A級大会への、主催者側からの招待。それを聞いたコーニールは、感嘆の息を漏らす。

上司から尊敬のまなざしを向けられ、ライトニングは居心地悪そうに肩をすくめた。

「対戦相手に恵まれたおかげです」

だがそんな謙遜を、コーニールは信じない。なぜならライトニングの引き分けた相手は、死神を破ったジェイアンヌのナンバーワン、タウロの言うところの『爆発着底お姉様』なのだから。

しかし、冷やかすコーニールの言葉に、ライトニングは静かに頭を左右へ。

「いえ本当です。もしあの方と対戦していたら、自分に勝ち目はなかったでしょう」

口にしたのは総合優勝した女性の名。いわゆるクールさん、コーニールもよく知る人物である。

「鬼気迫る、というのでしょうか。あの高速回転は、見ていて寒気がするほどでした」

沈痛な表情で下を向くライトニング。

仮に初戦で当たっていたとしたら、敗れていたに違いない。そうなれば自分は妻子を取り戻せず、操縦士としてこの場に立っている事もなかったはずだ。

「ああ、あの人は怖いからな」

顔をしかめつつ、同意するコーニール。苦しげなのは、痛みを思い出したからだろう。

『串刺し旋風』などと呼ばれ始めて調子に乗っていた頃、長く伸ばした串をねじ折られた事があるのだ。

「それを従えているタウロさんは、やっぱり凄いよな」

初めて聞く話に、顔を上げるライトニング。

「タウロ殿が？　あの方を配下に？」

コーニールは反応の鋭さに驚きつつも、続きを口にする。

「ああそうだ、確か『死ぬ死ぬ団』とか言っていたな。タウロさんがトップで、彼女が部下だ」

そして顎を片手でなで、少しばかり息を吐いた。

「俺も一度誘われたが、辞退したよ。まだまだ実力不足だからな」

その言葉を聞いたライトニングは、口を半開きにしたまま動きを止める。

彼にとってタウロは、尊敬する操縦士という面が強い。神前試合に参加していた事は知っていたが、まさか優勝者を従えるほどとは思わなかったのだ。

(しかも、『串刺し旋風』にここまで言わせるとは)

国は違えど、ここでは上司と部下の関係。皆と一緒に娼館へ行った事もある。

そこで耳にしたコーニールの評判は、なかなかの強者というものだった。

「タウロ殿は今年、神前試合に出場されるのでしょうか？」

是非その実力を、この目で見たい。しかしその期待は、あっさりと崩される。

「ああ？　出ないと言っていたぞ。出られないだったかな？」

怪訝な表情のライトニングに、コーニールは説明する。

王国では、ランキング制度があまり浸透していない事。そのため、ポイントで出場出来る者がいない事。

対策として商人ギルド枠が設けられ、ギルド長の推薦で出場者が決まる事などだ。

「それにな、同じ人物が選ばれる事はない。多くの者に経験を積ませたいという、ギルド長の方針だそうだ」

納得したらしく、深く頷くニセアカシア国の国家操縦士。

共通の知り合いを持つライトニングと少し雑談がしたくなり、コーニールは椅子を勧めた。

「ところで、なぜタウロさんは勝ち残れなかったんだ？　確か三回戦で負けていたはずだが」

本人に聞いても、『周りが強くて、自分ではとても』、としか言わない。

他の者ならともかく、王都花柳界の至宝とまで呼ばれるドクタースライムである。同意など出来るものではなかった。

「負かした相手も、聞いた事がない名だったしな」

不思議そうな顔の上司を見て、ライトニングの顔に苦笑が浮かぶ。『王国で世界ランキングがあまり知られていない』というさっきの言葉を、実感したからである。

『東の国の舌長様』

彼女はA級大会の常連にして、世界ランキング二桁上位。一方、A級大会への出場権を得るため、地方大会で苦労していたライトニング。

当時の彼から見れば、雲の上の存在だったのだ。

「申し訳ありません。タウロ殿の試合は見ておりませんでした」

残念そうな表情を作ったコーニールは、椅子の背もたれをきしませると、室内の書棚に目を向け息を吐く。

「去年の特集号にも、『長い舌で圧倒し、勝利を得る』としか書かれてなくてな。詳細がわからない」

三回戦で敗れた無名の出場者。それと舌長様の戦いなら、そのような書き方にもなるだろう。

ライトニングは、眉間に薄く皺を寄せつつ頷く。

「タウロ殿の戦い方とは、どのようなものなのでしょうか?」

「知らなかったか？　何というか、ピンポイントで相手の弱点を狙って来るんだ」

魔眼を用いたマッサージで、どんどんと相手を高めて行く。そして機が熟したら、最適化された星幽刀（アストラルソード）で突く。

さらにコーニールは、これまでの武勇譚を熱く語る。

「毒に近い媚薬？　無償で人々を治療？　それでドクタースライムと」

感銘を受けた表情で、何度も顎を縦に振るライトニング。タウロが自分の怪我を治してくれた動機、それがわかった気がしたのである。

（表に出ず人を救い、代償を求めない。……何という気高さよ）

鼻の奥が熱くなるのを、どうしても止める事が出来ず、うつむいたまま話を聞き続けるライトニングであった。


さらに舞台は、少しだけだが移動する。

そこは、王国騎士団の本部の建物から南西に位置する歓楽街。御三家の一つジェイアンヌである。

その控え室で応接セットに座る、二つの人影。先ほどまでライトニングとコーニールが、話題としていた者達だった。

「前回の総合優勝者だろう？　聖都には行かなくていいのかい？」

別枠で出場権が与えられるはず。俺は店が出してくれた紅茶の香りを楽しみながら、目の前のクールさんに聞く。相変わらず背筋が伸び、武家の娘のような凛とした佇まいである。

「望むものがありませんので」

行きません、との事。

（けれど、招待を断ればペナルティがあったはず。それにちょっと勝ち抜けば、結構な額が手に入るともいうし）

その事を尋ねると、女性的な肩をさらに小さくすくめた。

「ランキングポイントのマイナスがあります。ですが、もともと登録していませんので」

世界ランキングなど関係ないそうだ。

「それに、お金はもう充分にありますから」

容姿と才能に恵まれた上、努力を重ねた彼女。御三家のサイドラインとしての収入は大きかったらしい。

魔法の研究に注ぎ込むなど、爆発着底お姉様のような使い道もない。贅沢するタイプにも見えないので、貯まる一方だったのだろう。

(名声も、充分なんだろうなあ)

御三家のサイドライン。前世でいえば、女優、歌手、アナウンサーの売れっ子に相当する。

一方、神前試合の優勝は、オリンピックのメジャー種目で金メダルを取ったようなものだ。

「今年の優勝賞品に、欲しいものはないようだね」

宝飾品と聞いている。比べて昨年は、初めてを神に捧げる権利。

女性の部の優勝者には少年が、男性の部には少女が引き合わされる。そして神の代理として、優勝者達が初物をいただいてしまうのだ。

「大変おいしゅうございました」

思い出したのだろう。わずかに染まった頬に、片手をあてるクールさん。

こう見えて彼女は、初物を望むあまり怪人に身を落とすほどの業(カルマ)を持つ。

(さすがは初物喰らい(ユニコーン)、実に頼もしい)

去年の圧倒的強さを思い出す。

業（カルマ）を燃焼させ、力に替える彼女。アフターバーナーで得た高推力の前には、いかな強者といえど無力だったのだ。

そこで一つ、ある想像が湧き上がる。

（もしかしたら、副賞が宝石だかアクセサリーに変わったのって、クールさんのせいじゃないのか？）

去年初物喰らい（ユニコーン）は、無垢な少年の体と魂を貪り食った。

少年のその後を聞いてはいない。しかし何事もなかったように翌日の朝を迎えたとは、とても思えないのである。

（変わっちゃってたもんなあ）

初めてを捧げ終えれば、儀式は終わり。しかし途中から豹変した少年はクールさんの体から離れようとせず、プレイを続けようと腰を振り続けたのだ。

引き離そうとする屈強な神官達に悪鬼の形相で獣のごとく抵抗し、てこずらせていた光景が記憶の深みから浮かんで来る。

（……おっ、もうこんな時間か）

俺は考えるのを中断し、顔を上げる。

気がつけば予約した時間が迫っていたのだ。お相手は教導軽巡先生、遅れるわけには行かない。

「紅茶おいしかったよ、ごちそうさま」

戦いへ赴くべく席を立つ俺に、クールさんから声が掛けられる。

「彼女は首領の後、二コマ空いております。存分にお力を振るわれても大丈夫ですよ」

耳にした俺の顔から表情が一瞬抜け、直後に喜びで満ちる。実に素晴らしい知らせだ。

花柳界の情報を集めるという役目、彼女はそれを完璧に果たしている。

「ありがとう、全力全開で挑ませてもらうよ」

クールさんは表情の変化が少ない顔に、目だけをやさしくほほえませる。

「裏口を用いず正々堂々と来る限り、彼女はすべてを受け入れるでしょう。たっぷりとお楽しみ下さい」

強く頷くと、軽くスキップしながらロビーへと向かう俺であった。


帝国最北部にある地方都市。ここは熟女子爵領の首都である。

彼女の役割は、北で接する精霊の森に睨みを利かし、エルフ族から国境を守る事。

そのため今日も忙しげに、ミニのタイトスカートで大きな尻を振りながら歩いていた。

「資材の運搬に、問題はないかい？」

部下達に声を掛けながら、領主の館にある事務室を横断。何かあれば、その場で判断を下すつもりである。

「大丈夫です。閣下から融通していただいた、大型ゴーレム馬車六両。あれがかなり効いておりますので」

返事を聞き、満足そうに口の端で笑う熟女子爵。ご褒美に正面の机に腰を掛け、脚を組むのを忘れない。

『女は、見られてこそ磨かれる』

それが彼女の信念だ。

太腿の内側を這い回る視線。それに腹奥をうずかせながら、他に対処すべき案件に思いを巡らす。

「閣下、検問所から知らせが入りました」

その時、廊下に面する扉が開かれ、副官が姿を現した。老け顔の痩せた男は、上司にうながされ言葉を続ける。

「エルフ族の使者が、面会を求めているそうです。どうやら先日の、ゴミについてのようですな」

それは人族の夫婦が週一でエルフの里を訪れ、所有する大型ゴーレム荷馬車に廃棄物を積んでは帝国領へ戻って来ていた件の事。

二人は荷を、この街近くの谷に投げ捨て火を放っていたのである。

「大分困っているようだねえ。奴らにとっちゃ、便秘みたいなものか。毎日溜まるし、放っておけばどこかで破裂しちまうかも」

品のないたとえをし、自ら大笑いする熟女子爵。副官は咳払いを一つすると提案した。

「とりあえず、私が出向きましょう。閣下が姿をお見せになるのは、最後という事で」

「わかった、任せるよ」

手をひらひらと振る熟女子爵。

文句をつけにやって来た使者に、こちらの領主が最初から会ってやる。そんな安売りをするつもりはなかったのだ。

愛騎であるB級騎士に乗り領主の館を出た副官は、北の国境線手前にある検問所で降りる。

（供はなしか）

天幕内に入れば、応接セットに座っているのは一人だけ。待たされたのが不快なのだろう、エルフ男の顔は険しかった。

「これはどういう事ですか！」

副官を見たエルフ男は鋭い声を発し、同時にテーブルを両手で叩き立ち上がる。

「勝手に検問所なるものを設け、通行を禁止するなど、これまでになかった暴挙です！」

いきなりの強い言葉に老け顔をしかめつつ、椅子に腰を降ろす痩せた副官。憤るエルフを見上げながら、静かに口を開く。

「検問所を設営したのは、我が国の領内です。調べはしますが、出入りを禁じてはおりません」

兵士が運んで来たコーヒーを受け取ると、ひと口すする。熱過ぎたのか、少し片眉を曲げ言葉を続けた。

「エルフ族で、足止めされた方はいないはずです。何か問題でも？」

「あるに決まっているでしょう！」

今度はテーブルへ、片方の拳を強く落とす。

「我らの里と取引のあった者達。それらを捕らえ、ゴーレム荷馬車を接収したというではありませんか！」

副官はわざとらしく顎をさすり、考えるふりをする。そして思い出したように軽く口を開けると、頷きながら返答した。

「あれは接収したのではありません、雇い入れたのです。相場に劣らぬ賃金を支払っておりますよ」

エルフの使者の目的は、廃棄物回収の再開。当然ながら、そんな答えでは満足しない。

「彼らだけではありません。精霊の森に向かおうとするゴーレム荷馬車の所有者達、その者達にも脅しを掛けているというではありませんか！」

今までの者達が駄目なのならば、新たな者達に運ばせよう。そう考え探したのだが、一人も首を縦に振らなかったのだ。

理由を問えば、通行を認められないからという。

「そこにも誤解があるようですな」

ゆうゆうと、コーヒーカップを空にする副官。

「通行を禁じたのではありません。精霊の森から廃棄物を持ち帰る、それを認めないと言ったのです」

「同じではありませんか！　なぜ急に、このような理不尽な行ないを？　我々は貴国の上層部にも顔が利くのですよ」

しかし副官は、頬の筋一つ動かさない。肩を一度すくめただけである。

「理がないとは思いませんね。ご自分のゴミくらい、ご自分のところで始末されたらどうです？」

静かな口調で言い返され、驚きで目と口を大きく開くエルフの使者。信じられない、という思いを顔全体で表現している。

「精霊の森ですよ？　世界の至宝たるあの地で、廃棄物を埋めたり燃やしたりしろと言うのですか！」

空のコーヒーカップを片手に、黙ったままの副官。少し待っても返答がないのに苛立ったエルフは、再度テーブルを両手で叩いて声を張り上げた。

「何たる意識の低さだ！　あなたは自分の事しか考えていない！　よろしい、この事きっと、貴国の上へ伝えさせていただく」

覚悟しておきなさい。そう捨て台詞を残すと、エルフの使者は席を蹴って天幕を出て行った。

左右に頭を振り、副官は大きな溜息をつく。すると背後から、熟女子爵が姿を現した。

どうやらA級騎士で副官の後を追い、天幕の奥で話を聞いていたらしい。

「一人で敵地に来て、怒鳴り散らして帰る。その度胸は認めてもいいかもねえ」

上司の言葉に、老け痩せは否定的な視線を向ける。

「鈍い、あるいは舐めている。その可能性が高いと思いますよ」

だろうねえ、とケラケラと笑う熟女子爵。表情を戻すと、考えるように中空を見つめた。

「こっちが駄目なら、どこへ持って行く？　王国は国境を接していないから、北部諸国かい？」

埋められず燃やす事も出来ないのなら、外に運び出すしかない。

「山越えが厳し過ぎます。人が背負うか、小型ゴーレム馬の背に積むくらいしか出来ません」

否定的に頭を振り、答える副官。同意しつつも、熟女子爵は指示を出す。

「一応知らせておやりよ。エルフがゴミを捨てたがっているから、気をつけろってさ」

「わかりました。それではニセアカシア国の王の耳に、それとなく入るよう手配しておきます」

突如熟女子爵は、下腹部と臀部を押さえうずくまった。

驚き席を立つ老け顔の幸薄そうな副官。それを手で制し、声を絞り出す。

「……敗戦姦の後遺症だよ。あの国の名を聞くと、思い出しちまうのさあ」

荒い呼吸で、フェロモンを撒き散らす女上司。その毒気にあてられぬよう、副官は顔を伏せる。

彼もその件には彼女の体の奥深くまでかかわっており、記憶は毎夜のお供。この場で鮮明に思い出せば、制服のズボンを盛り上がらせずにはいられない。

熟女子爵とその副官、二人が落ち着きを取り戻すまで、数分の時間を要したのだった。


そして舞台は、北の街から遥か南。

正確には南南東といったところだろうか、ランドバーン南東の大穴へと移動する。

『大穴』

それは荒野のただ中に姿を現した、すり鉢状の巨大なくぼみ。直径約千メートル、深さも五百メートルはあるだろう。

穴の斜面から底にかけてうごめく、無数のゴーレム。危険な大型魔獣の巣であると同時に、貴重な鉱物資源と期待されていた。

『見張りの結果を報告せよ』

大穴手前の平地。そこに外部音声で、大音を張り上げるA級騎士がいた。

陽光を眩しく反射する黒い甲冑。それに描かれた大輪の薔薇が、ローズヒップ伯の愛騎である事を示している。

（ふむ、異常はなしか）

周囲を見回し操縦席で頷く白髪短髪の大男、ローズヒップ伯が騎士の目で確認したのは、岩山の上に立つC級騎士の姿。

大穴周囲に点在する小高い岩山。そのうちの三ヶ所にC級を登らせ、周囲を確認させていたのである。

両腕で大きな丸を作ったその仕草は、敵影がないという合図だ。

『整列！』

掛け声に、騎士達が横一列に並ぶ。

この場にいるのは、薔薇騎士団（ローズナイツ）のB級六騎に、辺境騎士団のC級が三騎。ちなみに岩山で警戒に当たっているC級三騎は、辺境騎士団所属である。

『これより、採掘作業を開始する。薔薇騎士団（ローズナイツ）の二騎は、わしと共に降下』

列の端のB級二騎がガシャリと音を立て、一歩踏み出す。

『三騎はここで警戒。一騎は穴底からここまでの、運搬の護衛だ』

続いて踏み出す四騎のB級。黒地に薔薇が散りばめられた意匠の騎士、そのすべてが一歩前に出ている。

その様を一瞥（いちべつ）した後、ローズヒップ伯はC級騎士に顔を向ける。

列の背後に置かれた、運搬用の数台の荷車。それに一度視線を送ると、口調をややわらげた。

『辺境騎士団の諸君。君達には穴底からここまで、ゴーレムの運搬をしてもらいたい』

C級達は、一度だけ顔を見合わせる。そして一歩、前へと踏み出した。

薔薇騎士団（ローズナイツ）の真似をしたのだろう。

『よろしい。続け！』

皆に背を向け大穴に歩み出すA級に、二騎のB級が続く。三騎は大穴の壁面に沿って続く巨大な螺（ら）

旋の坂道を、一塊になって下り始めた。

『クレイゴーレムは坂下に落とせ、道上に残すな！』

大声で指示を出すローズヒップ伯。

粘土で出来たゴーレムなど、薔薇騎士団の相手になどならない。しかし遺骸を放置すれば、それを食いに他のゴーレムが来てしまう。

『了解！　運搬班の邪魔はさせませんよ』

即座に答える、薔薇騎士の一騎。目の前のクレイゴーレムに前蹴りを放ち、坂下へと叩き落とした。

ここで視点は、その騎士に乗る操縦士へと移動する。

（剣を使うまでもない）

息の根を止めるのではなく、下へ転落させる。それだけなら、こちらの方が効率がいい。

そう判断した彼は、クレイゴーレムを蹴り飛ばしつつ前に進む。

（這い上がっては、来ないよな）

大丈夫だろうと思いつつも、念のため坂下を覗く。一段下の坂道では、落下しひびの入ったクレイゴーレムに、他のクレイゴーレムが群がっていた。

（うっは、食ってる食ってる）

その光景は、鯉の群れが棲む池に餌を投げ込んだ時のよう。

（弱った奴は、他のゴーレムの餌ねえ）

上司の背を追いつつ、次のクレイゴーレムを足で蹴る。

粘土の巨人は宙に浮き、背中から下段へと落下。激突した衝撃で半壊した後は、さっきの繰り返しだ。

（喰らい合う事で精錬が進み、より上質のゴーレムが生まれる、という話だったよな）

わかってはいる。しかし共食いというものは、見ていて気持ちのいいものではない。

（野生っていうのは、厳しい世界だよ。本当に）

自分が人族である事に感謝しつつ、蹴りを放ちながら進むのであった。

『ストーンゴーレムの層に突入した。これからが本番だぞ！』

鼻歌まじりに、クレイゴーレムを蹴り倒して来た彼。しかしローズヒップ伯の声に、さすがに緊張が高まる。

ストーンゴーレムの強さは、標準的なB級とほぼ同じ。言い換えれば薔薇騎士（ローズナイト）のB級より弱く、辺境騎士団のB級より強い。

だがそれは、あくまで一対一の場合だ。

（巣の中に突入した状態だからな。包囲されたらやばい）

隣に並ぶ僚騎を見れば、相手もこちらに顔を向けていた。心なしか、不安そうな印象を受ける。

きっと操縦士は、喉仏を動かし唾を飲み込んでいるだろう。

（心配すんなよ、俺がいるからさ）

頷いてやると、向こうも頷き返す。いくらか安心したように見えた。

（恋人の前で、無様な姿は見せられないよなあ）

その思いは、向こうも同じだろう。

深く息を吸い、ゆっくりと吐き出す。そして額に浮かんだ汗を、手の甲で拭う。

『俺達で、親父の尻を守り切るぞ！』

自らに言い聞かすよう、外部音声で叫ぶ。そして己の薔薇に気合いを入れるのだった。


同じ頃のランドバーン。

南東の空を見つめながら、考え事をする髪の少ない中年男性がいた。辺境伯である。

「どうかなされましたか？」

声を掛ける、ハンドル形の髭をたくわえた痩せ男。辺境伯は振り返ると、悩むように口を開く。

「ローズヒップ伯は、薔薇騎士団(ローズナイツ)の半数を残して行ったが」

そこで一旦言葉を切り、軽く首を傾げる。

「もう少し連れて行った方がよかったのでは。そう思ってな」

幽霊騎士(ゴーストナイト)が現れた大穴、それに採掘という名のゴーレム狩り。戦力はいくらあっても足りないはず。

副官であるハンドル髭はそれを聞き、軽く息を吐く。何度も検討した議題だったためだ。

「死神卿が聖都に行かれている今、薔薇騎士団(ローズナイツ)が防衛の要です。ランドバーンの守りを、これ以上薄くするわけには行きません」

頷かない上司に、言葉を重ねるハンドル髭。

「想定される敵は幽霊騎士(ゴーストナイト)。申し訳ありませんが、閣下の辺境騎士団ではいささか力不足です」

いつも結論は、そこに至る。相手が幽霊騎士(ゴーストナイト)というのが問題なのだ。

辺境騎士団は、薔薇騎士団(ローズナイツ)とは違う。狙撃されれば動揺し、戦線や陣形を崩してしまうだろう。

あのように強い団結力を持つ騎士団は、世界でも稀有な存在なのだ。

「しかしだな」

「閣下」

すでに出た結論。それを蒸し返そうとする辺境伯の言葉を、ハンドル髭は鋭い口調で遮った。

「自分の目の届かない離れた場所、そちらの方が心配になるのは誰しもです。これ以上戦力を送れば、ローズヒップ伯の方が不安がりましょう」

肩を落とす辺境伯。

建設的でない事を口にした、その自覚があるのだろう。詫びの言葉を口に出す。

そして気持ちを切り替え、書類仕事をこなすべく机へ向かうのだった。

第二章　聖都の神前試合

聖都。それは王国と帝国の間にある、独立した都市国家。

数多いる神々の本殿が置かれ、参拝に訪れた信徒達で常に賑わう活気ある街だ。

とくに今の時期は、商売の神の神前試合が開催される。そのため混雑もひとしおだった。

(初めて来たが、凄いものだな)

円形の大広場の端に立ち、心に感嘆の声を漏らすハゲた男性。

年の頃は中年も終盤だろう。大きな荷物に旅装で身を固めたその姿は、他国から来た参拝客である事を示している。

(人が多いのは王都も同じだ。しかし、この建物の見事さよ)

溜息をつき、円形の大広場から周囲を見回す。そこにあるのは、荘厳さに満ち溢れた石造りの建造物群。

(まずは宿、その後は商売の神の神殿だな)

彼の名はアンデール。王都で、薬師向けの店を営んでいる。

ここにいるのは『聖都参り』のため。王都の商店街では毎年この時期、代表者を商売の神の参拝に送り出す。

『一生に一度は、商売の神の本殿へお参りに行く』

そのような慣習があったからだ。費用は商店街の皆が、寄付という形で提供してくれている。

アンデールが選ばれたのは、商店街のとりまとめを数期に渡って務めたから。

労多くして、見返りの少ない役目。それを労うための、ご褒美だろう。

（太陽がこっちだから、北はこっちか）

厚手の布マントに膨れた荷袋を肩に担いだハゲ親父は、開いた地図を回しながら、壁沿いを歩き始めたのだった。


数日後、風は冷たいながらも青空澄み渡る朝、商売の神の神殿の鐘楼（しょうろう）から、重い鐘の音が響く。それが告げるのは、四大大会（グランドスラム）の一つ神前試合の開始である。

「王国女Bだったね、そろそろ出番だよ」

神殿大広間に設けられた観客席。そこに座るサンタクロースによく似た人物が、隣の女性に声を掛けた。

豊かな白い髭が自慢のこの人物は、王国商人ギルドの副ギルド長。今年の王国チームの引率者である。

「はい、頑張って来ます」

薄桃色のワンピースを着た、おとなしそうな彼女。華奢な作りの両手を、ぐっと握り締める。

それを見て副ギルド長は、穏やかに微笑んだ。

「そんなに構えなくていいよ。力を抜いて、いつものとおりやりなさい」

やさしく深みのある声音に、いくらか安心したのだろう。笑顔で頷くと席を立ち、控え室へと小走りで向かう。

（彼女の先輩があれだったからな、緊張しているのかも知れん）

溜息と共に思う。キャサベルのサイドラインに座る王国女Ａ、彼女はすでに敗れていたのである。

何が悪かったかと言えば、やはり試合順であろう。開会宣言直後の第一試合だったのだ。

（実力を発揮出来れば、負ける相手ではなかったが）

場の雰囲気に呑まれてしまったせいで、半分も出せなかっただろう。副ギルド長が見るに、原因は『大舞台での経験不足』である。

予選で代表を決める他国と違い、王国は商人ギルドの推薦制。そして商人ギルドは『多くの者に経験を積ませたい』と、出場者を毎回変えているのだ。

（考え直す時が、来ているのかも知れぬな）

思索に一区切りつけると、会場内を見回す。そこは円形の大広間。

壁際には円形のステージが六つ、等間隔に配置されている。観客はステージの三方を取り巻く形だ。

（今頃は、着替えをしている最中か）

控え室は壁の裏。二つある扉から、選手はステージへと姿を見せる。

彼女が登場した時、人々はどんな反応を見せるだろう。

（はてさて、どうなるものやら）

期待と不安に鼓動を速めながら、副ギルド長は選手が現れるのを待った。

『王国女Ｂ！』

呼び出しを受け、扉を蹴り開ける地味子女王。

身につけているのは、わずかに三つ。膝上のレザーブーツと、左太腿に巻かれた黒革のホルダー、

それに顔を覆う真紅のバタフライマスクだ。

他はすべて剥き出し、ほぼ全裸と言っていいだろう。

「あの手に持っているのは、何だろうね？」

「牛追いの鞭のように見えますわ。しかしそんな物、持ち込むはずがありませんわよね」

副ギルド長の近くで、紳士と淑女がささやき合う。

彼ら彼女らの視線を集めているのは、地味子女王の右手。黒革で編まれた牛追い鞭(ブルウィップ)が、輪状に束ねられていたのだ。

一方、副ギルド長が注目したのは、太腿のキャンドルホルダー。色違いの太い蝋燭が二本、差し込まれている。

(赤と黒か。一般と手練(てだ)れ、どちらにも対応出来るよう考えたのだな)

自慢の長い白髭、それをしごきつつ頷く。

パアン！

唐突に会場へ響き渡る、鋭い破裂音。地味子女王が鞭を一閃させたのだ。

一瞬で観客席は静まり返り、直後に抗議の声が一斉に湧き起こる。

「鞭？　武器を持ってステージに上がるなんて、ルール違反だぞ！」

「王国女Ｂ？　王国は何をやっているのよ！」

失格、失格という連呼にも、地味子ちゃんは動じない。口の片端に笑みを浮かべるだけである。

その様子に、サンタクロースな副ギルド長は目を細めた。

(メンタルは大丈夫だな。バタフライマスクをつけている限り、女王様でいられるようだ)

そこに普段の、地味で気弱げな様子はなかった。

騒ぐ観衆を黙らせるように、再度振りかぶられる牛追い鞭。

『床を叩く』

そのような周囲の予想を裏切り、鞭は宙に円を描いただけ。しかしなぜか、激しい炸裂音が耳を打つ。

観客、対戦相手、それに立会いの神官までもが、思わず首をすくめた。

『ご観戦の皆様に、説明させていただきます』

鞭音で静かになった機を捉え、神官が法話用のマイクを手に取る。

『王国女Ｂの装備は、『罪と罰』というプレイにおいて標準的なものです』

顔を見合わせる観衆。

『罪と罰』、その名を耳にした事はある。しかし、その詳細までは知らなかったのだ。

『近年王国において発展著しく、プレイ人口も一定数を超えております。事前協議の結果、鞭と蝋燭の使用を認める事に致しました』

鋭い抗議の声こそ上がらないが、観客席には不満を含んだざわめきが満ちている。その様子に副ギルド長は、白髭をいじりつつ小さく息を吐く。

（先駆者ゆえ、試合前に理解を得る事は出来まい。結果で黙らせるしかないな）

視線をステージに向ければ、片手を腰にあて不敵に笑う地味子女王。

（頑張れ）

その姿を頼もしげに見やりつつ、副ギルド長は心に呟くのだった。

『試合始め！』

　続いて行なわれた神官の宣言に、地味子女王へ向け全裸の男が走り出す。

　鞭を持つ相手に、距離を取りたくなかったのだろう。しかし地味子女王はまったく動じず、右手を軽く振る。

「ふんっ！」

　手首のスナップだけで、鞭先は音速を突破。発生した衝撃波が、耳をろうする音を生み出す。

　本能的な恐怖で、対戦相手の足は鈍った。

「そらっ！」

　地味子女王の声と共に、横への一振りが男の二の腕を叩く。

　痛みに顔をしかめ、数歩後ずさる対戦相手。しかしそこはまだ、地味子女王の射程内だ。

「逃げられると思ったあ？　そんな訳ないだろう、ほらっ！」

　次々と左右から襲い来る鞭。腕を立てて防ごうとするが、先端は止まらない。

　当たった腕を支点に回り込み、男の背中をしたたかに打つ。

「ぐっ」

　ついに床へ膝を突く対戦相手。その光景に観客席では雅な服を着た女性が顔をそむけ、隣のおっさんが怒号を上げた。

「単なる暴力ではないか！　このようなプレイ、断じて認めるわけにはいかん！」

　席から立ち上がり神官を指差すと、憤怒の表情で抗議を開始。対戦相手の応援席なのか、周囲の者達もすぐに同調し騒ぎ出す。

「ただちに止めさせたまえ！　これは正式な抗議――」

ガンッ！

「何をする！」

背後から椅子を蹴られたおっさんは、悪鬼のように顔を歪めたまま振り返る。そしてそこに、昏い目で見つめ返す男の姿を見た。

「……邪魔だ、座れ」

細い顎を軽く動かす、長身の男。体を椅子に低く沈ませ、長い手脚を組んでいる。

特徴的なのは、こけた頬と目の下の隈。この人物を知らぬ者など、この場にいるはずがない。

（死神！　どうしてここに？）

感情のこもらぬ視線を受け、おっさんの心は凍りつく。

死神が、瞬殺に近い形で勝利したのは知っていた。しかし他の帝国代表の試合は、まだ続いている。席に座るのなら、違うステージの方だろう。

「し……失礼」

疑問を口に出す事なく、おっさんは椅子に崩れ落ちる。そして死神の視線の邪魔にならぬよう、極力身を丸めた。

そこまでする必要はないのだが、背後への恐怖が体を動かしたに違いない。

（……死神は、抗議をするのか？）

二つ離れた席に座る若い男は、目を合わせないようにしつつも死神を窺う。彼は丸くなったおっさんと同じ立場、対戦相手の応援者だ。

（今の死神の行為は、目の前で立たれ試合が見えなくなったからだろう。『罪と罰』への態度は、まだわからないぞ）

大会への欠場が続いていたため、直近の順位は二桁に落ちている。しかしその実力は、間違いなく一桁。

さらに背後にあるのは帝国だ。その発言は重い。

（死神が認めないのなら、この試合は没収出来る）

母国の代表が劣勢な今、最低でも武器を禁じた上での再試合。出来るなら相手を失格に追い込みたい。

死神の直撃を受けたおっさんは、下を向いて震えている。しばらくは使い物にならないだろう。

（俺がやらないとな）

その役を引き継げるのは、この場には自分だけのはず。

（さあ、否定か？　否定してくれ）

期待を込めて見守るも、ついに死神は動かなかった。

『お静かに願います。これ以上の抗議は、妨害とみなし退席いただきます。ご注意下さい』

死神が否定側に回らないのを見て、内心安堵しながら神官が告げる。この通告で若い男は肩を落とし、場も一気に収まった。

各国の貴賓が集う四大大会会場（グランドスラム）において退席処分など受ければ、名声と将来に影が差す。皆、その事を理解したのである。

「どうしたあ？　そらっ！」

れ舞う。

観客席の騒動など、意識すらしていないのだろう。ステージ上では相も変わらず、女王様の鞭が乱れ舞う。

一度は立ち上がったものの、対戦相手の男は再度膝を屈していた。

(何だこれは)

これは対戦相手の男の心の声、にじんでいるのは困惑である。

繰り返し与えられる、鞭による鋭い痛み。しかしそれは後を引かずに去り、その後じんわりとした熱さが甘い疼きを従え広がっていたからだ。

(一体、何だというのだこれは)

理由がわからない、このような経験もした事がない。

(受け続けては、まずい)

だが、その事だけはわかる。しかし、どうしても体に力が入らない。彼に出来るのは、四つん這いで鞭を受け続ける事だけだった。

「だらしないね!」

地味子女王はあざけるように叫ぶと、横振りから縦振りに変える。

雨と化し、男の背中と尻を叩き続ける鞭。だが決して、頭には当たらない。完璧にコントロールされていた。

「ああっ!」

リズムを刻む鞭の音、その中でも明確に聞き取れる男の声、多分に甘さを含んだ悲鳴である。

「へえ?」

それを耳にした地味子女王は鞭を止め、男の背後に回り込む。

「……？」

突然やんだ鞭の雨に、やや切なげな表情で顔を上げる男。だがそこに地味子女王はいなかった。

（どこだ？）

左右に視線を動かした時、自らの尻が踏まれたのを知る。

（後ろ？）

背後を振り返り、確認しようとしたその時。

「うああっ！」

自分の大桃の中央に咲く花へ、何かがねじ込まれる感覚が走ったのだ。その正体は地味子女王の、膝上レザーブーツのかかとである。

「あっ！　かっ！」

四つん這いのまま背を反らし仰け反る、対戦相手。開きっ放しの口は、断続的に意味のない言葉をつむぎ出す。

一部の紳士淑女達は、口を手で押さえ悲鳴を押し殺した。

尻を足で踏んだ後、そのままヒールを押し込むという荒技。それを自分に置き換え想像し、耐えられなくなったのである。

「キャンドルを使うまでもないなんて、素質があるんじゃないの？　ねえ？」

薄い笑みを口元に張り付けたまま、かかとをさらに沈ませる地味子女王。

しかし、見た目ほど乱暴ではない。専用に加工されたヒールの侵入は丁寧で、男の花を傷つけるような事はなかった。

「ふうん、こんなもの？」

地味子女王は鞭を一振りし、宙に円を描く。同時に炸裂する、鋭いクラッキング音。

耳にした対戦相手は、本能的に花を閉じようとした。だがそれは自爆に近い反動を与え、一線を越えさせてしまう。

「あああっ！」

情けない声と共に、股間から真下へ敗北を勢いよく吐き出し始めた。

『勝者、王国女Ｂ！』

止まった頃合を見計らい、地味子女王はヒールを引き抜く。その衝撃で、残っていた敗北の印が再度滴り落ちた。

「ふん」

口の片側を曲げつつ、その光景を見やる地味子女王。肩をすくめると、鞭を持ったまま大きく腕を回す。

真上に螺旋を描く、革で編み上げられた牛追い鞭（ブルウィップ）。手を離すと、束ねられた状態で手元へと落下。目線を向けもせず受け取ったその姿は、観客の多くへ恐怖を与えるに充分な技量であった。

（……まさかこれが出て来るとは、参加してみるものだな）

目の下に濃い隈のある凶相の男は、目をやや細め、くつくつと笑う。そしてあろう事か、膝の上で軽く拍手の真似事までしさえした。

（死神に火がついた？　もしそうなら、あの女終わったぞ）

（ああ、仮に次勝ったとしても、その次は……）

周囲に座る者達は、トーナメント表を振り返りつつささやき合う。

王国女Ｂは、三回戦で帝国男Ａとぶつかる組み合わせだったのだ。


一方、同じ時刻に始まった別の試合も、大きな注目を集めていた。時を少しばかり、選手の呼び出しの時まで戻そう。

「招待Ａ！」

審判役の神官の声に舞台袖から歩み出たのは、全裸にバスローブ姿の固太りの中年男性。その男の姿を目にした観客達は、一瞬静まり、次に大歓声を上げる。

「世界一位（ワールドチャンピオン）だぜ！」

「引退したんじゃなかったの！」

興奮で床を踏み鳴らし、そのような会話をあちこちで交わす観客席の男女。

『名のある大会に出場しなくなって数年が経つも、なお累積ポイントで世界ランキング一位に留まり続ける生きる伝説』

それが登場したのだから無理もない。

固太りの中年男は片手を上げて応えると、舞台の中央へ歩を進めた。

「帝国女Ａ！」

続く神官の言葉に、逆袖から現れる女性。年の頃は二十代頭くらいだろうか、金髪を両耳の後ろで縦ロールにして下げている。

体つきはバスローブの上からでも豊かな凹凸が見て取れ、抱けばさぞかし心地いいであろう。

二人は脱いだバスローブを後方へ放ると、向かい合って一礼。

「始め！」

直後に発せられた神官の宣言を受け、ビッグネームを警戒するグラマラスな若い女性は、敷き詰められたマットを踏みきって後方へ跳ぶ。しかし固太りの中年は、その場に自然体のまま留まった。

（何かしら、私の事を覚えている？）

距離を取った金髪縦ロール嬢は、相手の目を見つめたまま自身へ問う。

先ほど『帝国女Ａ』と呼ばれた時、固太り中年は一瞬だけだが、自分を興味深そうに見つめた気がしたのだ。

帝都の最高級娼館に勤める彼女は、彼の調律を受けた事がある。だがそれは他の男性とプレイしているところを見てもらっただけで、肌を重ねた事はない。

（もしそうなら光栄だけれど、違うわね）

自分が過敏になっているのだろう。

（伝説が相手でもやるしかないわ）

帝国内の予選を勝ち抜き出場権をつかんだ自分だが、それだけでは名は広まらない。看板娘と呼ばれるようになるためには、『出場した』だけでは駄目なのだ。

神前試合で、確たる結果を残す必要がある。

（ここに立てたのは、私一人の力じゃない）

思い浮かぶのは、特訓のために出番を減らしたにもかかわらず、ある程度の給与を払ってくれた店。

それに余暇の時間を削って鍛錬を手伝ってくれた、店のコンシェルジュ達。

応援し支えてくれた彼らのためにも、『自分がいる事で、店の格が上がり上客が来る』ようにしたかった。

（尊敬はしています。ですが負けるわけには行きません）

当初感じた気後れは、湧き上がった闘志に押しのけられ、すでに霧のように消えている。

（行きます）

深く息を吸った彼女は、吐き出す途中で止め、低い姿勢で溜め込んだ脚の力を解放し突進したのだった。

そこから始まったのは、金髪縦ロール嬢のタックルからの寝技の応酬。互いに上になろうと、あるいは背を取ろうと、桶の中のドジョウのように絡み合う。

（おかしいわ。強くはあるけれど、覚悟していたほどじゃない）

目に入りかけた汗を手の甲で拭いつつ、帝国女Ａは経過を振り返る。

『急所へ伸ばされた手を払い流し、逆に腕を拘束しようとするが、抜け出される』

そのような一手ごとの勝負の積み重ねの中、ヒヤリとする場面は何度もあった。しかし、ほぼ互角の戦いを行なえていたのである。

（これは隙？　いえ駄目ね、危険よ）

そのさ中、勝機らしきものを見つけるも、本能が警告の鐘を激しく鳴らす。

無名の相手ならともかく、相手はあの世界一位（ワールドチャンピオン）。その名の前には、とてもではないが過信など抱けない。

（やっぱりね）

飛び込みたくなる衝動を抑え、男の脇腹へ手を伸ばすに留めた彼女。結果は予想どおり、世界一位（ワールドチャンピオン）による罠。

もし踏み込んでいれば背後を取られ、後方斜め下から刺し貫かれていただろう。

（私の実力を測っているのだわ）

ニヤリと口で笑う固太り中年を見て、確信する。

『この程度も見抜けないのなら、これ以上相手をする価値はない』

そういう事なのだろう。言い換えるなら、ここからが本当の勝負という事だ。

（くうっ、はっ激しいい）

責める中年男の力の入れ具合が増した事により、マットの上でのたうつ二人の攻防は、さらに激しさを増す。

『頭を押さえつけられ、顔をマットに押し付けられ、尻を高く掲げた体勢からのバック責め』

三回ほど突き込まれたが、何とか振り解（ほど）いた金髪縦ロール嬢。中年男が片膝を突いたところを、今度はこちらが仰向けに転がし上に乗る。

『マウントを取った状態での腰シェイク』

得意の技で反撃するも、固太りの男にブリッジでバランスを崩され、その間に抜き離れられた。

この応酬のみを切り取れば、拮抗（きっこう）していると言えるだろう。しかし地力の差から、抱き心地よさそうな体を持つ帝国女Aは、徐々に追い込まれて行く。

（時間と共に勝機は減るだけね。何とかしないと）

何度目だろうか、互いに距離を取り、立った状態で向かい合う両者。自然体で股間も仁王立ちさせている中年男を前に、金髪縦ロール嬢は険しい表情で中腰で構える。

『劣勢な側が仕掛ける、起死回生の一手』

彼女が考えているのはこれだ。

しかし当然、相手も読んでいるだろう。だから通常、カウンターを合わされ敗北を早めてしまう事が多い。

(逆手に取るのよ)

初手が返されるのを前提に、逆激へのカウンター。いわゆる『カウンターへのカウンター』である。

しかし彼女は、自慢の縦ロールを耳の後ろで横へ揺らす。『足りなさ』を感じたのだ。

(……世界一位（ワールドチャンピオン）なら、きっと見抜くわ)

そして考えたのは、二段回ではなく三段回の策。

『カウンターへのカウンター、それに合わせた世界一位（ワールドチャンピオン）の迎撃に、さらにカウンターをかぶせる』

ここまでしなければ、戦局をひっくり返せないだろう。しかし成功させるハードルは、見上げる首が痛くなるほど高い。

(初手に次手、それへしっかり力を乗せないと、三手目がある事を見抜かれてしまうでしょうね)

かといって自分のリソースを傾け過ぎれば、フィニッシュブローが軽くなる。相手に耐え凌（しの）がれてしまえば、後に残るのは力を使い切った抜け殻の自分だ。

(潜在する力を掘り起こすしかない)

燃料計がゼロを指しても、まだ残っている部分。あるいは『積載限界重量』を載せた後の、安全のために使ってはいけない領域。

（世界一位(ワールドチャンピオン)は一流の調律師。私の力量を正確に見積もっているはず）

ならば裏を掻くには、それ以上を出すしかない。

（力を貸して）

心に思い浮かぶのは、予選で倒して来た強敵(とも)達の顔。彼女達が弱くなかった事を示すためにも、自分は好成績を残さなくてはならない。

ちなみにその中に、帝国第二の都市の港町にいる、やたら攻撃的で自信過剰な少女の姿はなかった。

（都合がいい事だとはわかっている。だけどお願い）

勿論、実際に気力や体力を貰う事など出来はしない。しかし効果はある。

暗示だろうと背を押してくれる者達の存在は、『意識の外にある安全装置』を解除する助けになるのだ。

（ありがとう。私、全部を使うね）

強敵(とも)達が頷く幻視と共に金髪縦ロール嬢は、戦慄にも似た震えで追加された力を実感。そして予選を勝ち抜いた者としての責を背負い、帝国女Aは再度マットを踏みきって跳ぶ。

今度はタックルではない。宙で横へ反転してのフライング・ヒップ・ボムである。相手を背からマットへ倒し込み、大きめの尻で暴れん棒を呑み込み吸い上げるのが狙いだ。

（かわされた）

闘牛士のように体をずらされ、金髪縦ロール嬢はお尻からマットに激突。そこへ固太りの中年男は、正面から覆いかぶさろうと宙へ舞う。

カードゲームのトリックテイキングで言えば、『二枚引き（ドロウ・ツー）』を『二枚引き（ドロウ・ツー）』で返されたような感じであろう。

（次よ）

マット上で仰向けからうつ伏せへと身をひるがえし、彼女は尻を力強く向ける。

『上から跨るのはではなく、下から突き上げる』

上下は違えど、棒を捕まえるのは同じ。重要なのは主導権を握る事だ。

これでカードはさらに足され、ペナルティで引くカードは六枚に増える。

（やはり読んでいたわね。だけどそれは、こちらも同じ）

宙にありながら両手を伸ばし、金髪縦ロール嬢の尻を鷲づかむ中年男。足から着地した彼は『立った体勢で後ろから刺し貫く』べく、両手に余る大桃を引き寄せながら腰を突き出す。

もし三手目を準備していなければ、彼女は試合序盤と同じように、『顔をマットに押し付けられた状態での、背後からの間断のない突き』で責め潰されていただろう。

（でもね、本命はこれなの！）

尻を引きずり上げられる中、両手で思いきり床のマットを突き飛ばし、豊かな胸を縦に揺らしながら上半身を持ち上げた。そしてそのまま体重を乗せ、後ろへと男の体ごと押し倒す。

『マウントを取った状態での腰シェイク』

持ち込む形はこれであり、彼女が序盤に見せた、最も自信のある技だ。

『女の初撃、男のカウンター、女のカウンター、男のカウンター、女のフィニッシュブロー』

五枚目の『二枚引き（ドロウ・ツー）』で、引くべきカードの枚数は十枚。いかな世界一位（ワールドチャンピオン）とはいえ、これほどのダメージには耐えられまい。

(やった！　成功よ)

マットへ仰向けに倒れ込んだ固太り中年と、男に背を向ける形で跨り呑み込んでいる金髪縦ロール嬢。色白で形良い大きめの尻は、今や前後左右それに8の字にと、肉を波打たせ暴れ回っている。

「もしかして、世界一位が負けるんじゃないのか？」

これは観客席に座るある男の言葉。根拠は固太りの中年男の表情だ。

落ち着き払っていたそれが、明らかに苦悶するものへと変わっていたのである。

「去年は死神が負けたんだ。今年ビッグ・ネームが沈んでもおかしくはない」

そう返す隣の男の口調は熱い。

大金星などという表現では、到底追いつかない戦果である。『時代の変わり目を目撃しているのかも』との思いが、心を高揚させているのだろう。

(行ける、行けるわ)

全力で尻と耳後ろの縦ロールを振る彼女も、腹ごたえを感じていた。腹中で感じる男の棒のサイズが一回り大きくなり、また硬度も一段階増していたのである。

『噴火の前兆』

経験からして間違いない。

安全面から、自らの意思では使う事の出来ないマージン。それさえも注ぎ込む事で得た一手。

次は通用しないだろう。だがこれはトーナメント戦、今勝つ事が重要なのだ。

「行くのはお前だ」

だがそれも、背後からささやかれた一言で凍り付く。固太り中年は、いつの間にか上半身を起こしていたのである。

次に両手で彼女の腰をガッシリとつかみ、動きを止めた。

(予測のうちだというの？　これさえも)

だがそうは思えない。仮に苦しむ表情が演技であったとしても、腹中の棒が膨れたのは間違いないのだから。

彼女の疑問を察したのだろう、世界一位(ワールドチャンピオン)は言葉を継ぐ。

「種明かしをしてやろう。これが私の適正な状態なのだ」

それを聞いて、金髪縦ロール嬢の顔から色が抜け落ちる。事実とすれば今までこの男は、『半立ち』で戦っていた事になるのだ。

「まあ、八割といったところだがな」

続く説明から、さすがに半分ではなかったらしい。

しかしそれでも、何という力の差であろうか。自分は力を二割抑えた相手に、死闘を演じていたのである。

(……皆、ごめんなさい)

もはや余力の残っていない彼女の体から力が抜け、それを感じ取った男は慰めるようにさらに言う。

「お前は強い、誇ってよいぞ。ただ私が、お前以上に強かっただけだ」

口を閉じると固太りの中年は体を前に倒し、マットへうつ伏せになった金髪縦ロール嬢の背に、覆いかぶさる体勢を取る。

そこから始まったのは、『潰す』という表現がふさわしい体重を乗せたピストン。

（いい味だ）

勝敗はもはや覆らない。そう判断した固太り中年は、倒す事から楽しむ事へと意識を変える。

ちなみに『避妊魔法の無効化』はしない。あれは調律における鞭なのだ。

（心置きなく飛べ！）

放たれたのは、刀身が半ば抜けるほどまで膝と両手で跳び上がってからの、股間の一点に全体重を掛けてのプレス。

カードゲーム的には、最終的に彼女が引かされる事になったカードは十二枚。耐えられるはずもなく、涎を垂れ流しながらの大絶叫の果てに、白目を剥いて意識を失ったのだった。

（港町の小娘が、帝国代表になれないわけだ）

これは世界一位（ワールドチャンピオン）の心中の声。心も技も違い過ぎる、と納得の頷きをした後、壮絶なラストスパートを見せつけられ静まり返っている会場を見やる。

「この者、美味なり！」

息を深く吸い込んでから発せられたのは、会場に轟（とどろ）き渡る大音声。それは世界ランキング一位にして一流の調律師による、味の保証だ。

この一事だけで、しばらく彼女の属する店の前には男達の行列が出来るだろう。

「勝者、招待A！」

審判である神官の宣言に、席には徐々にざわめきが戻って行く。そして最後には大きな歓声となり、『世界一位（ワールドチャンピオン）！』の連呼へと変わる。

それへ片手を振って応えると、マット上で余韻でのたうつ金髪縦ロール嬢を残し、袖へと消えたのだった。

世界樹のふもとにあるエルフの里。そこには繊細な装飾の施された木造の家々が建ち並び、木材で舗装された道が縫うように走る。

道脇の掘割には、清らかな水が音もなく流れ、刈り整えられた芝生が目に眩しい。

『オスト大陸で最も美しい街』

エルフ達の自慢も、決して言い過ぎではないだろう。しかし今、道端で話し合う彼らの表情はすぐれなかった。

「何で駄目なんだよ」

「困るわね、どうする気なの」

エルフ達が見ているのは、辻(つじ)に立てられた看板。

『当面の間、ゴミの収集は延期させていただきます』

そこにはそう記されている。そしてエルフ達が手にしているのは、麻で出来たゴミ袋。

週に一度、里を訪れていた人族のゴーレム馬車。それが来なくなったため、里外の集積所には堆(うずたか)い山が出来ている。

いずれも、家庭や工房から出された廃棄物。一部では異臭を放ち始め、原色の液体も染み出していた。

「最近、水もまずくなって来たし、ハイエルフ様達はいったい何をしておられるのだ？」

顔をしかめるエルフに、何人もが頷く。

里の者達がハイエルフに従うのは、快適に生活出来るがゆえ。不満が高まれば支持を失い、敬うのも表面的なものとなるだろう。

ハイエルフ達もわかってはいる。しかし、手の打ちようがなかったのだ。

『神聖なる精霊の森で、ゴミを埋めたり焼いたりなど出来ぬ』

これだけは譲れなかったのである。

急速に増え続ける廃棄物の山。それに比例し募る、民の苛立ち。

エルフ族首脳は予想すらしていなかった問題で、早期の行動を迫られる事になったのだった。


舞台は精霊の森から南東遥か、王都へと移る。

王城の敷地内に建てられた迎賓館。現在ここには、東の国からの賓客が滞在していた。

「お疲れ様、今日も頑張ったわね。冷たい果実水でもどう？」

労いの声と共に女性が、テーブルに氷の入ったグラスを置く。年の頃は二十代前半だろうか、真新しい司教服に身を包んでいる。

「ありがとうございます、舌長様。……あっ、すみません司教様」

ソファーに座るお姫様カットの少女が、慌てて言い直す。その様子に舌長様は、ニッコリと笑う。

「いいのよ、まだ就任したばかりだしね」

豪華で広い客室にいるのは、彼女達二人だけ。ここにいる理由は、大司教の命（めい）である。

明るみになったアウォークの洗脳事件。その被害者の数は多く、しかも洗脳強度が深かった。

自国のみでは手に負えずと、王国は聖女の派遣を懇請し、東の国は応えたのだ。

「張り切るのはいいけれど、無理は駄目よ。冷たいようだけれど、体調を崩したら救える人の数が減ってしまうわ」

ドライな表現だが、声音はやさしさに満ちている。彼女なりに、聖女をいさめようとしているのだ。

それに答えず、聖女は違う話題を出す。

「今さらですけれど、神前試合に出なくてよかったのですか？」

炭酸の泡が立つ甘いレモン水、それを口に運びつつ尋ねる聖女。その姿は、国賓というより女子高生のように見えた。

正面のソファーに腰を下ろしつつ、舌長様は少しだけ肩をすくめる。

「そうね。正直、残念な気持ちはあるわ。だけど、こちらの方が重要な仕事よ」

言いながら、自分も果実水を口に含む。爽やかな酸味と甘みに、思わず目を細めた。

舌長様は世界ランキング二桁上位で、東の国では最上位。聖都で行なわれる神前試合の、出場権を持つ。

しかし今回は仕事が重なったため、権利を譲ったのだ。

「何といっても、悪魔に心を惑わされた人達を救うのですからね」

グラスを置き、そう続けた舌長様。

彼女の仕事は、女子高生聖女の付き添い。王国との打ち合わせから身辺警護まで、すべてを取り仕切る。

世慣れぬ女子高生聖女はお人よしの傾向が強く、放っておくと、いいように使われてしまう可能性が高いのだ。

「……どうしたの？」

返事をせずに下を向く女子高生聖女を見て、舌長様は怪訝な表情を作る。

顔を上げた女子高生聖女の顔には、思い詰めたものがあった。

「私の力は、ちゃんと人々を救えているのでしょうか？　魔を祓う事が、出来ているのでしょうか？」

答えのわかりきった質問に、思わず呆れそうになる舌長様。しかし女子高生聖女の必死な様子に、その思いを隠す。

「ええ勿論よ。どうしてそんな心配をするの？」

Dランクの状態異常回復魔法がなければ、解除出来ない強烈な洗脳。

王国では高位の魔術師を総動員し、かつポーションを掻き集めている。しかし、まだまだ足りないのが現状だ。

『Cランクの状態異常回復』

そんな中、この力を日に数度発揮出来る女子高生聖女の存在は、感謝という言葉では言い表せないほど大きい。

「不安なんです。私の聖水は、本当はただの色つき水じゃないかって」

どうも自信を喪失し、不安にさいなまれているらしい。

「あなたの力は、皆の役に立っているわ。思い出してごらんなさい？　あの人達の姿を」

被害者達は例外なく、聖水を浴びている途中で正気に返る。その後は顔面で受け止めながら、感謝の言葉を口にするのだ。

しかし、女子高生聖女は納得していないらしい。再度うつむき、膝の上で手を握り締めた。

(困ったわ。こういう時、どうしたらいいの？)

教会という狭い世界でエリート街道を駆け抜けて来たため、舌長様の悩んだ経験は人よりも少ない。

しかも出世が早い分、周囲は年上ばかりであり、ゆえに年下の扱いは苦手だった。

(危険なくらい、追い詰められているわね)

わかるのは、それくらいである。

女子高生聖女が仕事に没頭するのは、忘れたい何かがあるのだろう。こうして時間が空いてしまうと、その何かを思い出してしまうに違いない。

「もしかして、あまり眠れていないのではなくて？」

図星だったらしく、お姫様カットの女子高生は体を緊張させると、うつむいたまま小さく頷いた。

(これじゃ、体も心も持たないわ。せめて、ゆっくり眠ってもらわないと)

聖女が倒れれば、一緒にいた自分は責任を問われる。しかしそれ以上に、王国の担当者も責められるだろう。

最上級のおもてなし。それを受けているのがわかるだけに、あまりにも気の毒だった。

「おいでなさいな。少しでも寝ないと体に悪いわ」

椅子を立ち、女子高生聖女を寝室へといざなう。

舌長様は、自分に出来る事で問題を解決する事にした。

(忘れさせてあげましょう)

それは彼女の得意とするもの。長い長い舌をちらりと出し、自分の眉間を舌先で突く。

そうして軽く舌の準備運動を済ませると、聖女をベッドに寝かせ毛布を掛ける。そしてそのまま、下からベッドに潜り込んだ。

「し、舌長様、何を！　まさか」

経験はまだないが、舌長様の事は知っている。

東の国では、現役最上位のランキング所持者。武器は勿論、その長い舌だ。

しかも守備範囲は、性別を問わない。いや、女性を好むとさえ言われている。

「あっ、やっ、待って下さい！　ああああっ！」

その卓越した技量に、経験のない女子高生聖女は一瞬で陥落。数十分後には、穏やかな眠りへと落ちる。

王国滞在中、毎夜繰り返されたこの行為。それは彼女の心を、少しずつ癒やして行ったのだった。

こうして女子高生聖女は、男を知らぬまま女の虜になったのである。

さらに舞台は王都から北西へ、帝都の宮廷に移動。そこでは現在、円卓会議が開催されていた。

上座に座るのは、やや垂れ目がちの男性。年齢は中年から老年に差し掛かった頃だろう。

皇帝である彼は、円卓に座る臣下達を見回す。いくつかの空席を確認した後、おもむろに口を開いた。

「諸君、北の街の街道に、子爵が検問を設置したのは知っているな？」

全員が頷く。

北の街は、精霊の森のすぐ南にある地方都市。エルフ族の脅威から国を守るため、熟女子爵が領主として赴任したばかりである。

空いている席の一つは、前回まで彼女が座っていた場所だ。

「エルフが持ち込み、我が国の領内に捨てていた廃棄物。それを止めさせたと聞いております」

声を出したのは、背の高いロマンスグレーの紳士。侯爵である彼の言葉に、皇帝は頷く。

「早速、帝都へエルフの使者が来た。ただちに検問を廃し、従来どおり往来を自由にせよとな」

薄い笑みを浮かべ、言葉を継ぐ。

「それがかなえられるまで、我が国との取引は行なわぬそうだ」

皇帝が言い終えると同時に、円卓周囲がざわめき出す。

エルフ族は、帝国の主要な交易相手。精霊の森でなければ手に入らぬ、貴重な産品も多い。

「よろしくないですな。魔法素材に限れば、代替の利かない物も多うございます」

帝国魔法学院の学院長である痩せた老人が、眉間に深い縦皺を刻みつつ唸る。

隣の席のでっぷりと太った中年男性は、顎が肉に埋まるほど頷き、学院長が言い終えた後に口を開いた。

「いや、買うだけではありませぬぞ。売る方もかなりの額になります。取引を止められれば、立ち行かなくなる者達も多いでしょう」

彼の言葉に続いて、何人かが考えを声に出す。

「確かにそうですな」

「いや、論点はそこではあるまい。他国に自領で勝手な事をさせてはならぬ」

同意する者、反論する者など様々。

意見の応酬が続く中、それを遮るように皇帝は声を発した。

「先に言っておく。余はこの件で、妥協するつもりはない」

円卓を囲む面々は驚きつつも口を閉ざし、次の言葉を待つ。

皇帝は、自由に意見を出させた後に決断を下す事が多い。今回のように主導し、結論を先に告げるのは珍しかったのである。

「売れず買えない、それは向こうも同じであろう」

それを耳にし、でっぷりと太った中年男性は手を挙げ発言を求めた。

許可を受けると、額の汗を一拭きして口を開く。

「ですがエルフは、我が国以外と売買をする手があります。それでは他国に富が流れてしまうでしょう」

背後を振り返った皇帝は、壁に掛けられた大きな地図のタペストリーに目をやった。

「我が国以外というと、北部諸国だな。東の国はもとより、王国も境を接しておらぬ」

精霊の森のエルフの里、そこにつながる街道は二つ。

一本は南へ向かい、帝国の北の街へ。もう一本は南東へ延び、北部諸国を経由して王都へと達する。

壁掛けの地図を無言で見つめていた侯爵は、少し考えた後、深く頷いた。

「なるほど、そういう事でしたか」

侯爵へと顔を向ける、でっぷりと太った中年。自分にわからぬ事を理解され、焦りと不安を浮かべている。

その様子を見て、侯爵は礼儀正しく助言した。

「エルフが我が国から何を購入していたか、名を挙げてみてはいかがです」

うながされるまま、でっぷりと太った中年は指を折る。

「鉱石、皮革、毛皮、それに陶磁器やガラス類、油などもありますな。他には……」

何かに気がついたように、途切れる声。

脇で聞いていた老齢の騎士団長は、手のひらを拳で叩く。そして感嘆の声を上げた。

「いずれも重いか、あるいは嵩張る物ですな。そして北部諸国との境にある山々は、非常に険しい」

腕を組み、何度も頷きながら言葉を続ける。

「とてもではありませんが、馬車では運べますまい」

セリフを取られた形だが、でっぷりと太った中年は気を悪くなどしない。騎士団長の人柄であろう。

皇帝は円卓全体を見回し、声を張る。

「そうだ、あの道を馬車は通る事が出来ぬ。我が国の街道の代わりにはならん」

石畳で舗装された、幅の広い道。そこを大型のゴーレムに引かれた荷車で運んでいた品々だ。

荷車を引かず四つ脚で山を越える小型ゴーレム馬が、背に積んで運べる量ではない。

しかし、まだ得心が行かないのだろう。魔法学院の学院長が、手を挙げ発言する。

「エルフの持ち込む品は、小さく高価な物が多うございます。山を越え、北部諸国へ持ち込まれてしまいましょう」

「だろうな」

即座に肯定され、声を詰まらせる学院長。

「北部諸国に商人を送り、必要な分は高値でも競り落とす。それしかあるまい」

皇帝の言葉に、両拳を握って学院長は訴えた。

「それでは結局、エルフに金が流れてしまいます。値が上がる分、かえって喜ぶのではありませんか！」

そんないきり立つ学院長へ、隣の席からなだめるような声が掛かる。

声の主は、先ほど侯爵にいい所を取られた、でっぷりと太った中年。表情に余裕があるのは、学院長より先に自分が気づいたからであろう。

「学院長殿、確かにエルフへ金は渡ります。ですが彼らは、どこで何を買うのですかな？」

眉根を寄せた学院長は、次の瞬間口を大きく開く。それを目にし、でっぷりと太った中年は穏やかに続けた。

「そうです。いくら袋を金貨で膨らませても、欲しい物は手に入りません。北部諸国で購入しても、運ぶ手段がないのですから」

「……確かに」

気の抜けたような声を出した後、口を閉じる学院長。表情を軽く歪めているのは、理解が遅かった事を恥じているのかも知れない。

逆に満足そうな笑みを浮かべたのは、でっぷりと太った中年だ。

「他に、何かあるか？」

皇帝の問いにただ一人、手を挙げる侯爵。目でうながされ、ロマンスグレーの紳士は口を開く。

「しかし我が国の収支が、マイナス側へ大きく針を振るのは確かです。その点は、どのようにお考えですか？」

皇帝は別の空席、辺境伯の席に目をやり返答する。

「新しい鉱山、その収益で賄うつもりだ。辺境伯には、さらに頑張ってもらう事になるがな」

鉱山とは、昨今発見されたランドバーン南東の大穴の事。そこに生息するゴーレム達が、鉱物資源である。

採掘という名のゴーレム狩りも始まり、ランドバーンは活況を呈しているという。

（指揮しているのは、ローズヒップ伯だったな。辺境伯のもとには、有能な人物が集まり過ぎなのではないか）

侯爵は、先日の光景を思い出し唇を噛む。

荷車の上に横たわる、首を落とされたヘヴィーストーンゴーレム。それが帝都大広場に運び込まれたのだ。

『A級騎士に匹敵する』

そうみなされ、出現した時は帝国騎士団でさえ緊張する存在。

それをローズヒップ伯は倒し、献上品として送って来たのである。しかも大穴の深部で、ストーンゴーレムに囲まれた状況でだ。

（採掘が順調なのも、ローズヒップ伯率いる薔薇騎士団（ローズナイツ）のおかげと聞く）

辺境伯麾下（きか）の辺境騎士団。あの者達では、浅いところでのストーンゴーレム狩りがやっとだろう。

帝国にとっては重畳（ちょうじょう）、しかしライバルの功績になるのは悔しい。侯爵は、胸の奥から息を吐き出すのであった。

『百合の谷』

それは王国と東の国の間の山間にある温泉郷であり、また国際的な傭兵騎士団『百合騎士団（リリーナイツ）』の本拠地でもある。

谷の中央を流れる清く穏やかな川と、ところどころに架かるアーチ型の橋、それに両岸に建ち並ぶ彩色鮮やかな家々の景色は、各所に立ち上る湯気もあいまって『高級観光地』そのものだ。

『美容と健康の維持に効果大』

温泉の効能が評判高い事もあり、これまで周辺諸国の所有欲を刺激した事は少なくない。

しかし、どの国にも属さずにいられているのは、保持する中級国家並みの武力に加え、率いる騎士団長の立ち回りがあったからであろう。

（ふうん）

そして今代の騎士団長。栗色の長いストレートの髪にスレンダーなボディを持つ、惜しむらくは右目の下に長く大きな傷痕のある美女が、執務室の椅子にゆったりと座り手紙を読んでいた。

（あいつから依頼が来るとはねえ。随分と出世したじゃないか）

『あいつ』とは、帝国の北の街の領主に就任した熟女子爵の事。二人は同い年で、友人と言っていい間柄なのである。

（出来るだけ多くの騎士を貸せ？　いつもなら、ありがたいと思う話だが）

手紙を机に置いた騎士団長は、栗色のロングストレートを片手の指ですき、隣に並ぶもう一通の封書へと目を向けた。

（そうもいかない）

すでに封蝋が切られている事から、こちらを先に読んだのであろう。そして封蝋の刻印が示すのは、差出人が帝国の辺境伯である事。

彼が領するのは、帝国南東部の主要都市ランドバーン。熟女子爵が治める事になった北の街とは、人の数も回る金も桁が違う。

（商売繁盛、嬉しい悲鳴と言ったところか）

口の端を上へ曲げ、笑みを作る右目の下に傷のある美熟女。

百合騎士団（リリーナイツ）の構成は、赤、青、白、黄の四隊。一隊はB級三騎、C級四騎で編成され、すべて合わせれば中規模国の国家騎士団並みの陣容を誇る。

率いる隊長の個性により若干の得手不得手はあるが、今回の依頼主達に細かい希望はないようだった。

（赤は無理だな。勝敗が見えるまでもう少し掛かる）

癖なのか、髪に指を通しながら考える騎士団長。

赤百合隊が派遣されているのは、東の国のさらに東、『東方諸国』と呼ばれる小国家群。そこは今、二つの勢力に分かれて殴り合っていた。

『騎士と騎士の戦い』

この世界の戦争の形のせいだろう。費用を除けば騎士団以外に被害は出ず、そのため国の民に凄惨な雰囲気はない。

かの地では日常茶飯事な事もあり、『小国家の代表らを二チームに分け行なわれる、スポーツの試合』の様相すら呈していた。

『大物助っ人外人』

さしずめこれが、百合騎士（リリーナイツ）団の立ち位置だろう。

（青も駄目だ。いかな宗教騎士団とて、まだ定数は揃うまい）

こちらの駐屯先は、東の国。

『自称賢者』の件で多くの騎士を失っているため、サポートを幅広く行っている。更新の打診があるのは間違いないだろう。

（となると動かせるのは白、それに黄も行けるか）

白百合隊がいるのは、本拠地である百合の谷。一方、黄百合隊は、帝国で魔獣退治の任をこなしているが、間もなく終わる。

（距離から考えれば、黄をランドバーンへ向かわせ、白を北の街へ送るか）

そのような結論を出した騎士団長は、椅子から立ち廊下へ出ると『白百合隊の隊長を呼べ』と大声を出す。

廊下の奥から了解の声が返ったのに満足し、執務室に戻る。そのまま座らず窓際へ向かい、一幅の絵画のような眼下の景色に目を細めた。

（全隊出動とは、久しぶりだな。本拠地が空になるが、そこは大先輩方を頼らせてもらおう）

頭に浮かぶのは『腰が痛い』が口癖の、温泉に浸かってばかりいる老女達の姿。乗ってもらうのは、四色の隊から外され訓練用となっているBおよびC級騎士だ。

（いい組み合わせじゃないか）

頻繁に手入れが必要になったため、遠征に行けなくなり退役した乗り手と騎士達。見方を変えるなら、『温泉と整備士が揃えば戦える』という事である。

(おっかないねえ)

短期なら、全盛期の力からさして下がるまい。今の自分でもてこずるだろう。

『終の棲家を守るため、鬼と化した手練れ達』

相手取る事になる攻め手を思い、騎士団長の顔に知らず笑みが浮かぶ。そこで何か思いついたのか、表情を戻した。

(私も北の街へ行くか)

ただし、自身を派遣する戦力には含めない。滞在期間は長くても二泊、すぐに百合の谷へ戻るつもりである。

なぜそのような事をするのかと言えば、矢面に立つためだ。

(要求は、『出来るだけ多くの騎士』だからな)

白百合隊だけでは、客先が不満を抱くだろう。そして矛先の向くのは、白百合隊の隊長となる。

『着任の挨拶の場で、お前達だけでは足りないと文句をつけられる』

それではあまりに気の毒だ。白百合隊の隊長は、命令に従っただけであるというのに。

(決断したのは私。ならば言われるのも私であるべきだ)

百合騎士団の騎士団長は一つ頷き、頭の中の話題を変えた。

(久しぶりに、あいつに会うのもいい)

北部諸国との戦いで、敗れ捕らえられたと聞いている。講和がなった後に解放されているが、帝国ではさぞかし肩身が狭かっただろう。

それが今回、辺境伯にはとうてい及ばないも、以前より大きい職責を与えられているのだ。

(敗戦を糧に成長し、それを上に認めさせたか)

なかなかに出来る事ではない。口には出さないが、心の中は称賛一色である。

(さて、機嫌よく働いているのか、それとも重責で眉根に縦皺を刻んでいるか)

古い友人の顔を想像し、再度笑みを浮かべる騎士団長だった。


王国と帝国、その間に挟まれる形で存在する一つの街。多くの神殿が建立され、それゆえに『聖都』と呼ばれる都市国家である。

年を通して参拝客で賑わうのだが、今の時期はさらに混む。商売の神の神殿で、とある行事が行なわれていたからだ。

『鍛えた肉体、磨いた技、そして勇気を胸に競い合う』

神に奉納する男女の試合が、人々を魅了するのも無理はない。

今では四大大会(グランドスラム)の筆頭とみなされ、聖都で最も人気のある祭りになっていた。

「いよいよだな」

「見ているこっちまで緊張して来たぜ」

神殿の中央にある円形の大広間。そこに設けられた、同じく円形の六つのステージ。

その一つの周囲では、観客達が興奮をあらわに言葉を交わす。理由は次の試合の選手達。

『罪をとがめ、罰を下す女王様』

賛否両論あれど、今大会で最も注目を集めている女性だ。

先ほど行なわれたトーナメント二回戦。そこでも初戦に続き、圧倒的勝利を収めている。

対するは、実力疑う者のなき常連。

『大鎌を振るい命を刈り取る、神の農夫』

死神である。こちらも二回戦を瞬殺。

大鎌で宙に浮かされたまま、意識を失った女性選手。その光景は、見る者に戦慄を与えていた。

『これより、三回戦を行ないます。王国女B！』

立会いの神官による、マイクでのアナウンス。それを聞いて、周囲の者達から大歓声が湧き起こる。

「来たぜ！」

ステージ袖から現れたのは、華奢な体つきの年若い女性。

身にまとうは黒革の膝上ブーツと、真紅のバタフライマスクのみ。ほぼ全裸といっていいだろう。

「女王様だ！」

右手には輪状に束ねられた黒革の牛追い鞭、左太腿に巻かれているのは黒革のホルダー。そしてホルダーに差し込まれた、赤黒二本の蝋燭である。

パアン！

観客席を威嚇するように、宙で振られた革編みのブルウィップ。鞭先は音速を超え、鋭い炸裂音を響かせる。

「うっひゃあっ！」

それに合わせ、観客席から上がる嬉しそうな悲鳴。すでに鞭によるクラッキングは、登場時のお約束だ。

「おおっ」

ふたたび観客席が、大きくどよめく。

太腿のホルダーから、左手で蝋燭を引き抜いた地味子女王。くるりと一回転させると、ホルダーに差し戻したのだ。

別段の意味はない。ただのパフォーマンスである。

『帝国男A！』

次に逆袖から現れたのは、背の高い猫背の男。

痩せてはいるが鍛えられており、背を丸めた姿はネコ科の動物を想像させる。

こけた頬と目の下の隈、それに昏い眼光が凶相を作り上げ、見る者に不吉な印象を抱かせていた。

「やはり凄いな、大鎌は」

顎に手をあて、顔を歪めて呻く紳士。

「あれが大鎌なの？　私ではとても無理よ」

隣の淑女は口を両手で押さえ、目を釘付けにした。

ほぼ全裸の地味子女王に対抗したのか、死神もバスローブなしの登場である。

しかも戦闘態勢は充分。その鎌の先端は、みぞおちへ突き刺さるほど上を向いていた。

「死神はやる気だぜ」

「あんな華奢な子じゃ、壊されてしまうわ」

聞こえているはずだが、地味子女王から余裕ある雰囲気は消えない。

この真紅のバタフライマスクがある限り、彼女は地味子ちゃんではなく地味子女王でいられるのだ。

『始め！』

宣言がなされ、ついに試合が始まる。

まず宙で鞭を一閃させ、衝撃波を響かせる地味子女王。死神へ目をやるが、恐怖を覚えた様子はない。

悠然とした表情で腕を組み、仁王立ちをしている。掛かって来い、そう言わんばかりの余裕を見せていた。

「痩せ我慢かい？　鳴かしてやるよおっ！」

サイドスイングで、大きく腕を振る地味子女王。

左右から交互に襲い掛かる鞭先は、肩、脇腹、太腿を激しく打つ。しかし死神は表情一つ変えない。

それを見て、唇をひと舐めするバタフライマスクの女王様。

「……いいねえ。それくらい骨がないと、こっちも楽しめないよ」

言い終えると同時に、地味子女王は目の前に横８の字を描き出す。

綺麗なフォームから繰り出された鞭先は、死神の正面を、側面を、そして当たった場所を支点に回り込み背中を連打。

それでも死神は、腕を組んだ姿勢を崩さない。薄い笑みを口に浮かべているだけだ。

「舐めるんじゃないよっ！　この睡眠不足の猫背野郎っ！」

神経に障ったのだろう。さらに速く、そして激しく、痛みの風雨を叩きつける。

その様を眼前に見て、観客席からは感嘆の声が漏れた。

「……さすが死神だ、効いてねえ」

若い男の呟きに、隣のおっさんは訳知り顔で頷く。

「やはりな。俺はわかっていたが、あんな鞭(おもちゃ)じゃ駄目なんだよ」

脇を締め、コンパクトに振り続ける地味子女王。バタフライマスクの裏には、冷たい汗が噴き出し始めていた。

(嘘だろ、これに耐えるのかよ)

ブロンズ像を相手にしているかのような感覚に、恐怖が湧き上がる。

(だけど自分には、これしかない)

他の出場者に比べ、己の防御力は著しく低い。捕まれば間違いなく終わりだろう。

だからこそ接近戦を避け、リーチ外から攻め続けるしかないのだ。

「目障りなんだよお、その大鎌(デスサイズ)う!」

一振りで自分の意識を絶つ事が可能な、凶悪な刃物。地味子女王はそれに向け鞭を送る。

「女王様が前に出た!」

観客席から声が上がる。

今まで、一歩たりとも移動しなかった地味子女王が、ついに前へと、しかも大きく踏み出したのだ。

伸ばされた右手から、さらに伸びる鞭。真上から振り下ろされた鞭の胴は大鎌(デスサイズ)の根元に命中し、くるくると刀身を巻き上げて行く。

(何いっ)

表情を変え、心に呻く死神。

一巻きの締め付けは弱くとも、巻き数が増えると共に力は累積。返しの真下まで包装された頃には、機械でもなければ発揮出来ないほどの圧力になっていたのである。

「うおっ！」

閉ざされていた口から声が漏れたのは、最後まで巻き上げた鞭の先端が大鎌の先端を叩いたため。

(何という正確さだ)

巻き解かれ、相手の手元へと引き戻される鞭。その様を死神は、驚愕の思いで眺めやる。

高い精度の要求される技を、試合で臆する事なく放ち成功させたのだ。

(勝負度胸？　違うな、それだけではない。これは実戦で鍛え上げたものだ)

単なる反復練習では、身に付ける事など出来はしまい。

外せば致命的な反撃を受ける。そのような甘えの許されない状況下で、経験を積み上げて来たのだろう。

(この域に達するまで、どれほどの敗北を重ねたのだ？)

明確な映像を持って浮かび上がるのは、懐に飛び込まれ押し倒される地味子女王の姿。立場を逆転した男は彼女から鞭を取り上げ、激しく振るい始める。

(容赦などすまいな)

鞭の痛みで、極めて攻撃的になっているはず。途中で許しを請うたとしても、相手は絶対に止まらないだろう。

そして素人の鞭は、暴力と変わらない。やさしさの欠片もないその痛みは、並大抵のものではなかったはずだ。

（しかし彼女は諦めず、女王として立ち上がり続けた）

その結果が今である。不屈の精神は尊いとさえ思う。

（さて、どうするべきか）

余人ならいざ知らず、死神を鞭で抑え込む事は出来ない。踏み込み一つで、容易に近接戦の間合いに持ち込める。

そうなれば鞭は使えず、大鎌（デスサイズ）は彼女の意識を絶つだろう。

（……だが、惜しい）

勝利への確信。それがあるものの、手に入れたいとは思えなかった。

『たとえ敗れても、今この時を楽しみたい』

その気持ちが、心の中で大きくなっていたのである。

（……我ながら、変わったものだ）

心の中で自身に呆れ、大きく溜息をつく。

相手を打ち負かす事だけを望み、生きて来たはず。つい数ヶ月前なら、このような事は思いもしなかっただろう。

しかし今は違う。勝利よりも価値あるもの、それを人生に見つけてしまったのだ。

（弱くなったのか？　そうかも知れんな）

自嘲の笑みを浮かべつつ、目の前の対戦相手を見る。

（ん？）

バタフライマスクの奥、その目にあるのは怒りの炎だ。死神の笑みを、嘲りと受け取ったのだろう。

さらにもう一歩、大きく深く踏み込む。そして低い姿勢で振るわれたのは、地を這うような横薙ぎの一閃。

床面すれすれを、鞭が蛇のように襲い来る。

(この技は何だ？　初めて見るぞ)

もとより避ける気はない。腕を組んだまま見つめる。

鞭はかなり手元よりの胴で、死神の足首に接触。死神を中心に、鞭の先端が円運動を開始した。

(ほほう、面白い)

先ほど大鎌を襲った技の全身版。鞭は死神を、足元から巻き上げて行く。

数秒後に現れたのは、大鎌を除き、足首から肩まで鞭で拘束された死神の姿。まるで遺跡で発見されれた、ミイラのようであった。

「突っ立ってんじゃないよおっ！」

鞭を手放した地味子女王は、ミイラを足蹴にし床に転がす。

そして鞭の間から曲がりながら上を向く大鎌を、憎々しげに睨み付けた。

「剥き出しじゃ危ないだろう？　鞘ぐらいつけなあっ！」

左手で、太腿のホルダーから蝋燭を引き抜く。そして右手の指をパチンと鳴らすと、魔法なのか一気に芯が燃え上がった。

それを見た観客達も燃え上がる。

「何をする気だ？　あの女」

知識のない者達が口々に叫ぶ。そんな中、サンタクロースな副ギルド長は息を呑み込んでいた。

（黒い蝋燭！）

彼女が準備していた二本の蝋燭。赤は一般向けの低温、そして今手に取った黒は常温。

あの蝋を受ければ、火傷はまぬがれない。対戦相手が申し出れば、失格処分すらありうる傷害行為である。

（すでに死神は、その領域に達しているという事か）

用いていいのは、逆にそれを喜ぶ達人相手のみ。

地味子女王の眼力は、死神をそう見たのである。低温蝋燭では満足せず、常温蝋燭でも苦情を言わず、かえって喜ぶ上級者だと。

（『罪と罰』の店を自ら開いたという噂、それは聞いていた。しかしまさか、己のみでここまで鍛え上げるとは）

多くの店がこのプレイを採用し、切磋琢磨しあえる王都歓楽街。しかしランドバーンに『罪と罰』は、彼の店一軒しかない。

そのような恵まれない環境でも、死神は輝いたのだ。

（さすがと言おうか、これは負けていられんな）

王国花柳界でも、『罪と罰』においては上位。それを自認するだけに、副ギルド長の受けた衝撃は大きい。

戻ったならば特訓せねばと、固く心に誓ったのだった。

「うわあーっ！」

「やめさせろおっ！」

観客席では抗議の声と、男性女性を問わない悲鳴が連続して上がる。

ポタリポタリと蝋の滴が、大鎌の先端へと落ちる。そのたびに悲痛な叫びを上げつつ、海老のごとく体を撥ね上げる死神。

その姿に耐えられなかったのだ。

「キャハハハハハ！」

地味子女王の笑い声が響く。鞭と違い反応を引き出せた事に、彼女は大きな安堵を覚えていた。

「動くんじゃないよ！　うまくコーティング出来ないじゃないか」

足で腹を踏み、跳ねる体を体重で押さえつける地味子女王と、次第に形作られて行く、長大なチョコバナナ。

（お前なら、これが気持ちいいだろう？）

これまで何度逆転された事か。蝋燭を取り上げられ、雫を垂らされた回数など数え切れない。

悲鳴を上げ続けた日々を思い出し、地味子女王は唇を噛んだ。

（わかるんだよ、その声に含まれる甘さがさあ）

短くなった蝋燭を、バナナの先端に置く地味子女王。不安定な場所だが、固まり切っていない蝋のおかげでバナナと一体化する。

「はーい、キャンドルサービス、終了お」

蝋燭の芯が燃え尽きる寸前まで待ち、誕生日のケーキのように一気に吹き消す。それをプレイ終了の合図と受け取ったのだろう、死神は吐息と共に体の緊張を解いた。

（救いようがないくらいの、上級者だねえ）

コーティングされたバナナの根元。そこから満足と敗北の証が、大量に溢れ出している。

それを目にし、地味子女王は息を吐く。次に立会いの神官に目をやれば、視線に気がついたのだろう、神官は頷き大きく息を吸う。

『勝者、王国女B！』

大きな声で宣言がなされた。しかし場に歓声は広がらず、不満げなざわめきだけがある。

「突っ立ってただけじゃないか」

「試合？　奉納？　何だよこれ」

そのような言葉が出るのも、当然だろう。

ランキング一桁の力を持つ死神。それが、まったく手を出す事なく敗れたのだ。

「ふざけんなよ！　馬鹿にしてんのか！」

時間と共に高まって行く、死神への罵倒。

去年、爆発着底お姉様に敗れた試合。結果は同じにしても、手に汗握る展開で大きく盛り上がった。

しかし今年は、一方的に叩かれただけである。

「死神は、もう終わりだろ」

「あの戦いぶりじゃなあ」

ステージに、いまだ転がされたままの死神。大声で吐き捨てられた言葉のいくつかは、耳に届いていただろう。

しかし、心にまで届く事はなかった。表情こそ変わらぬものの、夢見心地で余韻を楽しんでいたのである。

一方、王都で薬師の店を営む、ハゲた中年ことアンデール。彼は同じ会場の別のステージで、試合観戦を楽しんでいた。

「行けーっ！　ライトニングー！　ライトニング・ソードだっ！」

左手で冷たいエールを呷り（あお）つつ、右拳を振り回す。

声援を受ける全裸で口髭の青年は、頭の後ろで両手を組み、中腰で前後にタイミングを計っていた。

「うおおっ！　行ったーっ！」

飛び込みに合わせて絶叫。間合いの外から女性の中へ突き込んだライトニングは、反撃を許さず離脱。

再度、中腰で前後に腰を揺らし始める。

「効いてる、効いてるう！」

観客席から湧き起こる、野次と声援。この攻撃は何度も繰り返されたのだろう、相手は立っているのがやっとなほどだ。

突如としてライトニングの姿が掻き消え、同時に裂帛（れっぱく）の気合いが会場の空気を裂く。

「ライトニング・ソードだっ！　来たーっ！」

続いたのは、アンデール他、観客達の大歓声。待ちに待った必殺の技のお出ましに、大変な盛り上がりである。

踏み込みが速過ぎ、消えたように見えたライトニング。今はすでに女性を捕らえ、斜め下から突き上げていた。

『勝負あり！　勝者、ニセアカシア国！』

崩れ落ち、仰向けに大開脚で倒れるうら若き美女。

体を離しても、なお収まらぬのだろう。中央からは鯨のように、何度も噴気を上げ続けている。

その姿に観客達は、立ち上がり叫んだ。

「ライトニング！　ライトニング！」

腰を大きく回し、刺突剣（しとつけん）を一振り。雫を切る口髭の青年。

神官に片腕を掲げられると、慣れない笑みでコールに応える。

「いやーよかった。見たかったんだよな、あの高速突き」

試合が終わり、ご満悦で席を立つアンデール。このハゲ頭のおっさんは、雑誌で見て以来ずっと気になっていたのだ。

「ラアイトニングウ、ソオードウ」

後頭部に両手をあて、カクカクと腰を振る。真似をしているのは彼だけではない、あちこちで同じような姿が見られた。

興奮が冷めやらないのだろう、スポーツ観戦後によく見られる光景である。

「後は明日だな。今日は飯を食って風呂入って、それから屋台へ行くか」

うひひひ、と幸せそうに笑う。

商店の主人である彼は、Eランクの商人でもある。それゆえ試合も見られるし、神殿内陣のお店にも入れるのだ。

（あー、皆へのお土産も考えとかないとな）

王都商店街の代表であるからこそ、宿は取れるし観戦チケットも融通してもらえている。皆からの寄付もあるので、小遣いと土産を考えてもほとんど懐は痛まない。

それだけに何を買うか、頭と気を遣う必要があった。

(まあいいか、明日決勝が終わってから考えよう)

アイドルグループとの触れ合いに行くかなと考えつつ、足を速めるアンデール。

最終日では目ぼしいものが売り切れている事を、まだ知らないのだった。


王都はダウンタウンの北の端、そこに建つ一部三階建ての最上階にタウロは住む。今、窓のカーテンの隙間から、室内へ光が斜めに差し込んでいた。

(……もう朝か)

冬の朝は眠い。ふらふらと立ち上がりカーテンを引く。

見えるのは、東の稜線に輝く光。ちょうど太陽が姿を現したところだった。

(確か、今日が新年の初日)

年末年始の休みを控え、忙しさを増す街中。商店街で行なわれる大売出し。

暦にうとい俺でも、さすがにそれくらいはわかる。

(曜日については、さっぱりだけれどな)

騎士で魔獣を倒し、ポーションを売り、娼館で遊ぶ毎日。商人ギルドに娼館、どちらも年中無休のため、曜日がまったく関係して来ない。

俺はぬるく沸かした水を飲み、息を吐き首を回す。

（今年の目標、どうしようか）

せっかくなので、それぐらいは立ててみよう。

朝日を横から受けて、緑に輝く薬草樹。その姿を見ながら考える事しばし。

（やっぱり、テーマは教導軽巡先生だな）

昨年末、ついに教導軽巡先生への出入り禁止が解けた。裏口は駄目だが、正式な入口なら制限はない。

この事への感謝と喜び、それを伝えるべく目標を定めよう。

「お百度参りを、百日詣で」

一人頷く俺。

教導軽巡先生という名の神社。まずはその参道を登り、お宮の前に行く。

到着したらパンパンと二回突き、数度尻を揺する。教導軽巡先生が、鈴を転がすような声を出せばお参り完了だ。

（それを百回）

俺と教導軽巡先生、どちらも何度か限界を迎えるだろう。『断頭台』など使われたら、最初の参拝で膝を突きかねない。

（だが、やり遂げる）

難しいからこそ、価値があるというもの。

さらにそれを百日間。連続が望ましいが、これは予約が取れる範囲でいいだろう。

大事なのは気持ちなのだ。

（感謝の祈りを捧げつつ、参道の上り下りを一万回）

これを行なえば、きっといい事があるに違いない。

（そうと決まったら、早速頑張らないと）

幸い今日は、午後一番で予約を入れてある。『初詣が百日詣での初日』というのも、よい巡り合わせだろう。

やるべき事が決まり満足した俺は、鼻歌を歌いながらハムエッグを焼く。

すると庭に面した窓の向こうに、眷属達の姿が見えた。一列になって、こちらへと進んでいる。

「珍しいな、ザラタンが池から出るなんて」

呟きつつ、フライパンから皿へ料理を移す。付け合わせのサラダを置き、トーストを焼き始める。

眷属達の姿は、アゲハ蝶の五齢幼虫とダンゴムシ、それに亀だ。どれも足が遅いため、もう少し時間がかかるだろう。

「どうした？」

眷属専用のくぐり戸を抜け、床のバスタオルに並ぶ眷属達。三匹が居間に着いたのは、トーストの焼き上がりと同じ頃だった。

「聞きたい事？」

上体を起こし、ワキワキするイモスケ。何でもザラタンが、俺と話をしたいらしい。

朝食を後回しにして、眷属達に向き直る。

亀は一歩前へ出ると、首をこちらへ伸ばす。伝わって来る雰囲気は、真剣そのものだ。

（何だ？　随分大事みたいだな）

強力な精霊獣にして、精霊の湖の守護者とも呼ばれる長生きの亀である。こちらも緊張しつつ、言葉を待つ。

「えっ？　俺は必殺技を持っているのかって」

込めていた力を肩から抜き、やや気の抜けた声音で答える。

理由はわからないが、この亀は必殺技に興味があるらしい。そういえば眷属にした時も、最初の質問は『串刺し旋風とは何か？』だった。

「……これって言えるものは、ないかなあ」

魔眼は相手の状態を知るもの。そして星幽刀（アストラルソード）は、自在にサイズを変化させる俺の分身。

どちらも強力だが、『必殺の技』ではない。あえて言うなら、そのための道具だ。

少しばかり考える素ぶりを見せ、質問を続けるザラタン。

コーニールの『串刺し旋風』の他、この世に必殺技は存在しているのか。それが知りたいという。

「そうだな、死神の『地震（アースクエイク）』にライトニングの『ライトニング・ソード』、教導軽巡先生の『断頭台』もあるな。他には――」

口にしながら、指を折る。

死神、地震（アースクエイク）の部分で、険しいオーラを出すザラタン。次に断頭台と聞いて、亀は頭をすくませる。

「クールさんも持っているな、名前はわからないけど」

俺の軸棒（スピンドル）を、潤滑油まみれにしながら高速回転。そしてピタリと止まり、フィギュアスケートのように背を反らせたポーズを取る事で、男の軸棒（じくぼう）をグッと曲げる。

この家の寝室で敗れた時の記憶を、心地よさと共に思い出した。

「何か問題でもあるのか？」

次々と名を挙げる俺に、深刻さを増して行くザラタンの雰囲気。それに気がつき、こちらの困惑は深まるばかりである。

亀は尻尾を立てると左右に振り、重々しく念話を絞り出した。

『主ガコノ身ヲ癒ヤシタ魔法。必殺技トハ、ソレニ匹敵スルモノナノカ？』

「えっ？」

理解出来ず聞き返す。数度、問答を重ね、やっと意味がわかった。

「なるほどねえ、そう思っていたのか」

世に死と破壊を撒き散らす、恐るべき魔法。必殺技をザラタンは、そうとらえたらしい。

『対抗策ヲ、急ギ考エナクテハ』

自分が精霊の湖に潜んでいる間に、そのようなものが世に生まれ出ようとは。そんな呟きを漏らしている。

「あー、ザラタン。違うぞ、必殺技はそういうものじゃない」

誤解を解くべく、俺は丁寧に説明する。経験豊富な年老いた亀は、すぐにわかったようだ。

『雌雄ノ戦イ、ソチラノ技デアッタカ』

安堵した様子から、本気で世界の心配をしていたようである。さすがは世に名の知られた精霊獣、視点の高さが全然違う。

「必殺っていう言葉が、まずかったかな」

頭を掻く俺に、亀は頭を左右へ振る。

その戦いもまた、重要との事。具体的には、食べる、寝るの次くらいに。

「次の世代の命にかかわるものだから、生き死にの言葉が入っていてもおかしくないって？」

娼館で魔法的に施されている避妊処置、それについては言及しないでおこう。俺は咳払いをすると、こちらからまったく別の質問を飛ばしてみた。

「ところで、エルフは騎士って持っているのか？」

精霊の湖は、精霊の森にある。そしてあの森はエルフ族の縄張り。湖の守護者と言われたザラタンなら、知っていてもおかしくはない。

『巨人ノ人形ノ事カ？』

「おそらくそれだ」

頷く俺に、ザラタンは続けた。

数はそれほど多くないが、時折姿を見せるという。どうやら、大型の魔獣を狩っているらしい。

「AとかBとか、騎士のクラスは、……わからないよな」

頭を一度左右に振り、申し訳なさそうな感情を伝えて来る亀。

車などと同じだろう。興味のない人には、皆同じに見えるものだ。

『ほら膨らみとか、A級とB級って全然違うだろ』

そんな事を説明しても、おそらくは無理。いる事がわかっただけで、よしとしよう。

「ザラタンは、巨人の人形に勝てるのか？」

尋ねると亀は、なぜか池の方向に首を向ける。そして戻すと、頷いた。

戦いは好まないが、やる時はやる。みたいな雰囲気を出している。

「じゃあ、もしもの時はイモスケやダンゴロウ、それに重騎馬(ヘヴィーランサー)達を守ってやってくれ」

一拍置いて、静かに頭を縦に振るザラタン。

「えっ？　ダンゴロウ将軍の指示の下(もと)、頑張るって？」

庭森の先輩を立てるあたり、さすがは年長者である。やたら得意げなダンゴムシは、この際脇に置いておこう。

(俺が死んだり、金に困って家賃の滞納をしない限り、大丈夫だな)

エルフの騎士に勝てるのなら問題ない。それに重騎馬(ヘヴィーランサー)達もいる。

重騎馬(ヘヴィーランサー)はイモスケ達と違って、本来は騎士以上に大きい魔獣なのだ。

(ダンゴロウが指揮するのか。そこがちょっと不安だな)

しかし将軍に任命したのは俺、仕方がないだろう。

見れば将軍は、偉そうに何かをザラタンへ命じている。とりあえず俺は、指でつつき丸くさせておいた。

(まあ、魔獣やエルフがここまで来るなんて、まずないだろうけど)

無言で肩をすくめる俺を、イモスケは頭を傾げて見ている。

考えを口に出さなかったのは、刺激が強過ぎると思ったからだ。『俺が死んでも』とか『帰って来られなくなっても』とかいうのは、仮定であっても聞きたくないだろう。

「作戦会議？」

団子状態から戻ったダンゴロウが、一歩前に出て告げる。何でも、急ぎ打ち合わせるべき事が出来たという。

「エルフ対策でもするのか？」

気持ちは嬉しいが、ここは王都にある住宅の三階部分。イモスケ達に出来る事など、何もあるまい。

しかし、どうもそれではないようだ。眷属達は、俺の必殺技を考え始めたのである。

主である俺が持っていないという事に、思うところがあったのだろう。

「ライトニング旋風？　うーん、どうだろう」

イモスケのアイディアを、やんわりと否定する俺。求められる意見に答えつつ、冷め気味の朝食を食べ始めたのだった。


舞台は王都から北北西へ、ニセアカシア国にと移動する。

この国に一つしかない町の、一つしかない市場。今そこは、大勢の商人で賑わっていた。

「精霊の森の産品だよ！　ほら、値切っていたらなくなっちまうぜ！」

いい笑顔で声を張り上げる、北部諸国の商人。それを聞く王国の商人は、顔の前で手を左右に動かす。

「いいよ、だったらエルフの商人から直接買うからさ」

選択肢は他にもある。そう匂わせたかったようだが、効果は上がらない。

「エルフの商人なんて、宝飾品しか取り扱ってないぜ？」

肩をすくめると、北部諸国の商人は言葉を続ける。

「それに、こんな田舎の市場で取引なんかしねえよ。都会まで素通りして、金持ち相手に直接売るのさ」

王国商人の渋い表情が、その言葉の真実性を物語っていた。

なぜ、このような状況になっているのか。それは帝国が、廃棄物の受け入れを拒否したからである。

『帝国との取引を中止する』

そう宣言したエルフ族。そのためエルフの里との交易路は、ここ北部諸国を経由するもののみになったのだ。

その活況を、少し離れた場所から見つめる二つの影。

「布の屋根の市場では、もう限界だな。早く木造の建物に切り替えなくては」

そのうちの一つ。フードを目深にかぶった壮年の痩せ男が、上を見つつ言葉を発する。

彼が見つめているのは、人の群れにゆさゆさと揺れる仮設の柱だ。柱に合わせて、布製の屋根も大きく波打っている。

「そうですなあ。ちょうど冬で農作業もなくなりましたし、急ぎ始めましょう」

隣で頷くのは、同じくフードをかぶった小柄で腹の出た老人。

この二人はニセアカシア国の国王と大臣であり、お忍びで町の様子を見に来たのである。

「市場だけではありませぬ、宿屋も飯屋も不足しております」

周囲の人の波を見回しながら、言葉を続ける大臣。

「今は民家に泊まらせておりますが、そろそろ限界ですぞ」

「……冬に野宿を強要すれば、他国の商人達から見放されるな」

太くない首を片手でなでながら、顔の片側を国王は歪める。人が集まるのは嬉しいが、急激過ぎて対応が追いつかないのだ。

ちなみにエルフの里で買い付けて来るのは、北部諸国の商人がほとんど。

『急峻で狭隘（きょうあい）な山道を、冬に駄馬を引いて越える』

その道程は、地元の者でも難しい。慣れない他国の商人では、見返りよりも危険が大きかったのだ。

「そう言えば、隣国では冒険者が増えていると聞きますな」

話題を変える大臣に、温かい飲み物を渡す国王。そして老人に、ベンチへ座るよううながす。

お忍びとはいえ国王自ら屋台で買い物をするのは、零細国ならではであろう。

「それもエルフ族と帝国の間が、おかしくなったからだろうよ」

隣国というのは、北部諸国の国々。箱人形（ボックスドール）や桶箱人形（ミックスドール）を応援によこし、肩を並べて帝国と戦った友邦である。

そして、かの国で冒険者が増えている理由。それはニセアカシア国よりも、精霊の森に近いからだ。

『精霊の森でしか手に入らない』

そうみなされている資源、その採取に訪れているのである。

精霊の森との国境である険しい山々。その深い谷底や沢などには、魔力が集まるのであろう、時に珍しい草木やキノコを見つける事が出来た。

しかし、採取に行く者はほとんどいない。

『いかに貴重とはいえ、あの深い山中に分け入るのは危険』

割に合わない、と見られていたのである。

しかしここに来て状況が急変。帝国とエルフが取引をやめた事によって、値が何倍にも跳ね上がった。

「王国冒険者ギルドの窓口、それが臨時とはいえ設けられるとはな。さぞ喜んでいる事だろう」

箱人形（ボックスドール）の国の王。その顔を思い浮かべながら、感慨深げに顎をなでるニセアカシアの国王。

今、北部諸国は、王国の冒険者にとって最も熱い採取の場所になったのである。ちなみに北部諸国に冒険者ギルドは、規模が小さ過ぎて作られていない。

「しかしですな、あらゆる面で人手が足りなくなって来ております」

侵入者に苛立ち、山を降り里を目指す魔獣。あるいは悪気なく、本能の導くまま街道に現れる魔獣。

それらの退治の他に、山で遭難した冒険者の救助も加わった。

「C級五騎では足りないようだな」

北部諸国のうち、騎士を所有しているのは三カ国。

箱人形（ボックスドール）の国が二騎、桶箱人形（ミックスドール）の国も二騎、そしてニセアカシア国が樽人形（バレルドール）一騎である。

「そろそろ、呼び戻すべきか？」

国王の問い掛けに、大臣も頷く。

二人が脳裏に思い浮かべたのは、ニセアカシア国最高の操縦士の姿。北部諸国唯一のB級騎士を駆る英雄、ライトニングである。

当時はB級騎士の維持費を捻出出来ず、王国へ派遣していた。しかし今は違う。

「王国へ文を出そう。もし値を上げてでも引き止めるというのなら、金額次第だ」

「増額分が充分なら、派遣したまま傭兵のC級騎士を雇う手もありますからな」

熱心に頷く大臣であった。

王都にある商人ギルド本部の一階は、今日も大勢の人達で賑わっている。

かくいう俺も、その一部。ポーションを納めに訪れたのだ。

「今回Dランクの品は、すべて状態異常回復にしてみました」

そう口にしながら、カウンターの上に四本のガラス瓶を並べて行く。

中に入っているのは、濃い緑色の液体だ。それを見て強面のおっさんは、顔をほころばせる。

「ありがとうございます。本当に助かりますよ」

アウォークの娼館で起きた、大規模で強力な洗脳事件。その事後処理のためには、高位の状態異常回復薬が必要となる。

前回の納品時に、割合を増やすよう頼まれていたのだ。

(やり過ぎないようにしないとな)

謎の石像から貸与された根源魔法(アカシックマジック)。Dランクのポーションなら、一日に十五本作る事が出来る。

一週間あれば、実に百本以上。洗脳の被害者達を救う、大きな力になるだろう。

(だがそれは、俺の役柄ではない)

主役はこの国の魔術師達と、俺以外の薬師達。それに東の国から駆けつけた聖女様だ。

『商人ギルドへポーションを納める、腕のよい兼業薬師』

俺の立ち位置は、あくまでこれ。いかに人々から感謝されるような事柄でも、際限なく力を振るうつもりはない。

「いつもお世話になっていますからね、主任の頼みは断れません。今回は頑張りましたよ」

そう口にしながら、額の汗を拭う真似をする俺。強面のおっさんは、拝むような仕草をする。

このくらいの関係が、ちょうどいいと思うのだ。

「おお、タウロ君。久しぶりだね」

強面のおっさんが検品を始めて少し、奥から白髭のサンタクロースが歩み寄って来た。商人ギルドの副ギルド長である。

「お帰りになったんですか」

年一回行なわれる、聖都での神前試合。副ギルド長は、王国チームの引率をしていたはず。

ここにいるという事は、もう終わったのだろう。

「ああ、ついさっき戻ったばかりだよ。せっかくだ、上でお茶でも飲まないかね？」

神前試合の話をしたいのだろう、俺も是非聞きたい。

思いは同じらしく、強面のおっさんもそわそわし始める。しかし副ギルド長は、主任に声を掛けなかった。

(気の毒だなあ。まあ、仕事があるから駄目なのだろうけど)

検品終了後、入金処理の終わったギルドカードを受け取りつつ周囲を見回す。

商人ギルドの一階は、いつものように混雑していた。ここで主力の主任を連れて行ったら、業務に支障が出るだろう。

席を立ち、階段へと向かう俺。それを見やる主任には、羨ましそうな表情が浮かんでいた。

「失礼します」

副ギルド長に続き、三階のギルド長室へと入る。

中では応接セットに座った小柄な老人が、箱を開けて菓子を食っていた。

「おおタウロ君、よう来た。座りなさい」

うながされるままソファーに座り、勧められるまま菓子を口へ運ぶ。

輪切りにしたパンを焼いたようなそれは、サクサクしておいしかった。

(ラスクに似ている)

サンタクロースな副ギルド長が、手ずから入れてくれた紅茶。それに恐縮しつつ、もう一つに手を伸ばす。

小腹が空いていた事もあって、なかなか止まらない。

「聖都の土産じゃ。みなぎるぞ」

ニコニコと笑いながら、ゴブリンに似たギルド長もさらに食う。みなぎるという事は、聖都名物、祝福が与えられているのだろう。

その効果は、とても強い。去年、俺が配った土産、それを口にした商人ギルドの職員さん達は、トイレで始めてしまったほどである。

(あの時は驚いた)

小用を足していたら、背後の個室がきしみ始めたのだ。俺がなかなか出て行かないので、我慢出来ずに再開したのだろう。

(まあいいか、この後は教導軽巡先生のところだし)

祝福の効果、そのすべてを受け止めてもらえばいいのである。

縁の硬い部分を噛み砕きながら、土産話が始まるのを待つ。サンタクロースは愛用のマグカップを手に席へ着くと、低音のいい声で語り出した。

「……やはり反発がありましたか」

話の序盤、地味子女王の初戦の様子を聞いたところで、俺は唸る。

『罪と罰』は、これまでにないタイプのプレイ。武器にもなる道具を持ち出し、相手に痛みを与えるべく振るうのだ。

騒ぎになるのも当然だろう。

「始まってすぐ、対戦相手の応援団が怒り出してね。試合が止まるかと思ったよ」

続きを気にする俺とギルド長へ、サンタクロースはいたずらっぽく笑う。

「静かにさせたのは、一体誰だと思うかな？　何と、あの死神だよ」

たまたま観客席にいて、ひと睨みしたという。それで場は静まり返ったそうだ。

死神の不吉な迫力を思い出し、相槌を打つ俺。一方ギルド長は、腕を組み首を傾げる。

「偶然とは思えんの。『罪と罰』が見たくて、来ておったのかも知れん」

副ギルド長は、少し考えるように髭をしごく。

「王国女Bが『罪と罰』で行くという情報は、漏れていなかったはずです。ですが、もしやと思っていた可能性はありますな」

俺もその意見に賛成である。死神の『罪と罰』への執着は強く、ランドバーンに店まで開いたと聞く。

それに見た感じ、自国だからというだけの理由で、応援をするタイプでもなさそうだ。

「それでじゃ、試合の方はどうなったかの？」

「いつものとおりですよ。鞭で叩いて相手の心と体の準備を整え、後ろに回り込んでヒールでグサリです」

　ギルド長の問いに、サンタクロースが穏やかに答える。以前にも聞いたが、これが地味子女王の定番らしい。

「二回戦も同様です。違うのは観客からの反発でしょうか、大分少なくなっていましたね」

　一回戦と違い、否定より興味を示す者達が多かったという。『罪と罰』の名を世界に知らしめる、その狙いは果たされたようだ。

「三回戦目では、それなりに受けていましたね。登場時の鞭の一振り、その音で観客が沸きました。彼女も嬉しかったのでしょう、キャンドルを回してサービスしていましたよ」

　左太腿に片手を伸ばし、ガンマンが拳銃を回すかのように動かすサンタクロース。興が乗って来たのだろう、口調が滑らかになって行く。

「そして相手は、何と死神です」

　俺は勿論だが、耳ざといはずのギルド長も驚きを隠せていない。おそらく副ギルド長から話を聞くまで、自ら情報を遮断していたのだろう。

　録画していたスポーツ中継、その観戦と似たようなものだ。

「実に彼女は素晴らしかった。臆する事なく攻撃を仕掛け、鞭で縛り上げる事に成功したのです」

　食いつく俺達に軽く頷きながら、言葉を続ける。

「蹴り倒した後、キャンドルに点火。大鎌（デスサイズ）を蝋で満遍（まんべん）なくコーティングし、最後は先端に燃えたままのキャンドルを乗せました」

　そしてここでサンタクロースはためを作り、もったいぶった口調で言う。

「そして何と、彼女が用いたキャンドルの色は黒です」

「黒じゃと！」

驚くギルド長と、何の事かわからない俺。ギルド長はそれに気づき、教えてくれた。

「温度によって蝋燭の色が違っての。赤は低温で火傷をせんが、黒は違う、普通に火傷をしおる」

熱そうな表情で、内股になるギルド長。そしてサンタクロースは、片眉を曲げつつ熱心に同意。

さすがは商人ギルドの上層部、二人共体験済みらしい。

「しかし、さすがは死神。恐ろしい男よの」

険しい表情を作るギルド長に、サンタクロースは頷く。

(逆じゃないのか？)

常温蝋燭を使用した地味子女王。俺にはそちらの方が、怖く感じられる。

そう言うとサンタクロースは、左右に頭を大きく振った。

「御三家の老舗で、店一番の女王様だよ。その彼女が判断したんだ、『黒のキャンドルでなければ、死神は倒せない』とね」

まったくじゃの、とギルド長が言葉を続ける。

「王都と違い、自分の店しかないランドバーン。そこで己をここまで磨き上げるとは、凄まじいの」

どうやら、死神の執念と成長への評価だったようだ。

死神と彼の乗るA級騎士の組み合わせは、帝国最強との呼び声も高い。前世で言えば格は空母打撃群に相当し、所在は外交に影響を与えてしまう。

休戦中であっても、市井の民のように王都を訪れる事は出来ないのだ。

「そして勝ったのですが、ちょっとこれには問題がありましてな」

「問題ですか？」

言葉を反射させた俺に、サンタクロースは頷く。

「死神は試合中、一切手を出して来なかったのだよ。八百長とまでは言われなかったが、無気力試合と口にする者はいたね」

技と体力を競い合い、そのようなものではなかったそうだ。

地味子女王が一方的に攻撃し、死神は倒れる。確かにこれでは、納得出来ない者達もいるだろう。

「じゃがのう、あくまでわしの想像じゃが」

顎をなでながら、小柄な老人は言葉を継ぐ。

「死神は、楽しんでおったのではないかの？」

「私もそう思います」

意見が一致する、ギルド長と副ギルド長。

発案者は俺であるが、とうの昔に追い越されていたようだ。しかもその背中は、目視出来ないほどに遠い。

別段、追いつく気はないが。

「ならば、時間が解決するじゃろうの。『罪と罰』の理解が進めば、死神が手を抜いたのではない事がわかるはず」

強く頷くサンタクロース。

「死神をその気持ちにさせた、彼女の技量。それが評価される時が、いずれ来ましょう」

タウロ君もそう思うじゃろ？　二人からそう問われ、俺もすぐに頷いた。

（しかし死神をも破ったのか。いったいどこまで勝ち進んだんだ？）

もしかして優勝したのだろうか。そんな事を考えている俺に、サンタクロースは説明を再開。

残念ながら地味子ちゃんは、次の試合、四回戦で敗れたという。

「いやはや、さすがはライトニングだよ」

残念そうに、大きく息を吐き出すサンタクロース。俺はその言葉に、手にしていたティーカップを取り落とすところだった。

（そうか、クールさんに招待が来たのだから、ライトニングが呼ばれていてもおかしくはない）

総合優勝者と、男子の部の優勝者。違いはあれど、去年共に副賞を手にした者達だ。

翌年の招待選手になるのだろう。

「鞭の初撃を、あの刺突剣で弾かれてね。その後、一気に踏み込まれた」

俺の脳裏に映るのは、昨年のライトニングの戦う姿。両手を後頭部で組み、股間の刺突剣は相手の目を狙ったまま外さない。

そしてリズミカルに、前後へとステップを踏むのだ。

「急いで鞭を引き戻したけれど、同じ速度で距離を詰めて来た。あれは迎撃不可能だね」

唸るギルド長に、呆れる俺。一撃離脱の強さは知っていたが、本当に恐るべき男である。

「後は、ライトニング・ソード一閃で終わりだよ」

「耐えられませんでしたか」

俺の問いに、サンタクロースは肩をすくめ溜息をつく。

「耐えられなかった。『罪と罰』の手練れではあるが、彼女の耐久力は低いからね」

低いとはいっても、地味子ちゃんは王都御三家の雛壇メンバーである。しかし世界大会の出場者の中では、どうしても見劣りがするのだろう。

「それで、優勝はライトニングですか」

死神が姿を消し、クールさんも爆発着底お姉様も出場していない。思い当たる対抗馬はいなかった。

（去年は爆発着底お姉様と引き分けたけれど、腰に怪我を負っていたからな）

完治した今なら、爆発着底お姉様にも勝てるだろう。

爆発着底お姉様は、人型のギャンブルマシーンのようなもの。突き続ければ当たりが出て、周囲を巻き込んで大爆発を起こす。

（五連突きタイプのライトニング・ソード。それを連射すれば、当たりが出る可能性は高い）

こちらの耐久力がゼロになる前に、引き金を引けるだろう。轟沈時の強力な『だいしゅきホールド』をかわして離脱すれば、生き残る事が出来る。

（肉感的な両腕両脚で、きつく抱きしめられるあの感じ。いいんだよなあ）

思い出してしまった。いずれまた、お相手してもらいたいものである。

陶然と思い出にふける俺に、サンタクロースは否定の言葉を告げた。

「いや、ライトニングは次で負けた」

「……ほほう、上には上がいるもんじゃのう」

腕を組み、頭をぐるりと回すギルド長。俺も驚きで、甘い記憶から引き戻される。

「それで、誰が倒したんじゃ？」

「東の国の代表です」

サンタクロースな副ギルド長によれば、かつての国を代表するヒロインだという。かなり以前に引退し、その後は後進の指導に努めていたらしい。

それが今回、数十年振りに現役復帰したとの事だ。

「何というか、ライトニングの動きに切れがなくなりまして。たとえが悪いかも知れませんが、怯えているようにも見えました」

その言葉に、考え込むギルド長。少しして顔を上げると、サンタクロースを真っ直ぐに見上げる。

「相手は、のっぽの嬢ちゃんではなかったかの？」

「のっぽというか、上背のある筋骨逞しい老修道女でしたな」

サンタクロースの答えに、そうじゃろう、と何度も頷く。

「わかったわい、ライトニングの弱点がの」

やがて得心した様子で、再度顔を上げる。俺とサンタクロースは、興味を持って次の言葉を待った。

「ライトニングのツボは、老女じゃ」

顔を見合わせる俺達。それをギルド長は、低い位置ながら上から目線で見る。

「つまりじゃな、ライトニングは熟成された女性、超熟女が好みなのじゃよ。あれはいい女じゃからの、気後れするのも無理ないわい」

「……超熟」

俺の言葉に、深く頷くギルド長。

「あの味がわかるとは、さすがはライトニングじゃの」

顎を片手でなでながら、感心した様子である。

そして顔を上げると、今度は俺の方へ向く。その視線はかなり鋭い。

「タウロ君も見習わんといかん。味に熟成というものは、必須にして重要なものなのじゃぞ」

お説教されてしまった。

「今度、連れて行ってやるからの。楽しみに待つがええ」

気持ちが暗くなるのを押し隠しながら、溜息を一つ。意識を切り替え、俺は副ギルド長に話を戻した。

「それでは、その超熟女が優勝ですか？」

「いや、女性の部優勝ではあるが、決勝で負けた」

長時間に渡る激戦の途中で、体力が尽きたとの事。しかし相手には余裕があったらしく、寸止め状態で時間ギリギリまで楽しみ続けたという。

「止めを刺せ！」

超熟女は懇願し対戦相手の背を掻きむしるが、男は気にする素ぶりをまったく見せず、粘っこく責め続けたそうだ。

「……まだ上がいるのですか」

限界を見極め、手前で留める技量は凄い。しかしそれ以上に、超熟女相手に時間一杯楽しもうとするメンタルが凄まじかった。

「まあ相手は、あの世界一位（ワールドチャンピオン）だからね。当然と言えば当然だよ」

髭をしごきながら、目を伏せ感慨深そうに答える肥満体の老人。聞いたギルド長は『噂は本当じゃ

った か』と、眉の間に縦皺を作り真面目な表情で呟いている。

俺は知らない人物だが、呼び名のとおり世界ランキング一位なのだろう。

「世界は広いね。私も痛感したよ」

しみじみとした雰囲気を壊すのも何なので、世界一位（ワールドチャンピオン）の詳細を問わず、サンタクロースの言葉に同意する。

王都花柳界の至宝などと呼ばれる事もある俺だが、所詮は『王都』での話でしかない。世界はまだまだ広いのだ。

（よし、いつかは世界を見に行くぞ。出来れば眷属達も連れて）

また一つ、物知り長生き亀に相談する事が出来たのだった。


冬の日没は早い。まだ夕食前の時刻というのに、王都の街並みには夜の帳（とばり）が降り、空には星が輝き始めている。

仕事を終え家へと歩く者達と、その脇を進む一台のゴーレム馬車。

その馬車はダウンタウンの北の端、言い換えれば歓楽街の南の外れ、そこに建つ一軒の住宅の前に停車した。

「ありがとう、荷物は自分で運ぶから大丈夫だよ」

御者に告げ、馬車から降りる口髭の青年。ライトニングは、ほぼ十日ぶりの我が家を見上げる。

家族の住む二階に上がり、扉のノブへと手を伸ばす。手が触れる寸前、扉は中から開けられた。

「お帰りなさい、あなた」

笑顔で迎える、エプロン姿の小柄な女性。ライトニングは驚きつつも、やさしい笑みを作る。

「ただいま、どうしてわかったんだい？」

コートや荷物を受け取りつつ、答える妻。馬車の到着を音で知り、窓から街路を見たのだと言う。

納得したライトニングは居間へ向かい、抱きついて来る幼児をあやす。その後三人で取った夕食は、豪華ではないものの心温まるものだった。

「どうだったの？　今回の大会は」

子供を寝かしつけた後の、夫婦の語らい。つまみのチーズをテーブルに置き、蒸留酒の水割りが入ったグラスを手渡しつつ妻が問う。

「そうだね、今年も恐るべき使い手ばかりだったよ」

二人で軽くグラスをぶつけ合わせた後、ライトニングは静かに語り出したのだった。


ここで視点はライトニングへ、時と場所は今回の神前試合の会場、その一回戦へと移る。

聖都の中心街に建つ、商売の神の神殿。屋内に設けられた円形の六つのステージ、その一つの袖に、ライトニングは立っていた。

(あれから一年か)

満員の観客席を眺めやりながら、感慨深げに目を細める。去年の神前試合から、本当にいろいろな事があった。

妻子を取り戻し、道場の跡を継ぎ、騎士の操縦士になり、そして今は王国にいる。

(すべてはここから始まったのだ。神に恥じない戦いをしなければ)

静かに呼吸を繰り返す。その途中で、立会いの神官から呼び出しがあった。

「ニセアカシア国男！」

腰バスタオルでステージに進み出る。

「いよっ！　ライトニング！」

大きく沸き、名を呼ぶ者さえいる観客席。それを見てライトニングは、少し戸惑う。

昨年まで無名に近く、丸一年何の試合にも出ていない。いかに男子の部で優勝したとはいえ、ここまで人気があるとは思っていなかったのだ。

「見せてくれよお、三段突きい！」

「私にもお願い！　いつでもいいから、思いっきり刺してえ」

紳士淑女の声援に、ぎこちないながらも笑顔で応える。次に呼ばれた初戦の相手のまとう雰囲気を見て、自分の立場を理解した。

（追う側から、追われる側になったか）

茶色いロングヘアーの色白の女性。A級大会の常連であり、かつてのライトニングから見れば、遥か上の存在である。

しかし彼女の表情は緊張に強張り、睨みつけるような視線を放っていた。これは、上位者と戦う者の姿勢で間違いない。

（本当に、この一年で変わったものだ）

彼女に一礼し、腰バスタオルを脱ぎ放つ。そしてライトニングは中腰で、前後にステップを踏み始める。

そそり立つ刺突剣が狙うのは、常に相手の目。

「始め！」

「アレッ！」

神官の宣言と共に、ライトニングの声が響く。

瞬間移動と思えるほどの踏み込みで、色白の女性の股間をえぐる。即座のバックステップで、反撃を逃れた。

空を切る女性の手を見て、再度ライトニングは踏み込む。

「ドゥレッ！、トアラッ！」

今度は一刺しでは止まらない。色白の女性を中心に、円を描きながら踏み込みと離脱を繰り返す。左右から角度の違う突きを入れられ、急速に累積する彼女のダメージ。

(ここだ)

相手の分析をしながら、攻撃を加え続けたライトニング。最も装甲の弱い部分を見抜き、勝負を決める一手に出る。

色白の女性は驚愕したであろう。視界から消えたライトニングが次の瞬間、自らの背後に現れたのだから。

「くっ！」

焦りの呻きを漏らしつつ、振り返ろうとする色白の女性。しかしその前に、ライトニングは彼女の背を両手で突き飛ばした。

マットに顔から落ち、尻を高々と上げた状態の彼女。そこに刺突剣が、無情にも突き立てられる。

「ライトニング・ソード！」

自らの後頭部で両手を組み、天井を見上げ、一呼吸で三度の突きを繰り出すライトニング。

的確な急所攻撃に、茶色いロングヘアーの色白の女性は耐え切れない。絶叫と共に、体を大きく震わせた。

「それまで！　勝負あり」

圧倒的勝利と、期待どおり披露されたライトニング・ソードに、観客達は大喝采である。

「今年こそ総合優勝だーっ！　頼むぜライトニングゥ！」

「ライトニング！　ライトニング！」

その後も快進撃は続く。皆の耳目を集めた四回戦、『罪と罰』との戦いにおいても、カウンター一発で女王を沈めたのだった。


話を一度切り、ライトニングは大きく息を吐き出す。

景色はライトニング家の居間。対面に座る女性は組んだ両手に顎を乗せ、目を輝かせて聞いていた。

ライトニングはチーズ片を口に運び、水割りと共に味わう。

「だけどね、そこまでだったよ」

グラスに目を落とす夫に、妻は小首を傾げる。

彼女の夫は、敗れた時は相手を讃える事が多い。しかし今は、目の前で溜息をついている。

妻の視線に気がついたのだろう。ライトニングは顔を上げ、微笑みながら肩をすくめた。

「何というのかな、自分に負けた気がするんだ。己の弱さ、それが情けなくてね」

疑問の色が消えない妻の瞳を見て、話を続けるライトニング。続いて語られた試合の内容は、彼女を納得させるのに充分なものだった。

「ニセアカシア国男！」

五回戦、準決勝。呼び出しを受け、腰バスタオルで袖からステージへ。

大歓声を受けながら、ステージに立つ。

「東の国女A！」

対面から現れたのは、背の高い老女。

ライトニングのようなバスタオル姿ではない。修道服を身にまとい、銀のロザリオを首から下げていた。

(東の国の修道女か)

噂には聞いた事がある。しかし彼女が活躍したのは大分前、自分が生まれた頃か、それ以前。実際に見るのは、初めてだった。

(いかなる相手であっても、全力を尽くすのみ)

磨き上げた力と技を信じ、飛び込むだけだ。それが自分の戦い方。

上回れば勝利を収め、及ばなければ敗れる。ライトニングの考えはシンプル。それだけに迷いはない。

立会いの神官にうながされ、腰バスタオルをステージ隅へ。相手も修道服を脱ぎ放った。

(……鍛え上げられている)

修道服の下にあったのは、板チョコレートのようなゴツゴツとした肉体。長身も合わさって、まるでヘラクレスのように見えた。

しかしライトニングに動揺はない。股間の刺突剣は、鋭く相手の目を狙っている。

「元気だねえ、楽しみだよ」

その様子に目を細めた筋骨逞しい老修道女は、己の股間から床へ向け涎を滴らせた。

一方のライトニングは、言葉を返さない。ただ静かに相手を見つめるだけである。

「試合開始！」

神官が両腕を交差させながら宣言、その声が終わらぬうちに、ライトニングは爆発的突進を行なう。

「ライトニング・ソード！」

全力全開、様子見などしない。あえて言うなら、このライトニング・ソードが相手を測る一手だ。

狙いたがわず刺突剣は超熟女を貫き、一呼吸で三度の突きを送り込む。

（くっ、まずい）

片眉を歪め、心に自分を責めるライトニング。

踏み込みが浅かったせいで、奥をえぐる事が出来なかったのだ。背後から迫る剛腕を察知し、床を蹴って距離を取る。

（なっ？）

眼前わずかの位置を横切る、老修道女の手。充分に距離を取ったはずなのに、間一髪であった。

（予想より、腕が伸びている？）

それはない。原因がつかめず悩むライトニングに向け、超熟女が口の片側を曲げて笑う。

「どうしたあ？　怖いのかえ？」

言っている意味が理解出来ず、怪訝な表情を浮かべるライトニング。それを見て、老女は笑みを大きくした。

「何だ、気がついていないのかい？　お前、これまでの試合より、体の切れが悪いよ」

その言葉に、頭を鈍器で殴られたような衝撃が走る。

指摘されればそのとおり、イメージと体の動きが合っていない。だから踏み込みが浅くなり、離脱も半歩遅れたのだ。

（なぜだ？）

焦りと困惑の中、その理由を探る。経験から言えば、原因は心の萎縮。

しかしその理由がわからない。

（もしかして）

心に蓋をし、忘れたふりをしていた部分。そこに蠢（うごめ）きを感じ、意識を向ける。

そして理解した。

（私はこの女性に、大奥様の影を見ているのだ）

妻の祖母にして、前道場主の妻。平和な朝食の席で突如変貌し、襲い掛かって来たあの日が思い出される。

その圧倒的攻勢の前になす術がなく、義理の祖父を犠牲に逃げ出すしかなかった。

（違う！　目の前の老修道女は大奥様ではない。間違えるな）

肉塊のように肥えた大奥様と、ボディビルダーのように鍛え上げられた老修道女。共通点は大柄な老女という点のみ。

しかしそれでも、ライトニングの心は反応したのだ。思う以上に傷は深かったのだろう。

「鶴翼（かくよく）の構え！」

怯懦（きょうだ）を振り払うべく、新たな姿勢を取る。

これは後頭部で組んでいた両手を離し、鶴のように大きく羽ばたかせるというもの。この一年でライトニングが、新たに開発した構えだ。

腕を上下に振る反作用で、相手により大きな振動を与える事を狙っている。

「そうそう、全力を出してもらわないとねえ。本調子で負けないと、納得出来ないだろう？」

笑いながら、組み合わされた手をボキボキと鳴らす超熟女。

「参る！」

飛び立つために走る大きな鳥、ライトニングは腕を上下させながら深く踏み込む。

恐れを気力で乗り越えたその一撃は、老修道女の腹を奥底までえぐるはず。そして直後に放たれるのは最強の技、ライトニング・ソードの五連撃タイプだ。

「待ってたよお」

大きく目を見開き、至近距離でライトニングを見つめる老修道女。ライトニングの背中に、猛烈な冷気が走る。

(狙われていた？　この瞬間を？)

筋骨逞しい老修道女は、凶暴な笑みを口元に浮かべつつ叫ぶ。

「断頭台！」

荒縄のように盛り上がった全身の筋肉。歯を食いしばった老女の顔は、瞬時に赤く茹で上がる。

同時に圧倒的な締め付けが刺突剣を襲い、動きを完全に止められた。

「くああっ」

苦しげに声を漏らすライトニングの耳元で、超熟女がささやく。

「どんなに飛込みが鋭くてもねえ、来るとわかってりゃ何とかなるもんさ」

平然と言い放つが、ライトニングには信じられない。それは頭上に振り下ろされた真剣を、両手で挟み取るような行為だからだ。

早過ぎても遅くても、そして力負けしても命はない。

(負けるかっ！)

圧力に耐え、歯を食いしばるライトニング。押しても引いても動かせないなら、振動の力を借りるのみ。

「ライトニング・ソード！」

腰を前後に動かしながら、罠から逃れようと懸命に腕を上下へ羽ばたかせる。

(くうっ)

しかし刺突剣は微動だにしない。まるで万力で締め付けられたがごとく、ライトニングの体の方が動いてしまう。

その様はまるで、羽をつかまれたトンボのよう。逃れようと体を震わせるのに合わせ、ビビビビッという音が会場に響く。

「いいねえ、痺れるねえ」

味わうように、唇を舐める老修道女。一方ライトニングの抵抗は、繰り返されるたびに弱まって行った。

「さて、そろそろ決めさせてもらうよ」

頃合と見たのだろう。断頭台で固定したまま、床のマットにライトニングを押し倒す。

「ウオオラアッ！」

そして雄たけびと共に、猛烈な勢いで腰を振り回し始めた。

仰向けになったライトニングに、上から腰を突き込む老修道女。その姿は、どちらが男かわからないほど。

そしてしばし。

「ご馳走さま」

猫のように目を細め、満足そうに息を吐く超熟女。

ライトニングのエキスを、たっぷりと搾り取ったのだろう。解放し起き上がった後、右手で自らの腹をなでている。

目から光の消えたライトニングは、天井を見つめたまま動かない。ここに勝敗は決したのだった。


ライトニング夫妻のいる居間へと、風景は戻る。

語り終えたライトニングは、寂しそうに口を開いた。

「わかってくれたかい？」

正面から隣に移動した妻は、夫をやさしく抱きしめる。

いまだ癒える事のない心の痛みは、気持ち一つで乗り越えられるものではないはず。本当の意味での全力は、出せなかったに違いない。

「ごめんなさい、私のおばあちゃんのせいで」

君が謝る事じゃないよ。言いながらライトニングは、妻の胸の中で頭を左右に振る。

そしてそのまま、背後に押し倒した。

「えっ？」

驚きつつも、彼女に嫌はない。何といっても十日ぶり、もともと今夜は期待していたのだ。

そしてライトニングの方も、勝負を忘れて妻に甘えたかったのである。

「ひあああああっ！」

こらえようとしても、どうしても漏れる彼女の声。その夜ライトニング家の床を震わせたライトニング・ソードは、計四回。

三回の三連突きと、五連突き一回である。

『……じしん？』

上の階に広がる庭。星空のもと地面の中から這い出した、体長十五センチメートルのダンゴムシ。

空中に向け触角を伸ばし、周囲の気配を探る。

『どうしたの？』

親友の行動が気になり、樹上から体長二十センチメートルのイモムシが声を掛けた。

眠っていたのだろう。少々、ぼんやりとした雰囲気である。

『だいじょうぶみたい』

勘違いだった、とダンゴムシは説明。そして再び、地面の中へと潜るのだった。

王国は王都、中央広場の北に聳える王城。

その敷地の一角には迎賓館が建てられ、東の国の聖女一行が滞在していた。

「聖女様、お久しぶりでございます」

口にしたのは、やわらかい絨毯に膝を突き頭を垂れる、大柄で筋骨逞しい老修道女。

お姫様カットの女子高生のような聖女は、立ったままその背中に声を掛ける。

「こちらこそご無沙汰しております。修道院長様」

北の修道院で院長を務めるこの老女は、聖都での神前試合を終え、今はその帰りだ。

王都に聖女が滞在しているのを知っていたため、せっかくだからと訪れたのである。

「神前試合では、女性の部優勝を飾られたと聞きました。おめでとうございます」

穏やかな表情で、祝福する聖女。舌長様は膝を突き、師である老修道女へ頭を下げている。

聖女へ丁寧に礼を述べた後、超熟女は舌長様へ笑顔を向けた。

「出場権を譲ってくれたお前に、恥をかかせずに済んだよ」

世界ランキング二桁上位の舌長様は、神前試合へ出場する権利がある。しかし今回は、涙を呑んで諦めたのだ。

王国へ救援に赴く聖女の引率という、司教として初の大仕事のためである。

(院長様は確かに我が国の英雄。伝説といっていい存在)

下に向けた顔の眉が、わずかに歪む。

(だけどまさか四大大会で、女性の部優勝をするなんて。数十年ぶりの試合なのよ)

自身の、これまでの最高成績を上回る結果である。

尊敬はすれど過去の人物、今の実力は自分の方が上。そう信じていただけに、衝撃は大きい。

「院長様、どうかお話をお聞かせ下さい」

聖女は舌長様の昏い雰囲気に気づかず、無邪気に土産話をねだる。両手を胸の前で組んで目を輝かせる少女の姿に、逞しき老修道女は目を細めた。

「この婆でよければ、いくらでも」

応接セットに向かい合って腰を下ろす二人。その姿を見て舌長様は、気持ちを奮い立たせる。

(下を向いていては駄目よ、前に進まなくちゃ)

上位者同士の試合内容を知る事は、自らを向上させる大きな糧となるはず。なれば試合が終わって日の浅い今、詳しい話を聞いておくべきだろう。

「舌長様もこちらに！」

笑顔で手招きする聖女に、硬い笑みを返しつつ立ち上がったのだった。


興味のある話を聞いていると、時間は驚くほど速く進む。

とくにライトニング戦での、舌長様の食いつきは凄かった。昨年敗れているだけに、修道院長へ質問攻めである。

「お前なら、上下逆の体勢で戦うべきだねえ。逆立ちくらい、軽いものだろう？」

超熟女のアドバイスに、前のめりの姿勢でメモをとる舌長様。

「舌であの刺突剣を、徹底的に攻めるのさ」

「ですがそれでは、急所を相手の眼前にさらす事になってしまいます」

距離を詰めたら、両手両脚でしがみつけ。その指示に、舌長様は心配そうな表情を作る。

超熟女は口の端に笑みを浮かべ、豊富な実戦経験にもとづいた洞察を披露した。

「ライトニングの指や口舌の技量は、おそらく低い。いくらいじくっても、お前にダメージは与えられないと見たよ」

しかし舌長様は、まだ納得出来ない様子である。

「ですがあの口髭、あれで私の宝珠を責められたらどうなりますでしょう」

弟子の過剰な心配に、師である老修道女は大きく口を開けて笑う。

「あいつはね、間違いなく一点を磨き上げるタイプだ。刺されさえしなけりゃ、お前の勝ちは揺るがないね」

自信溢れる言葉に、舌長様の心に落ち着きが広がって行く。目を細めて眺めやった超熟女は息を一つ吐き、所在無げな聖女へと顔を向けた。

「聖女様、一度ここでお茶にしませんか。婆も喉が渇きました」

気がつけば、三つのカップもティーポットも空。皿に出ていた菓子も残っていない。

熱中しすぎた事に気がついたのだろう、舌長様は赤面しつつ席を立つ。そして廊下へ出、飲み物と菓子を取りに行った。

「ところで院長様はなぜ、試合にお出になると決めたのですか？　今まではすべて断っていらしたのに」

二人きりになった応接セットで、笑顔で問う女子高生聖女。超熟女はその答えを、脳裏に探す。

（あの王国女のせいだねえ）

王国商人ギルドのゴブリン爺い。その紹介状を手に、北の修道院を訪れた女性。

口にした願いは唯一つ。

『強くなりたい』

超熟女から見て彼女は、充分以上に強かった。しかし、それでも足りないという。

その純粋な思いに心を惹かれ、自分に出来うる限りの教えを授けたのだ。そんな中、一つの疑問が心に湧く。

（もしかしてあたし、強くなってないかい？）

鍛えるというより、切磋琢磨に近い王国女との日々。その中で、次第に大きくなる思い。

（だけどそんな事）

数十年前、年齢と共に下降し始めたのを実感した。弱くなった自分をさらすのが嫌で、現役を引退したのである。

それが今になって、再び伸び始めている？　普通ならあり得ない。しかしもし、それが事実だとしたら。

（試したい）

舌長様の代理出場という話は、そんな修道院長にとって願ってもないものだった。

女子高生聖女の目を真っ直ぐに見つめ、老修道女は微笑みながら口を開く。

「いくつになっても成長出来る。それを確認したかったのですよ」

言葉に込められた超熟女の思い。その深さに、女子高生聖女は気づけただろうか。

おそらく、そこまでの洞察は出来なかっただろう。さすがは院長様、と笑顔を作るだけであった。

「あっ、舌長様が戻られましたわ。少し休憩を致しましょう」

舌長様に続き、メイドがワゴンを押しながら続く。紅茶とティーポット、それにクッキーセットが台車には載せられていた。

聖女を中心にたわいない話をしながら、しばしの休憩を挟む。

「では最後に、決勝戦の話を致しましょうか」

頷き、真剣な表情で身を乗り出す舌長様。一方の女子高生聖女は、ニコニコと楽しそうに微笑むだけである。

「舌長なら知っているだろう？　相手はあの世界一位（ワールドチャンピオン）だよ。とうとう現れやがった」

その名を聞いて、舌長様の顔色が青白く変わる。

『世界一位（ワールドチャンピオン）』

またの名を、『背中に千の傷を持つ男』。圧倒的ポイント数で、累計一位に君臨し続ける太めの中年男性だ。

過去数年のポイントから順位付けられる世界ランキングとは、また別の存在。『真の一位』と呼ばれる事もある。

「ここしばらく、試合には出てませんでしたのに」

声を震わせる舌長様。

『背中に千の傷を持つ男』の本職は、調律師。世界を旅しつつ、気まぐれに試合へ出場する。

彼が世界を席巻したのは数年前まで。その頃にたくわえたポイントが莫大で、今でもまだ累計一位の座は揺るがない。

「去年の熱戦、それを知って出て来たのかもねえ」

おそらく彼の興味は、昨年の総合優勝者。激しい回転技で、苦戦一つせずに勝ち上がったあの女性だったのだろう。

そこで超熟女は、気持ち良さそうに笑う。

「お目当てがいなくて、面喰らっただろうよ。いい気味だ」

世界一位（ワールドチャンピオン）は、Ａ級大会であろうと気軽に欠場する。もはや、ランキングへの興味を失っているのだろう。

しかし、自分がするのと他人が行なうのは別。

『自分以外が、四大大会（グランドスラム）への招待を蹴る』

あの中年男は、そのような事は考えもしなかったはず。それが超熟女には痛快だったのだ。

「さて、では続けようかね」

表情を改め、再度口を開く。

「奴の初手は、天元（てんげん）だったよ」

「……天元」

その言葉に、唾を飲み込む舌長様。

天元とは、相手の中央へ真っ直ぐに打ち込む事を指す。手前内側や斜め奥をえぐる者が多く、初手としてはまず見ない。

「そこは、さすがだと思ったね」

軽く目を伏せ、頷く超熟女。自らの力に絶対の自信を持つ王者、その初手にふさわしいと感じたのだ。

「対するあたしはこう。奴の次は、この角度でこの深さ」

老女は左手の指で輪を作り、右手の人差し指を突き込んで前後に動かす。その姿は、後進を教え導く教育者そのものだった。

「院長様、この一手にはどのような意図が？」

舌長様の問いに院長は、左手で右人差し指をぎゅっと握る。

「布石だよ、ここで締めておかないと、二手先で奥まで入られちまう。角は取られたくなかったからねえ」

テーブルに身を乗り出し、検討に熱が入る子弟。聖女は話について行けず、背もたれに体重を預けつつ微笑むだけだ。

検討も中盤に入った頃。舌長様は口元で拳を握り、険しい表情で師を見上げる。

「……何かが変です。まるでこの試合、真剣勝負ではないような」

弟子の言葉に、苦い表情で首を縦に振る超熟女。

「気づいたかい。そうさ、これは勝負じゃない、指導だよ」

まったく馬鹿にした話さ。そう続け、大きく息を吐く。

「あたしも途中まで、わからなかったけどね」

思い出したのだろう、顔が大きく歪む。

「奴の打つ手は、一刺しで殺すようなものじゃなかった。こちらがどう動くのか、それを測る手だったよ」

組み合わせた指を離し、テーブルの上で強く握られる拳。

「悟った時は、頭に血が上ったね。この年で、しかも一度引退した身だよ。あたしに指導なんて、ふざけるんじゃないってね」

しかしそこで肩をすくめ、先ほどより大きく深い溜息をついた。

「だけど駄目だった、本気にさせられなかったよ」

四大大会（グランドスラム）の決勝で、対戦相手を指導する。あまりのレベルの違いに、舌長様は気が遠くなりそうだった。

何とか気を取り直して、言葉を発する。

「指導だから、制限時間一杯まで試合が続いたのですか」

再度表情を険しくし、頭を左右に振る老女。

「こっちが諦めるまでは指導だった。それ以降は楽しまれただけさ」

「楽しむ、ですか？」

目を丸くする舌長様に、超熟女は頷く。

「どうやっても勝てない、体力も尽きた。だから投了したんだけどね、許してくれなかったんだよ」

熱い息と共に、言葉を吐き出す。

「制限時間終了寸前まで、限界ギリギリで掻き回され続けた」

記憶と共に、頬に朱が差し、ますます息の温度が上がる。

「気が狂いそうだったよ。止めを刺せって、そう叫んで背中を掻きむしってやったんだけどね、背中が血まみれになってもおかまいなしなのさ、スケベ顔で笑っていたよ」

再度、肺の奥から溜息をつく。

「奴の背中の傷は、こうして増えて行ったんだろうねえ」

話を終える超熟女。舌長様も聖女も、しばし言葉を出せなかった。

「死神が凋落（ちょうらく）し、代わりに台頭して来たライトニング。それに『罪と罰』という新たなプレイの登場」

背もたれに体を預け、口を開く舌長様。

「さらにここに来て、好敵手を求める世界一位（ワールドチャンピオン）の出場」

目の前にいる、東の国の伝説（レジェンド）の復帰もある。舌長様の声は震えていた。

「花柳界が、大きく動こうとしているのでしょうか」

大きく頷き、超熟女は付け足す。

「それにね、試合に出ていない王国女もいる。お前もやられただろう？」

思い出し、さらに表情から色の抜ける舌長様。

道場破りとしか思えないあの女に、打ちのめされた彼女。三日の間、天国から戻って来れなかったのだ。

「あいつはあの後、きっちり技を習得したってさ。大したもんだよ」

あまり人を褒める事のない師の言葉に、舌長様は下を向き唇を噛む。

「この間知らせが来てねえ、目標に肩を並べる事が出来たんだと。ありがとうございましたってさ」

超熟女は上を向き、豪快に笑う。その後表情を戻すと身を乗り出し、舌長様の肩に手を置く。

「あたしの見立てと違って、相手は男だったよ。いつか対戦してみたい、お前もそう思うだろ？」

口調は穏やかだが、乗せられているのは凄味。

『強い敵から逃げるなよ』

弟子である舌長様は、師の思いを正確に洞察。さらに表情を厳しくし、両の手を強く握る。

それを見た聖女は、少し戸惑った笑みを浮かべるだけだった。


時刻は午後。お茶と一緒に菓子をつまんでも、おかしくない頃合。

自宅の居間であぐらを掻くタウロの前に、三匹の精霊獣が並んでいた。

「呼んでおいて何だが、大丈夫だったか？」

イモムシ、ダンゴムシ、それに亀。広げられたバスタオルの上にいるのは、すべて俺の眷属達である。

午後一番で教導軽巡先生への参拝を終えた俺は、帰るなりすぐに、庭森へ向け招集を掛けたのだ。

『へいき』

代表して、眷属筆頭であるイモスケが答える。軽く頷いた俺は、バスタオルの前に一冊の雑誌を広げた。

「本日発売、『神前試合特集号』だ。お前達と一緒に見ようと思ってな」

ジェイアンヌからの帰り道、本売りの屋台で買って来たのである。それを見てイモスケとダンゴロウは、おおっという感情の波を出す。

俺が何度か話題にしていたので、興味があるようだ。

「次から次に売れててね、なくなるかと焦ったよ」

聖都で毎年行なわれる大会は『神前試合』と呼ばれ、世間から大きな注目を集めている。

雑誌の出版社があるのは聖都。売り上げから入る税収は、聖都の財源に大きく貢献しているらしい。

「じゃあ読むぞ」

雑誌の周囲に、ゆっくりした足取りで集まる精霊獣達。俺と三匹で、雑誌の四方を囲む形だ。

「おっ、いきなり地味子ちゃんか」

めくってすぐに現れた絵は、赤いバタフライマスクで鞭を振りかざす女王。『罪と罰』は、思った以上に記者の関心を引いたらしい。

試合の進行も、地味子女王を中心に紹介されている。

「――鞭が唸り、男の体を叩く。鋭い悲鳴の語尾は徐々に甘くなり、最後には身をくねらせ尻を振り出す」

読み上げながら思い出し、納得する俺。あの尾を引かない痛みは、繰り返されるうちに気持ちよくなってしまうのだ。

しかも地味子女王は、あの頃より腕を上げていると聞く。さぞかし心地よいだろう。

「――力の抜けた腕は体を支えられず、男の顔と胸が床につく。無意識なのだろう、罰を求めてしきりに尻を振り立てている。当然ながら女王は、容赦などしない」

商人ギルドで聞いたとおり、地味子女王は鞭で叩いてから尻へヒール刺し。そのコンビネーションで勝利を得ていた。

「一回戦、二回戦。共に反撃を許さず、圧倒的勝利だってさ」

仰け反る男の絵を指差しながら説明、そこで俺に質問が飛んだ。

『ひっさつわざは？』

イモスケが上半身を起こし、ワキワキしている。隣のダンゴロウも、気づいたようにこちらを向く。

『ひっさつわざは、なに？』

さらにザラタンまで、無言ながらもこちらを注視。なぜか精霊獣達は、必殺技が大好きなのだ。

「……どうだったかなあ」

記憶を探ってみるが、彼女にはなかったかも知れない。

「地味子女王は、持ってなかったと思う」

その答えに、イモスケとダンゴロウ、それにザラタンが残念そうな雰囲気を出す。慌てて俺は、思わず適当な事を言ってしまった。

「だけど、次の試合はあるぞ。何といっても、死神との試合だからな」

死神の必殺技、『地震（アースクエイク）』。これは大きく反った鎌を相手へ深く刺し、体ごと回転するという荒技である。

人間大の偏芯（へんしん）モーターが生み出す振動。昨年それは会場の床を震わせ、まさに地震のようであった。

「――臆する事なく、鞭を受け続けた死神。しかしそれは油断であったろう」

声に出しながら、しまったと思う。副ギルド長が言っていたのだ。死神は一切抵抗せず、楽しんで負けたのだと。

『地震（アースクエイク）』は、どう考えても出していない。

「ついには全身を鞭に搦（から）め捕られ、床に倒される死神。その様はまるで、蛇に締め上げられた獲物のように見えた」

ちらりと眷属達を見ると、わくわくしながら耳を傾けている。今か今かと、期待しているようだ。

「——大鎌の先端で燃え盛るキャンドルライト。何という事か、あの死神が一撃も放つ事なく散ったのである」

記事を読み終え、口を閉ざす俺。当然ながら眷属達は、こちらへ顔を向ける。

皆一様に首を傾げ、『必殺技は？』という波を強く発していた。

「すまない。必殺技を出す前に、負けてしまったようだ」

残念そうな声が上がったのを聞き、心が痛い。ちらりとバスタオル上の生き物達を見やれば、揃って悲しそうな気配を漂わせている。

「ん？」

そんな中、ダンゴロウがイモスケに向け触角を動かす。何やら話題を変えたようだ。

『わかんない』

これはイモスケの声。

頭を左右に振るイモスケを見て、俺へと向きを変えるダンゴロウ。そして問うた。

『たたくの？』

地味子女王が死神を鞭で痛めつける絵を見て、疑問を感じたらしい。

俺は神前試合について、『相手を気持ちよくさせた方が勝ち』と説明していたのだ。この疑念は、もっともである。

（しかしこれは、非常に難しい質問だ）

たとえるならビール。『苦いのに、なぜうまいのか』という質問のようなもの。『苦いのがうまい』と答えても、少年少女達は納得しない。

「何というかな、えーっと」

腕を組み悩む俺に、意外なところから助けが入る。ザラタンがダンゴロウの方を向き、口を開いたのだ。

『刺激ヲ与エ、放精ヲウナガシタノダ』

湖や川、それに海では普通に見られる行為。そのように説明している。魚の体外受精と同じ、そのように捉えているらしい。

(さすがは、物知りの長生き亀だ)

違うような気も、しないではない。しかしよく考えると、あながち的外れとも言い切れない。

『罪と罰』の根源は、もしかしたらその辺りにあるのかも知れないのだ。

『ふうん』

そういう種類なんだ、ととりあえず納得するダンゴロウ。確かに、そういう種類なのである。

亀に礼を言いつつ、咳払いと共に次のページへ。俺が口を開くより、イモスケ達が先に反応した。

『らいとにんぐ!』

『らいとにんぐだ!』

一匹を除き、眷属達に大人気のライトニング。見開きで現れたのは、中腰で剣先を相手に向ける青年剣士の絵。

凛々(りり)しくも勇ましいその姿に、イモスケとダンゴロウは大歓声である。

「今度は必殺技が出たぞ、ライトニング・ソードだ」

やっと出て来た必殺技に、大喜びで跳ねる二匹。ザラタンも強い興味を示し、どのような技か聞いて来た。

「一呼吸で、三度の突きを放つんだ」

『ナルホド』

ゆっくりと首肯する亀は、回数が増えれば確率が上がる、と呟いている。発射はしていないのだが、その事は口にしない方がよいだろう。

地味子女王をカウンター一発で倒したところで、記事の中心はライトニングへと移る。

「次の記事もライトニングだぞ。……これが超熟女か、絵で見ると凄いな」

話には聞いたが、目にするのは初めて。ボディビルダーのように、凹凸のある体である。

「いい女って言ってたよな？」

ギルド長の言葉を思い出しつつ、顔を近づけて凝視。よくよく見れば確かに、昔は美人だった、ような面影がないではない。

そんな俺をよそに、興奮してくりくりと動き回るイモスケとダンゴロウ。

『らいとにんぐそーど！』

『らいとにんぐそーど！』

しかし二匹には、これから残念な事実を伝えなければならない。意を決して、記事を読み進める。

「――満を持して放たれたライトニング・ソード。しかし相手は『断頭台』と呼ばれる技を繰り出し、ライトニングの動きを止める」

次の挿絵は全身の筋肉を盛り上がらせ、顔を紅潮させる超熟女の姿。ライトニングは剣を固定され、爪先立ちを強要されていた。

「その後、力任せに押し倒されたライトニング。オーソドックスだが激しい攻めにより、搾り取られ敗北」

一気に意気消沈する二匹。気の毒であるが仕方がない。

ザラタンの方は、『ヤハリ雌ノ方ガ強イカ』と頷いている。頭に浮かべているのは、きっとカマキリや蜘蛛だろう。

「さて、次のページはっと」

主人公は地味子女王からライトニングへと変化した。ライトニングが負けた今、次は超熟女であろう。

予想どおり、決勝についての記事は超熟女視点だった。

「――久々に現れた『背中に千の傷を持つ男』。その圧倒的実力の前には、東の国の伝説(レジェンド)とてなす術がない。じっくりと煮込むように責め立てられ、汁を溢れ出させるのみである」

この人物が、世界一位(ワールドチャンピオン)なのだろう。サンタクロースな副ギルド長の言うとおり、老女相手にこの中年男性は、たっぷりと楽しんだようである。

(超熟好きなのだろうなあ)

さすがは世界で一番、俺にはとても真似出来ない。

そのような事を思いながら読み進めていると、記者の文言に殴られたような衝撃を覚えた。

「――切なげに甘い懇願を繰り返す、東の国の伝説(レジェンド)。それを聞き、私は心の底から思った。ババアやらせろと」

そこで文章は終わり。俺は口から、大きく息を吐き出す。

(ババアやらせろ、だと?)

ゴブリン爺ちゃんだけなら、個人の嗜好と言えるだろう。『背中に千の傷を持つ男』が加わっても、特殊な趣味と見る事が出来る。

しかし名の知れた出版社の記者が、このように感じ文を起こしたのだ。一般人の許容範囲が、前世より遥かに広いのだろう。

(器の大きさが違う)

ジェイアンヌで出入り禁止になった時、残念と思いつつ心のどこかで思っていなかっただろうか。『俺は凄い』と。

この記事を読んだ今なら、それがどんなに滑稽なものだったかがわかる。

(慢心、だな)

いかに悲鳴を上げさせようと、俺が相手にしていたのはすべて美女。

年齢層も、魔法少女からママさん、熟女子爵まで。年金の受給資格より、遥か手前で留まっている。

仮に世間一般の感性を、この記者と同じと考えてみよう。なれば世の男達の多くは、年金老女にまで『ババアやらせろ』と心をたかぶらせる事が出来るのだ。

(何という奥行きの深さ)

世の広さに心動かされ、物思いにふける俺。幸い眷属達は、『ババアやらせろ』には反応していない。

どうやら特段、興味は引かなかったようである。胸をなで下ろしていると、イモスケから声が上がった。

『くしざしせんぷうは？』

親友であるコーニールの二つ名にして、必殺技の名前。『串刺し旋風』という響きは、なぜか二匹の心を捉えて放さない。

ダンゴロウも何かに気づき、イモスケに続き問いを発する。

『ゆにこーんは？』

『そうだ！　ゆにこーんも』

イモスケも反応。俺の親友『串刺し旋風』と、死ぬ死ぬ団の怪人『初物喰らい（ユニコーン）』。どちらもここまで、話題に上っていない。

わいわいと騒ぐ二匹に、俺は沈痛な表情で頭を左右に振る。

「残念だけど、二人とも出場していない」

えーっ！　という、声というか念を発する眷属達。静かなのは亀だけだ。

『なんで？』

『どうして？』

追及の手を緩めない二匹。俺は頬を指で掻きつつ答える。

「俺と同じだ。仕事とか都合とか、いろいろあったんじゃないのかな」

ピタリと止まり、俺の方をじっと見るイモムシとダンゴムシ。その後二匹で顔を見合わせ、ひそひそと話し始めた。

何となく聞こえて来るのは、それなら仕方がない、わかる、寂しい、などという単語。とにかく納得してもらえたようで、何よりである。

ほっとしつつ、優勝者のプロフィールに目を走らす。思わず俺は声を出した。

「本職は調律師だって？　世界を旅して、各地で女性の音合わせをしている？　凄いなあ」

調律師。それは草食整備士から聞かされて以来、俺の心をひきつけてやまない仕事。

目の前には長生き物知り亀がいるので、せっかくだからと聞いてみた。

「実はなザラタン。将来、世界を旅してみたいと考えているんだ」

そして問題点も伝える。

眷属達を置いて行くつもりはない。眷属達を頼ってここに来た、重騎馬（ヘヴィーランサー）についても同様だ。

何かいい方法はないだろうか。

「……難しいよな、やっぱり」

無言の亀を見て、息を吐き出す俺。イモスケとダンゴロウも、いいアイディアはないらしい。

「えっ？　あるかも知れない？　少し時間をくれって？」

実はあまり期待していなかったのだが、心当たりがあるらしい。これは期待して待つ事にしよう。

「ありがとうな、ザラタン。すぐの話じゃないから、ゆっくりでいいぞ」

俺の言葉に、亀は頷く。

気がつけばすでに夕方。夕飯をどうしようかと考え始めたところ、イモスケが俺の膝をイボ足でトムトムと叩いた。

『おきゃくさん』

精霊獣達は気配に敏感。何者かが近づくと、このように教えてくれるのだ。

「ん？　そうか。じゃあ、今日はお開きにするか」

吐き出し窓の下部に設けられた、精霊獣専用のくぐり戸。来客に備えて、イモスケ達が庭森に出て行く。

俺は立ち上がり、玄関へと向かった。

（クールさんかな？　いや、ライトニングか。神前試合から帰ったとか、挨拶に来てもおかしくはない）

そんな事を考えつつ玄関の扉の前へ。ちょうど相手も階段を登り切ったらしく、『いらっしゃいますか』と在宅を伺う声が飛ぶ。

聞き覚えのない声に、予想がすべて外れた事を知った。

「はあ、ギルド長からの呼び出しですか」

玄関外に立っていたのは、商人ギルドで見た事のある職員。

「ええ、何でも急ぎ力を貸してほしいとかで」

詳細は知らされていないらしい。俺が、『魔獣でも現れたのでしょうか？』と尋ねても、『そのような話はとくに』と首を傾げるだけだ。

ゴブリン爺ちゃんに呼ばれたのなら、出向かなければなるまい。

「ちょっと、商人ギルドに行って来る！」

窓を開け、庭森に向けてそう叫ぶ。そして最低限の荷物だけを持って、外へ出た。

職員の乗って来たゴーレム馬車に乗り、商人ギルドへと向かう。

（悪い事じゃないみたいだけど）

職員からは、緊急のような雰囲気は感じられない。

「何でしょうねえ？」

「申し訳ありません。私も用件は聞かされておりませんで」

俺の言葉に、恐縮する職員。しょうがないので、馬車の椅子に座り直した。

歩いても苦にならない距離なので、あっという間に到着。俺は階段を登り、三階にあるギルド長室へ顔を出す。

「おおタウロ君。急に呼びたてて申し訳ないの」

部屋にいたのはゴブリンに似た老人と、サンタクロースな老人の二人。ギルド長と副ギルド長である。

「もう少し暗くなったら出撃じゃ。頼む、力を貸してくれい」

椅子から立ち上がり、俺の手を取る小柄なギルド長。

「いえ、とくに用事もありませんでしたし。出撃というと、やはり魔獣ですか？」

答えつつ周囲を見回すも、草食整備士がいない。老嬢（オールドレディ）での出撃なら、彼もここに呼ばれているはず。

すでに格納庫で、準備作業に入っているのだろうか。

「いや、魔獣ではないの。だがある意味、それ以上の存在じゃ。そして騎士の力は通用せん」

俺の眉は無意識に曲がり、眉間に深い溝を作る。

『騎士では戦えない、魔獣以上の敵』

それは一体、何であろうか。

「宰相の許可は取ってある。安心せい」

安心と言われても、そもそも何なのかがわかっていない。

ますます深まる謎に、眉間の溝も深くなる。同時に、得体の知れない悪い予感が浸み出して来た。

「これがタウロ君の分じゃ」

一方的に話を進めるギルド長は、畳まれた厚手の布を押し付ける。広げてみて、俺は絶句した。

(これって目出し帽だよな)

渡されたのは、太い糸で編まれた黒い帽子。しかしそれは頭部すべてを覆える大きさで、目と口の三ヶ所だけ穴が開いている。

(銀行強盗にでも行くのだろうか)

常識人のサンタクロースに目線を送る。副ギルド長は気の毒そうな表情を浮かべた後、そっと目線を外した。

間違いなく、ろくな事ではない。

「あの、すみません。急に用事を思い出しまして」

「駄目じゃ！」

許されなかった。

こうして俺は今宵ギルド長と、行動を共にする事になったのである。

第三章　無礼講

王都中央広場の北にある王城。この敷地内には外国からの客人を迎えるため、迎賓館が建てられている。

豪華な装飾の施された一室では、東の国から来た聖女一行が、お茶を飲みながら会話を交わしていた。

人数は三人。お姫様カットの女子高生聖女と、真新しい司教服をまとった舌長様、それに筋骨逞しい老修道女である。

「聖女様、数日でしたがお世話になりました。明日には国へ戻ります」

窓から見える、西の稜線に沈み行く太陽。それに目を細めた後、女子高生聖女に向け頭を下げる老修道女。

暇を告げる言葉に、女子高生聖女は驚きの表情を作る。

時刻は夕方、そして老女が宿泊しているのは彼女と同じ迎賓館。明日出立なら、挨拶は早くとも朝だろうと思ったのだ。

「お話ししておりませんでしたね。婆は今夜、『無礼講（ぶれいこう）』を行なうのですよ」

やさしい笑みで、老修道女は続ける。

「何が起きるかわかりません。万一を考え、出来るうちにご挨拶をと思いました」

一度頷くも、小首を傾げる女子高生聖女。『無礼講』の意味がわからないのだ。

理解したのは、隣に座る整った顔立ちの若い女性。舌長様である。

「この地で、おやりになられるのですか」

硬い表情に、驚きと不安が混ざった声音。

『無礼講』とは、東の国に伝わる荒行の一つ。『無礼講』を宣言した女性は日没から日の出まで、あらゆる客人を拒まず迎え入れなくてはならないのだ。

夜這い解禁、あるいは千人組み手といったところだろうか。

「昼過ぎには、王都全域に布告済みさ。この国の担当者が、理解ある人で助かったよ」

太い腕を組み、豪快に笑う超熟女。だが舌長様の顔色は白い、王都全域という言葉にめまいを感じたのだ。

「通常は、町や村で行なうものではありませんか。王都全域に宣言するなど、いくら院長様でもお体が持ちません！」

弟子の心配をよそに、超熟女は肩をすくめ両手を広げる。

「王国じゃ、うちらの神は信奉されていないからねえ。わかる者は少ないんじゃないかえ？」

しかし舌長様は納得しない。語気を強めて言葉を重ねた。

「多いかも知れないではありませんか！　特集号をご覧になりました？　記者がコメントで、院長様と触れ合いたいと書いているのですよ」

光栄だねえ、とニヤニヤ笑う老女。舌長様はその様子に、こめかみの血管をひくつかせる。

「一体どうされたのです？　『無礼講』など何年もおやりにならなかったのに。それを突然、しかも異国の地で開催されるなど」

言い募る舌長様を、超熟女は片手で制す。そして真面目な表情で言葉を発した。

「王国だからだよ、舌長」

怪訝な表情の舌長様に対して、老修道女は言葉を継ぐ。

「王国女の目標、そいつがいるかも知れないじゃないか」

世界ランキングを持たない、無名の王国女。しかしその実力は、ランキング一桁に入るだろう。

「王国女も、その目標とやらも神前試合にはいなかった。けどね、もしかしたら王都にはいるかも知れないじゃないか？」

肉食獣の笑みで、舌長様に顔を近づける超熟女。舌舐めずりを一つして、言葉を続けた。

「どうだい、お前も一緒に参加してみるか？　鍛えなければ、腕は落ちるよ」

顔色を白から青に変え、うつむく舌長様。少しの間を置いて、決然とした表情で顔を上げる。

「わかりました。私も参加させていただきます！」

ただし、膝の上に握られた拳だけは震えていた。

(院長様が力をお付けになったきっかけは、間違いなく王国女。そして『無礼講』に参加すれば、王国女の目標と会えるかも知れない)

急激に実力を伸ばした師が、正直羨ましい。もし今夜自分が参加せず、院長が目標に会い、そしてさらに腕を上げたとしたら。

(機会を逃した自分を、私は許せないでしょうね)

その思いが、舌長様を追い立てたのである。一方の女子高生聖女は、いまだ理解出来ていなかった。

戸惑った表情で、老女と舌長様を交互に眺めるだけである。

「あの、院長様と舌長様が参加されるのでしたら、私も」

仲間外れになりたくなくて、そう口にした女子高生聖女。しかし二人から、丁重に止められた。

「あっ」

脈絡なく小さな声を上げる、お姫様カットの聖女。その天啓が訪れたような表情を見て、舌長様は時が来たのを察し、老修道女に小声で告げた。

「聖女様の準備が整いました。これより謁見の間に向かい、浄化を行なって参ります」

「……そうかい」

深く頷く超熟女。

女子高生聖女の能力は、超高位の状態異常回復を日に数回、代償なしに行使出来るという破格もの。ただし制限はある。体内で聖水を作り上げる仕組み上、発動のタイミングは自然任せなのだ。

そして今その時が、『尿意』として訪れたのだろう。

「先に行っているよ。準備が出来たら、途中からでも参加しな」

超熟女の言葉に、頭を下げる舌長様であった。


ここで舞台は、王国商人ギルドに移動する。

俺とギルド長は、裏口に停められたゴーレム馬車に乗り込み王城へ向け出発。道すがらゴブリン爺ちゃんは、これからの事について説明をしてくれた。

「東の国にはの、『無礼講』という荒行があるんじゃ」

どうやら、夜這い大歓迎というものらしい。今日の昼、迎賓館に住まう貴人から、その宣言が出されたという。

開催は今夜だけとの事なので、急ぎ俺を呼んだのだそうだ。

「経験は大事じゃからの」

ちなみに相手は、神前試合に出ていた超熟女。ギルド長は、どうやら俺を育てようとしているらしい。

しかし正直、そんなに頑張らなくてもいいと思う。

「おっ、着いたかの」

王城の門で止まるゴーレム馬車。衛兵に対しゴブリン爺ちゃんが一言二言告げると、あっさりと通してくれた。

少し進んだところにある馬車溜まりで、わずかに残っていた空間に馬車を止める。

「予想外に、参加者が多いの」

少々渋い表情のゴブリン爺ちゃん。息を一つ吐くと俺へと振り向き、着替えをするよううながした。

「身につけていいのは、目出し帽だけじゃ。あとは靴も駄目じゃぞ」

王城の敷地内とはいえ屋外、しかも季節は冬。どういう事なのだろう。

「これから向かうのは迎賓館じゃ。そのための裸じゃよ」

外国の要人が住まう迎賓館、そして多数が参加する無礼講。警備の問題から、今宵の入館者は寸鉄を帯びるのを許されないのだそうだ。

「全裸なら、見ただけでボディチェックが済むからの。ただ迎賓館まで距離があるから、そこまで裸で向かわねばならん。覆面はそのためじゃよ」

恥ずかしいだろうから、顔を隠すのだけは許す。警備をする王国側からの提案らしい。

（一体、誰が考えたんだよ）

他にやり様がありそうな気もするが、事ここに至ればやるしかない。覚悟を決めた俺は服を脱ぎ、口を開く。

「わかりました、いつでも行けます」

ゴブリン爺ちゃんは頷き、黒い目出し帽をかぶった全裸の男二人が、馬車から飛び降り迎賓館に向かって走り出す。

「石畳は痛いからの、脇の芝生を走った方がええ」

その言葉に従い、小柄な全裸覆面老人の後ろを走る、三十過ぎの俺。

王城は王の住まいであると同時に、国の最上位機関でもある。いわば国会議事堂と、官庁街を足したようなものだ。

日は落ちていても構内は外灯で照らされ、人通りも多い。

「うわっ！　何だ？」

「きゃーっ！」

全裸で駆け抜ける目出し帽の男達。その姿を目にし、働く男女から悲鳴が上がる。

ただし全員ではない、肩をすくめるだけの者もいた。先客を目にし、事情を察しているのだろう。

（恥ずかしい）

覆面をしていてよかった。俺は最初、そう思ったものである。

しかし道程も半ばを過ぎると、微妙に気持ちの変化が起こって来ていた。

(だけど何か、凄く解放感があるな)

足の裏に感じる枯れた芝生。羞恥と疾走で火照った体と、それを冷やす心地よい外気。

それに束縛されるものなく、自由に振り回される俺の分身。何かちょっとだけ、心が浄化されて行くような気がした。

(わからないではない、この気持ち)

次第にストライドが大きくなり、目出し帽の下は笑顔になる。少々陶然としながら、俺は迎賓館に到着したのだった。

「……入ってよし」

入口で槍を手にする衛兵は、俺達を頭の天辺から足の爪先まで一瞥した後、ぼそりと呟く。

これで持ち物検査は終わったのだろう、確かに効率的である。残念ながら俺の持ち物は、凶器ではないらしい。

廊下を進むと、『無礼講会場』の張り紙がされた扉。また廊下の中央には、『これより奥、参加者以外立ち入り禁止』の看板が立てられていた。

「やっとるのう」

片開きの、分厚そうな樫(かし)の扉。聞きなれた男女の喧騒が、開ける前から廊下の空気を振るわせている。

かなりの人数、それに激しい営みが行なわれているようだ。

「では開けますね」

上司の前に一歩踏み出し、ノブをつかむ。ゆっくり押し開けると、一気に音が大きくなる。

まるで、放課後の運動部のようなうるささだ。

「どうした、どうしたあ！　そんなもんかい？」

年配の女性と思われる声が轟き、悔しげな男達の呻きが上がる。

見れば部屋の中央に、上背のある隆々たる体躯(たいく)の老女が全裸で仁王立ちし、前後から男達にしがみつかれていた。

ちなみに男性陣はすべて、俺達と同じく黒い目出し帽のみである。

「舌長あ！　このくらいでへばってんじゃないよっ！　夜はまだ始まったばかりさね」

老女が叱咤した方を見ると、そこにいるのは五人ほどの男達に囲まれた若い女性。見覚えがあり、俺は心に驚きの声を上げた。

（去年の対戦相手だ）

舌の異常に長い修道女、『舌長様』の名で知られる人物で間違いない。俺は彼女の舌技によって甘い夢を見せられ、敗れ去ったのである。

（頑張っているなあ）

下に寝る男に跨り、さらに後ろから貫かれた状態。口の他に両手も使い、五人を相手に奮闘している。

すぐそばで列を作る数人の男達は、順番を待っているのだろう。

「タウロ君！　よけるんじゃ！」

ゴブリン爺ちゃんの警告に、とっさに飛びずさる。目の前の絨毯に、全裸目出し帽のおっさんが吹き飛ばされて来た。

「その程度で夜這いをしようってのかい？　好きなだけやらせてやるから、そっちも気張りなよおっ！」

嫌々ながら声の方に視線を戻せば、そこはまさに戦場。

巨躯の老女が男を捕まえ、押し倒し跨っている。そして荒々しく割れた腹筋を蠕動させ、養分を締め上げ搾り取り、用済みになったら投げ捨てている。

(うわあ)

周囲を見回せば、そこかしこに横たわる男達の骸。まさに蹂躙と言っていいだろう。

「……のっぽの嬢ちゃん、腕を上げたようじゃの」

鋭い眼差しで、老女を見つめるゴブリン爺ちゃん。先ほどまでのおどけた雰囲気は消え、実戦で鍛え抜かれた老戦士の姿だけが残る。

「へえ、久しぶりじゃないか。ゴブリン爺い」

気づき、凶暴な笑みを浮かべた老女を見て、一歩下がってしまう俺。しかし、ギルド長はたじろがない。

「遊びに来いと言われとったからの。嬢ちゃんの頼みは断れんわい」

返された彼女は口を大きく開け、天井へ向け哄笑する。そしてふと気づいたように、視線を俺へ落とした。

「相変わらずだねえ。ところで隣にいるのは、あんたの息子かい？」

とても怖い、出来れば興味を持たないでほしい。そんな俺の思いをよそに、ギルド長は落ち着いた声音で、静かに返す。

「残念じゃが息子ではないのう。弟子みたいなもんじゃ」

興味を惹かれたのだろうか。その言葉に、猫のように目を細める超熟女。

「爺いの弟子い？　こいつは期待出来そうだねえ」

舌舐めずりをしながら俺を凝視。その間に男が尻に取り付き、激しく体を動かし始める。

しかし超熟女は、気にも留めない。

「早速だけど、味見をさせてもらおうかい」

後ろに男をしがみつかせたまま、俺へ向け足を踏み出す。だが俺の前に、ゴブリン爺ちゃんが立ちはだかった。

「後にしてもらおうかの。嬢ちゃんに声を掛けてもらえなんだ本当の息子が、少しばかり怒っておってのう」

生まれついての剣を正眼に構え、威嚇するように軽く上下へ振る。その様を見て、口の端を歪めて笑顔を作る超熟女。

「いいぜえ、昔のあたしじゃないって事を、わからせてやるよおっ！」

獲物を狙うワシのように、超熟女は指を立てた手を突き出す。ゴブリン爺ちゃんは紙一重で、しかし危なげなくかわすと、姿勢低くふところに飛び込んで行った。

「こっちは任せい！　あっちを頼む」

勇敢な老戦士の背に、俺は背筋を伸ばして答える。

「わかりました！」

そして二十歳そこそこの端整な顔立ちの女性、舌長様の順番を待つ男達の作る列の、最後尾へ並んだのだった。


ほぼ同時刻、迎賓館は謁見の間。

「聖女様、よろしくお願い致します」

王国貴族の指示に従い、丈の長い修道服のスカートをたくし上げる女子高生聖女。

一拍おいて聖水をほとばしらせ、眼下にひざまずく男を浄化する。

「……ありがとうございます」

洗脳が解けたのだろう。目に正気を取り戻した男は、礼を口にした。

途中では止められないので、残りを降り注ぎ続ける女子高生聖女。その温かさに感極まったのだろう、男は胸の前で手を組み合わせ、口を開け顔面で受け止める。

(院長様に舌長様、今頃『無礼講』を行なってらっしゃるのかしら)

その様子を見ながらも、心は別の事を考える女子高生聖女だった。


場所は同じ建物の、別の部屋へとまた戻る。

(正直なところ、助かった)

岩のように鍛え上げた肉体を持つ、長身巨躯の老女と、その周囲を跳び回る小柄な老人。俺は少しばかり進んだ列から二人を見やり、安堵の息を吐き出す。

ゴブリン爺ちゃんは超熟女を前に上を向いていたが、こちらは引力に勝てないでいたのだ。舌長様の相手なら、望むところである。

（前回は舌だけで負けたし、今日は前か後ろのどちらかだといいなあ）

列は一本、場所ごとに分かれてはいない。そのため口になるか手になるか、またはそれ以外になるかは時の運である。

こればかりは仕方がないだろう。

（おっ、多分後ろだな）

形の良い白い尻に両手の指を食い込ませ、少々腹の出た覆面紳士がくぐもった声を出す。

もともと部屋にあったものだろうか、終わった後は彼女をタオルで一拭き。さすがは紳士だ。

（よっし、じゃあまずは魔眼発動）

軽く会釈して場所を交代した後、細身ながら豊かな尻に両手をあて、舌長様の弱点を探る。

（この辺か）

光のポイントに合わせ、尻の少し上を指で押す。それだけで軽い反応があった。

頷きながら、ぐりぐりと力を強める。

（では次に、星幽刀（アストラルソード）準備）

長さ方向、すべてよし。深く息を吸い、そして一気に腰を突き出した。

「こんにちはーっ！　おじゃましまーっす！」

元気に挨拶しつつ、初撃で彼女の弱点を粉砕。それまで淡々と作業を続けていた舌長様は、呻き声を上げげつつ全身の筋肉を強張らせる。

急な締め付けに驚いたのだろう。真下の紳士が身をよじらせるのを、尻の中で感じとる事が出来た。

何せお隣さん、しかも壁は薄い。

「すみません、静かにして下さい」

野太い声で、甘く悶えるお隣さん。注意をうながすべく、俺は腰を使って壁ドンする。

衝撃で舌長様の壁は再度収縮、隣の住人は耐え切れず、声を張り上げ身を震わせた。

「おら、休むな」

こちらは口の階の住人の声。俺の壁ドンの余波で呼吸が荒くなり、舌長様は口を離してしまったのである。

男は大家さんの頭をつかみ、強引に喉奥まで押し込んだ。

「あっ、新しい方ですね。よろしくお願いします」

一方の下の階。俺に壁ドンされた住人は出て行き、別な人が入居。

俺の方から声を掛ける。

「えっ?」

仲良くしようと思ったのだが、今度は向こうから壁ドンをして来た。ならばと俺もやり返す。

「負けませんよ」

ドンドンドンと叩き合う事しばし。舌長様は突如奇怪な悲鳴を上げ、白眼をむいて意識を失ってしまった。

彼女を囲んでいた俺達五人は、顔を見合わせ残念そうな溜息を漏らす。

「ここまでですかな」

「回復するまで、少し待ちましょう」

そんな事を口にしながら、テーブルに置かれた飲み物や軽食に手を伸ばす。朝までの『無礼講』に備え、女性側で準備していたようだ。

「おや、ドクタースライムさんじゃないですか。ここで会えるとは、さすがにお耳が早い」

声を掛けて来たのは、胸毛の濃い太った中年紳士。さきほどまで俺と、壁ドンしあっていたお隣さんである。

娼館ではよく顔を合わせる仲だ。娼館の女性達によれば、なかなかの使い手だという。

「覆面していても、わかりますよね」

俺の言葉に、中年紳士は笑って頷く。他にも何人か知り合いがおり、痙攣を続ける舌長様の上空で、紳士達の交友会が始まった。

「あの言葉、『ババアやらせろ』ですか。心にぐっと来ましたなあ」

胸毛中年紳士の言葉に、獣のような腹毛の紳士も首肯。

「記事を読んだ直後に聞いた『無礼講』宣言ですから、予定をすべてキャンセルして駆けつけましたよ」

私もですよ、などと談笑しながら、東の国の伝説(レジェンド)を見る。あちらではまだ、ゴブリン爺ちゃんとの激しい戦いが続いていた。

「商人ギルドのギルド長殿ですな」

紳士達は、感心した様子で眺めやる。

「相変わらず素晴らしい。年を重ねても、あのようにありたいものです」

胸毛中年は頷きつつも、表情を曇らせ口を開く。

「しかし、いささか押されているようですな」

実は俺も気になっていた。上背、リーチ、それに力で勝る老女相手に、俊敏さで対抗しているゴブリン爺ちゃん。

腕や脚をかいくぐり、蜂のように刺しては離脱を繰り返しているが、さほど効いているようには見えなかったのだ。

「その程度の攻撃じゃあ、今のあたしにゃ傷ひとつつけられないよっ！」

俺の見立てを裏付けるように、老女は笑い叫ぶ。

「老いたのかい？　それともあたしが腕を上げたのかねえ」

敷き詰められたマットの上で、直立して向かい合う、背丈が倍ほど違う男女。低い方は、かなりの威圧を感じるだろう。

「随分な自信じゃの」

しかし低い方は、見上げながらも一歩も退かずに言い返す。迎賓館の入口にほど近い大部屋で、二人の視線が真正面からぶつかり合った。

「無礼講を宣言するくらいじゃからの。それくらいの矜持がなければ、とても出来んか」

ギルド長の言葉に、老女の口の端が大きく吊り上がり、笑みが深まる。

（まさか、わしの攻撃が通用せんとはの）

表に出さぬよう注意しながら、焦りと共にゴブリンに似た老戦士は思う。

彼女達の布告に応じ、馳せ参じた男達。全裸に黒い目出し帽の彼らは、いずれも王都屈指の手練れ達である。

そしてギルド長は、その中でも間違いなく上位。

（この硬さは誤算じゃった）

しかし、そのギルド長をもってしても、攻撃が通用しないのだ。数十回にわたって突き立てたが、溝に沿って上滑りするだけで中へ入れていない。

後ろも同様。渾身の突きも引き締まった尻肉に阻まれ、奥の菊花を押すに留まっている。

（強うなったのう）

のっぽの嬢ちゃんこと超熟女の実力は、明らかに全盛期を上回っている。とてもではないが、『久しぶりに味見』というレベルではない。

当然ながら、弟子の教材にも無理だった。

（食わず嫌いのタウロ君に、試させようと考えておったのじゃが）

渋面を作る愛弟子の顔を思い出し、意識せず口元に笑みが浮かぶ。気に障ったのか超熟女は笑みを消し、怒声と共に蹴りを放った。

「何笑ってんだよっ！」

横に跳ねる事で前蹴りをかわしたギルド長は、そのまま壁へ足裏をつけ、即座に踏み切る。

ギルド長が飛び立った直後、かぎ爪のように指を立てた超熟女の手が、壁の表面をさらった。

（このままではいかん。別の手を考えんと）

負けるわけには行かない、自分は勝つ。そして柔らかくほぐれた目の前の美肉を、思うさま味わわなければならないのだ。

（外から開けられないのなら、自ら進んで開かせるしかないの）

自分の意志でなら、開け閉めは可能。その証拠に巨躯の老女は、倒した男に跨り搾り取っている。

滞空可能な時間はさほどないが、何かないかと室内に目を走らせる。幸い、使えそうな物を見つける事が出来た。

（あれじゃな）

それは交差した形で壁に飾られた、二本の飾り羽。大きな目玉模様に五十センチメートルはある長さから、おそらく孔雀の尾羽だろう。

（借りるの）

着地と同時に鋭くダッシュ。飾り羽を手に取り振り返るギルド長。

二本の飾り羽を手にした姿は、二刀流の剣士そのもの。半身を敵に向け、腰低く構えた。

「そんなもので、どうするつもりだい？」

見下ろす形でせせら笑う、超熟女。ギルド長は答えず、右手の飾り羽で真っ直ぐ彼女の目を狙う。

（柔よく剛を制す。硬くて刃が立たぬのなら、柔らかい羽先でくすぐればよいのじゃ）

視野の広さと、そこから策を思いつく引き出しの多さ。経験豊富な老戦士ならではであろう。

常人ならば正面突破にこだわり、敗れて床に伏していたに違いない。先ほどまで尻に取り付き腰を振っていた、目出し帽の男達のように。

「……変わらないねえ、本当に気に入らないよ。後がないくせに余裕を崩さない、その態度がさあ」

目を狙いゆらゆらと揺れる飾り羽の先端を苛立たしげに見やると、老女は眉を不愉快そうに曲げた。

「最後の一滴まで、搾り取ってやるよっ！」

叫びと共に伸ばされた、歴戦の女戦士の剛腕。老戦士は身をかがめて避け、そのまま股下をくぐろうと突進する。

そして片方の飾り羽を振り上げた。

(どうじゃっ!)

超熟女の股間の宝珠。羽根の先端はその表面を柔らかく包み、次にやさしく通り過ぎる。

自信を持って振り返り見上げるも、首をこちらへ回した超熟女に浮かぶのは不敵な表情のみ。

(効かぬっ?)

驚愕に眉を撥ね上げげつつ、放たれた後ろ回し蹴りを避けるため即座にジャンプ。横殴りの丸太のような脚へ着地し踏みきり、再度宙へ高く舞う。

(ならば、ここじゃっ!)

落下しながら超熟女の胸元正面で、再度振り上げられる二本の飾り羽。左右の突起を、くすぐりなで上げる。

「あははっ! 何だいそれえっ?」

効果はあるはず、隙が生まれるはず。しかしその『はず』は現実化せず、掻き消えた。

いかに敏捷性に富むゴブリン爺ちゃんとはいえ、空中では身動きが取れない。横薙ぎの裏拳に捉えられる。

結果、老戦士は斜めに絨毯へと叩きつけられ、一度弾んで転がった。

「……これほどとは。嬢ちゃん、人を超えたの」

鼻血をボトボトとたらしつつ、ふらつきながらも立ち上がるギルド長。対するかつての『のっぽの嬢ちゃん』の顔に、大型の肉食獣に似た獰猛(どうもう)な笑みが浮かぶ。

「お褒めにあずかり、光栄だねえ」

聞く者の心胆を寒からしめる、老女の低い声。それを耳にしながら、小柄なゴブリン戦士は思う。

（ここまでかの）

敗北を覚悟するなど、いつ以来だろうか。両手の飾り羽を下げ、近づいて来るゴツゴツした岩のような巨躯を眺める。

脳裏に流れるのは、生まれてからこれまでの記憶。

（聖都の『罪の扉』、王都の貴族屋敷で開かれた『臨時娼館』、いろいろあったのう）

愛弟子と背中を預け合い、戦場を駆け抜けた近年の楽しい思い出。知らず笑みが、口の端に浮かぶ。

（よい人生じゃった）

全力を出し切ったのだろう、老戦士の瞳は澄み切っていた。

（むっ？）

だがそこで視界の隅に映ったのは、愛弟子の姿。懸命に、身ぶりで合図を送っている。

何かを伝えようとしているようだ。

（手立てがあるというのかの？　タウロ君）

心に閃光が走る。弟子とはいえ、タウロの弱点を探り出すセンスは自分以上。

超熟女との戦いを目にし、何かを発見したのかも知れない。

（……あそこかの、確かにまだ試してはおらん）

合図を読み解くも、問題は大きい。狙うのが難しい場所なのだ。

攻撃を届かせるには、大きく宙へ飛び出す事が必要。そして行動の自由を失う空中は、老戦士にとって鬼門である。

（信じているのだろうの、わしなら出来ると）

確信した瞬間、心の奥底からエネルギーが湧き上がる。その事に驚きつつも、老戦士は理解した。

これが、『信じられる事で得られる力』である事を。

（とてもではないが、無様な姿は見せられんの。師たるもの、期待を裏切るわけにはいかぬ）

消えんばかりだった火が、体内で激しく燃え立ち始める。眼前では壁のように立ちはだかった彼女が、大きく片腕を引き力を溜めていた。

「ゴブリン爺い、これで終わりだよっ！」

叫びと共に、捕まえんと伸ばされた腕と爪。老戦士は腕の上を猛ダッシュで駆け上がり、超熟女の肩へと到達。

思いきり踏み切り、空高く跳ぶ。続けて前方へと回転し、飾り羽を振るった。

（嬢ちゃんの弱点は、ここじゃあっ！）

タウロが伝えたのは、魔眼によって見つけ出した超熟女の弱い部分。それは老女の長い白髪に隠された、首筋であった。

そして今、相手の体勢は前傾。腕を伸ばし重心を下げたがゆえに、長い白髪は上へと舞い上がっている。

「シャアッ！」

鋭い気合いと共に、連続でうなじをなでる飾り羽。

与えた衝撃は、絶大であった。落雷のような大電流が超熟女の首筋から背骨を伝わり、地面へと流れて行く。

「ああん」

しわがれた声でかわいく呻く老女と、その光景に顔をしかめるタウロ。しかし周囲の者達からは、興奮のどよめきが漏れる。

一撃で腰の砕けた高い壁は、膝から崩れ落ち床の絨毯へと両手を突く。そしてその広い背中に、宙を舞っていたゴブリンの老戦士が降り立った。

「その首、貰い受けるの」

言い終えると同時に、背後から交差させた二本の飾り羽をやさしく引く。

うなじを柔らかく通り過ぐ刺激に耐えられず、甘くもかすれた悲鳴を高々と発し、超熟女は床へと顔をつけたのだった。


ここで視点は、ギルド長からタウロへと移る。

(何とかなった)

ゴブリン爺ちゃんの逆転勝利に、沸き上がる周囲の紳士達。

その中で俺は、大きく息を吐き出しながら床へと尻餅をついていた。魔眼を酷使した反動で、気力体力を大きく削られたのである。

(触れた状態なら苦にならないが、距離があるときついよな)

魔眼を覚えたての頃、調子に乗って街行く女性達を観察し続け、極度の精神的疲労から動けなくなった事がある。

距離の二乗に比例して消耗とか、そういう現象があるらしい。

（いやだけど、弱点があってよかった）

股間と胸の先端は、ギルド長が試したものの駄目だった。魔眼で探るも、脇腹、脇の下、太腿の内側、すべて無敵と言っていい。

（アキレスのかかと、みたいなものかも）

神の定めた摂理なのか、一ヶ所しかない弱点は際立っていた。白髪の下のうなじは、眩しいほど白く輝いていたのである。

（ん？）

ひそひそと言葉を交わし始める、周囲の紳士達。何を話しているものやらと、俺は耳をそばだてた。

「少しでいいですから、味わってみたいものですな」

胸毛の濃い中年紳士の言葉に、頷きつつ提案する獣のような腹毛紳士。

「ギルド長殿は度量の大きい方ですから、お願いしてみてはどうでしょう？」

「そうしますか。出来れば御相伴（おしょうばん）にあずかりたいものです」

小柄だが、がっちりした体格の紳士も同意。三人で、筋肉に鎧（よろ）われた老女の上に立つギルド長のもとへ向かう。

頭を下げる彼らに、鷹揚に頷く小柄な老人。見ていると紳士達はじゃんけんを始め、その後一人がうつ伏せの超熟女に後ろから突き刺した。

「うっ、これはなかなか」

胸毛の濃い中年紳士は驚きの表情を作り、呼吸を荒らげ言葉を継ぐ。

「熱くも柔らかく、それでいてジューシーです」

そこで顔を歪め、息と共に大きく放出。小柄がっちりの紳士と場を代わった。

一方のギルド長は、老女の首に飾り羽を当て静かに動かし続けている。柔らかな刺激で、動きを封じているのだろう。

「よっこらしょっと」

何とか立ち上がり、俺もギルド長のもとへ。多少鼻血の痕が残るゴブリン爺ちゃんは、顔を向け笑顔を作る。

「タウロ君のおかげじゃの。教えてもらえなんだら、間違いなく負けておったわい」

俺も笑顔で返し、労いの言葉を述べた。

「ところで、ギルド長は味を見ないのですか？」

先ほどから飾り羽を使い、超熟女をなでているだけである。ゴブリン爺ちゃんは小さく溜息をつき、羽を動かすのを止めた。

「うわっ」

思わず声を出し、後ろに下がる俺。荒縄のような背筋を持つ大柄な老女が、突如腕立て伏せの体勢で起き上がろうとしたのである。

弱点であるうなじ。そこへの刺激がなくなれば、すぐにでも復活するのだろう。

「これでは、手が放せんわい」

残念な表情で、飾り羽を動かし始める小柄な老人。その姿はまるで、ウナギを焼いている店主のようう。

一方、超熟女に取り付いていた紳士は、焦った様子で床に転がっている。

「いや、驚きました。凄い生命力ですな。さすがは伝説（レジェンド）といったところでしょうか」

言いながらも再度突き入れ、腰を動かし始める。そしてすぐに吐き出した。

その様子に、疑念を覚える俺。

（もしかして、具合がいいのだろうか）

あまり想像したくはないが、練達の紳士達にしては早過ぎる。隣ではゴブリン爺ちゃんが、いいのう、羨ましいのう、と心からの声を漏らしていた。

「ギルド長、代わりますよ」

見かねた俺は、羽根当番の交代を申し出る。

「これにはコツが、……いや、タウロ君なら大丈夫じゃな」

最初躊躇い、次に言葉を引っ込めたギルド長。代わりに孔雀の飾り羽を二本、微笑みながら差し出す。

受け取った俺は、間を空ける事なくワサワサと動かす。狙う場所は、魔眼で光って見える『いいところ』である。

問題なくこなせている俺の姿に一つ頷き、次に紳士達へ顔を向けた。

「皆の衆、次はわしじゃ。ええな」

喉を鳴らす猫に似た、危険な大型肉食獣の呻き声。それを背景に老戦士が告げる。

討伐者に意見をする者など、いるはずもない。

紳士達の手を借り、老女を仰向けに引っ繰り返したゴブリン爺ちゃんは、両脚を大きく広げさせると、正面から剣を突き立てた。

「……これは何と。昔より熟成が進んでおるのう」

目と口を丸くし、ギルド長はせっせと腰を前後させる。

「硬い見た目に反し、中がこんなにも熱くとろけておるとは。味わい深くなったものじゃの」

そこで何かに気づいたように、俺の方を見る。

「タウロ君が、火加減を調整し続けてくれているからじゃの。いい腕じゃ」

照れ笑いを浮かべる俺。頭か頬を掻きたいのだが、あいにく両手は塞がっているのだ。

ギルド長をもってしても大苦戦した対象は、涎を垂らしながら甘いしゃがれ声を上げている。しかし手を止めれば、即座に起き上がるだろう。

少しして事を終えたギルド長は、俺に両手を差し出す。

「さあ次はタウロ君じゃ、味わってみるがええ。もしかしたら、考えが変わるかも知れんぞ」

やはり、やらずには済まないらしい。

大物を倒した偉大な狩人に敬意を表し、一切れ程度は口にすべきだろう。

「わかりました」

羽根を手渡し、筋骨逞しい大柄な老女の脚の間に体を入れる。ちなみに俺の準備は、整ってしまっていた。

(相手は、超のつく熟女なのだけれどなあ)

皆が絶賛する様子を見ての好奇心と、老ではあっても女性の甘く切ない呻き声が原因で間違いない。

我ながら、元気なものである。

「では、いただきます」

両手を合わせ神に感謝。そして恐る恐る、ゆっくりと侵入する。

ごつごつした見た目にもかかわらず、内部はとっても柔らかい。しかもそれでいて、高い弾性をもって押し返して来た。

付け加えるなら温度は高く、つゆだくでもある。

「うーん、これは」

正直に言おう。

「悪くありません。いえ、なかなかによいです」

腐敗と発酵は違う。手入れを怠らず鍛え続ければ、ここまでコク深くなるのだろうか。

俺の感想を聞き、ゴブリン爺ちゃんは満面の笑みである。

「いい経験になったじゃろ」

うんうんと頷いているが、その時わずかに手が止まる。瞬間、超熟女は一気に俺を締め上げ、危うくフィニッシュしそうになってしまった。

「すまんすまん。スパイスにしては効き過ぎたかの」

どうも、わざとやったようである。

充分に堪能した後は、ギルド長と羽根当番を交代。紳士達とギルド長は、再び超熟女を味わい始めた。

「じゃあ、わしらは帰るが、皆はどうする?」

夜もかなり更けた頃。腕が上がらなくなって来た俺を見て、ギルド長は周囲に告げる。

「そうですか、では私も」

「私も、ここまでと致しましょう」

ゴブリン爺ちゃんの大型肉食獣退治。その一部始終を見ていた紳士達は、そう口にし俺達の周囲へ集まり始めた。

一方、超熟女が倒された後に会場入りした連中は、まだ居残る気満々。目を三角にし涎を垂らした紳士が、老女相手に今も激しく腰を振っている。

そんな彼らを見て、胸毛の濃い中年紳士は肩をすくめた。

「東の国の伝説(レジェンド)は、動きを封じられているに過ぎません。羽のかせがなくなれば、すぐにでも動き出しましょう」

それに対しギルド長は、足元に横たわる老女を見やりつつ笑顔で答える。

「構わんじゃろう、何事も経験じゃよ。それに大分参っているようじゃから、わしらが部屋を出るまでは持つじゃろうの」

頷き合い、俺達は足早に部屋を出る。孔雀の飾り羽は、超熟女の首元に置いたままだ。

俺やゴブリン爺ちゃん並みの技量があれば、動きを止める事が出来るだろう。ちなみに胸毛の濃い中年紳士は、試してみたが駄目だった。

「星が綺麗ですね」

冬の夜空の下、まばらながら人通りのある王城の敷地を、ぞろぞろと歩く黒い目出し帽の男達。勿論全員、全裸である。

その数、十人以上。これだけ数が多いと、人の目も気にならない。

俺の言葉に空を見上げていたギルド長は、目を細め呟く。

「そろそろかのう」

言い終えるかどうかのタイミングで、背後から肉食獣の咆哮が轟く。

俺達だけでなく、通行する男女も首をすくめたのは、その禍々しい響きからであろう。

「残っている者達の中に、嬢ちゃんに対抗出来る者はおらん。食われて終わりじゃの」

その言葉に、紳士達は頷く。

「身の程を知る、というのも大切ですからね。私は一目見て、勝てないと思いましたよ」

続けたのは、胸毛の濃い中年紳士。誰かが倒すのを、舌長様で楽しみながら待っていたという。

「おこぼれ狙いのハゲタカ戦法です。格好が悪いのですけれども、これぼっかりは実力不足でして」

ご了承下さい、とギルド長へ頭を下げる。ギルド長に気を悪くした様子はなく、笑顔を作って頷いていた。

「しかし、あれに勝つなんて、今年の優勝者は凄いですねぇ」

羽根当番で凝った肩を回しながら、感想を口にする俺。

超熟女は、『魔獣以上の脅威度』とギルド長が認めた存在。しかしそれでも、一人の男により屈服させられている。

隣を歩く獣のような腹毛紳士が、肩をすくめつつ言葉を吐き出した。

「何せ、世界一位ですから」

それは先日、ギルド長と副ギルド長が口にした言葉。響きから凄い人物だと思ってはいたが、俺の想像を超えた域にいるらしい。

「世界一位ですか。いずれその戦いぶりを、この目で見たいものですね」

軽い気持ちで口にしたのだが、なぜか妙な間が空く。隣を見やれば、腹毛紳士はハッとした表情を作り、周囲の紳士達がざわめき出していた。

「……ドクタースライムが、その気になった」

漏れ聞こえた言葉に、顔をしかめる俺。

誤解を生むような発言は、やめてほしいものである。まだ見ぬ実力者に、憧れと興味を持っただけなのだから。

「タウロ君なら、いつかは同じ場所に立てるじゃろう。わしが保証するの」

笑顔で頷きつつ、いらない保証をつけるギルド長。それを受けて周囲のざわめきは、どよめきへと変わる。

「いえ、そういう意味で言ったのではないのですが」

誤解だと弁明するも、彼らの耳には入っていないようだ。至宝がついに動き出す、などと興奮した様子でささやき合っている。

(まあいいか、別に敵対しているわけじゃないし)

溜息をつきつつ、馬車溜まりにあるゴーレム馬車に乗り込む俺であった。


帝都、それはオスト大陸西部を支配する帝国の中心。

街全体が砂色の色調で統一されているのは、近くで豊富に産する石材のため。

だが今は夜。家々の窓から漏れる明かりでは、街の色合いを知る事は出来なかった。

「陛下、騎士団長が目どおりを願っております」

宮廷奥の私室でくつろいでいると、控えめなノックに続く侍従長の声。

「すぐに通せ」

嫌な予感に表情を曇らせつつ、皇帝は答える。

別段、思い当たるものはない。しかし急ぎの用件というのは、大抵ろくでもないものだ。

「陛下、夜分に申し訳ありませんな」

入室して来たのは老齢の武人。恐縮する様子を見て、皇帝は小さく安堵の息を吐く。

深刻なものではない、そう思えたからだ。

「ある知らせが入りまして、急ぎお耳に入れたかったのです」

話し出す前に椅子を勧め、座らせる。聞けば、鍛冶ギルド関係者からの内部告発だという。

中年後半の皇帝は、孫どころかひ孫までいる騎士団長へ向け、大きな溜息をついた。

「その手の申し出があるのは、いつも爺のところだな」

なぜでしょうな？　と不思議そうに首を傾げる老武人。

騎士団長は、円卓会議の中でも最高齢。口癖は『引退したい』であり、これ以上の出世を望んでいないのは明らかである。

告発先として選ばれるのは、野心のなさ。それに『打ってもあまり響かない』といわれる、おっとりした人柄が理由であろう。

「それで、内容は何だ？」

うながされ、騎士団長は少し前傾になり声をひそめた。

「虚偽報告です」

円卓会議メンバーの一人である、エラの張った中年女。彼女が鍛冶ギルドを直接指揮するようになってから、目覚ましい成果が上がりつつある。

内部からの告発者は、それがまやかしであると主張しているのだ。

「さらに最近、鍛冶ギルド内で妙な動きがあるとも言っております。大量の資料が連日、ギルド長室に運び込まれているとか」

騎士団長は、口髭をしごきつつ続ける。

「告発しに来た者は、証拠を消されると危惧しておりました。危機感が、背中を押したのでしょうな」

腕を組み、眉根に縦皺を寄せる皇帝。

操縦士がエルフという推測と、鍛冶ギルドからの報告。その間には、確かに相容れぬものがある。

(幽霊騎士(ゴーストナイト)の操縦士がエルフであるというのなら、その力の源泉は操縦士の魔力だろう)

右手で顎をなでつつ、考えを進める皇帝。

(しかし鍛冶ギルドはこれまで、原因は騎士にあると見ていた)

それも当然であろう。エルフの操縦士など、想像すらしていなかったのだから。

(だがなぜそれで、着々と成果が上がるのだ？　『幽霊騎士(ゴーストナイト)の秘密は、間もなく白日の下にさらされましょう』などという報告が、どうして余の手元に届く？)

確かに疑わしい。

エルフの操縦士という新要素に対し、『なるほど、そうであったか』と得心出来る部分。それがどこにもないのだ。

「爺はどう見る？　この動きを」

問い掛けられ、騎士団長はしばし目を閉じる。そして同僚たる、エラの張った中年女の事を考えた。

「隠そうとしている、とは思えませぬ」

無言の皇帝に向け、理由を述べる。

「おそらくは、自分なりに調査を始めたのでしょう。動きがあったのは、円卓会議の後といいます。『エルフの操縦士』という情報に、彼女も疑問を感じたのではありませんかな」

少しだけ表情を緩める皇帝。

エラの張った中年女は、皇太子時代に得た部下の一人。能力もだが、その高い忠誠心を評価していた。

自分を騙そうとしているなど、思いたくなかったのである。

「偽りの報告、それを見抜けなかったという事か」

皇帝は言葉を吐き出すが、騎士団長は難しい表情だ。

「今回の件、それだけではないようですぞ」

告発者の話を、余人を交えず聞き続けた老武人。相手がすべてを吐き出し終える頃、彼の心にはある確信が育っていた。

よく似た事例を、彼の長い人生の中に見つけたからである。

「不公正な信賞必罰ですな」

片眉を撥ね上げる皇帝に、言葉を続ける。

「陰で支える者達や、業務上どうしても割を食う者達。彼女はその者達を、まったく評価しておらぬようでした」

肩をすくめ、老武人は大きく息を吐く。

「それでは花形の部署にしか、人は集まらんでしょう。根や茎、それに葉を欠いて、どうして花が咲きましょうや」

暗愚ではない皇帝は、その説明で理解する。苦い表情で言葉を発した。

「咲かねば摘み取られる。ならば、無理にでも咲かすしかない。そのような風土を作ったという事だな」

老人は縦に頭を動かした後、沈痛な表情で横に振る。

「部下が上司を騙したというより、そうせざるを得ないところまで追い込んだ。そのように受け取るべきでしょう」

そしておそらく、と言葉を継ぐ。

「真摯に取り組む部下を追い出し、耳に心地よい返事をする者を残しましたな」

これも老武人が、何度も目にして来た行いだ。右肩上がりの報告は、それが原因で間違いないだろう。

言い終えると口を真一文字に結び、目を閉じた爺。その姿に皇帝は顔をしかめる。

「余が、その原因の大本だと言いたいのか？　幽霊騎士（ゴーストナイト）は危険な存在だ。成果に期待するのも仕方あるまい」

返事をしない親愛なる爺へ、皇帝は頬を掻きつつ声を上げた。

「わかった。今回の責は、まず第一に余にあるのだろう。厳罰では臨まぬ、あの者にも、その部下達にもな」

だがな、と目を細め眼光を鋭くする。

「この期に及んで余をたばかる。あるいは他の者の責にするのなら、話は別だぞ」

騎士団長は目を開き、しっかりと頷く。

「それは当然でありましょうな」

二人の脳裏に浮かんだのは、温厚そうな顔つきの中年男性。円卓会議の一人にして、情報収集の担当だった者。

自分の失敗を隠すだけに留まらず、他人へなすりつけていたのである。しかも、同僚たる円卓会議のメンバーにだ。

『自らの保身のために、結果をねじ曲げる』

そのような事をする者は、組織において猛毒となりうる。皇帝は、それを許すつもりはない。

「あの者がやめさせた者達。それらを探し、復帰するよう説得をしてくれ。間違いなく貴重な人材のはずだ」

首肯する騎士団長に、さらに指示。

「それと、あの者に声を掛けておいてくれ。直に話を聞きたい」

エラの張った中年女の事だろう。さらに深く老人は頷く。

その姿はいく分、嬉しそうに見えた。

そして翌日の昼前。エラの張った中年女は、呼び出しを受ける。

（もしや、あの事？）

宮廷へ向かう馬車の中、膨れ上がる不安。必死に報告書を精査した結果、信用出来ない事がわかって来たのだ。

つまり今までの成果は、嘘だったという事になる。

（いや、まだすべて偽りと決まったわけではない。半分くらいは真実かも知れないではないか）

祈るような気持ちで、自分に言い聞かす。だからこそもう少し、時間が欲しかった。

鍛冶ギルドから発したゴーレム馬車は、大して時を掛けずに宮廷へ到着。エラの張った中年女は、侍従の案内を受け後ろを歩む。

「座るがいい。今日は卿に、尋ねたい事があったのだ」

執務室に連れて来られ、皇帝直々に椅子を勧められる。その後発せられた遠まわしな問いに、彼女はすべてが露見した事を悟った。

（こうなったら、正直に答えるしかない）

覚悟を決めたエラの張った中年女。忠誠の対象をしっかりと見つめ、口を開き告げる。

それは鍛冶ギルドに乗り込み直接指揮を執ったところから始まる、長い話。しかし大意としては一つ。

『申し訳ありません、部下の嘘を見抜けませんでした』

それは彼女から見て、真実だったのだろう。だがその答えは、皇帝に失望しか与えなかった。

考えが改まらぬ限り、エラの張った中年女は何度でも繰り返すに違いない。同じような失敗を。

「……わかった。下がるがよい」

そして次の円卓会議に、彼女の席はなかったのだった。


星のみが瞬く空の下に鬱蒼（うっそう）と茂る、明かり一つない森。その中に一ヶ所、ささやかな街の光がある。

ここは帝国西部の山間部。その街にある宿の大部屋で、三つ編みにした長い金髪を冠のように巻いた女性が、ソファーに座り手紙を読んでいた。

「どうした？　難しい顔をして」

尋ねたのは、だらけた雰囲気で対面に座る、金髪ショートカットの長身女性。彼女は百合騎士団（リリーナイツ）黄百合隊の副隊長で、金髪三つ編み巻きは隊長である。

借り切った部屋では、他に五名。十代半ばから二十代頭までの女性が、思い思いにくつろいでいた。

「団長からの指示書よ。魔獣退治が終わったら、百合の谷へ戻らず次の仕事へ向かえって」

隊長の返答に、眉に不満を充満させる金髪ショートカット。周囲の者も皆、似たような表情を浮かべ隊長を見る。

『野営が主で、次に多いのが村の民家。まともな宿に泊まれる事など滅多にない』

そのような暮らしからやっと解放されると思っていたら、ノーリターンで次の長期出張を決められたのだ。彼女達の反応も当然であろう。

「どうせまた脂っこいところだろう？　傭兵稼業だから嫌とは言わねえよ。だけどせめて、間に休みを挟ませろっての」

副隊長の言う『脂っこい』とは、『条件の悪い』という意味合い。

『都市部に近いところは帝国騎士団、山深いところは黄百合隊』

今回の魔獣退治でなら、範囲の割り振りがそれに当たる。世の常か応援部隊には、直営の嫌がる仕事があてがわれるのだ。

「白にやらせろよ。百合の谷にいるんだからさ」

攻めて来る奴なんかいねえし、いても大姉様達がいるだろう。そう言葉を継ぐ金髪ショートカットに、そうだそうだ、と声を上げる隊員達。

小さくとも高級観光地然とした百合の谷に、短期であろうと帰りたかったのだ。

「最後まで聞きなさいな」

部下達の反応に苦笑した金髪三つ編み巻きのお姉様は、柔らかな物腰のまま、手紙に書かれたもう一つの情報を告げる。

「白百合隊も出るのよ。行く先は帝国の北の街ね」

皆が押し黙ったのは、意味する事がわかったからだ。四色の隊すべてに動員が掛かったのなら、百合の谷の留守番という席はない。

「しかたねえ、言われたとおりにするか。んで場所はどこだよ」

肩を落として言う副隊長。金髪ショートカットの彼女は、『ランドバーンよ。辺境伯じきじきの依頼みたいね』との隊長の言葉に眉を上げた。

理由は、相手が次期帝国宰相の呼び声高い大物であるから。ちなみに今行なっている『帝国での魔獣退治』の発注元は、帝国の内政部門の文官である。

「何とねえ、こりゃあ団長も断れないか」

百合の谷を空(から)にするのも頷けた。気を取り直すように頭を左右へ軽く振ると、言葉を継ぐ。

「そうなるとランドバーンは当たりだよな。少なくとも北の街よりは都会だし」

同意を示す隊員達の中、金髪三つ編み巻きの隊長は肩をすくめ『わかってないわね、情報が古いわよ』と笑みを浮かべる。

「王国時代とは全然違うわ。自領の首都に定めてまだ日が浅いけれど、すっかり気に入った辺境伯が、金庫をひっくり返すように投資しているのですって」

驚きの表情の後に顔を見合わせ、再度金髪三つ編み巻き隊長へ顔を向ける隊員達。とくに十代半ばの少女達は、目の輝きを増していた。

隊長は笑みを強めると、ゆっくりと頭を縦へ振る。

「期待していいわよ。大国の首都には及ばないけれど、小国の首都より栄えているのは間違いないから」

継がれた言葉に、歓声を沸かせる黄百合隊の面々だった。

「ところで白百合の新しい隊長なのだけれど、どんな感じなの？」

不満が収まったところで、話題を変える隊長。個人的な面識がないため、知っている事は少ない。

『昨年の神前試合の、百合の谷代表』

『当時の白百合隊の隊長を決闘で倒し、副隊長から隊長へ昇格』

『四隊長の中で最年少』

この三つくらいであり、百合の谷で行われた決闘も、残念ながら見ていなかった。

そして金髪三つ編み巻きの問いに答えたのは、やはりというか金髪ショートカット。物怖じしないこの副隊長は、あちこちの隊に顔を出し、それだけに知己も多いのである。

「真面目な優等生、これに尽きるな」

数拍の間を置いた後、これでは足りないと思ったのだろう、副隊長は言葉を足す。

「だけど脆くはねえ。粘るぜえ、あのウロボロスは凄かった」

感心したように顎をなでる副隊長と、観戦したのだろう、深く首肯する尻の大きなソバージュB級乗り。残るC級乗りの少女達は、様子からしてウロボロスを見ていない。

『ウロボロス』

それは『自らの尾を噛んで輪となった蛇』の事だが、スポーツ格闘技の名称でもある。そして白百合隊の新旧隊長の決闘は、その『女尻相撲』ともいうべき格闘技で行なわれたのだ。

なぜウロボロスなのかといえば、土俵に円を描く徳俵が、マットに蛇を模して描かれているからである。

「せっかくだから聞かせなさいな、その話」

続きをうながす金髪三つ編み巻きの隊長と、聞きたそうに目を輝かせるC級乗りの少女達。人に話すのは好きらしく、副隊長は満面の笑みでソファーから立ち上がった。

一方、デカ尻ソバージュは、自ら説明する気はないらしい。

「事の始まりは、神前試合で一回戦負けした事だな」

これは百合の谷でも広く知られている。

オスト大陸に武名を響かせる百合騎士団は、男女の技でも名に恥じない結果を出し続け、結果一名とはいえ本戦出場枠を保有しているのだ。

『百合の谷代表』

それだけで警戒される立場なのに、初戦敗退。しかも相手は無名で、その男も三回戦で負けている。

『ふがいない』

そう思われるのも、致し方なかったのだ。

「谷の予選に出ていない隊長連中が、多少のお叱りをするのはいいさ。だがあの嫌みババアは自分とこの副隊長を、騎士団からやめさせる気でいやがった」

嫌みババアとは、白百合の前隊長の事。

隊長の中では最年長で、団長と同年代。だからババアと言うほどの年齢ではないのだが、金髪ショートカットはそう呼んでいる。

お高くとまって口うるさかったので、大層苦手だったのだろう。

「で結局、やめろやめないで果たし合いになり、嫌みババアが負けて騎士団を去ったのさ」

団長は慰留したらしい。しかし皆の前で『弱いくせに騎士団にへばりつく恥知らず』と罵っていただけに、その『弱い』相手に負けた身で残るのは、格好がつかなかったのだろう。

自分で自分の逃げ道を塞いだようなものだ。

前段を話し終えた副隊長は、いよいよ『ウロボロス』そのものの説明に入る。

「ルールは知っているか？　こんな道具を使うんだぜ」

そこから始めたのは、ウロボロスが百合の谷ではマイナーな競技のため。そしてここに道具はないので、ボディアクションでの説明になる。

少女達から黄色い悲鳴が上がったのは、『こんな道具』と言いながら、テーブル上のフルーツボウルに入っていた、隆々たるバナナに似た果物を手に取ったから。

『両端が頭の蛇（アンフィスバエナ）』

そう呼ばれる唯一の道具は、木製の蛇。名前どおりの形状で、サイズも女性を圧迫するくらいある。

ゆえに『入るかしら』と呟きながら自らの下腹部をさするのも、少女達なら仕方がないだろう。

「最初の構えはこうだ」

そんな少女達を横目に床へ両手を突き、尻を高く掲げ相撲で言う立ち合いの構えを取る副隊長。ただ相撲と違うのは、相手と『頭を突き合わせる』のではなく『尻を突き合わせる』事だ。

「互いに蛇のエラまで沈めたら、レフェリーの合図で試合開始。最初のぶちかましが重要だぞ」

金髪ショートカットの助言は的確だ。実際、これで両端が頭の蛇（アンフィスバエナ）のほとんどを叩き込まれ、開始三秒で潮を噴き上げる者もいるのである。

ちなみに白百合の隊長と副隊長は、共に耐えきり、がっぷり根元まで呑み込んだという。

「技の応酬が始まったんだけどよ。嫌みババアが優勢だったぜ」

豊富な経験で相手を呻かせ、巧みな尻の振りで土俵際まで追い詰めたらしい。

「終わったと思ったのは、俺だけじゃねえはずだ。しかしいつまでも決まらねえんだ、これが」

副隊長は粘りに粘り、相手に消耗を強いたそうだ。そして尽きたと見るや、体液が観客まで飛び散るような攻勢を掛け、ついに場外へ尻で突き飛ばしたという。

「白目を剥いた嫌みババアの尻から両端が頭の蛇（アンフィスバエナ）がそそり立っていたんだけどよ、四分の三は中に埋まっていたぜ」

聞き終え、なるほどと頷く金髪三つ編み巻き隊長。

「奇や派手をてらわず、隙なく我慢強く戦えるのね。頼もしいわ」

次に細めた目で金髪ショートカット副隊長を見やると、『あなたも見習いなさい』と続ける。

言われた方は聞こえないふりをし、『それでな』と言葉を継ぐ。どうやら話は終わりではなく、まだ続きがあるらしい。

「後日だけれどよ、俺も副隊長にウロボロスを申し込んだんだ」

驚く周囲へ『決闘じゃねえよ、ただの試合だ』と告げると、再度話し出した。

「いい奴でなあ。もったいぶったりせず、受けてくれたぜ」

それで勝負の行方はどうなったのか、C級乗りの少女達が問えば、負けたとの事。

「最初のぶちかましで失敗してよ。一本丸ごと根元まで叩き込まれて悶絶した」

ケラケラ笑いながら言うには、金髪ショートカットは試合開始の宣言直後、はっきり言えば少々フライング気味に踏み切ったそうだ。

しかし相手の立ち上がりは彼女の予想を超えて速く、先手を取ったはずが先手を取られてしまったという。

「爆発するような瞬発力だったなあ。おかげで防御が間に合わず、カウンターを喰らっちまった」

先にルールを説明した時の『ぶちかましへの助言』。これは自らの経験によるものだったらしい。

「気の緩みは尻の緩み、お前達も気を付けろよ」

少女達へ忠告する金髪ショートカット副隊長へ、『反省するという機能がついているのかしら?』と溜息をつく金髪三つ編み巻きの隊長であった。

舞台は帝都から王都へ。王城北の騎士団本部、その一階隅にある資料室へ移動する。

タイトスカートにシャツとジャケットという操縦士服姿の少女が一人、立ち並ぶ書棚の間で熱心に探し物をしていた。

(東の湖の巨大亀、時期は去年の今頃。多分これよ)

報告書の目次でお目当てを見つけページをめくる、ややきつい顔立ちをしたポニーテールの少女。

スリムな彼女と砲弾型巨乳の親友は先日、報告書の件と同じ任務を任され、三頭もの巨大亀を湖へ追い返している。

(あの表情、何か気になるのよね)

充分な成果のはずなのだが、依頼主の見せた一瞬の失望らしき雰囲気、それが気になったのだ。

誰かと比べられたのかと思い、記録を当たっていたのである。

『二ないし三の巨亀が上陸、街道の通行に支障発生。商人ギルドが対応、当騎士団への要請なし』

書かれているのは、これだけだった。

街道に魔獣が現れたのなら、受け持ちとしては商人ギルドである。騎士団に応援要請がなかったという事は、自分達で何とかしたという事だろう。

(商人ギルド？　あいつのいるところじゃない)

下級娼館でのバイト時代、連日現れては自分を蹂躙して行った卑怯者。

その時の事を思い出し、険しい表情を作りつつ唾を飲み込むポニーテール。少しばかり内股で中腰になったのは、個人的な理由によるものだ。

ちなみに、もし今尻をなでられたりなどしたら、絶叫を上げ跳び上がったに違いない。

(あいつが戦ったとは限らないわ。手に負えない時は、冒険者ギルドに依頼していたって話だし)

雑談の時に、そんな話を耳にしたような気がした。騎士団入団の同期は、元冒険者ギルド騎士の操縦士なのである。

（まずは、あのおっさん達に聞いてみましょ）

寒々とした資料室を出て、詰所へと向かうポニーテールだった。

手洗いに寄った後、あえて冷たい飲み物を購入。それを手に詰所内を歩くポニーテール。

書類書きをしていたおっさん達を見つけ、声を掛ける。

「去年の今頃？　湖で亀退治？」

記憶にねえなあ、と顔を見合わすおっさん達。事務仕事にも飽きて来たらしく、手を休めポニーテールの話に付き合う。

「以前は、商人ギルドから依頼が来てたんだけどよ。ある時から、ぱったりと来なくなったんだ」

既婚おっさんの言葉に、隣の独身おっさんが無言で頷く。

「ある時って？」

嫌な予感がしつつも聞いてみる。答えは予想どおりだった。

「商人ギルド騎士の操縦士が変わってからだ。一騎しかいねえのにバンバン倒して行くもんだから、こっちは商売上がったりよ」

焦らして値を上げるのが、おいしかったんだがな。と渋い表情で言葉を続ける既婚おっさん。

「ふうん、その商人ギルド騎士って、結構強いの？」

知らない素ぶりで尋ねると、おっさん達は難しい表情で唸った。肩をすくめつつ、既婚おっさんが再度口を開く。

「実績だけみりゃ、凄まじいぜ。だけど、どこまで信じていいものやら」

信憑性（しんぴょうせい）がちょっとな、と付け足したのは独身おっさんだ。

「何それ、どういう事なの？」

ポニーテールの当然の質問。それに顔を見合わせ、おっさん達は答える。

「弱い魔獣を、数多く倒しているのは確かだ」

独身おっさんは一旦言葉を切り、考えるように目を上に向けた。次に、しかし、と続ける。

「戦果にある、大型で強力な魔獣達。それと戦っているところを見た者が、いないんだよ」

既婚のおっさんも、顔の片側を歪めつつ口を挟む。

「手伝いをする冒険者連中も、今じゃ商人ギルド専属みたいになっちまったからな。おかげで、こっちにまで情報が来ねえ」

それにな、と肩をすくめ、両手のひらを上に。

「ヘヴィーストーンゴーレムを倒したって話、お前も聞いた事くらいあるだろう？　だけどよ、商人ギルドの騎士はB級だぜ？　出来る訳がねえよ」

相方の独身おっさんも、同意を込めて強く頷く。

商人ギルドの騎士は老嬢（オールドレディ）、呼び名のとおり騎体は古く、小柄で細身だ。一般的なB級騎士より能力は低い、そう思われていたのである。

どこまでが本当で、どこからがハッタリか、互いに持論の展開を始めたおっさん達。しかしポニーテールには、今までの話で充分だった。

（去年、巨大亀を倒したのは、あいつで間違いなさそうね。そして多分、あたし達よりうまくやっ

た)

依頼主の反応を見れば、そう考えるのが自然だろう。

王国騎士団が、商人ギルド騎士団に遅れを取る。屈辱ではあるが仕方がない。

戦い方はともかく、学生時代は自分より強かったのだから。

(腕を磨かなくちゃね)

心に闘志を燃やしていると、既婚おっさんが疑問の声を上げる。

「そういや、おっぱいちゃんはどこへ行ったんだ?」

比べられているのだろう、おっさんの視線が自分の胸に当たる。ポニーテールは不快げに眉根を寄せ、つっけんどんに答えた。

「今日は休みよ。ライトニングさんがいないと、調子が出ないんだって」

肩をすくめるおっさん達。親友が懸想するライトニングは、聖都の神前試合出場のため休暇中。

一番の問題は、ライトニングが妻子持ちであるという事なのだが。


ここで場所は少しばかり南、王城を囲む壁の内側に建つ迎賓館へと移動する。

時間も半日ほど流れ、今は朝。冬も峠を過ぎた事で日の出が早くなり、壁に設けられた大きな窓々からは、朝日が室内奥にまで差し込んでいた。

「ひざまずきなさい」

衛兵の列の間を、王国高官に付き添われて歩み寄る青年へ、舌長様が告げる。

女子高生聖女の隣に立つ彼女の顔は、いく分やつれて見えた。

「では聖女様、お願い致します」

静かに頷き、背の高い装飾過多の椅子から立ち上がる女子高生聖女。丈の長いスカートの前を自らたくし上げると、『祝福の儀』を執り行なう。

謁見の間に響く、聖なる水の人を叩く調べ。少し遅れて、温かく懐かしい香りが、衛兵達の鼻に漂い着く。

「……失礼致します」

失った体温を取り戻すべく、軽く身震いする女子高生聖女。それを目にし、舌長様は断りを入れつつ片膝を絨毯へ。

ハンカチを取り出すと、『祝福の儀』の残りを拭き取った。

青年へと目をやれば、ひざまずいたままの姿勢。冬の冷たい空気の中、全身から湯気と芳香を立ち上らせている。

「『聖布』です。受け取りなさい」

舌長様は言いながら立ち上がり、ハンカチを青年へと差し出す。

あらゆる魔を払う、聖女の奇跡の痕跡。聖なる滴の染み込んだハンカチは、聖布と呼ぶに相応しい。

(これで信者が増えてくれると、いいのだけれど)

洗脳が解け正気に戻った青年は、感謝の涙をにじませつつ聖布をおしいただいている。その姿を見ながら、舌長様は思う。

『聖女を派遣してまでの王国への支援』

これは国家間の貸し借りの結果ではあるが、布教活動の意味合いも強い。

東の国の神は、慈愛に満ちているが厳しくもあり、基本的に『他の神の信徒』は救済の対象外なのだ。

「ではこれにて、祝福の儀を終了する」

王国高官が厳かに宣言。女子高生聖女は衛兵の間を進み、舌長様を伴い退室して行く。

毛足の長い絨毯は、足音一つ立てさせなかった。

「お疲れ様でした、聖女様」

部屋に戻りソファーに腰を下ろすと、穏やかな笑みで舌長様はいたわる。

その日最初の聖水(エキストラ・バージン・ホーリーウォーター)は最も価値があるとみなされており、儀式が始まるまで取っておかなくてはならない。出したい気持ちを我慢するのは大変なのだ。

「大丈夫です、いつもの事ですから。それより司教様、昨夜の事をお聞かせ下さい」

明るい笑みを返した女子高生聖女は、目を輝かせ『無礼講』についての話をねだる。

北の修道院長は、日の出と共に迎賓館を出立しており、会う事が出来なかったのだ。

(そうね)

舌長様は考える。

次の『祝福の儀』はしばらく先。自身への反省の意味も込めて、思い返すのもいいだろう。

「私は、自分の事についてしかわかりません。それでもよろしいですか?」

小さく頭を縦に振る女子高生聖女。それを見て舌長様は静かに語り出す。

「最初は順調だったのですが——」

世界ランキングが浸透していない、王国での無礼講。在野の強者を警戒していたのだが、値するほどの者は見当たらない。

積極的な攻撃を師にうながされるも、舌長様は自らのペースを維持して体力を温存。五方面からの包囲を受けつつも、粘り強く防衛戦を行なっていた。

「順調に敵を倒して行けたがために、気が緩んでいたのだと思います」

悔恨に顔を歪ませる舌長様。

後背に陣取った、増援部隊の新たなる指揮官。その人物の最初の一手は、火の出るような速攻であった。

気がついた時には本丸手前まで侵入されており、守りが手薄だった事もあって、甚大な被害を受け始めていたのである。

「敵は一人ではない。それを失念したのが最大の敗因です。後門からの侵入者に、気を取られ過ぎました」

撃退すべく、後ろへの戦力集中を指示した舌長様。しかしその直後始まったのは、正門への大攻勢。

(まずいわ。……そうね、先に弱い方を叩き、背後はその後にしましょう)

急ぎ転進し、正門へ展開。しかし叩き潰すべく前進すれば、敵はあっさりと退却して行く。

(どういう事?)

手応えのなさに、舌長様は困惑する。直後に背後から、体の軸を揺らすほどの衝撃が襲った。

(くっ)

対処しようと手勢をひるがえせば、すぐさま正門へ戻り攻撃を始める敵部隊。

「前後からの連携、見事でした」

思い出したのだろう。顔をしかめ、下腹部と尻に手を当てている。

交互に繰り返される波状攻撃、それに意識と体力を削られたために、他方面でも敵は防衛線を突破。

後門のほころびからわずかな時間で、舌長様は陥落したのである。

「そうですか、そのような事が」

信頼する舌長様の敗北に、驚きを隠せない女子高生聖女。

テーブルに目を落とし、しばしの間思考の海に沈む。そして顔を上げると、しっかりと舌長様の目を見つめた。

「私も、男女の技を学びたく思います。皆と同じように」

瞳には、強い決意の光が宿っている。背筋もしっかりと伸び、いつものお喋りの雰囲気ではない。

本気を感じ、舌長様は思う。

(特別扱いは嫌だ。そういう事でしょうか)

神の教えを学ぶ者達は、神に近づくために男女の技を学び始める。修道院のハイスクールに上がれば、その教科は必修だ。

しかし、女子高生聖女は違う。生まれながらにして神に愛されし聖人。

『祝福の儀』などの務めもあいまって、男女の技については免除されていた。

(ですが、いずれは学ばねばならぬ事。そろそろ時機なのかも知れませんね)

一旦軽く、息を吐き出す。

(それに、少々私への傾倒も強くなりつつありましたし)

心に傷を負っている女子高生聖女。その傷を癒やすため、舌長様は夜な夜なその長い舌で、女子高生聖女を慰めていた。

　これにより、静かな眠りを手に入れた女子高生聖女だが、副作用も顕著。舌のもたらす喜びに溺れ始めていたのである。

（このままでは、いけません）

　国の宝である女子高生聖女。彼女を骨抜きにするのは、舌長様の望むものではない。

　そのような事が知られれば、せっかく手に入れた司教の席を失うだろう。

（ここが国外というのも、何かの巡り合わせでしょうか）

　初めての男を知るのに、東の国はあまり好ましくない。聖人であるがゆえに、男達は間違いなく恐縮する。

　初体験が歪んだものとなれば、その後の成長に悪い影を落とすだろう。ならばいっそ、知られていない国外の方がよい。

「お覚悟、承りました。では今日の昼過ぎにでも、娼館へ一緒に参りましょう」

　女子高生聖女の年齢なら、思い立ってからの我慢は辛い。早い方がいいと考えたのである。

　判断するとすぐ、行動を決断。

「はい！」

　女子高生聖女は、満面の笑みで返事をするのだった。

　そして昼過ぎ。王都歓楽街の一角にある、女性向け上級娼館。

　司教服や修道服から私服に着替えた二人は、手をつないで店へと入る。

「……わあっ」

驚きで目と口を大きく開ける、女子高生聖女。

店内では叩きつけるようなドラムの音が、耳をろうするほどの音量で続いている。天井にはミラーボールが輝き、回転しながら色とりどりの光を店内へ撒き散らしていた。

「じゃあ、これとこれをお願いするわ」

案内された席に座り、注文する舌長様。女子高生聖女は三種のフルーツジュースから作られるカクテル、自分のはオレンジジュースとミルクを混ぜたものだ。

女子高生聖女に合わせ、どちらも酒精のないものである。

ボディビルダーのような体躯の青年は、胸の筋肉を動かし、それを返事の代わりにした。

「あっ、わっ、院長様より凄いかも」

半ばパニックになりながら、キョロキョロと周囲を見回す女子高生聖女。

速いテンポのバスドラムの音楽と、店内を歩き回るビキニパンツのムキムキ男性陣の姿に、すっかり圧倒されてしまっていた。

「お待たせ致しました」

銀の盆に二つのグラスを乗せ、テーブルに置く青年。ビキニパンツに数字の書かれた丸いバッジをつけている事から、指名する事が出来るのだろう。

無駄な肉の欠片もない、逆三角形の見事な肉体。顔は細面で髪を上へ立てている。

糸目で瞳は見えないが、顔立ちとしては悪くない。

(ふうん)

いいかもね。そう舌長様が考えていると、青年は問い掛けて来た。

「マドラーサービスは、いかが致しましょうか？」

猫のように目を細め、口の端に笑みを作る舌長様。女子高生聖女は意味がわからず、小首を傾げている。

「お姉様、マドラーサービスとは何でしょうか？」

お忍びのため、舌長様をお姉様と呼ぶ女子高生聖女。舌長様はいたずらっぽく笑うと、試してみる？　と聞く。

「はい、ではお願いします」

舌長様にうながされ、蝶ネクタイに黄色ビキニパンツの青年へ告げる女子高生聖女。

青年は細い目で微笑むと、おもむろにビキニを下へずらし、生立ちの商売道具を空気中にさらした。

「えっ……、きゃあっ！」

両手で顔を押さえ、指の間から凝視する女子高生聖女。青年は笑みを絶やさぬまま、カクテルを手に取り、商売道具を指で押し下げグラスの中へ。

それを掻き混ぜ棒代わりに、ぐるぐるとステアーを三回半。ほのかに風味を付ける。

「マドラーサービス、完了致しました」

女子高生聖女の前に再びグラスを置いた青年へ、舌長様は取り出した銀貨をチップとして渡す。

高額なのだろう、笑みを深める青年。それを見て舌長様は、追加の注文を出した。

「ウイスキーのダブルをロック、氷は丸く削ったものでね。それにマドラーサービスもお願い出来るかしら？」

緊張を頬に走らす、胸毛一つない細目の青年。しかしすぐに笑顔を作り直すと、大胸筋で返事をし、奥へと戻って行く。

「お姉様？　あの方、何か驚いていたようですけど？」

マドラーサービスを受けたカクテルを口に含みつつ、女子高生聖女が尋ねる。その表情を見るに、若い男性の風味はお気に召したらしい。

「この手の店で腕を見るには、手っ取り早い品なのです。試されているとわかったのでしょうね」

意味深な笑みの舌長様である。

「ウイスキーダブルのロック、マドラーサービスつき。お待たせ致しました」

さほど待つ事なく青年は現れ、グラスの中へ己の太いマドラーを入れる。

「アウッ！」

冷たさと、高いアルコール度数によるものだろう。一瞬だが、顔の片方が歪む。

そして中央の丸い氷の周囲を巡る事、三回り半。グラスに一個だけの大きな氷は、ゴロリゴロリとマドラーへダメージを与えて行く。

「……出来上がりです」

片眉を曲げ、荒い息でグラスを差し出すビキニパンツ青年。

「ありがとう、なかなかお上手ね」

受け取ったグラスを目の高さに掲げ、ウインクをする舌長様。合格点が貰えた事を理解し、青年は安堵の表情を浮かべた。

先ほどよりさらに高額のチップを受け取り、青年はテーブルを去る。

「どうされます？　あの者、最初の相手としては悪くないと思いますが」

指名すれば別室で、本格的なマドラーサービスが受けられますよ？　と舌長様が問う。

女子高生聖女は、赤面した顔でうつむきつつカクテルを飲み、間を置いて、ぼそぼそと何かを口にした。

「は？」

店内の音楽で聞き取れず、舌長様は耳を寄せる。そして理解した。

「あまりに筋肉質なのは、お気に召しませんか」

話を聞くに、細身の優男がいいらしい。詳しく聞いて行くうちに、どうやら具体的なイメージがある事に気づく。

（これは、好きな人がいるのね。自覚しているのかはわからないけれど）

それとなく鎌を掛ける事数回で、舌長様はあっさりと看破。

だが女子高生聖女は、見破られたとは思っていないらしい。頬に両手をあて、困ったように身をくねらせている。

一方の舌長様の表情は、驚愕と苦渋に満ちていた。

（まさか、あの子だなんて！）

それは修道院に通う、同年の少年。舌長様もよく知っている。

なぜなら『聖女様のご学友』にと推薦したのは、他ならぬ舌長様だからだ。

（まずいわね、惑わされているわ）

苦い思いで唇を噛む。

育ちがよく、聡明で真面目、そしておとなしい。だからこそ、取り巻き候補の一人として選んだのである。

しかし少年は、自分なりに思うところがあったのだろう。修道院のハイスクールに進むと同時に、デビューしてしまったのだ。

「なぜ僕は、ここにいるのだろうね？」

呟く独り言は、常に疑問形。そして持ち込んだ四弦リュートで、コードを一回だけ鳴らす。

ちなみに少年がリュートを始めたのは進学の三日前で、覚えたコードは三つだけ。当然、曲など弾けはしない。

（目に痛いわ）

成人である舌長様からすれば、とてもではないが見ていられない光景だ。しかし同年代には受けたらしく、黄色い悲鳴が教室で上がるという。

「五年後には、振り返るのが辛い過去になるわよ」

忠告もしたのだが、少年は溜息をついて頭を左右に振るだけ。そして彼の知る三つのコードの一つ、『悲しみのコード』をリュートでひと鳴らし。

「なぜ、あなたがそんな事を言うのか、僕にはわからないよ」

そう答えたのである。

（まさか、こんな事になっているなんて）

責任の一端を自覚し、心に冷や汗を掻く舌長様。

（聖女様に本物を体験させて、目を養わせるしかないわ）

王国滞在中に気づけてよかった、そう息を吐くのであった。

歓楽街から東へ少し、王都中央広場の東側。そこに建つ商人ギルドのギルド長室で、俺は午後のお茶を楽しんでいた。

話題は勿論、昨日の無礼講についてである。

「危なかったわい。タウロ君がいなければ、間違いなく負けておったの」

笑顔でそう口にしたのは、ギルド長である小柄な老人。その言葉を聞いて、対面に座るサンタクロースは驚きを隠さない。

老女相手の戦いは、ギルド長の最も得意とする分野。そこで遅れを取る事など、想像すらしていなかったのである。

「そこまでとは。さすがは東の国の伝説、恐るべしですな」

白い顎鬚をなでつつ唸る、サンタクロースな副ギルド長。次に視線を俺へと移す。

無礼講の主催者側のもう一人、舌長様について聞きたいのだろう。俺はティーカップをテーブルへ置き、思った事を口にした。

「口を封じられていたせいでしょうか、さほど怖いとは感じませんでしたね。前後から交互に責め立てたところ、わりと簡単に落ちましたよ」

ふむ、と安心したように頷く副ギルド長。

「これで舌長様まで急成長していれば、東の国の評価を見直さなければなりませんでしたな」

言い終えると顎鬚から手を離し、ところで、とギルド長に疑問をぶつける。

「何かよい事でもあったのですか？　朝から機嫌がよいようですが」

ニコニコ顔でギルド長は頷き、言葉を返す。

「タウロ君がの、ノッポの嬢ちゃんの味を見たんじゃ。その感想が何と、悪くない、じゃぞ」

嬉しそうに、大き過ぎる椅子に座ったまま、宙に浮いた足をパタパタと動かす。

「成長したのう。これからも精進し、老女ハンターを目指すがよいぞ」

笑顔のゴブリン爺ちゃんとは対照的に、サンタクロースは信じられぬものを見る表情だ。一つ咳払いし、誤解を解くべく口を開く俺。

「あれは伝説（レジェンド）の経験と研鑽（けんさん）に、敬意を表しただけです。決して、超熟系が好きになったわけではありません」

しかしギルド長は、機嫌よく頭を縦に振る。

「わかっとる。皆、最初はそう口にするもんじゃ」

絶対にわかっていないが、サンタクロースは信じたらしい。複雑な表情で肩をすくめた。

「そうか、ならば私から言う事はないね。タウロ君の将来に、幸多い事を願うだけだよ」

誤解を解こうと口を開く俺だが、ノックの音が言葉を止める。副ギルド長が許可を出すと、入室して来たのは強面の主任であった。

「東の国の司教様が、商人ギルドに相談したい事があるそうです」

緊張した様子で、報告する強面のおっさん。癖なのだろう、サンタクロースは白い髭に片手を当て低音のいい声を出す。

「相談とは何かな？」

強面のおっさんは肩をすくめ、申し訳なさそうに頭を左右へ。

「用件は会ってから話すので、迎賓館へ急ぎ来てほしい。使者は、それしか知らされておりませんでした」

アイコンタクトを交わす、商人ギルドのトップ二人。副ギルド長は一つ頷き、主任に視線を合わせた。

「では早速で悪いが、君が行ってくれないかな」

驚きの表情を作る、強面のおっさん。隣国の貴人からの呼び出しである、ギルド長か副ギルド長が対応すると考えていたのだ。

「私がですか？」

自分を指差し、無意識に薄く開いた口で確認。それを見てギルド長は頷く。

「何事も経験じゃ、行って来るがええの」

副ギルド長に続き、ギルド長からも言われ、主任である強面のおっさんの表情に、覚悟と気合いが満ちて行く。

「わかりました！　では粉骨砕身、頑張ってまいります」

気楽にの、というギルド長の言葉を背中に受けつつ、肩で風を切って退室して行く主任。それを見て、俺も残りの紅茶を飲み干す。

「では、私もそろそろ」

お暇（いとま）する頃合だろうし、教導軽巡先生の予約時間が近づいているのも事実である。

席を立ったところでギルド長から『三代丼』のお誘いを受けたが、正直に『先約がありますので』

と断った。

（ふむ）

これはタウロが去った後、閉じられた扉を眺めつつ放ったサンタクロースの心の声。副ギルド長は一つ頷き、言葉を漏らす。

「タウロ君と主任、いいコンビかも知れませんな」

片眉を大きく上げたギルド長は、目を一瞬光らせ答える。

「わしもそう思っとった。将来の商人ギルドを託すには、悪くない組み合わせかものう」

しかしすぐに肩をすくめ、テーブル上のティーカップに手を伸ばす。

「まあ、まだまだ先の事じゃ。今後どう変わるかわからんからの」

音を立てて紅茶をすするギルド長を見ながら、サンタクロースは相槌を打つ。

「我々も、まだまだ引退するつもりはありませんからな」

大声で笑い合う老人二人であった。


王都歓楽街の一等地に建つジェイアンヌ。御三家の一つにも数えられる、最高級娼館である。

その二階の廊下を、俺は教導軽巡先生に肩を貸しながら歩いていた。

「無理に見送りをしなくてもいいのに」

頬に当たる黒髪の感触を楽しみつつ、細い柳腰に手を回し耳元でささやく。

「いえ、そういう訳にも行きません。それにもう大丈夫です、独りで歩けますから」

教導軽巡先生は答えるが、プレイ時に紅潮した肌はまだそのまま。足取りもおぼつかず、俺に掛かる息は熱い。

「本当かなあ」

信じていない表情で、そっと体を離してみる。教導軽巡先生の膝は、とたんにガクガクと震え出し、壁に手を突きしゃがみ込みそうになった。

「ほらほら無理しない」

危ういところで受け止め、再度肩を貸す。教導軽巡先生は先ほどのプレイで、腰が抜けてしまったのである。

(感度が、日に日に上がっているな)

今年に入ってから始めた『教導軽巡先生への百日詣で』。まだ道半ばだが、途中から明らかに弱くなっていた。

初日に比べれば、信じられないほど簡単にゴールする。良くも悪くも、俺に馴染んで来たのだろう。百日詣でが完了した暁には、どうなっているのか。我ながら心配なほどである。

(苦しい時は、言ってくれればいいんだけれど)

今日の一ラウンド目は、つい溺れるように責め続けてしまった。後から聞けば、途中、何度か達していたという。

限界だと意思表示があれば、俺はすぐに止める。しかし教導軽巡先生は、それをしない。

(プロの矜持なのかな)

絶対禁止を宣言しているのは、裏口の使用だけだ。逆を言うなら、正規を使う限り拒否しない。

だから俺自身が注意しないと、このようにやり過ぎてしまうのである。

（だけど反応がかわい過ぎて、やめられないんだよなあ）

清楚な女性が恥ずかしがりながらも、目を潤ませ声を出す姿。それはすぐに、俺を次のラウンドへといざなってしまう。

その結果が今の、『独りでは歩けません』状態だ。それでもロビーまで見送りに行くというのだから、立派なものである。

「嘘っ、先生があんな姿に」

「信じられない、どうしてあそこまで」

この言葉は、すれ違った女性達からのもの。彼女達は男性客と並んで歩いており、これから個室へ入るのだ。

ちなみに教導軽巡先生は、年上からも『先生』と呼ばれている。実力と実績からすれば、当然だろう。

ジェイアンヌは今日も繁盛しているようで、何よりである。

（おっ）

廊下の向こうから、見事なプロポーションのおっとりしたサイドラインが歩いて来た。隣の中年男性と、恋人握りで手をつないでいる。

「先日はどうも」

声を掛けた相手は、サイドラインではなく隣のおっさん。迎賓館で会った胸毛紳士である。

「いや、こちらこそ」

胸毛紳士は笑顔で挨拶を返した後、俺の隣でグニャグニャになっている教導軽巡先生を一瞥。

肩をすくめると、苦笑を浮かべた。

「まったく、かないませんな。自信をなくしますよ」

照れ笑いをしながら視線を移すと、おっとりサイドラインが教導軽巡先生を見つめていた。心なしか顔が青い。

胸毛紳士は何かに気づいたらしく、片眉を曲げる。そして恋人握りでつないだままの手を、俺の前に掲げた。

「見て下さい。彼女、震えてますよ」

怖がらせてどうするんですか、などと冗談めかして言って来るが、俺にはどうしようもない。

何か言い返そうと口を開きかけた時、隣の教導軽巡先生がビクンと跳ねた。

「あっ」

これは俺の声である。突如しがみついて来た教導軽巡先生は、無言で身を震わせ、歪めた口から息を吐き出した。

肩を貸しつつも、腰や胸をちょこちょこ触っていたのがまずかったらしい。

(えーっと)

おっとりサイドラインを窺ってみれば、胸毛紳士の背に隠れている。目が合うと『ひっ』と小さく声を上げ、顔を伏せてしまった。

「恐ろしいですなあ」

困った表情で、小さく頭を左右に振る胸毛紳士。俺は言葉もなく、教導軽巡先生を抱きつかせたままロビーへと向かったのである。

「タウロ様、商人ギルドからお呼びが掛かっているようですが」

ロビーに降り、ふらふらの教導軽巡先生からお見送りを受けた直後、コンシェルジュから言伝(ことづて)を受け取った。

(呼び出しだって？　まさか、また迎賓館じゃないよな)

前回は、緊急招集から無礼講への参加となったのである。あれはあれで面白かったが、続けて行くようなものではない。

「わかりました、ありがとうございます」

とりあえず礼をいい、店を出て大通りを東へと歩き始めたのだった。


ここで場所はジェイアンヌの二階へと戻り、視点は胸毛紳士へと移る。

階段を下りて行くタウロが視界から消えた後、彼は背の女性をうながしプレイルームへと入っていた。

(かのドクタースライムも、彼女の事は知らないようだ)

その事に優越感を覚え、自然と目の尻が下がる。

ソファーに座る胸毛紳士が眺めるのは、対面のソファーに座り飲み物に口をつける、見事なプロポーションのおっとりした女性。実は彼女、王国の宰相である侯爵の娘にして、第一王子の婚約者なのである。

『王国騎士団が重騎馬(ヘヴィーランサー)の群れに敗れたところから始まった、一連の危機』

帝国の侵攻、第二王子のクーデター未遂など、押し寄せる荒波でいく度も転覆し掛けた王国。だが現在、暴風雨の中心域からは逃れ出たと言っていい。

『宰相の娘を次期王妃に迎えたい』

王家からの申し出は、一貫して舵を取り結果を出した、宰相への評価なのだろう。今彼女は王妃にふさわしい技を身につけるべく、ジェイアンヌへ通っている。

(俺でなければ、気づけなかっただろうがな)

得意げに鼻を鳴らし、さらに指でこする胸毛紳士。傲慢に聞こえるかも知れないが、状況からすれば言い過ぎでもない。

婚約したのはつい最近で、未公表。ゆえに、よほどの高位でもなければ、貴族達も知らないのだ。ではなぜ、胸毛紳士は知る事が出来たのか。

『高貴な生まれの女性が好き、という性癖からの、対象へ対する嗅覚の鋭さ』

『高い尋問技量』

この二つを備えていたからである。

胸毛紳士はアイスティーを口元へ運び、喉を湿らせつつその時の事を思い出す。

時は数日ほど遡り、場所はここジェイアンヌ一階のロビー。胸毛紳士は本日のお相手を見つけるべく、壁際の椅子に座る女性達、いわゆる『サイドライン勢』を眺めていた。

(新人か)

目に留まったのは、しっとりとしたロングストレートのおとなしげな女性。タウロの言うところの爆発着底お姉様ほどではないが、メリハリの利いた体形をしている。

見覚えがない事から、最近入ったのであろう。来店のたびチェックしているので間違いはない。

（……品のある香りがする、可能性はあるな）

胸毛紳士が、このおっとりした女性から嗅ぎ取ったのは、貴族の娘である可能性だ。

『年頃になれば娼館で修業をする』

貴族の中では一般的な習わしであり、『身分を隠して店先に並ぶ（オン・ジョブ・トレーニング）』中の彼女達は、彼の大好物。

位が上がれば上がるほど頬が落ちるこの紳士は、だからこそ高級娼館へ通い、雛壇より格上であるサイドラインを好むのである。

（もし貴族なら久しぶり、伯爵家の御令嬢以来だぞ）

ゆえに期待に股間を膨らませ、早速指名したのであった。

彼女と二階のプレイルームに移動した後は、服を脱がされ、体毛を泡立てられ、シャワーですすがれ、そしてバスタオルで拭き上げられてベッドの上へ。

ちなみに『胸毛紳士』とタウロが心中に呼ぶ彼だが、濃いのは胸毛だけではない。

胸の大森林は、馬のたてがみのような一本の帯となり腹に至る。その後は臍（オアシス）を経由して南下。

股間の熱帯雨林へ達した後は背へ折り返し、尻肉の谷に深い森を作っているのである。

『髪の毛と尻毛がつながっている』

もし彼が喉に生える髭を剃らなかったならば、そのとおりになっていただろう。

「そろそろいいかな」

仰向けのおっとりした雰囲気のやさしげな女性へ覆いかぶさった胸毛紳士は、いつもの『問い掛け』を行なう事にした。

「入るよ」

自慢の剣をゆっくりと進ませる紳士。

何に自信を持っているのかと言えば、『カリの高さ』である。見た目が近いものを探すなら、『上向きの矢印』が挙げられるだろう。

(さあ今日も頼むぞ、俺の性剣カリ棒よ)

突き当たりまで行ったところで一旦止め、小休止。

「修業中だろう？　その高貴な雰囲気からして、王女様かな？」

その後、ゆっくりと引き抜きながら耳元でささやく。

抜けないようにするための、矢じりの返し。同様の形をしたカリ高の棒が戻って行くのだから、その抵抗はかなりのものである。

(……この反応からして、修業中なのは間違いあるまい)

その状況での不意の質問と、とっさに起きる肉の動き。この二つから真を推測するのが、彼の技なのだ。

『上淫』を満たせる事が確定し、頬が緩む。

(さすがに王家の娘ではないようだな)

そこまで期待していたわけではないので、失望はない。『王女』と口にしたのは、女性に失礼のないよう高い方から問うたのだ。

「公爵家かい？　それとも侯爵家？」

下げて行く途中の二つ目で、瞬間的にだが中の肉の緊張を感じ取る。

（おいおい本当か？　やったぞ、これまでにない大当たりだ！）

実のところ、このクラスもあるまいと考えていた。それを覆す望外の高額当選に、気分が高揚し血流が勢いよく巡る。

「くうっ」

侯爵令嬢が呻いたのは、興奮のあまり胸毛紳士のカリ棒（バー）が膨れ上がり、体積と硬度を増したからであろう。

（落ち着け俺、ここからは時間一杯、ゆっくりと詳細に聞いて行くのだ）

ワンプレイの枠は二時間。それを十全に使った彼は、『自分は宰相の娘、第一王子との婚約が決まった、王妃教育としてジェイアンヌへ来ている』との情報を手に入れたのである。

ちなみにしっとり髪の彼女は、おっとりしているものの一度も頭を縦に振っていない。すべては胸毛紳士が一方的に質問し、体の反応から推測しただけだ。

（疑う余地はない）

だが彼の中では確定事項。プレイが終了した今、自分に服を着せようと息の掛かる距離でシャツのボタンを留めている女性を、目を細めて眺めやる。

彼女もまた、露見した事を悟っているはずだ。

（素晴らしき、自分だけの秘密を手に入れたぞ）

間もなく部屋を出、他の者に顔をさらすというのに、落ちそうになる頬を上げられない。廊下へ出てもなお、考え続けてしまう。

（自分以外にも、彼女を指名する客はいるだろう）

しかし彼らは、侯爵令嬢である事を知らないのだ。それでは生まれから来る独特の風味を、『くせのある味』と捉えて終わってしまうに違いない。

(酒と同じだ。深く楽しむには、背景の知識が必要なのだよ)

もったいない、と思うが教える気などさらさらない。侯爵令嬢と共にロビーへ向かいつつ、『自分だけが知っている』喜びに、股間がさらに張り顎が上を向く胸毛紳士であった。


胸毛紳士による馴れ初めの回想は終わり、ソファーで飲み物を口にしているところへ戻る。

対面の女性へ目をやった彼は、心に一つ頷いた。

(落ち着かれたようだな)

動揺した原因は、先ほど廊下で目撃した、彼女の指導教官である教導軽巡先生の艶姿だろう。

侯爵令嬢は店の看板ともいえるサイドライン席にいるが、けっして身分による優遇ではない。家庭教師のもと幼き日から努力した結果、短期の教育で座れるだけの地力を身につけていたのである。

もっとも彼女に限った事ではなく、他の貴族出身の女性もほぼ同様。教育がいかに大事か、わかる事例の一つだろう。

『サイドラインには座りましたが、先生はなお頂の見えない遥かな高みです』

その彼女をして、指導教官である教導軽巡先生への評価がこれ。

『頬を朱に染め湿った息を吐き、足腰が定まらないために歩く事すらままならない』

その『遥かな高み』がこうなのだ。原因であるドクタースライムに恐怖するのも、無理からぬ事であろう。

「そろそろ頼むよ」

アイスティーをテーブルに置き、宰相の娘に告げる胸毛紳士。

(さて、今日はもう一歩足を進めてみるか)

髭に囲まれた唇を一舐めし、思う。

欲しているのは、王の娘。具体的には『次期国王である第一王子の妹にして、クーデター未遂を起こして死を賜った第二王子の姉』の情報だ。

彼女もまたお年頃ゆえに、王都御三家のどれかで花嫁修業をしているはず。そして当然と言うか、店名も個人も特定されていない。

(しかし彼女なら、知っている可能性はある)

王族と高位貴族、しかも将来は義理の妹になる間柄だ。交流があっても不思議はない。

胸毛紳士は、王女とも是非遊びたいのである。

『将来の王妃である侯爵令嬢』

彼女とのプレイがかなったのだから、もう充分だろう。諸兄のいく人かはそうおっしゃるかも知れない。

(今の自分に満足せず、常に上を目指すべきだ)

しかしこれは、彼の性癖にして嗜好。欲と業は、どこまでも深くなれるものなのである。

そして始まった、いつもの尋問プレイ。

仰向けの彼女に覆いかぶさる体勢へと移り、深く差し入れてから耳元で問う。

「王女様も同じ年頃ですよね。どの店で修業されているか、ご存じでしょう？」

第一王子の婚約者であるあなた様なら、と言葉を足し、いやらしくカリ高の剣を手前へ引く胸毛紳士。

質問の内容に驚いたのだろう、侯爵令嬢の目が一瞬だが大きく開かれ、心臓が数拍であるも大きく打つ。そして腹内の反応は、それ以上だった。

(知っているな)

カリ棒が絡まれ拘束されるのを感じ、目尻が下がり口の端が吊り上がる。

知らないのなら、これほど身構える必要などない。正直であればいいのだから。

他者の秘密を守る重責を感じるからこそ、己が身分を暴いた自分の手管を恐れているのだろう。

「ジェイアンヌですか？　それともキャサベル？」

穏やかな声になるよう心掛け、反応を確認しながら店の名を挙げて行く胸毛紳士。

ところで彼に、身の危険はないのだろうか。

『秘されている王女の所在を探す』

普通に考えれば、目をつけられても不思議はない。しかし結論を先に言えば、『ない』のである。

理由は簡単、王家にとって望むところであるからだ。

『社交という名の、情報戦の戦場に立つ』

王家の一員となるのは、そういう事。失態を犯せば、すぐさま国政に響くだろう。

そしてこの世界の社交の主舞台は、立食パーティーの会場ではなくベッドの上。娼館の働き手として客をもてなす環境は、非常に似ていると言っていい。

『手の内を隠し、情報を引き出し、真贋を見抜く』

その技量を磨くための練習相手として、胸毛紳士のような腕利きは最適なのだ。

『暴かれた修業先が口づてに広まり、平民の客が殺到する』

下の口から漏れた秘密が噂となって広まれば、そうなる事もあるだろう。さすがにそれは好ましくない。

しかしここで効いて来るのが、修業先である御三家の格だ。

超高級店は店の影響力をフルに使い、彼女達の修業に役立つよう、客の質と数をふるいに掛けるだろう。

「シオーネですか？　違う？　いやいやこれは難しい、隠し事がお上手になられましたな。しっかりと腕を上げられたようで何よりです」

粘っこく腰を動かし、ネチネチと問い続ける胸毛紳士。目を細め、またもや唇を一舐めすると口を開く。

「では、もう一度最初から始めましょう。ジェイアンヌですか？」

そこから約一時間半、第一王子の婚約者である侯爵令嬢は、何とか情報だけは漏らさずに乗り切ったのだった。

上司である商人ギルドのゴブリン爺ちゃんから呼び出しを受けた俺は、ジェイアンヌを出て歓楽街の大通りを東へ進み、中央広場を横断する。

中央広場の東の突き当たりにある商人ギルドへ到着した後は、三階のギルド長室へと向かい、ノックをして部屋の中へ。

「お呼びとの事で」

もうすっかり慣れたもので、職員の案内もない。顔パスである。

「おお、ちょうどええ。皆も今揃ったところじゃの」

ゴブリン爺ちゃんなギルド長が手招きし、俺は言われるがままにソファーに腰を下ろす。

周囲を見回し、見慣れぬ中年女性がいるのに気がついた。

(いや、このおばちゃん、どこかで見たぞ)

応接セットに座るのは俺の他、ギルド長と副ギルド長。それに主任である強面のおっさんと、謎のおばちゃんである。

(そうだ、確か不動産担当の人)

おばちゃんの膝の上に置かれている、大きく分厚い本を見て思い出す。

俺が今の家を借りる時、物件を探し案内してくれた人だ。随分と久しぶりである。

軽く会釈すると、向こうも頭を下げ返して来た。

「では主任。君が東の国の司教様から受けた相談を、皆に伝えてくれるかな」

よく通る低く豊かな声で言ったのは、サンタクロースに似た副ギルド長。強面のおっさんは返事をし、話し始める。

「聖女様の初体験を、王都の女性向け娼館で受けさせたい。そのための娼館を、紹介してもらえないか。用件は以上です」

娼館の相談を商人ギルドにするのに、不思議はない。春を売る商いは、商人ギルドの管轄だからだ。

ギルド長と副ギルド長、どちらも腕を組んだり髭をなでたりするだけで、何も言わない。なので俺は、疑問に思った事を口に出してみた。

「そのような重要行事を、国外で行なっていいのでしょうか」

娼館は紳士淑女の社交場。初体験すなわち社交界デビューとみなされるのなら、娼館で行なわれるのもありだろう。

しかし、なぜ王国でなのだろうか。

(ん？　もしかして)

ふとそこで、ある事に思い至る。

「東の国には、娼館が存在しないとか」

思い返せば、聞いた事がない。神前試合でも、出場する女性は修道女、男性は修道士だった。

俺の問いに、ギルド長は頭を左右に振る。

「あの国は、修道院が同じ役割を果たしておる。信仰が絡んでおるから、社会的地位は王国より高いくらいじゃぞ」

新たな知識に頷きつつも、疑問は消えていない。なぜ他国でか、という点だ。

それに答えたのは、副ギルド長である。

「聖女という立場ゆえ、かえって難しいのかも知れないね。国内では、知らぬ者などいないだろうし」

少し考え、なるほどと思う。

前世でも、芸能人が海外で運転免許を取ったりしていた。名を知られ過ぎていると、不自由も多いのだろう。

「上級娼館から、適当に見繕ってはいかんのか？」

ギルド長の問いに、強面のおっさんは渋い表情を作る。

「それがですね、必要な属性があるのだそうです」

「属性？」

聞きなれぬ言葉に、思わず聞き返す俺。しかしわからぬのは一人だけらしい。

俺を置き去りに、強面のおっさんの説明は続く。

「聖女様には、想い人がいるらしいのです。しかし司教様いわく、あまり好ましい人物ではないそうで」

それで、と一呼吸し言葉を継ぐ。

「好ましくない人物と同じ属性を持ち、しかも遥か格上の男性を体験させる。さすれば聖女様の視野は広がり、人物眼も磨かれるのではないか。そのようにお考えでした」

なるほどのう、と顎をなでるギルド長。サンタクロースな副ギルド長は、頷きながらティーカップに手を伸ばす。

一方でおばちゃんは、目を閉じ何かを考えていた。

（人を好きになるのも、個人の問題じゃなくなるのか。身分が高いのも大変だな）

俺がそんな感想を持っていると、ギルド長は強面のおっさんに問う。

「それで、想い人の属性とは何かの？」

強面のおっさんは、小ぶりな弦楽器を足元から拾い上げる。そしてそれを、皆に見えるよう胸の前に出す。

「リュートを弾き鳴らしつつ意味深で思わせぶりな、それでいて中身のない言葉を連発するそうです」

場を支配したのは沈黙。そんな中、おばちゃんは片目を開き、キラリと光らせた。

一拍を置いて、咳払いと共に発言したのは副ギルド長である。

「……まあ、若い頃にはあるのかも知れないね」

手を伸ばし、強面のおっさんから弦楽器を受け取る副ギルド長。豊かな腹の前に構え、一鳴らし。

「四弦リュートかね。使いやすいんだよ、これは」

そして巧みにジャカジャカと演奏。リュートというものを知らない俺には、ウクレレを持ったサンタクロースにしか見えない。

真面目な表情を崩さず、強面のおっさんは副ギルド長に告げる。

「同じ修道院の少年らしいのですが、リュートを手にしたのはつい最近、知っているコードの数も三つだそうです」

その説明に思い当たる事があったのだろう、手を止めたサンタクロースは深く頷く。次に、しみじみとした口調で語り出した。

「四弦リュートというのはね、音域が狭く音も小さい。だから、本格的な演奏には向いていないんだよ」

突然振られた新たな話題に、俺は無言。ギルド長は興味深そうな表情で、耳を傾けている。

「その代わり長所もある。扱いが簡単で覚えやすいから、すぐ形になるんだよ」

そして陽気なフレーズを一鳴らし。

「コードも簡単に押さえられるし、そもそも鳴らせる音自体が少ない」

次にちょっと悲しげな感じのフレーズ、そして最後に不安定な印象の音を出した。

「喜びのコード、悲しみのコード、怒りのコード。おそらく少年が覚えた三つも、これじゃないかな？　基本だしね」

そしてまた、曲っぽいのを弾き始める。

「組み合わせると、それらしく聞こえるだろう？　飲み屋での即興の伴奏なんかには、最適だね」

楽しそうに弦を爪弾(つまび)いて行く。よくわからないが、上手なのではないだろうか。

ギルド長は、拍手をして喜んでいる。

「いや失敬、つい懐かしくてね。我ながら忘れていないものだ」

ウクレレなリュートを強面のおっさんに返しつつ、照れ笑いを浮かべるサンタクロース。受け取った強面のおっさんは、口を開いた。

「司教様がお求めなのは、弦楽器の演奏が上手な細身の優男。思わせぶりなセリフについては、フォローの必要なし。その場での思いつきでいいそうです」

正面では、サンタクロースが渋面を作り心臓を押さえている。もしかしたら、かつての自分の姿なのかも知れない。

チラリとそちらに目をやったギルド長は、次におばちゃんの方を見た。

「そこで、彼女の出番というわけじゃな」

しっかりと頷く強面の主任。

「はい、女性向け娼館の情報に関しましては、当ギルドで彼女の右に出る者はおりません」

おばちゃんは謙遜一つせず、無言でテーブルの上に本を置く。

その本には大量のインデックスがついており、俺に建築基準法の法令集を思い起こさせた。

風を起こしながらパラパラとめくり、あるページでピタリと止める。本から顔を上げると、自信に満ちた口調で告げた。

「この店のナンバースリー、『幻と影の旅人、風(かぜ)』。この者が適当かと思います」

挿絵を見ると、銀髪ロングストレートの女性的美しさを持つ男性だ。年齢は少年以上、青年未満といったところだろうか。

(あれだけの情報で、即座に最適解を導き出すとは。さすがは強面のおっさんの推薦)

確かにこれならば、と俺でも思う。しかしおばちゃんの恐ろしさは、ここからが本番だった。

「六弦リュートを用いた、もの悲しい曲を得意としています。この絵をご覧下さい」

おばちゃんが指し示した絵は、夜の窓辺で片膝を立て、月に向かってリュートを奏でるナンバースリーの姿。

「文学にも明るく、恋と哲学の混ざった問い掛けを、リュートを爪弾きながら自らに行なうのです。十代の少女には、効果抜群でしょう」

ニヤリと笑い、おばちゃんは続ける。

「セリフにフォロー不要であれば、生まれや育ちも適当に作れますし」

俺の脳裏に投影されたのは、王都へ流れ着いた亡国の王子に身の上話を聞かされ、身をよじりつつ黄色い絶叫を上げる少女の姿。

修道院の同級生の事など瞬時に頭から蒸発し、痕跡すら残らないだろう。

（このおばちゃん、出来る）

感じるのは、ジェイアンヌのマスター・コンシェルジュと同じ雰囲気。間違いなく一流だ。

自信に溢れた表情で、胸を張りギルド長達を見つめている。

「わしに異存はないの」

「私もです」

ギルド長と副ギルド長が、相次いで答える。勿論、俺に異論などあるわけがない。

「では、早速手配致します」

言い終えた強面のおっさんは、隣のおばちゃんに目配せ。おばちゃんは、一つ頷き席を立つ。

そして扉前で深く一礼すると、大きな本を脇に抱え退室して行った。

「やれやれ、何とかなりそうじゃの」

伸びをしつつ、立ち上がったギルド長。副ギルド長も、そうですな、と口にする。どうやら話は、
これで終わりらしい。

ずっと疑問に思っていた事があったので、頬を掻きつつギルド長に尋ねてみた。

「結局、私は何のために呼ばれたのでしょうか？」

案件は、聖女に娼館を紹介するというもの。俺が役に立てる部分はないし、関係もない。

ギルド長は、呆れたように俺を見た。

「何を言っておる。タウロ君は商人ギルド騎士団の騎士団長、軍事部門のトップじゃぞ。幹部会議に
出席するのも、当たり前じゃろうに」

もっともなような、そうでもないような。今一つ納得出来ず、俺の眉間に縦皺が寄る。

(騎士団長っていっても、騎士は老嬢一騎で操縦士は俺だけ。その俺にしても、草食整備士の言うがままに動くだけだ)

どちらがトップかと問われれば、草食整備士だろう。そんな俺の肩を、ギルド長はポンポンと叩く。

「何事も経験じゃと、いつも言っておろう? 関係ないような話でも、耳に入れておくと視野が広がるの」

サンタクロースに目をやれば、こちらも同意するように首肯している。

「そういうものでしょうか」

とりあえずそう答え、俺も席を立つのだった。


王都歓楽街の大通り沿いに建つ、超高級娼館ジェイアンヌ。俺はそのロビーで椅子に座り、品格ある紳士と会話を楽しんでいた。

この店のマスター・コンシェルジュである彼との付き合いも、薬物事件からなのですでに一年以上。すっかり馴染みになり、こうして雑談をする事も多い。

「卒業後の進路が決まったのですか」

爆発着底お姉様の事を聞かされた俺は、手にしていたコーヒーをテーブルに置く。そして首を軽く傾げると、言葉を返した。

「お店はどうするんでしょうね、やめてしまうのでしょうか?」

サイドライン席に座り、この店のナンバーワンを張る爆発着底お姉様。しかし彼女の本業は、王立魔法学院の学生である。

ここで働いているのも、研究費用を稼ぐという意味合いが大きい。

(才色兼備にしても、程度っていうものがあるよなあ)

娼館で働く女性の地位が、すこぶる高いこの世界。王都御三家のトップともなれば、国民的アイドル、あるいは女優と言ってよい存在だ。

実際、帝国と休戦協定を結ぶに当たっては、代表団の接待を任されている。

(それでいて、エリクサーの製造を成功させた一人)

王立魔法学院は去年、エリクサーを作り出す事に成功。これは人族として初めての、大変な快挙らしい。

その論文に記された名前は、口の曲がった痩せ中年であるテルマノ教授と、爆発着底お姉様の二つ。教授と連名など、よほどの功績があったのだろう。

「いえ、幸いな事に、続けてくれるそうですよ」

ナイスシルバーなコンシェルジュは、穏やかに微笑む。

「いずれは自分の工房を持ちたい、そのためには資金がいる。そのように言っておりました」

王立魔法学院を卒業した後は、師事していたテルマノ教授の工房に勤めるという。

そこで実践的な事を学び、いずれ一人前の薬師として独立する計画だそうだ。

「テルマノ様も応援するそうです。もしかしたら意外に早く、独り立ちしてしまうかも知れません」

そうなれば、さすがに店を離れてしまうでしょう。と、しんみりとした口調で締める。

(口曲がりのおっさん、見掛けによらず器が大きいな)

失礼な思いを挟みつつ、感心した。

優秀な生徒が独立すれば、強力な競争相手になるだろう。それがわかっていながら、手助けを行なう。

なかなかに出来る事ではない。

(商売人というより、学究の徒であるという事かな。さすがは教授だ)

優れた研究仲間と、共に前へと進みたい。そう望んでいるのかも知れない。

「しかし卒業に就職、それにお店ですか。彼女も大変ですね」

俺は心の底から思う。体を壊さないよう気をつけてほしいものだ。

「え?」

だがコンシェルジュが告げたのは、意外な事実。あれほど詰まっていた予約も最近は減少傾向が続き、このままならサイドライン席で客を待つ日も近いらしい。

「何かあったのでしょうか」

嬉しい事だが、心配でもある。やや複雑な表情をしながらコンシェルジュに問う。

壮年の紳士は否定するように頭を振り、口を開いた。

「神前試合で死神に勝利してから、一年が経ちました。一区切りといったところでしょうか」

それに、と言葉を続ける。

「先日の神前試合で、死神はいいところなく敗れています。それも原因の一つでしょう」

地味子女王の鞭を、抵抗せずにすべて受けた死神。最後はキャンドルサービスで昇天したと聞く。

あの男にとっては、快楽をむさぼる大満足プレイだったに違いない。しかし観客からすれば、『何だこれ』と言いたくなっただろう。

「死神に勝ったというプレミア、その価値が落ちたという事ですね」

俺の返しに、頷くコンシェルジュ。そして楽しげに目を細めつつ、提案をして来た。

「それでですね、タウロ様も彼女に予約を入れてみませんか？　さほど待つ事なくプレイ出来ると思いますよ」

「……いいのですか？」

嬉しさのあまり、頬をつねる。夢ではないようだ。

しかし、本人の意向はどうなのだろう。本人が駄目だといえば、無理強いする事は出来ない。

「以前彼女は、勝負ではなくプレイなら受けてもよい、そう口にした事があります」

熱心に見つめる俺に、コンシェルジュは口元に笑みを刻む。

「今回のタウロ様の予約について、改めて彼女に問うたりはしません。もし直前になって気がつき、慌てるような事があれば」

そこで耐え切れなくなったように、小さく笑い声を上げる。その姿はまるで、いたずら好きの少年のようだ。

「先の言葉を持ち出して、私が責任を持って説得しますよ。まず断りはしないでしょう」

その発言に、何となく得心する。

わがままボディの、わがままそうなお姉様。そのような雰囲気なのだが、中身は意外に律儀なのだ。

表現するなら委員長。自分の言葉に縛られるタイプだろう。

「素晴らしいですね、是非お願いします」

こうして俺は、また一つ楽しみを増やしたのである。

場はここから北東へ、王国騎士団本部の詰所へと移動。

そこでは聖都から戻ったライトニングを、いつもの仲間達が囲んでいた。元冒険者のおっさん二人に、編み込みおかっぱ超巨乳ちゃんである。

ちなみにポニーテールは、まだ訓練場から上がって来ていない。

「よろしければ、皆さんで召し上がって下さい」

短い口髭をした好青年が、木で出来た菓子箱を置く。蓋に書かれた注意書きを見て、元冒険者のおっさん達は相好を崩した。

「祝福を受けた菓子か、やっぱり聖都といえばこれだよな」

独身おっさんが、頷きながら蓋を開ける。

聖都とは、多くの神の神殿が集中する地。そして商売の神は、そのうちの一柱(ひとはしら)に過ぎない。

しかし商売の神の祝福を受けた菓子は、昔から聖都を代表する土産であった。

「ほほう、木の実入りのビスケットねえ。うまそうだな、早速一ついただくか」

中身を見て、手を伸ばす既婚のおっさん。独身おっさんは、その手が届く前に蓋を閉じる。

「わかってんのか？　祝福品だぞ」

その効果は、異性が欲しくなるというもの。だからこその人気なのだ。

注意されても、既婚のおっさんに気に掛ける様子はない。とぼけた表情で反論し、寄こせと手のひらを上に向けて差し出す。

「いいんだよ、帰れば妻がいるんだから。お前とは違うんだって」

言い返された方は、眉根を寄せつつ肩をすくめた。

「しょうがねえなあ、だがその前にコーヒーを淹れて来い。全員の分な」

了解、と笑いながら立ち掛ける既婚のおっさん。そこへ、編み込みおかっぱ超巨乳ちゃんが片手を挙げた。

「あっ、私がやります」

言いながら、砲弾型の胸を揺らしつつ席を立つ。おっさんは彼女に任せる事にした。

すぐに運ばれて来た、四つのホットコーヒー。それを時折口に運びつつ、ライトニングの話に耳を傾ける。

「東の国の筋肉ババア(レジェンド)が出て来たのかよ。そりゃあ勝てねえよなあ」

準決勝で敗れたところまで話が進み、唸り声を上げる独身おっさん。

一方の編み込みおかっぱ超巨乳ちゃんは胸の前で両手を組み、ライトニングを見つめている。話が耳に入っているのかは、何ともわからない。

「おい、どうした？」

そしてもう一人のおっさんは、一言も発せず下を向いている。その様子に疑問を覚え、独身おっさんは声を掛けた。

「……やべえ」

返って来たのは、かすかな呟き。問いただすと、ある事がわかった。

固まっているおっさんの代わりに、独身おっさんが皆に説明を始める。

「祝福が効いたみたいなんだが、予想より遥かに強くて驚いているんだと。前に食った時はこんなんじゃなかった、とか言っているぜ」

呆れ顔で肩をすくめ、口を閉じる。ちなみにこの中で口にしたのは、下を向いている既婚のおっさんだけだ。

蓋を引っ繰り返していた編み込みおかっぱ超巨乳ちゃんは、ある事に気がつき口を開く。

「あの、ここに『当たりつき』って書かれているんですが」

買って来た本人も知らなかったのだろう。ライトニングは蓋を受け取り、詳しく読む。

手渡す時、編み込みおかっぱ超巨乳ちゃんは手を重ねて来たが、これはいつもの事である。

「……下位の祝福品の中に、いくつか上位品が含まれているみたいですね」

謝ろうとするライトニングと、それを止める独身おっさんと編み込みおかっぱ超巨乳ちゃん。

「いいんだよ、家には妻がとか言ってたんだから。家に帰って、自慢の奥さんに慰めてもらえばいいのさ」

「ライトニングさんのせいじゃありません、意地汚いのが悪いんです。逆に当たりを引けたんだから、内心喜んでいるのかも知れませんよ」

既婚のおっさんは、何も言わず目を閉じるだけ。言い返す余裕もないのだろう。

「とにかく、家に連れて行きましょう。大分辛そうです」

それでも責任を感じるのだろう、ライトニングは立ち上がる。結局皆で、自宅へとゴーレム馬車で送り届ける事にした。

ここで視点は、自宅へ到着した既婚のおっさんに移動する。

皆が騎士団本部へ戻った後、このおっさんは絶望に打ちひしがれていた。

(店に行っているのか)

王都御三家の一つシオーネ。彼の妻はその店に、親子丼要員として登録している。

居間のテーブルの上には、仕事についての書置きがあったのだ。

『二コマ連続で入るので、帰りは遅くなります』

今頃は、娘と二人で客の相手をしているはず。その事自体は誇らしい。

(さすがは俺の妻と娘)

超一流娼館においてなお、客から指名が入る存在。周囲が羨む自慢の家族である。

絶望の原因はタイミング。限界を超えつつある状況の自分を、妻に慰めてもらえないからだ。

(駄目だ、動けねえ)

欲望が高まり過ぎて、体の自由が利かない。娼館に行こうとしても、たどり着けないだろう。

ゴーレム馬車を呼ぶべく道に這い出たところで、近くにいる女性に襲い掛かるのがおちだ。

(それじゃあ犯罪者になっちまう)

娼館、ゴーゴーバー、援助交際喫茶店、それに立ちんぼ。すべて合法の世界だが、合意がなければ犯罪である。

家族のためにも自分のためにも、そんな真似は出来ない。

(頼む、早く帰って来てくれ)

自分で慰めてみるも、すぐにやめた。さすがは春の売買を司る神、セルフでは処理出来ないよう呪い、ではなく祝福が掛けられているらしい。

部屋の隅でうずくまり、ぶつぶつと妻の名を呟くおっさんであった。


それから約二時間後。グラマラスな美女が、家の扉に手を掛ける。

髪型はミディアムロングのストレート。年の頃は、若奥様からやや外れたくらいだろう。

(もう限界。今日のお客様達、ちょっと強過ぎよ)

最初は青年、続いて中年と、時間一杯たっぷりと責められ続けたのだ。

どちらも母親の方を気に入ったらしく、メインディッシュは常に自分。娘の倍以上の時間を、受け入れ続けていたと思う。

自分だけが帰って来たのは、親子丼専門のスタッフだから。娘はもう数時間、サイドライン席に座るはずである。

(あら、まだ帰っていないみたいね)

家の中は暗い。明かりを灯すべく右手の指を弾こうとした時、真横から襲われた。

「きゃあああああっ！」

悲鳴を上げながら、床に押し倒される。次の瞬間、彼女は賊の侵入を体で知る。

(えっ、でもこれって)

慣れ親しんだこの形状、間違いなく愛する夫のもの。

「ちょっと、どうしたの？　やめて！　お願い！　ううっ！」

完全に温まっている体を、暗闇の中、一方的に責め立てられる。彼女は自分を制御出来ず、すぐに大きく身を震わせた。

「もう限界！　お願い止まって！　少し休ませて！」

容赦せず突き続ける夫の体を、何とか押し留めようと両手を突き出す。しかし、まるで効果がない。

操縦士として武芸を身につけている男性に、主婦の彼女では太刀打ち出来なかったのだ。

結果として夫が一度達する間に、三度のゴールを迎える事になったのである。

「何があったの？　理由を聞かせて」

一ラウンド後、息も切れ切れに問う。対する夫の答えは、予想だにしないものだった。

「えっ？　聖都のお土産、その上位品を食べちゃったの？」

暗闇の中、頷く気配がする。続いてぼそぼそと、聞き慣れた声が耳元でささやく。

「……全然収まらない、動かないでいるのも限界だ。疲れているところすまないが、許してくれ」

言い終えると同時に、返事を待たず動き出す夫。逃れようと身をよじるが、圧倒的筋力に抵抗出来ない。

数分後、彼女は物事を考える事が出来なくなっていた。


そしてそこから、さらに二時間後。勤めを終えた娘が帰宅。

「へっ？」

それが第一声。

母親が先に帰っているはずなのに、家の明かりはついていない。しかし暗闇の中、両親の声と息遣いは聞こえる。

（どういう事？）

魔法少女といっていい年齢の彼女は、困惑はしても驚きはしない。ベッドルームから聞こえる両親の嬌声は、耳に馴染んだものだからだ。

それは夫婦仲が円満な証拠。聞こえない日が続くと、逆に心配になるくらいである。

（何でここでしているかなあ、それも明かりも点けないで）

右手の中指を弾き、照明を点灯。両親は玄関先で、激しく絡み合っていた。

どちらも目の焦点が合っていない。自分が帰って来た事、それどころか明るくなった事にすら気づいていなさそうである。

（これは……、うん、無理）

邪魔をしないように壁伝いに通り過ぎ、自分の部屋に向かう。幸い食事は、外で済ませていたので問題ない。

着替えた後、お風呂に向かう。やはりと言うか風呂から上がっても、両親の触れ合いはやむ事なく続いていた。

「おやすみなさーい」

就寝前に部屋から顔を出し、営みを続ける両親に声を掛ける。ベッドに潜り、明かりを消して眠りについた後、一度目を覚まし手洗いへ行く。

（まだ、やっているんだ）

驚いた事に両親は、玄関先でいまだに頑張っていた。

母の方は、すでに揺すられるがままの状態。父が主導権を握っているのだろう。

（お父さん、さすがだなあ）

王国騎士団への入団を果たした、尊敬する父。その体力は底なしのようである。

「あんまり無理しないでね」

部屋への戻り際に、一言だけ声を掛ける。

そして翌朝、さすがに二人は愛を確かめ終えていた。

両親は、玄関近くで折り重なったまま動かない。居間全体に充満するのは、濃い愛の香りである。

「風邪引くよ」

両親のベッドルームから持ち出して来た毛布。それを上から掛け、顔を覗き込む。

二人は穏やかな表情で、寝息を立てていた。

「今日は、早めに出掛けるね」

安心した彼女は、起こさないようにそっと声を掛ける。朝食は外で取り、それから学校へ行くつもり。

昼近くなったら、今度はお店に出勤である。

（操縦士学校の試験も、受けたいんだけどなあ）

今度、父に相談してみようと思う。

危ないから、と両親は反対しているが、自分の可能性は試してみたい。そう考えながら後ろ手に魔法で施錠し、家を出るのだった。

王都をぐるりと囲む、無数の高い尖塔を備えた分厚い城壁。高さが二十メートル以上あるのは、魔獣よりも騎士に攻められた場合を考えてだろう。

城壁の東西南北にある入口の一つ、正面玄関ともいえる南門の前に、一台の大型ゴーレム馬車が停車した。

(ひととおり回ってはみたけれど、帝都と王都が一番大きいね)

ぞろぞろと降りて来た、一目で旅人とわかる集団。その中の一人の女性が、城壁を見上げ思う。

この痩せ気味できつい雰囲気のある熟女は、元百合騎士団(リリーナイツ)の操縦士。白百合隊の前隊長である。

(この賑わいは、帝都以上かも)

部下の副隊長と決闘し敗れ、居づらくなって退団。その後は定期ゴーレム馬車に乗り、オスト大陸のめぼしい街を周遊している。

実に一年。季節が一巡りするほどの長旅を女独りで続けられたのは、戦闘力のおかげであろう。

『騎士の操縦方法は、乗り手との感覚同調』

ゆえに一流の操縦士である彼女は、剣術と格闘術を高いレベルで身につけており、生身であっても強いのだ。

(この辺りで腰を落ち着けるのも悪くないか)

門衛の審査を終え城壁の厚さ分だけある長いトンネルをくぐり、王都内へ。幅広の通りと行き交う人々の多さに、キリッとしたスレンダー熟女は目を細める。

各国から依頼を受ける百合騎士団(リリーナイツ)だが、なぜか王国からの発注は少なく、彼女も現役時代に長期での滞在をした事がない。

『馴染みのなさと、百合騎士団(リリーナイツ)が来る可能性の低さ』

それは彼女にとって、好ましいものだった。

(さあて、何をしようか)

中級の宿へ入り、シャワーで旅の汗と埃を洗い流し、考える。

過去の醜聞を知る相手がいないのは結構だが、裏を返せば遊ぶ相手も話し相手もいないという事。

それはさすがに暇だった。

(まずは仕事を探すかねえ)

ただし、生活の糧を得るためではない。長年の騎士団生活で貯め込んでいたため、オスト大陸を一周してなお余裕がある。

なので新たな経験を積む事と、知己を得るのが目的だ。

(うん、そうしよう)

髪の水をバスタオルに吸わせながら、スレンダー熟女は窓外の夕日を見やる。そして服を着ると宿から出、紅い雲の下を歩き出したのだった。

(物売りか。面白そうではあるけれど)

中央広場近くの宿を出て最初に向かったのは、東へ延びる大通り。商店街と呼ばれるここの両側には『何でも揃う』の宣伝どおり、様々な店がひしめき合っている。

(だけど、今すぐには知識が足りない。もう少し勉強してからでないと)

興味が湧いたのは、高級志向の服飾店と、技術者向けの道具店。

『淑女な奥様方へ、センスあるコーディネートを提案し評価される』

『研究者や職人と専門的な会話を弾ませ、出来る女とみなされる』

理由はこれだ。外聞を気にする彼女は、周囲から『上級の人物』と思われたいのである。

ただ思うだけではなく、そのために本気で学ぶ気があるのは、さすがは百合騎士団(リリーナイツ)で隊長にまでなった人物と言えるだろう。

(これは……商人ギルド騎士の格納庫だね)

ブラブラと歩いているうちに、商店街の終点、東の門へ到着。王都外との出入りのよさを求めてだろう、すぐそばには商人ギルドの騎士格納庫があった。

(とりあえず操縦士はやらない)

もう充分だ、という他にも、『格が落ちるのは嫌』という意識がある。

商人ギルド騎士はB級と聞いているので、騎士は同格。しかし一騎しか持たない王国商人ギルドでは、百合騎士団(リリーナイツ)のように部下を持つ事が出来ないのだ。

(日も落ちて暗くなったし、中央広場に戻って食事でもするか)

踵(きびす)を返し、街灯の光に照らされた石畳を、人の流れに乗って進む。

『人や物を運ぶゴーレム馬車、畑で鋤(すき)を引くゴーレム豚、工房で重量物や生身では触れられない物を動かすゴーレム腕』

ゴーレムの操縦技能は、この世界では引く手数多だ。彼女なら、どこへ行っても高い評価を得られるだろう。

それでも就く気はまったくない。

『体高十八メートルの巨人を、長期の戦闘行動に従事させられる魔力量と操作精度』

求められる能力が高いからこそ、騎士の乗り手は操縦士の中で最上位。彼女にとって、他はすべて下なのだから。

　革のブーツの踵を鳴らし、律動的に歩くスレンダー熟女。戦士らしい凛々しさは街中において存在感を放ち、すれ違った何人かが振り返る。

　それに気づいた彼女は気持ちよさそうに胸を張り、さらに背を立てて歩むのだった。

（さすがは花の都）

　中央広場の屋台で食事を終え、今度は中央広場から西へ延びる大通り、いわゆる歓楽街へ向かった彼女は目を見張る。

（想像以上だよ）

　建ち並ぶ娼館と、夜空を放逐しそうな街灯の連なり。どこからか流れる音楽に、各所で披露されている大道芸。

　道を行く人々は熱気に満ち、友人達と声高に話し笑い合いながら流れて行く。

（この華やかさは、帝都にはないね）

　一年前に始めた旅。その最初にも王都へ立ち寄っている彼女だが、その時より活気があるように感じていた。

　それは事実で、彼女の知らない事ながら、『ドクタースライムによって生まれた、『罪と罰』など新プレイの数々』が貢献していたのである。

（娼館ねえ。小さい頃は夢見たもんだよ）

　店々を眺め、懐かしそうに頬を緩める白百合の前隊長。

　初等教育を受けている頃の少女達にとって、『将来なりたい職業』の定番は『娼館の働き手』。少年は『騎士の操縦士』なのだ。

（まあ、この年だし。今さらなれるものでもないだろうけどね）

そう思いつつも、目はところどころに張り出された、募集の文言に吸い寄せられる。心中でどうこう言ったが、本人は結構自信があるのだ。

（物は試しさ。門前払いされても、ここに知り合いはいないしね）

旅の恥は掻き捨て、の気持ちで選んだのは、募集している中で一番店構えの立派な店。ランク的には中級店になるだろう。

正面玄関から入っていいのか少し迷ったが、視界の範囲に通用口がないのでとりあえず中へ。

（失敗だったか）

私服の女性が玄関から入って来るのは珍しいのだろう、客である男達の視線が集まる。しかしここで引き返すのは格好悪いので、あえて胸を張るとロビーを縦断しカウンターのコンシェルジュのもとへ。

「すみません。表の張り紙を見て来たのですが」

二人いたコンシェルジュの年上の方、声を掛けた初老の紳士は、失礼にならない程度に彼女を観察。次に『どうぞ』という言葉と共に、奥へ向け右腕を伸ばした。

（外見審査は通ったみたいだね）

少々険があるも整った顔立ちのスレンダー熟女は、薄い胸をなで下ろし息を吐く。

先導され、応接室へと消えて行く彼女。その後ろ姿をサンタクロース似の肥えた老人を含め、複数の男達が眺めていた。

「申し訳ありませんが、経験がない方はさすがに雇えません」

場所を応接室へ移してしばし、何度かの質問を終えたコンシェルジュが、深い息と共に言う。しかし『お断り』の返事にしては、表情は残念そうであった。

「下級娼館から始められてはどうでしょう。もし評判になれば、こちらからスカウトに向かわせていただきます」

採用はかなわなかったが、予想以上の高評価である。スレンダー熟女の反応は、驚きと喜びが半分ずつといったところだろう。

(おばさんなんだけどね)

心中に呟いたのは、かつて所持していた『若さ』の効果を知っていたから。まさか、『経験さえあれば即採用なのですが』とまで言われるとは思わなかったのだ。

ちなみに『経験』とは男性経験との事ではなく、娼館の働き手としての業務経験の事である。

(半分以上は、リップサービスだろうけど)

浮つき出す心に言い聞かせるが、口の端は緩んでしまう。一方、対面に座るコンシェルジュは、本気だった。

(硬質で澄んだこの雰囲気、そうはいないぞ)

女ばかりの百合騎士団(リリーナイツ)で二十年以上戦い続け、四隊しかない隊の長まで上り詰めた過去。それは彼女に、独特のたたずまいを与えていたのである。

「そうさせていただきます。ついては、お店を紹介していただけると嬉しいのですが」

そこまではわからないスレンダー熟女だが、褒められた事で乙女心に火が点り、俄然やる気になっていた。

（学び、技を盗み、工夫をしてこの店へ。いや、上級娼館の雛壇まで駆け上がってやる）

前向きな申し出を喜ばしく思ったコンシェルジュは、早速系列店の名を告げようとする。しかし言葉を出す前に、応接室の扉がノックされた。

訝しげに眉を寄せた彼は、スレンダー熟女に断りを入れ扉へ。わずかに開けた向こうには、見習いコンシェルジュの少年がいた。

「何と、そうですか」

少年の言葉に耳を傾けた後、振り返ったコンシェルジュは、ソファーに座るスレンダー熟女の前で片膝を突く。

「当店のオーナーが、あなたにお会いしたいとの事です。こちらに通してよろしいでしょうか」

断る理由がなかったので、了承する白百合の前隊長。立ち上がったコンシェルジュが扉を開けると、そこにはサンタクロースそっくりな商人ギルドの副ギルド長がいた。

「失礼するよ」

低い美声で断りを入れ、対面のソファーに身を沈める肥えた老人。隣にコンシェルジュを座らせると、少しばかり会話をし、次に熟女へと口を開く。

「話は聞かせていただきました。もしまだ当店の雛壇に席をお求めなら、私の採用試験を受けませんか？」

すでに下級店から働き始める気でいたため、彼女に否やはない。しかし話がひっくり返った理由がわからないので、その事を率直に問う。

オーナーは穏やかな笑みと共にゆっくりと、しかし力強く答えた。

「お嬢さんには、一流の匂いがするのですよ。経験のあるなしなど、些末な問題に思えるほどのね」

中級娼館を所有している事から、資産家であろう。加えてこの貫禄、上流階級に属する事は間違いない。

(ええ?)

この階層の人々が、スレンダー熟女は大好きだ。その相手から『一流』とみなされたうえに、まさかの『お嬢さん』呼び。

(ちょっとお、本気い? けれど私って、やっぱりそうなのお?)

社交辞令とは思っても、弾む心は抑えられない。正直なところ彼女の下着には、若干ではあるが染みが出来ていた。

『百合騎士団(リリーナイツ)出身なのに、男の相手が嫌ではないのか?』

そう思われる方もいるだろう。答えは、『嫌と思う者もいるが、全員ではない』である。

百合騎士団(リリーナイツ)の団員は、女性専門のスペシャリストから、男もいけるゼネラリストまで様々。そしてゼネラリストの比率は、団員の年齢が上がるほどに高まって行く。

そして白百合の前隊長である彼女も、スペシャリストからの転身組であった。

「ではお嬢さん、どうぞよろしく」

笑みと共に席を立ったサンタクロースと、同じくきつい顔立ちをほころばせて続くスレンダー熟女。

二人は肩を寄せ合い、階段を上って行く。

そして最上階のプレイルームで、早速面接試験が開始されたのだった。

彼女の服装は街の人々とだいたい同じ、シャツに膝下のスカート、それにジャケットだ。ジャケットとロングブーツが革製なのが、旅人らしいところだろう。

(試験官に動きはなし。こちらが積極的に動くのを待つ形かい)

向かい合わせのソファーから立ち上がると、ジャケットだけを脱ぎ、座ったままのサンタクロースの前に立つ。

(ん？　これは予想外)

さてどうするかと、太った老人を見下ろしたところで、向こうから手を出して来たのだ。

まずは両手でスカートを臍(へそ)が見えるまでまくり上げ、ニコニコと鑑賞。スカートを戻すと今度は太腿をさすり、次に真正面からシャツの布地ごと両胸を鷲づかみ、揉む。

『客をもてなす』

それが仕事であると考える彼女は、自らサービスしようと動き出す。しかしサンタクロースの両手はがっちりと胸を押さえ、近づくのを許さない。

「まずはリラックスだよ。採用試験だからと気を張るより、流れに任せてお互いが気持ち良くなった方がいい」

穏やかな笑みを絶やさぬまま、指先で硬くなって来た胸の突起をなで始めた。

(……この老人、かなりの腕だ)

漏れそうになる声を噛みしめ、とりあえず身を任せるスレンダー熟女。

体から力が抜けたのに気づくと、笑みを強めたサンタクロースはソファーを立ち、背後に回って両腕で抱き締める。

（くっ）

そのまま指太の両手は、胸を脇の下を横腹を、そして太腿に股間と、感触を堪能するように活動。要所要所で急所を責め、彼女から反射反応を引き出していた、

「なるほど、なるほど」

手を動かしながら、納得顔で時折頷く長い白髭の老人。その様子から彼女は、自分が分析されつつある事を悟る。

すでに弱点は、あらかた知られてしまったに違いない。

（まずい）

一方的に不利になる展開を避けようと、効かぬふりを装い、なおかつ反撃を試みる。

「うくっ」

しかし経験に裏打ちされた老人の円熟の技は、踏み止まる事を許さない。一方彼女の反撃は、背後を取られている事もあり効果的に行なえなかった。

だがそれでも、達人の域に達している老人に、一定の感銘を与えたらしい。

「意図を見抜かれる事はよくあるが、こうまで早いとはね。予想以上だよ」

服の上から胸の両突起の付近を指でつまみ、執拗にこねながら称賛。しかし結果として何も出来なかった彼女としては、嬉しくもなんともない。

悔しげに唇を強く閉じるスレンダー熟女の頬に自らの頬を寄せ、老人は少しばかり誇らしげな口調で言葉を続ける。

「それでも少し遅かったね」

証拠を見せてあげようとささやいた後、手の動きが変わった。

「まずはここ」

股間をなぞられた後、指を突き立てられ、背筋に電流が走る。

「次はここだ」

下へ意識が行っている間に、胸に残っていた片手が先端の突起を強く挟み、引く。痛みを感じる寸前の絶妙な加減に声が漏れたところで、再度下の指に動きがあった。

「そして最後はこれだな」

下の突起も上と同様、心を読まれているかのような完璧な強さでつままれる。

(くそっ！　負けた)

体の内側からせり上がる大波を感じ取り、敗北を覚悟するスレンダー熟女。強く目を閉じ衝撃に備えるが、その瞬間が来ない。

恐る恐る身の強張りを解くと、それを待っていたかのように肥えた老人の深くていい声が響いた。

「さて、ここからは君の手管を見せてもらおうかな」

後ろから抱きしめていた太い腕をゆっくりと離し、その場で服を脱いでベッドへ向かう。そして老人は、全裸で大の字に横になる。

一方の彼女は、ふらつく体をなんとか中腰で支え、きつい視線をベッドの上の大きな肉塊へ向けた。

(寸止めかい。随分と余裕をかましてくれるじゃないか)

心に吐き捨てるが、悔し紛れでしかない自覚はある。背後を取られた状態で始まったとはいえ、明らかに老人の方が腕が上だったのだ。

（だけどねえ、私も百合騎士団（リリーナイツ）で隊長を務めた女だよ）

ふつふつと戦闘意欲が湧き上がり、背筋を伸ばすとシャツを脱ぎ捨て、次に身をかがめてロングブーツへ手を伸ばす。

しかしそこで、サンタクロースから待ったが掛かった。

「ブーツは履いたままにしてくれ。ベッドの上に、土足で上がってもらって構わないよ」

一瞬眉根を寄せるも、『人の趣味は様々』な事を知っているため従う彼女。『全裸に革のロングブーツ』姿でベッドに上がり老人に跨ると、天井を向いている剣を睨む。

「ふーっ」

怒る猫のように息を吐くと覚悟を決め、一気に根元まで。そこからは残る余韻で弾けそうになる自分を抑え込みつつ、己の知る限りの技でサンタクロースを責めまくる。

前後に左右、上に下。時に踊るように、あるいはタオルを絞り上げるように体を使い、全身から玉の汗を噴き出させる白百合隊の前隊長。

「素晴らしい。実にいいよ」

さすがに効いたらしく、余裕たっぷりであった老人の口調も、次第に切迫した様子へ変わって行った。

（このまま行くよ）

自分も限界寸前だが、確実にダメージを与えられていると実感し、きつい顔立ちの熟女の口の両端が上へと曲がる。

戦いがついに最終盤へと突入した辺りで、彼女の体の下の老人が叫んだ。

「君、ブーツを、このまま片方のブーツを脱いで私にくれ！」

意味がわからない。しかし暫定とはいえ、相手は客で自分はもてなす側。

とにかく言われたとおり、跨ったまま片方のブーツだけを脚から外して渡す。両手で押しいただくように受け取ったサンタクロースは、それを自らの顔に、コップで水を飲むようにあてがった。

「最高（エクセレント）！」

鼻と口を突っ込んだまま思いきり息を吸い、絶叫するサンタクロース。熟女は目を丸くして見つめるが、快楽を求める己の体は勝手に律動し止まらない。

「旅の、旅の香りがする！　何というコクと深み、信じられない（マーベラス）だよ」

深い呼吸を繰り返すたび絶叫し、彼女の中の剣の硬度を上げ体積を増して行く老人。ついに我慢出来なくなったのか、大声と共に若者のように激しく爆発した。

（ぐうっ）

中に広がる熱い感覚に、彼女も崩壊。豊かな腹に乗った体勢のまま、後方へ大きく仰け反る。

（なっ？）

異変に気付いたのは、その直後。彼女の内側にぶちまけた事で硬度と体積を減じていた老人の剣が、再び増加に転じたのだ。

「これほどの逸品は、久方ぶりだ。おかげでまだまだ行ける」

豊かな腹を揺らし、スレンダー熟女の体をも揺すり上げるサンタクロース。

（ここがおそらく、勝負の肝）

直感的に悟った彼女は、崩れそうになる体を何とか持ちこたえさせ、歯を食いしばりながらも上下運動で奉仕する。

勘は正しかったらしく、このまま抜かずのワンプレイを行なった後、輝く笑みでサンタクロースは彼女に合格を告げた。

「娼館での就労経験の有無など関係ない。君にはそれだけの輝きがある」

百合騎士団(リリーナイツ)を退団してから一年、以降初めてのしかも裏付けのある高評価に、彼女の心は熱湯の中の泡のように沸き躍る湧。

(まあ、そうじゃないかと思ってはいたけれど、私もまだまだ捨てたものじゃないね)

その嬉しさの前には『ブーツの臭(にお)いを嗅いで興奮する』という性癖など、大した問題には思えなかった。加えて目の前の老人は、彼女の大好きな『資産家で上流階級』の人物なのだから。

「君に相手をしてもらいたいと切望する知己を、私は多く知っている。今後のスケジュールが決まったら、早速埋めさせてもらうよ」

この中級娼館のオーナーでもあるサンタクロースの言葉の後、雇用の手続きと支度金を受け取った彼女は、コンシェルジュに礼儀正しく見送られ店を出る。

(王都での新しい人生、もうひと花咲かせそうじゃないか)

きっと自分の未来は、この歓楽街のように明るいだろう。もしそうでなくとも、観光という名で時間を潰していたこの一年よりずっといい。

(……浮かれてばかりもいられないね。きっちり接客の勉強をして、腕を磨かないと)

持ち前の向上心が、方向が定まった事で動き出す。

彼女の努力の甲斐もあったのだろう。きつい顔立ちのスレンダー熟女は、『全裸に革のロングブーツ』という出で立ちで人気を博す。

ただし客層はサンタクロースの言葉どおり、香りを好む上流階級の男達だった。

（ついた客層は、同年代以上か）

常連は中年から老人、青年は一人もいない。だがその事に残念さはなかった。

認めるのは辛い事だが、若者相手だと話が弾まないのである。

（臭い好きなのは、何かかねえ）

その事を思うと、眉根にどうしても皺が寄ってしまう。いくら客に褒められても、『自分は人より臭いのでは？』との不安は拭えないからだ。

ただし、ブーツを嗅がせる事に躊躇いはない。これは戦士として生きて来た彼女の半生が、『使える武器なら何でも使え』とささやくからだろう。

（さあて今日も、セレブ相手に仕事をするか）

ちなみに商人ギルドのギルド長、タウロの呼ぶゴブリン爺ちゃんは、好みが下級娼館以下に偏っているためここには来ない。

おそらくそれは、彼女にとって幸いな事だった。

第四章　百合騎士団（リリーナイツ）

王都の中央広場の北に聳える王城。そのさらに北側に、王国騎士団の本部がある。

蜂蜜色の石材を用いた、重厚で無骨な建物。その廊下を、きつめの顔立ちのポニーテールの少女が歩いていた。

階段を上り、上司の執務室の戸をノック。許可を得て入ると、整備士に頼まれた書類を渡す。

「……B級が連続で竣工か、予定より早いな」

椅子の背もたれに体重を掛け、片眉を曲げ書類を眺め呟く筋肉質の青年。ポニーテールの上司にして、花柳界で『串刺し旋風』の二つ名を持つ男、コーニールである。

「失礼します。少し、お聞きしてもよろしいでしょうか？」

手にしていた書類を机に置いたのを見て、ポニーテールは声を発した。

今、上司は忙しそうに見えない。多少の雑談くらいなら許されるのではないか、そう考えたのである。

予想は当たり、コーニールは質問をうながした。

「商人ギルドの騎士は、強いのでしょうか？」

元冒険者のおっさん達から話を聞いた後、気になってしょうがなかったのである。

『商人ギルド騎士のおかげで、街道が安全になった』

巷（ちまた）に溢れるこの声は、ポニーテールも認めざるを得ない。しかし彼女はその原因を、前任者の怠け過ぎと見ていた。

（その点あいつなら、細々と働くでしょうね）

かつての操縦士学校の同級生。そして自分がバイトしていた娼館で、散々指名しては蹂躙して行った男。

ポニーテールは眉根を寄せつつ、あいつの顔を思い浮かべる。

『騎士は、強敵と戦うためにある。弱敵をなぶるなど、真の操縦士にあるまじき行いだ』

これこそが操縦士の誇り。しかしあいつは、そんな事など気にもしない。

小型魔獣すら、意気揚々と騎士で追い掛け回すだろう。目にしたならば顔をしかめたくなる光景だが、それが街道の安全に役立ったのも事実である。

（まあ、商人ギルドの騎士は、街道の安全確保が仕事だし）

仕方がない、と自らを納得させるポニーテール。

弱くて数の多い魔獣は、民間の騎士が倒す。そして強力な魔獣や他国の騎士は、王国騎士団が相手取るのだ。

（騎士団ごとに格と役割がある、はずなんだけど）

これまではそのように思っていた。しかし元冒険者のおっさん達の言うとおりなら、違う事になる。

（東の湖の巨大亀、あれくらいならまだいい。だけどもし、ヘヴィーストーンゴーレムをも倒したのだとしたら）

精鋭たる王国騎士団の、一般的な操縦士より強い事になってしまうのだ。

（あり得ないわ）

そう思いつつも、不安を禁じ得ない。固唾を呑んでコーニールの返事を待つ。

しかし答えは、非常にあっさりとしたものだった。

「何言ってんだ？　お前」

呆れた表情で首を回し、ゴキリと音を立てるコーニール。

「強いに決まっているだろう。うちのB級じゃ、とてもじゃないが相手にならん。近寄る事も許されず、撃ち削られて終わりだ」

目を大きく開き、反射的にポニーテールは言葉を返す。

「旧式騎士ですよ？　最新鋭の騎士より、強いはずがないじゃないですか！」

コーニールは眉間に縦皺を寄せ、頭を左右に振る。そして面白くなさそうな口調で告げた。

「古いからといって弱いわけじゃない。ようは使い方、戦い方だ」

納得していなさそうなポニーテールの表情を見て、コーニールは息を吐き出す。

「お前だって操縦士学校ではろくに勝てなかっただろう？　操っていたゴーレムの性能が、同じだったにもかかわらずだ」

ポニーテールは唇を噛み締め、下を向く。

（接近戦を避け続け、判定勝ちを狙う卑怯者）

そんな事を口にすれば、間違いなく叱責されるだろう。そして自分も実戦を経て、あの戦い方の利点がわかって来てはいる。

距離を取り、一方的に攻撃を叩き込む。そして魔力が減って来れば、戦いを放棄して逃げるのだ。

騎士はダメージを受けていないので、魔力が戻ればすぐに戦場へ復帰する。

嫌な敵だ。

相手からすれば、強敵でも難敵でもない。自分の弱いところを、時間一杯責め続けて来たものである。

娼館で相対した時と、まったく同じ。

（何という嫌らしい戦い方）

（うっ）

意識とは別に、体は反応してしまう。しかしそれを、ポニーテールの意識は認めない。

うつむき内股になった姿を見て、コーニールは肩をすくめ息を吐く。

「戦い方に、好き嫌いがあるのは仕方がない。ただし、強いのだけは認めろ。でなければ判断を誤るぞ」

前の騎士団長達のようにな。と口の中でだけ呟き、言葉を続ける。

「B級だけじゃない、条件次第じゃ俺でも勝てん。二刀の王に乗っていてもな」

まさか、という表情を作ったポニーテール。次に、冗談なのだろう、とコーニールを見直す。

しかし筋肉質の少々ブサイクな青年の顔は、まったく笑っていなかった。

（嘘でしょ、二刀の王っていったらA級騎士。しかも元は王族専用騎だったのよ！）

以前の名は王家の青、騎乗していたのは第二王子である。

「後は自分で考えろ、以上だ」

そう言って、再度書類に手を伸ばすコーニール。その姿を、呆然とした思いで見つめるポニーテールだった。

しばしの自失状態から復帰したポニーテールは、操縦士詰所と呼ばれる大きな部屋に到着。

操縦士達はここに自分の机を置き、書類仕事などをこなしたりするのだ。

「どこに行ったのよ？」

腕を組み、首を傾げるポニーテール。立っているのは、彼女と仲間達が机を集めて作った島の前。今は誰もおらず。飲み掛けのコーヒーカップが四つあるだけだった。

（二階に上がっている間に、すれ違った？）

きつめの顔立ちに訝しげな表情を浮かべ、とりあえず自分の席に座る。そして、机の上に置かれた回覧板などの確認を始めた。

いない間に置かれた物で、それなりの数がある。

（お菓子？）

一通り見終わり、まだ見ていない者の席に回覧板を置いたポニーテールは、菓子箱に気づく。開けてみれば小麦色のビスケットが並んでいた。

訓練で体を動かした後の、十代半ば過ぎの少女である。見れば食べたくなるのも無理はない。

（……少し休憩してもいいわよね）

椅子を立ち、自らのコーヒーを入れるべく部屋の隅に向かうのだった。

木の実入りのビスケットを口に運びつつ、壁の時計を見る。時刻は夕方、もう少しすれば上がりの時間だ。

（それにしても遅いわ）

自分を置いて、緊急出動というのはないだろう。

騎士は、全高が十八メートルもある人型のゴーレム。大きさに見合った重量もあり、歩けばどうしても地面が揺れる。

格納庫から出たなら、わからないはずがないのだ。

(周りの人達も、どこへ行ったかわからないっていうし)

小さく息を吐き出し、残りのコーヒーを飲み干す。

彼女の知らない事だが、仲間達は『当たりのビスケット』を口にして苦しむ既婚おっさんを、ゴーレム馬車で自宅へと送り届けに行っている最中だった。

(まあいいわ)

残った時間で書類仕事でもしようか。そう考えカップを置いた時、胃の下の袋に電撃が走る。

(うっ)

最近よくある衝動なのだが、どうも今回のは大きい。眉根を寄せ、机に伏せつつ上目遣いで時刻を見やる。

少々早いが、帰っても大丈夫だろう。どうせ住んでいるのは、敷地内の寮なのだ。

呼び出しがあれば、すぐに駆けつける事が出来る。

(部屋に戻って、処理をしないと)

額に汗をにじませつつ、寮へと向かうのだった。

歩いて数分の場所にある、操縦士の寮。高給取りが住むだけあって、部屋は広く壁も厚い。

リビングの隣にあるベッドルームでは、ポニーテールの少女が先ほどから声を押し殺し、自己処理を行なっていた。

(おかしい)

自分の心の回転数が、上がり切らないのである。制限が掛けられているような感じで、吹き抜けるにはもう一歩届かない。

(どうなってんのよ)

今までこんな事はなかった。眉根を寄せ、額に玉の汗を浮かべつつ苦しげに呻く。

ポニーテールが口にした菓子は、ライトニングの聖都土産。商売の神の祝福を受けた品である。

『気分が高揚し、異性が欲しくなる』

これが効能なのだが、さすがは商売の神の神殿謹製。異性でなければ癒やせないよう、細やかな配慮がなされていたのだ。

(あのビスケットよ、きっとあれのせい。自分じゃ出来ないようになっているとか、聞いた事があるもの)

その見立ては正しい。ちなみにポニーテールが口にしたのは、下位の品。

元冒険者のおっさんが食べたような当たりではないため、このくらいで済んでいるのだろう。

(もう駄目、限界。このままじゃおかしくなるわ)

ついに男を買う決意をしたポニーテールは、身分証明と財布代わりの騎士団カードを手に、寮を出たのだった。


冬の夜の街をポニーテールの少女が、体を火照らせつつ颯爽と歩く。

目指すのは女性向け中級娼館。金銭感覚が貧乏な頃のままの彼女だが、今日は奮発するつもりである。

（ここら辺で大きく息抜きをしておかないと、業務に支障が出るものね）

最近、波のように繰り返し襲って来るこの手の衝動は、悩みの種だったのだ。

『ティーンエイジャーの少女が、男を買うべく中級娼館へ入る』

それを見た女性達の目には、羨望の光が宿る。年齢に見合わぬ経済力を、見せつけられたからであろう。

（私も騎士団の操縦士になったんだから、これくらい格好つけないと）

玄関をくぐる背中に、気のせいではなく感じる視線を受け、ポニーテールはかろうじて人並みの胸を張る。

似ているものを探せば、高級スポーツカーを乗り回すのに近いだろう。娼館遊びは紳士淑女の嗜みにして高尚な趣味、社会的なステータスなのである。

（……久しぶりのせいかな？）

そして二時間後、ポニーテールはロビーのソファーに座り、暗く元気のない様子で下を向いていた。

とりあえず指名し遊んでみたものの、さほどよいとは思えなかったのである。

「あの、お客様、何か粗相でもありましたでしょうか？」

恐る恐る声を掛ける、おばさんコンシェルジュ。雰囲気から、ポニーテールが満足していないのは明らかだ。

ポニーテールが騎士団カードを所持している事から、社会的地位の高い人物なのは確か。中級を誇るこの店のためにも、このままにはしておけなかったのである。

「あっ、いいえ、そういう訳ではないんです」

おばさんコンシェルジュが危惧しているのを察し、慌てるポニーテール。相手をしてくれた男性は格好良く、やさしくて、そして上手だったと力説した。

その言葉を聞いて、おばさんコンシェルジュは胸をなで下ろす。

（お客様の雰囲気が暗かったのは、男性のタイプかプレイスタイル、どちらかが合わなかったせいね）

ソファーのポニーテールに視線の高さを合わせるため、おばさんコンシェルジュは絨毯に片膝を突く。

そして客の好みを聞き出すべく、いくつかの質問をした。

「……お客様、それはちょっと」

聞き終えたおばさんコンシェルジュは、驚きと呆れの混じった声音で口にする。言い終えた後も口が閉じ切っていないところが、彼女の心理状態を如実に示していた。

原因は、ポニーテールが非常に遠回しに、ボソボソと伝えた要望にある。

『容姿年齢は気にしない。ただ、ドクタースライムみたいなのを頼む』

要約すると、このようなものだったのだ。

「よろしいですか、お客様。ドクタースライムといえば、花柳界の至宝とも称される人物です」

真剣な表情で、説明を始めたおばさんコンシェルジュ。その様子にポニーテールは気圧され、言葉なく頷く。

「買いはするものの、売ったという話は残念ながら聞いておりません。もし仮に、ドクタースライムが売ると宣言をしたのなら」

顔を近づけ、ギラリと目を光らせるおばさんコンシェルジュ。

「権利は競売に掛けられるでしょう。価格は文字どおり青天井、想像もつきません」

下級娼館でのバイト経験はあるものの、花柳界にうといポニーテールは、驚きに固まり動けない。

(嘘でしょ)

そうと思いたいのだが、目の前のおばさんコンシェルジュの雰囲気を見るに、でたらめや冗談とは思えなかった。

「……そ、そうなんですか」

顔を引きつらせつつ返事をするのが、精一杯である。実際のところ、このおばさんコンシェルジュの言葉は正しい。

『いくら金を積んでもいいから、相手をしてもらいたい』

そのように願う女性達は数多くいる。原因はドクタースライムの、『ドクター』の部分であろう。

『抱かれた後は、病が癒える』

そう広く信じられていたのだ。そしてこれは、事実でもある。

FランクやEランクの魔法使用回数が残っていた場合、プレイ中に女性へ掛けるからだ。

『日付を越えて持ち越せないから、もったいない』

タウロが考えているのは、これのみである。そもそも、相手の体調を見抜くような眼力はない。

発動後に手ごたえを感じれば、『ああ、どこか悪かったのだな』と思うだけ。撥ね返された感があれば、ワンランク上げてまた使う。

『怪我治療、病気治療、状態異常回復』

一人の相手に使用するのは、三種すべて。希望者に老齢の者が多いのは、仕方がないだろう。

健康を切望する彼女達は、金を惜しみなどしないのだ。

(そんなに凄い奴だったの？　あいつ)

想像だにしていなかった答えに、ポニーテールは呆然としたまま。少しの時を置いて心に湧いたのは、悔しさである。

(操縦士としてだけじゃない。花柳界でも、あいつはあたしの上を行く)

下級娼館止まりであった自分に比べ、あいつへの評価は最上級娼館のサイドライン以上。

そこでポニーテールに、一つの閃きが走った。

(やっぱりバイトしよう)

ここのコンシェルジュは、あいつを狙っている女性達は多いという。そしてそれが、かなえられていないとも。

しかし自分には、ある予想があった。

(あいつは、あたしをいじって楽しんでいる)

中級や上級娼館で働く女性達の美しさや魅力、それは同性なだけに痛いほどわかる。しかしそれでも、あいつは自分を指名し続けたのだ。

その理由は、『いがみ合っていた元同級生』というもので間違いないだろう。

(ならあたしが復帰したのを知れば、きっと現れる)

体の芯から闘志と、ポニーテールは認めていないが、闘志以上の熱い炎が燃え上がる。

(騎士団のあたしと、商人ギルドのあいつ。騎士の手合わせをする機会はない)

仮にあったとしても、あの嫌らしい戦い方をされれば判定負けだ。しかし、と思う。

（娼館での戦いなら、機会はいくらでもあるわ。それにあいつの得意な遠距離戦はないし、常に近接戦闘だもの）

こっぴどく負け続けてはいるものの、勝機がないとは考えていない。肌を重ねている最中、手応えを感じた事もあったのだ。

自分の下で上げていた、情けない悲鳴を思い出す。

『チャンス！　今よ！』

そう勝利を確信し、フィニッシュブローを放った事もある。あいつが情けないを通り越して、みっともない大声を張り上げた時などだ。

（止めを刺そうとしたところで、まずいところに突き立っちゃったけど）

上に跨った体勢からの、渾身の尻の振り下ろし。しかし相手の剣先の方が先に、自分の急所を粉砕してしまったのである。

タウロにとっては演技からの狙いすましたカウンターだが、彼女はその事に気づいていない。

（ううっ）

その時の事を思い出し、腹筋がブルリと無意識に震える。

（あの時は、勝負を焦り過ぎたのよ。落ち着いてやれば大丈夫、次こそ勝てるわ）

どうしても認める事の出来ない、操縦士としてのあいつの戦い方。それに生来の負けん気が、このまま何もせずにいる事を許さなかった。

（戦って勝つ！　まずはベッドの上で、あいつを這いつくばらせてやるわ）

拳を握り、何やら目に炎を揺らめかせているポニーテール。その姿を見たおばさんコンシェルジュは、小さく首を傾げた。

目の前の少女が、『打倒ドクタースライム』を考えている事など夢にも思わない。もし知ったのなら、先ほど以上に呆れただろう。

ポニーテールが持つような『可能性を信じられる心』は、若さと共に過去のものとなっていたのである。

（善は急げね）

店を出た足で、ポニーテールはかつて働いていた店、『制服の専門店。どんな制服も揃っちゃう。さあ、あなたも今すぐ、制服、征服！』へ向かう。

歩く事わずかで到着。どぎつい色の看板とポップな文字が、懐かしい。

「また働かせて下さい、お願いします」

頭を下げるポニーテール。後頭部で揺れる髪の束を見たお爺ちゃんコンシェルジュは、いい顔をしない。

客相手に喧嘩腰の態度を取るポニーテールは、極端に不人気だったのだ。

あのお得意さんが指名し続けなければ、固定給分さえ稼げなかったほどである。あの当時は、解雇も視野に入れていたのだ。

小さく息を吐き、肩をすくめるお爺ちゃん。

（操縦士学校の現役生徒に働いてもらうためにも、ここは受け入れるか）

タイトスカートのキリッとした操縦士学校の制服は、多くの客達に人気がある。下手に断って、後輩達に悪い噂を流されるのも嫌だ。

（それに、あのお客さんに知らせれば、また指名するだろうし）

かつて彼女を『歯応えと、刺激的な味わいがたまらない』と評し、唯一継続して指名していた男性。歯の悪いお爺ちゃんコンシェルジュにしてみれば、すでに記憶の彼方に去った感覚だ。

「ありがとうございます！」

了解を得られ、満面の笑みを浮かべるポニーテール。

こうして彼女は下級娼館、『制服の専門店。どんな制服も揃っちゃう。さあ、あなたも今すぐ、制服、征服！』に復帰したのである。


王国商人ギルドの最上階、三階にあるギルド長室。そこには今、応接セットに座る三つの人影があった。

ゴブリンに似た小柄な老人と、長い白髭に豊かな腹を持つサンタクロースのような老人、それに強面のおっさんである。

「農作物の価格は横ばいですが、鉱石の値が急速に下がりつつあります」

背筋を伸ばしたまま書類をめくり、市況についての報告を行なう強面のおっさん。

ゆったりとソファーに背を預け、耳を傾けるサンタクロースな副ギルド長は、自慢の白髭をしごきつつ口を開く。

「原因は帝国かね？」

頭にあるのはランドバーン南東にある大穴で始まった、採掘という名のゴーレム狩りだ。鉱山としての資源は豊富で質がよく、狩りも順調と聞いている。

「要因の一つといっていいでしょう。国境を越え、大量に運び込まれておりますので」

主任である強面のおっさんの答えに、ゴブリンに似たギルド長は頷く。

「王国への輸出制限を撤廃しおったか。まあ今回ばかりは、背に腹は代えられんという事かの」

鉱石は騎士の主要原料。普通に考えられるなら、緊張状態にある隣国に売りなどしない。

腕を組んだサンタクロースは重々しく頷き、言葉を発する。

「エルフの里が、帝国との交易停止を宣言した件ですな。エルフが買わぬというのなら、我が国へ売るしかありますまい」

そして軽く目を伏せ、少し思考を巡らせてから続けた。

「帝国とエルフの急激な関係悪化。これを見るに大穴で死神を襲った緑白の騎士は、エルフのもので間違いないでしょう」

初めて聞く話に、驚きの色を顔に浮かべる強面のおっさん。だが、あえて何も口にしない。

聞かせてもいい、そう思ってもらえた事が、ただ嬉しかった。

「そうじゃの、整備士の予想したとおりだったわい。帝国にとって目下の敵は、王国からエルフに変更じゃの」

顎をさすりつつ首肯するギルド長。そして視線を、強面のおっさんへと向ける。

「鉱石価格が下がっている理由、もう一つあるのじゃろ？」

うながされ、強面のおっさんは書類を手に説明を再開。

「はい、王国騎士団で行なわれていた、騎士の修理と建造。それが一段落したようです」

一年近く前、重騎馬討伐に向かった騎士団主力は、返り討ちにあい多数の騎士を損耗した。

兵力の低下が帝国のランドバーン侵攻を呼び込み、さほど間を置かずしてランドバーン会戦が発生。

ここでも王国騎士団は敗れ、さらに騎士を失う。その結果、修理と建造に莫大な鉱石が必要となり、品不足と価格の高騰が続いていたのだ。

「日用品の材料にまで事欠く有様じゃったから、まずは一息じゃの」

穏やかに安堵の笑みを浮かべるギルド長に、サンタクロースは溜息を一つつく。

「大穴の鉱物資源、それを我らのものに出来れば、なおよかったのですが」

調べるほどに有望な鉱山である事がわかり、残念な気持ちは大きくなるばかりであった。

しかし死神に先に占拠されては、王国騎士団で対抗するのは不可能。褒めるべきは帝国の耳の速さと、即座に死神を送り込んだ判断力だろう。

「過ぎた事じゃ、諦めい。それより東の国へ運ぶ準備が必要じゃぞ」

王国で鉱物の需要が減り始めても、東の国はまだまだ欲しいはず。賢者を自称する者によって、少なくない騎士を失っているのだから。

立ち直るには、もう少し時間が掛かるだろう。

「わかりました。早急に手配致します」

やる気に満ちた表情で答える、強面のおっさん。ギルド長はそれを見て、思いついたように付け加えた。

「聖女の件では、随分世話になっておる。儲けは、損をしない程度に抑えるのがよかろう」

アウォークで発生した洗脳事件。数多い被害者を救うため、聖女は朝から夕まで聖水を振り撒き続けている。

その貢献度は、王国の最上位魔術師や薬師を大きく凌ぐ。サンタクロースも、当然とばかりに頷いた。

「ご指示のとおりに」

頭の中で計算中だった最大利益。それをご破算にして、強面のおっさんは深く頭を下げたのである。

王都のほぼ中央にある大広場、東には商人ギルド、西には冒険者ギルドが建つ。そして北側に聳えるのは。王が住まい家臣が詰める王城。

その一角にある宰相の執務室に、向かい合う二人がいた。一人は垂れ目気味の壮年宰相、もう一人はカイゼル髭をした壮年の大男、王国騎士団の騎士団長である。

「騎士も定数まで戻ったか、これで少しは安心出来るな」

主力であるB級騎士の、修繕と建造がほぼ完了。目の前に立つ騎士団長から受けたその報告に、宰相は息を吐きつつ背もたれに体重を掛ける。

しかしカイゼル髭の大男は、思案顔で髭をしごく。何か思うところがあるようだった。

「今度は操縦士が足りません。今いるC級乗りをすべてB級に上げると、C級騎士が余ります」

重騎馬(ヘヴィーランサー)討伐とランドバーン会戦で、大きな損害を受けた王国騎士団。

その穴を埋めるべく宰相は強権を発動し、C級騎士を国内の貴族達から掻き集めたのである。

「騎士不足に目処(めど)がつけば、今度は操縦士か」

終わらぬ問題に、顔の片側を歪めた。息を軽く吐き、騎士団長に問う。

「操縦士学校の定期実技試験があったはずだ。それで補充は出来ないのか？」

カイゼル髭の壮年の大男は肩をすくめ、頭を左右に振った。

「残念ながら、合格者はおりませんでした。先だって行なった臨時実技試験において、有望な者はすべて吸い上げてしまったようですな」

入団水準にある者は、すでに採用済み。臨時で試験を行なっても、年間で見た採用数は増えなかったのである。

口を引き結んだ騎士団長。その強い視線は『質は下げませんぞ』という意志を、明確に表していた。

「しかしだな、余ったからといって、連中に返すわけには行かん」

もともとの所有者は、貴族の中でも大貴族と呼ばれる者達。格納庫で遊ばせていると知られれば、取り戻そうと騒ぎ始めるだろう。

宰相自身も大貴族の一人だ。しかし『宰相』という立場にあれば、違う景色も見えて来る。

（お前らに渡すくらいなら、壊して材料にした方がましだ）

帝国に押し潰される寸前だった王国。それを回避すべく、必死に切り回して来た自負がある。

自領の利のみ声高に騒ぎ立てる輩など、憎悪の対象でしかない。

「以前と違い、騎士団は魔獣退治を行なっております。自領の安全を守るため、領主が自前で騎士を持つ。その必要は薄れておりましょう」

騎士団長の言うとおり、これまで王国騎士団は、貴族領の魔獣退治など行なわなかった。

『騎士は、騎士としか戦わぬ』

そう唱えて譲らず、人里に下りて来た魔獣になど見向きもしない。

動くとすれば、国家的危機をもたらす大型魔獣が現れた時のみ。王都を目指して進んでいた、重騎馬（ヘヴィーランサー）の群れなどのように。

だからこそ貴族達は、自衛出来る力を持つ必要があったのである。

「実際のところ、中小の貴族達は喜んでいるぞ」

皮肉げに顔の片側を曲げ、騎士団長へ言う宰相。

魔獣退治に掛かる経費から解放され、領国経営が楽になったのである。しかし、大貴族達はそうではない。

『騎士を保有し維持出来る財力を持つのは、大貴族のみ』

これは事実だ。そのため付近の中小貴族達は、領地に魔獣が現れた場合、近隣の大貴族に騎士派遣を要請するしかない。

大貴族にとっては、これが何とも旨かった。自分の影響力が著しく増したからである。

『騎士をすぐに派遣し撃退するか、ある程度暴れた後に駆けつけるか、それとも生返事のみで見捨てるか』

その判断を下すのは大貴族側。有事の保障を求めて、中小貴族達はこぞって大貴族の派閥に入り、領袖（りょうしゅう）の言う事に従うようになる。

その結果、大貴族の発言力は、王さえ無視出来ぬものになったのだ。

「東の伯爵の例もある。内乱を防ぐためにも、新規の騎士保有を認めるつもりはない」

強い口調で断言する宰相。

クーデター未遂を起こした第二王子。その派閥に属すると見られた東の伯爵は、呼び出しに応じなかった。

それどころか『賢者』と自ら名乗る魔術師を迎え入れ、独立を画策したのである。

(あのような事、二度とごめんだぞ)

幸い、騎士団によってすぐさま鎮圧されている。しかし長引いていれば、帝国に隙を見せる事になっただろう。

そのためにも、この非常の時を利用して、武力を国王の下に集中させておきたかった。

「……いっそ、民間に払い下げるか。東の国に売ってもよいな」

冒険者ギルドはともかく、商人ギルドは潤っている。騎士の建造が続いた鍛冶ギルドも、資金は充分だろう。

東の国に関しては、同じく賢者を名乗る者からの被害者である。聖女派遣の礼の意味でも、安く譲り渡してもよい。

「国庫の足しにもなる、悪くない」

自分の考えを、宰相は自ら褒める。しかし騎士団長は思案顔だ。

『強引に取り上げた騎士を、勝手に売る』

そのアイディアに、大貴族達の反発を心配したのである。

「その程度を抑え込む力は、今ならある。騎士さえ手放してしまえば、どうにも出来ぬさ」

人の悪い笑みを浮かべ、自信ありげに宰相は言う。騎士を手放した今、大貴族とて魔獣退治は騎士団に頼らざるを得ないのだ。

それにもう一つは国王の存在。国の危機にあって結果を出し続けている宰相は、国王からの信任が極めて厚い。

『大貴族に返却しても、危険な玩具になるだけでしょう。ならば民間で働いてもらうか、外交の飴に用いた方が国の役に立ちます』

このように説明すれば、陛下もお味方をして下さるだろう。宰相はそう締めくくる。

「私は各ギルドの長達と、東の国の方々に話をしよう。騎士団長は、操縦士の確保に努力してくれ」

「わかりました、全力で当たらせていただきます」

カイゼル髭の大男は頷き、見事な回れ右をして退室したのであった。


その日の昼下がり。王国騎士団本部の屋内訓練場の隅には、自己鍛錬に励む操縦士達の姿があった。

ライトニングと、元冒険者のおっさん達である。

「セイッ、セイヤアー！」

「セイッ、セイヤアー！」

三人共下半身は裸。己が剣の根元にアメリカンクラッカーをくりつけ、掛け声と共に腰を前後に動かす。

始めた頃と違い、今ではすっかり様になっていた。

「いいぞ！　その調子だ」

おっさん達の成長に、目を細めるライトニング。前後に腰が動くたび、アメリカンクラッカーが打ち鳴らされる。

その間隔は正確で、まるで柱時計の発する音のようであった。

「今日はここまでにしましょう」

ライトニングの宣言に、慎重に動きを止めるおっさん達。

最後が意外に難しい。油断をすると挟まれたりするのである。

「冬でも結構汗ばむなあ」

「もう少し暖かくなったら、上も脱いでいいかもな」

そんな事を口にしながら、厚手のタオルで肉剣の根元付近を拭き始める男達。そこへ神妙な顔をした、ポニーテールの少女が近づいて行く。

編み込みおかっぱ超巨乳ちゃんはいない。C級騎士からB級騎士へ乗り換える事になった彼女は、格納庫で行なわれている説明会に出席しているのだ。

「ライトニングさん、相談があるんですが」

股間の汗を拭い終え、顔や額の汗をタオルに吸わせていた青年は、声を掛けられポニーテールに顔を向ける。

「私にも、教えていただけないでしょうか」

見つめる双眸(そうぼう)は真剣。ライトニングは浮かべていた穏やかな笑みを引っ込め、タオルを首に掛けた。

「勝ちたい相手がいるんです。私はもっと強くならないと」

お願い致します、と深く頭を下げ、後頭部で髪の束を揺らすポニーテール。ライトニングはその姿を、眩しそうに見やる。

目標となる相手がいて、そのために自分を磨く。その輝きに心を動かされたのだ。

しかし直後、申し訳なさそうな表情で答えを返す。

「力になりたいとは思います。ですが私の流派は男性向けで、女性向けのノウハウはないのです」

決意して声を掛けたのだろう。ポニーテールの顔は絶望とまではいかないが、その手前くらいまで大きく歪んだ。

心を痛めたライトニングは、少し考え口を開く。

「故郷では近くに、女性道場がありました。妻も一時期通っていましたので、今夜にでも聞いてみますよ」

救われたように、表情を激変させたポニーテール。

「ありがとうございます！」

再度頭を下げ、元気良く揺れるポニーテール。それを見てライトニングは目を細めたのだった。


明けて翌日。屋内訓練場の隅っこに集まるライトニング達。

人数は五人。今日は編み込みおかっぱ超巨乳ちゃんもいる。

「やってみせましょう」

服を着たままのライトニングが手にしているのは、直径一メートルほどの輪。藤か葡萄のツタで作られているようだ。

輪の中に身を入れると、勢いをつけ手を離す。そして後は、腰の動きだけで輪を回転させた。

タウロが見れば、『フラフープ』と思っただろう。

「あらゆる流派の基礎訓練らしいのです。これを行ない続ければ、間違いなく地力は上がるでしょう」

涼しい顔で告げるが、すでに輪はかなりの高速。特筆すべきは安定性だろう。

腰を動かしているにもかかわらず、輪の水平が保たれている。ライトニングの地力の高さが窺えた。

「……凄い」

口を半開きにし、食い入るように見つめるポニーテール。その脇では腕を組んだ既婚おっさんが、何やら納得するように頷いている。

「そういや、うちの娘も昔からやっているな。練習だったのか、あれ」

彼の娘は王都御三家の一つ、シオーネで魔法少女を務めるサイドラインだ。才能だけではなく、幼い頃から努力も欠かさなかったらしい。

「では、どうぞ」

停止させたライトニングから輪を受け取り、ポニーテールは身をくぐらせ回し出す。

最初からちゃんと回転させる事が出来、ポニーテールはほっとした表情を浮かべた。

「慣れて来たら、輪を重くし直径を大きくする。あるいは複数を一度に回すなどするそうですよ」

説明を受け、目だけで返事をするポニーテール。真面目な表情で輪を回し続けている。

一方おっさん達二人は、ニヤニヤと笑いながらそれを眺めていた。

「タイトスカートで輪を回すのか、いいねえ」

「あのクンックンッてな腰の動きは、なかなかのもんだぜ」

野次を無視するポニーテールに、残念そうに顔を見合わすおっさん達。そこで標的を、隣にいる編み込みおかっぱ超巨乳ちゃんへ移す。

「お前はやんねえのか？」

編み込みおかっぱ超巨乳ちゃんは、肩をすくめるだけ。あまり気乗りはしていないようだ。

「おっぱいがブルンブルン震える姿、見たかったんだがなあ」

両手を自分の前に持って来て、揺さぶる仕草と共に言ったのは独身おっさん。それを聞き、既婚おっさんが深く頷く。

「おうよ。あっちは脚はいいんだが、胸がいまいちだからな」

カランという音と共に、ツタで出来た輪が床に落ちた。

「うるさいわね！　無駄口叩いている暇があったら、あんた達も練習しなさいよ！」

睨みつけて来るポニーテールだが、おっさん達は平気なものである。

「お前だって俺達の見物して、下手だとか何だとか、好き放題言ってたじゃねえか」

「男心は繊細なんだぜ？」

既婚に独身、おっさん達から続けざまに反論され、思いきり顔をしかめるポニーテール。次に、ふんっ、と鼻を鳴らすと、再び輪を回し始める。

そんな様をライトニングは、苦笑を浮かべつつ見守っていた。


ライトニングからポニーテールへ女性向け鍛錬方が伝えられた後、彼らはそれぞれに午前中の執務をこなす。

昼になるとまた騎士団本部の食堂で集まり、皆で飯を食いながら雑談を始めた。

「B級に乗れて良かったな、C級とは全然違うだろ」

独身おっさんに言われ、編み込みおかっぱ超巨乳ちゃんは熱のこもった口調で返す。

王都北の騎士訓練場へ赴いた彼女は、さっきまで『騎士の慣らし』を行なっていたのである。

「驚きました、あんなに違うなんて。とても同じ騎士とは思えません」

ここに集まるライトニング、元冒険者のおっさん達、ポニーテール、それに編み込みおかっぱ超巨乳ちゃんの五人。その中で最後までC級に乗っていたのは彼女だったため、喜びと同じ大きさの安堵があった。

「いいわよねえ、新品でしょ？　あたしのは変な臭いの染み付いた中古よ」

鼻の頭に皺を寄せ、羨ましそうに言うポニーテール。だが元の乗り手である既婚おっさんは、平然としたものである。

「操縦席のシートを張り替えさせたんだから、いいじゃねえか。それにあの騎体は使いやすいだろう？　俺がきっちり当たりを出しといたからな」

確かに可動部の干渉や、内蔵された補助魔法陣の不具合などはない。既婚おっさんが乗っていた頃に対策されており、それだけに故障も少なそうだった。

「補助魔法陣同士が影響し合って、敵の前で動けなくなる。そんなの悪夢だからな」

経験があるのか、実感のこもった相槌を打つ独身おっさん。状況を思い浮かべたのだろう、編み込みおかっぱ超巨乳ちゃんのテンションは、多少なりとも落ち着いた。

「ところでよ、騎士が増えた分、操縦士が足りないらしいぜ」

ニヤリと笑う、既婚おっさん。

「うちの娘がな、前々から操縦士学校に入りたいって言っててよ。こいつは間違いなくチャンスだぜ」

独身おっさんは、意外そうな表情で返す。

「操縦士は危ない仕事だからって、反対していたんじゃなかったのか？　お前、納得したのかよ」

それに対する答えは、本人の希望は止められない、との事だった。応援する方向に舵を切った父親は、上司にも相談したという。

幸い上司であるコーニールは、娘の事を知っていた。

「試験官ではないから詳しい事は言えないが、まず大丈夫だろうって。そんな話だったぜ」

浮かぶのは、満面の笑み。

（そういや確か、いいとこに勤めていたのよね）

既婚おっさんの娘がかなり高位の娼館勤めだったのを思い出し、ポニーテールは考える。

（確か、『ドクタースライム』だったわよね）

バイト時代、ロビーに来たあいつを見て、隣の女性が漏らした言葉だ。

その後わかったのは、花柳界ではそこそこ知られているという事。ならば、どのような評価なのか気になっていたのである。

（付けられた二つ名の時点で、悪口だってわかるけれど）

スライムと言えば、流し台に湧くヌルヌル、もしくは湿地帯の窪地に水溜まりのふりをして潜み、水を飲みに来た獣を溶かし喰らう魔獣だ。いいイメージなど一つもない。

（けどあの店のコンシェルジュは『至宝』って呼んで、凄く褒めていたのよね）

正直なところ、最近わからなくなって来たのである。

問えば、既婚おっさんは呆れたように口を大きく開き、息と共に言葉を吐き出した。

「知らねえのか。ドクタースライムってのはな、発明家よ」

顔の前に手を広げ、一本ずつ折って行く。

「俺がわかるだけでも、『親子丼』と『罪と罰』を生み出してやがる」

母と娘を同時に味わう『親子丼』。今や丼ものは大きな飛躍を遂げ、姉妹丼、三姉妹丼、三代丼などが店々で考案されている。

『罪と罰』は最初こそ色物扱いされたものの、裾野は着実に拡大しており、王都のみならず地方都市や他国でも店が出来始めているという。

「スライムゲームもあるぜ」

独身おっさんの補足に、さらに指を倒す既婚おっさん。

じゃんけんやコイントス、とにかくすぐに決まる勝負を行ない、負けた方が一枚脱ぐ、あるいは脱がす。それをスライムに溶かされるとみなして、『スライムゲーム』と呼んでいるのだ。

ちなみにじゃんけんも、ドクタースライム考案である。

「そうだった、お前好きだもんな」

あれはいいぜ、あれはよ。と感慨深げに唸る独身おっさんをおいて、既婚おっさんは続けた。

「以前は業界の風雲児が有名だったが、今は完全にドクタースライムだ。何といってもアイディアを開放しているのが強い」

業界の風雲児は経営者でもある。そのため実施するのは、自分の店限定だ。

片やドクタースライムは、誰が採用し、どのようにアレンジしようが気にしないという。

「嘘か真か、アイディア料も取っていないって話だぜ」

ここで独身おっさんへ、説明役を交代。

「知っているか？　最近王都は、『花の都』って呼ばれ出している。おかげで観光客が大幅増だ」

わかっていなさそうなポニーテールの様子に肩をすくめ、言葉を続ける独身おっさん。

「歓楽街の活性化が理由らしい。新しいアイディアのおかげだぜ」

だからこそ歓楽街では至宝と呼ばれ、大切にされているのだそうだ。

『親子丼』、『罪と罰』、『スライムゲーム』。これらに感銘を受けた人々の中には、発案者に会いたいと熱望している者も多いという。

わかったか？　と締めた独身おっさんに対し、編み込みおかっぱ超巨乳ちゃんが小首を傾げ口を開く。

「あたしは、マッサージ師って聞きましたけど」

おっさん達を見回しながら、言葉を継ぐ。

「娼館を回って、働く人達の体の調子を整えて行くって。それが凄く上手なので、医者(ドクター)って呼ばれているって」

顔をしかめた既婚おっさんが、腕を組み反論。

「ドクターつったら博士だろ。発明家だから、スライム博士(ドクター)なんだよ」

ここで意見を差し込む、独身おっさん。

「妙な組織のトップって話もあるな、確か『死ぬ死ぬ団』とか」

それを聞き、既婚おっさんは大きく頷いた。

「娼館ロビーに飾ってある色紙だろ。『死ぬ死ぬ団首領、ドクタースライムの発案』とかなんとか。

やっぱり発明家じゃねえか」

意見がまとまり切らず、互いに言い合う昼食のテーブル周り。

一人例外なのはライトニングである。会話には加わらず、穏やかな表情で見守っていた。

「いずれにしても、かなりの人物という事ですね」

頃合いと見たのだろう、ライトニングは微笑みを浮かべつつ意見を口に。耳にした皆は、一旦顔を見合わせる。

「……まあ、そういう事なのだろうな」

顎をなでながら発せられた、独身おっさんの言葉。

皆の意見の、重なり合う部分だったのだろう。何となく場は収まったのである。


場所は王都、時刻は正午をやや過ぎたあたり。

歓楽街の大通りから離れた場所に、一軒の娼館がある。その名も『制服の専門店。どんな制服も揃っちゃう。さあ、あなたも今すぐ、制服、征服!』。

そして路地を挟んだ向かい側には、腕を組み派手な看板を見上げる一人の男の姿があった。

(開店まで、もう少しか)

時間待ちをする俺である。

思うにここは、制服というロマンをとことんまで追求した店。個人的にはかなりの優良店だ。

(これで下級娼館とは、もったいない)

建物の外観、腰下は石積みだが、それより上は板張り。扉も薄く、見るからに安っぽい。

もっと料金を上げてリフォームしろ。そう言いたいのだが、王都の紳士達の評価は辛いのだ。

『対応が素人』

理由はこれ。

『制服の専門店。どんな制服も揃っちゃう。さあ、あなたも今すぐ、制服、征服！』の特徴の一つは、制服が自前である事。

つまり治療院の制服を着てお相手してくれる女性は、治療院で働いている。操縦士学校の制服なら、現役の生徒だ。

『プロとして金を取るには、基本的な部分がなっていない』

歓楽街の情報誌に、たびたび書かれた評価。

ちなみにこれは、ポニーテール個人を指したものではない。店で働く女性全体に、共通する雰囲気なのだ。

（まあ確かに、皆他に本業を持っているしな）

ここで働くのは、小遣いや生活費の足しにするため。

実際、ポニーテールの目的は借金返済だったし、編み込みおかっぱ超巨乳ちゃんはブランド買いだ。

目的が果たされればやめてしまうため、在籍期間も短い。

だが、と俺は思う。

（素人のところがいいんじゃないか！　制服の中身が本物なんだぞ）

俺なら最高評価をつけるところだが、これも文化の違いというものなのだろう。

店の経営者や働く女性達自身も、情報誌と同じ価値観らしい。価格帯が安いのも、仕方がないと思っているようだ。

（しかしなあ）

自分の価値観が否定されたようで、今一つ気に入らない。

そのため俺は、チップを多めに払っている。チップは気持ち、アップ・トゥ・ユーだ。

よかったと思ったならば、相場の上限で出せばよい。

（おっ、開いたか）

お爺ちゃんコンシェルジュが出て来て、路上に『営業中』の立て看板を出した。挨拶をして店内に入る。

「お待ちしておりました、教官殿！」

奥の受付で、ピシリと敬礼する操縦士学校の女子生徒。化粧っ気のない顔におかっぱ頭、胸は薄くタイトスカートに黒タイツだ。

「おう、今日もたっぷり揉んでやるからな」

両手をわきわきと動かすと、少女は唾を飲み込み深く頭を下げる。

「よろしくお願いします！」

相変わらずの後輩型体育会系。早速真後ろから抱きつくと、両胸を強めに揉みしだく。

そのままの状態で階段を上がらせるのは、いつものウォーミングアップである。

そしてまずは、軽く一時間ほどの乱取り。それが終わった後、俺は黒タイツちゃんから相談を受けた。

「……そうか、騎士団には採用されなかったのか」

俺の稽古の甲斐あって、定期実技試験では優勝した黒タイツちゃん。薄い胸を期待に膨らませ、騎士団の訓練に参加したらしい。

しかしそこで、落とされたという。

「騎士団の入団基準は満たしていない、そう告げられました」

しょんぼりと、黒タイツちゃんは下を向く。

(うーん、確かに、ポニーテールにはかなわないだろうな。編み込みおかっぱ超巨乳ちゃんにも無理だ)

優勝とはいうものの、今回の定期実技試験のレベルは、あまり高くなかったようである。

(臨時試験で、めぼしいのは卒業しちゃっているからかな)

ポニーテールに編み込みおかっぱ超巨乳ちゃんも、そちらで騎士団入りを果たしていた。

失礼ながら、人材と言えるほどの生徒は残っていないのかも知れない。

(ならば腕を上げるしかない。まずは、弱点の克服から始めるか)

頷いた俺は、鞄から細長い布を数本取り出した。もともとこれで、稽古をつけるつもりだったのである。

「教官殿、それは?」

片脚に下着をぶら下げたままの、乱れた制服姿の黒タイツちゃん。余韻でよろめきつつも、何とか身を起こす。

俺は威厳ある口調で告げた。

「これで、お前の弱点を直す」

真剣な表情の黒タイツちゃんに近寄ると、起こし掛けた体をベッドに押し倒す。そして両手首を布紐で緩く縛り、ヘッドボードに固定。

「……教官殿？」

困惑はしているが、抵抗はしない。それだけ信頼されているという事だろう。

そのまま目隠しまですると、弱点について説明した。

「お前は、夜這いに極端に弱い。暗闇で名も知れぬ相手に襲われると、すぐに一線を越えてしまう」

シチュエーションプレイの結果わかったのだが、その傾向が著しい。本人も自覚があるのだろう、目隠しされたまま神妙に頷く。

「……始めるぞ」

そう言って俺は、足音高く廊下への扉に近づく。そして鍵を開け、扉を開閉した。

廊下に出たりはしない、あくまで音だけである。

「教官殿？」

状況がわからず、困惑した声を上げる黒タイツちゃん。俺は無言で近づき、今までより乱暴に両脚を開かせる。

「教官殿？」

星幽刀（アストラルソード）を発動させた俺は、星幽体を分身にまとわせ、ほんのちょっとだけ形を変えた。そしてそのまま、一言も発さずに踏み込む。

「教官……殿？」

不安そうな震え声。俺か他の男か、確信が持てないのだろう。

答えないまま俺は、両肩を押さえ込み力強く動く。ゆっくりとした八往復で、海老のように黒タイツちゃんは跳ね上がった。

(早過ぎだろ)

呆れつつ、一度外へ抜き出す。このまま続けたら動かなくなってしまうからだ。

そして扉へ近づき、再度扉を開閉。その音に、びくりと身を震わせる黒タイツちゃん。

「教官殿！　教官殿！」

当然、返事をする者などいない。のしのしと歩み寄り、また少し変形させた星幽刀(アストラルソード)で、再度黒タイツちゃんを一突き。

「ひっ！」

今度は四往復でゴールイン。弱点を直すというより、ますます弱くなっているような気がする。

引き戻し、もう一度奥へ。すでに声が出なくなっているらしい、黒タイツちゃんは金魚のように口をパクパクさせ始めた。

(これじゃ敗戦姦なんか受けたら、おしまいだろ)

ニセアカシア国での熟女子爵を思い出す。

農作業で鍛え抜いたおっさん二人にサンドイッチされ、寝る間もなく揺すられ続けていた。

(ちょっとこれ限界だよな。満足するのは次の店にするか)

引き際と見た俺は、ここでプレイ終了。自制出来るようになった自分が誇らしい。

目隠しを外せば、ものの見事に焦点が合っていなかった。

(ここでやめてよかった)

完全に飛んでいる様子に、安堵の溜息をつきながら思う。

(ハスキーボイスの熟女、どこかにいたかな?)

熟女子爵を思い出し、ちょっと高揚してしまったのだ。似たタイプと遊ぶ事にしよう。

黒タイツちゃんの拘束を解き、種明かしをしつつそう考えたのである。

帰り際、ロビーで老コンシェルジュに呼び止められた。

「お薦めの情報ですか」

何だろうと思いつつ、ロビーにある安い布張りのソファーに座る。正面に腰を下ろしたコンシェルジュが、身を乗り出しひそひそと話し出す。

別に内緒話をしているわけではない。このコンシェルジュは地声が小さいのだ。

「本当ですか！　是非お願いします！」

反射的に立ち上がり、思わず叫んでしまう俺。周囲の客達の視線が恥ずかしい。

赤面しつつ、身を小さくして座り直す。

(だけど仕方ないよな。ポニーテールのバイト復帰なんて)

こんな朗報、興奮するなという方が無理だ。

しかし疑問なのは、働く理由。借金は返し終わっているはずだし、いかに娼館とはいえ下級、騎士団員の給料とは比べ物にならない。

(まあいいか。どうしても知りたかったら、聞けばいいし)

上の口は堅くとも、下の口の奥をゴリゴリすれば教えてくれるはず。これまでのように。

いつからかと勢い込んで聞けば、完全予約制らしい。一度『現役騎士団員』として雛壇に座ったものの、まったく客が付かなかったという。

「店に出しますと、固定給を払わなくてはなりませんので」

白くて長い眉が、ハの字形に大きく下がる。

『現役騎士団』の制服プレイは、極めて貴重だろう。なのになぜ売れなかったのか、疑問を感じ問うてみた。

「それがですね、以前にも増して、攻撃的雰囲気を醸し出しておりまして」

困り果てた様子の老コンシェルジュ。このお爺ちゃんの口にする『攻撃的雰囲気』とは、いつもの『あんたなんか、ぶちのめしてやるわ』というものだろう。

(おいおい、さらに味を良くしているんじゃないか？)

カレーの辛さにたとえるなら、何十倍になるのだろうか。前世では信じられないほど辛いものを食う人々を見て、味覚障害かと思った事がある。

だが、訂正し謝罪しよう。ポニーテールに関して言えば、『辛いほど旨い』のだ。

(人生の楽しみが、また一つ増えたぞ)

老コンシェルジュに見せられたシフト表。ポニーテールの『出勤可能』の日時を指定すれば、呼んでくれるという。

(夜の二コマ限定なのは、騎士団勤めのせいだな)

それはまったく構わない。こちらも教導軽巡先生への百日詣でと、爆発着底お姉様の予約がある。

(それに、黒タイツちゃんの指導もだ)

忙しくなって来た。しかし同時に充実した日々でもある。

早速直近の二コマを予約し、意気揚々と店を出たのであった。


ここで舞台は王国の東隣、『東の国』の最北部へ移動する。

西に王国、東に『東部諸国』と呼ばれる小国家群と境を接する東の国。それなりに広いが北端は東西の幅が狭く、騎士で駆ければ一日で横断出来るだろう。

岩と木々と荒れた野原が混然とするそこでは今、肩に青い百合の紋章を描いたC級騎士が、所属不明のC級騎士と斬り合っていた。

『逃げるな！　卑怯者め』

少女の怒声が、音割れするほどの大音量で響き渡る。

外部音声を叩きつけた先は、所属不明のC級騎士の背中。この騎士は攻撃すると見せて飛びずさると、その場で向きを変え走り出したのだ。

『邪魔をするな！』

追いかけようと踏み出し掛けた青百合のC級だが、足を止め、苛立たしげな声と共に左手の盾をかざす。

原因は投石。所属不明のもう一騎が斜め前に現れ、放って来たのである。

『このおっ』

投石とはいえ、人の背の十倍はある人型ゴーレムの放った物だ。石の直径も十倍はあろう。激しい激突音と共に、盾の表面から火花が散る。

盾を払った後の視界に映ったのは、猿のように飛び跳ね去って行く二騎の背中。同じC級ながら向こうの方が身軽なようで、とてもではないが追いつけない。

『あーっ、もーっ、頭に来るーっ！』

石を投げ返してやろうかと思ったが間に合わず、地団太を踏む少女の騎士。二、三度地面を揺らし土埃を巻き上げた頃、後方から頭に角、肩に青百合の紋章があるB級が寄って来た。

『逃がして悔しいのはわかるが、その様はあまりにひどいぞ』

隊長騎から発せられたのは、呆れのにじむ外部音声。声の質から、乗り手は二十代半ばくらいの女性だろう。

さらに後ろから、数騎の騎士が姿を見せる。ぶつかり合う音や地の震えがない事から、他で戦闘は起きていないようだ。

『だって、まともに戦おうとしないんですよ。フェイントばかりの上に、膝を蹴って来たりするし』

剣士としての戦いをさせてもらえなかった事が、不満らしい。ふざけている、と憤る少女だが、隊長騎は頭を左右へ振り諭(さと)す。

『不利を悟ったなら、なりふり構わず逃げるのは正しい』

しかし少女は納得せず、向こうは二騎でこちらは一騎、と食い下がる。B級は手で自分の顔を押さえ息を吐く動作をすると、C級の頭を上からつかんだ。

『百合騎士団(リリーナイツ)と知った時点で、こちらの数がわかるだろう。お前の後ろに私達、B級三騎とC級三騎がいる事がな』

今回の相手は、頭の中身がお前より上。同じ状況に陥ったら、お前も同じ判断と行動をしろ。そう言いながら隊長騎は、少女の乗騎の頭を前後に揺り動かす。

『……わかりました』

さすがに少女もおとなしくなり、若干不満げではあったが騎士の背筋を伸ばして頭を下げた。

彼女達は国際的傭兵騎士団百合騎士団（リリーナイツ）の青百合隊で、雇い主は、『自称賢者』に多くの騎士を破壊された東の国。

求められた役割は、国家騎士団の再建がなるまでの代替である。

『何者なのでしょうね？』

落ち着いた声で疑問を呈する、後方から現れた角のないＢ級。

ちなみに状況は、『皆で国境の見回りを行なっていたところ、先頭を行く少女のＣ級が不審な騎士を発見。誰何（すいか）の後、戦闘に突入した』というものである。

『ここには、何もないように見えるのですけれど』

頬に指を当て首を傾げるＢ級と、同意を示しつつ集まって来るＣ級達。会話が一気に弾みそうな気配を察知した隊長は、騎士の腕を横へ伸ばし声を張る。

『話は宿へ帰ってからだ。警戒をさらに厳（げん）にして、業務を続けるぞ』

仕事中なのを思い出したのだろう。青百合隊の面々は了解の声を上げ、歩みを再開したのだった。


その後は特筆すべき事もなく、拠点とする街へ帰った青百合隊。

宿へ入ると大浴場へ行き、上がった後は部屋に運ばれた夕食を皆で囲む。

「お姉様は何かご存じなのですか？」

二十代半ばの糸目の女性が、同年代の女性へ問う。その落ち着いた声は、先ほど最後に発言したＢ

級騎士の乗り手のものだ。

ちなみに血のつながりはない。百合騎士団(リリーナイツ)には、上位者を『お姉様』と呼ぶ習わしがある。

「そうだな」

応える隊長は、いかにも剣士然とした切れ長の目の美人。長い髪を前髪なしでポニーテールにまとめている。

ところどころに後れ毛があるが、これはわざと出しているのだろう。

「探し物があったのではないか。ここは、いわくつきの場所だからな」

聞きたそうな視線を全員から向けられ、隊長は言葉を続けた。

「ドラゴンがいる、あるいはいた、という噂がある。あの騎士達は、それを調べに来たのだろう」

初めて耳にする話に、テンションが上がる隊員達。

とくに、四人全員が十代半ばのC級乗り達が凄い。顔を見合わせ、悲鳴に似た声を張り上げた。

「となると冒険者ギルドの騎士か、盗賊団の騎士ですね。所属を示す物がありませんでしたから、盗賊団でしょうか」

顎に手を当て、糸目のB級乗りが言う。

盗賊団という言葉は、盗みを働く集団だけの事ではない。非合法の活動をする組織全般を指す。

「おそらく背後に、金のある好事家がいる。東の国が調査の許可を出さぬと見て、そちらに頼んだか」

頷き、剣士な隊長が返す。

確かな目撃などないが、伝承に広くうたわれる『ドラゴン』だ。ロマンを掻き立てられる者もいるだろう。

　しかも、この噂のもととなった事象が起きたのは、わずか数年前。最新のドラゴン情報という事で、大金を投じる輩がいてもおかしくはない。

「百合騎士団（リリーナイツ）にも関係がある話だぞ。それに私達青百合隊にもな」

　自分以外聞いた事がないのもまずいと思い、『あくまで噂だ』と前置きをして口を開く、切れ長の目に後れ毛のポニーテール剣士。

　話す事にした理由はもうひとつ。東の国に滞在を始めてからそれなりに日が経つので、耳新しい話題も必要だろうと思ったのである。

「五年前、前団長の乗騎だったA級騎士が失われただろう？　あれにドラゴンがかかわっているらしい」

　爆発的な絶叫を上げる、若い女性の集団。しかし宿から苦情が来る事はない。

　このような事は多々あるため、あらかじめ離れた部屋を借りていたからだ。

「当時、青百合隊は、東部諸国の依頼で東の国へ攻め入っていた」

　対する東の国は、友邦である王国へ救援を依頼。たまたま国境近くにいた王国騎士団の数騎が、来援して青百合隊を迎え撃ったという。

「王国騎士団ですか」

　難しい声を出す糸目。今と違い、その頃の王国騎士団はB級以上で構成されていたため、数以上に強敵だ。

「だからだろうな。増援には団長自らが向かっている」

ちなみに語り部役の隊長は、違う色の隊に所属していたため参加していない。

「激烈な戦いだっただろう、そしてその騒ぎがドラゴンの神経に障ったのかも知れない。結果、双方に大きな被害が出て、百合騎士団（リリーナイツ）は旗騎であるＡ級騎士を失った」

奪われたのではなく、修復不可能なまでの破壊。その事からドラゴンの攻撃によるものと、隊長は見ている。

「パールホワイトの美しい騎士だったのに、残念だよ」

強く頭を左右へ振った隊長の言葉は、百合騎士団（リリーナイツ）全員が共有する思いである。

Ｂ級三騎、Ｃ級四騎からなる隊を四隊に、団長のＢ級を所持している彼女達の軍事力は、中規模国家に匹敵する。

このクラスなら旗騎は当然Ａ級であるべきで、そうでなければ格好がつかない。しかし現実はＢ級なのだ。

「百合の谷でも建造出来ればいいのに」

少女が溜息と共に言葉を出す。

そこが国と傭兵騎士団の違いだろう。軍事力に突出するも谷一つの小勢力に過ぎない彼女達は、整備は出来ても建造する技術と設備がなかったのだ。

そして国のシンボルたるＡ級騎士は、Ｂ級騎士と違って売ってはくれないのである。

「鹵獲（ろかく）するしかないのかなあ。だけど難しいよね」

他の少女が息を吐く。失われたＡ級騎士も、戦場で倒し奪った物だ。

場に沈んだ間が満ちる中、糸目のＢ級乗りが腕を組む。

「でも、なぜ噂なのでしょうか。たしか当時の青百合隊の隊長は、今の団長のはず」

当事者がいるのだから、真偽定かならぬという事はない。その意見に場は再度沸くが、疑問を向けられたポニーテール剣士は肩をすくめた。

返されたのは、『直接聞いたが、黙殺された』というもの。

「当時の団長、今でいう前団長だな。生きて帰ったが、すぐに職を辞している」

責任を感じてだろう。しかしその責は、前団長一人がかぶる物ではない。現地の青百合隊を率いていた現団長にも当然ある。

「双方わかったうえで、前団長へ責任を負わせたのかもな。中核が二人同時に抜けては、百合騎士団（リリーナイツ）の運営が厳しくなる」

だから今の騎士団長は否定も肯定もせず、黙して語らなかったのだろう、と隊長は継ぐ。思い出されるのは、右目の下の横に長い傷を指でなぞる姿だ。

（あの傷も、その時の戦いで負った物だというが）

鏡を見るたび、当時の事が蘇るに違いない。その辛さが想像出来たからこそ、切れ長の目の美人剣士はそれ以上尋ねなかったのだ。

「以上だ。知っていてほしいから話したが、団長相手に掘り返したりはするなよ」

気持ちが伝わったらしく、仕事モードのピシリとした返答が戻る。満足げに頷くと、ポニーテール隊長は笑みを浮かべ話題を変えた。

「ところでだ。先ほど宿の者から知らされたのだが、新作の公演が始まるらしいぞ。行くか？」

一拍の沈黙の中、顔を見合わせる隊員達。花の咲き始めのような輝きを発すると、先ほど以上の食いつきで答える。

「勿論です！」

青百合隊は盛り上がりの中、食事を済ませ、全員で夜の街へと出撃したのだった。

東の国最北ではあるも、この街は決して小さくない。王国と東部諸国の中間にあるため、交易都市として栄えている。

ちなみに超熟女な老女が院長を務める『北の修道院』は、この街から見て南に聳える山の南側だ。

『北の修道院』とは、『司教座都市』より北というに過ぎない。

「訪れる者は多いのに、娼館がないんですよね、ここ」

人通りの多い街路を進みつつ、不満そうに口を尖らせるC級乗りの少女。

『男女の交わりの中で、頂に達した瞬間。その時こそ最も神の近く寄れ、言葉を聞く事が出来る』

こう人々に説く一神教を国教とした東の国には、娼館はない。その役割は修道院が担っている。

ただ青百合隊の面々にとって残念な事に、同性間のプレイは盛んではなかった。

『男女の交わり』

宗旨にそうあるのが理由だろう。

そのため、地方では対応出来る修道院が少なく、お布施を懐に出向いても、修道女からのご奉仕が受けられないのである。

「だが、代わりに劇場がある」

隊長が視線で指した先にあるのは、石造りの大きな建物。中央広場に面して建ち、街の規模からすれば大きい方だろう。

実はこの劇場、娼館ほどではないがサービスを受けられる。

『なぜ、修道院の縄張りを侵すような施設が存在し得るのか』

それはここが東部諸国に近く、文化の影響を強く受けているため。『劇場型娼館』もその一つだ。

加えて東部諸国や王国から移って来た住民も多く、圧力を掛ければ反発される恐れがある。

「今夜が初演というのは、あれか」

隊長が見ているのは、入口の上に掲げらた何枚もの看板。隊員達の目は、ある一枚に集中した。

「ただひたすらに甘い少年達の友情、ですか。期待出来そうですね」

先ほどとは別の少女が唇を一舐めし、喉を鳴らす。隊長を筆頭とする年長組は、揃って苦笑を浮かべると歩を進め、劇場内へ入って行く。

『少年達の劇を、女性を好む彼女達が楽しみにする』

その理由は、今の青百合隊に他隊とは違う特色があるからだ。

『男性同士の色恋沙汰の物語』

この鑑賞が、彼女達は大好きなのである。

原因は間違いなく、後れ毛ポニーテールな剣士隊長の影響。一神教とはまた別の布教を身近で受け、隊員達はすっかり染まってしまったのだ。

「よかった、まだ空いてますよ」

小走りで先を行き、手を振る少女。青百合隊の一行は、薄暗い観客席に固まって座る。

いくらかあった席の空きも、開演が迫るに従って埋まって行く。

「かなりの美形ですね。役者は当たりのようですね」

観客席の明かりが落ち、代わりに照らし出される舞台の上。そこへ回転しながら登場した二人の少年を目にし、糸目のB級乗りがささやいた。

出だしから見つめ合い、甘酸っぱい雰囲気を振り撒き踊る少年達に、隊員達の口元はだらしなく緩む。

「ふふ」

「ふふふ」

意図せずに不気味な笑声が漏れ、流行り病のように広まって行く。

「少年同士もいいけれどさあ、青年が無垢な少年をいじり倒すのはどう？」

「生意気な少年が、青年を押し倒して馬乗りに乗る方がいいかな」

そして各所で始まる、互いの性癖披露。

『そんな目で見て、僕を困らせたいのかい？』

しかし少年の一人がセリフを口にし、甘くも胡散臭い声音が拡声魔法で広まると、隊長が悶絶。口元に顔を寄せ呟きを拾えば、『耳が溶ける』と繰り返している。

実はこの隊長、声がツボ。声音が好みのど真ん中だったらしく、撃沈してしまったのだ。

(さすがよねえ)

教祖であり第一人者である隊長の振舞いに、感心する隊員達。

幕が下りた後にプレイ可能だが、隊長に『抱きたい、抱かれたい』、あるいは『二人に挟まれ、前後から刺し貫かれたい』というような欲望はない。

肉欲の対象は、あくまで同性である女性なのだ。

(だけど私は、触りたいって思っちゃうな)

少女の小声での告白に、された方も頷き告げ返す。

(一人ずつ交代で休みなく愛される、っていうのを想像しちゃう)

そして二人は、身をよじりつつ舞台を注視する隊長の姿に頷いた。

(その点、お姉様は淑女よねえ)

隊長の教えは、『決して触れず、見て聞いて尊ぶのみ』というもの。しかし全員が、実践出来ているわけではない。

同好の間でのみ通用する尺度ながら、隊長は隊員達からさらなる尊敬を受けるのだった。


再度場所は王国へと戻り、時間も昼へ。

老嬢(オールドレディ)の操縦席に収まった俺は、王都から北西へ向けて街道を歩いていた。

ホバー移動でないのは、まばらながらも人家があるから。砂埃を巻き上げては、商人ギルドに苦情が入るだろう。

向かっているのは、この先の谷。目的は魔獣討伐である。

岩山の頂に鳥系の大型魔獣が居座り、眼下の街道を通る商隊を襲うのだという。

(おそらく、そいつが原因だな)

歩を進めつつ、思案する俺。

最近、王都にほど近い北西の街で、小型魔獣が押し寄せるという事件があった。すぐに老嬢(オールドレディ)で出向き倒していたのだが、その間も後続が現れる。

(巣でもあるのか?)

推測し、小型魔獣が来た方向、北西へと足を延ばした俺と老嬢(オールドレディ)。

そこで見たのは数匹の中型魔獣が、森の中を我が物顔で歩き回っている姿だった。

(この辺では、見掛けない種類だ)

何度か倒した事がある相手だが、遭遇するのは常にもっと北。その事に思い至り、頭の中にある言葉が浮かぶ。

『民族大移動』

多分だが、もっと奥に強い何かが現れたのではなかろうか。

怯えた中型魔獣はその地を離れ、逃げた先で小型魔獣を圧迫。トコロテン式に、小型魔獣が南下を始めたのだろう。

一旦商人ギルドに戻り、その旨を報告した矢先、今回の大型魔獣の話が飛び込んで来たのである。

(むっ?)

そろそろ目的地。そう思っていると、街道の向こうに十頭ほどの動物達が現れた。

こちらに向かって、懸命に走っている。

老嬢(オールドレディ)を警戒したのだろう。途中で二手に分かれると、街道脇の草むらや林に飛び込んで行く。

(……豚だよな、どう見ても)

あのピンクっぽいカラーリングは、猪ではない。汚れておらず綺麗だったので、家畜のような気もする。

もしやと思い慎重に進むと、想像したとおりの光景があった。

(魔獣に襲われたのか)

石畳の敷き詰められた街道の中央。大きな荷車が横倒しになっており、牽引していたであろうゴーレム馬が二頭、ばったりと倒れていたのである。

壊れた木製の柵が散乱しているので、豚を運んでいたと思われた。

(……人はいないようだな)

空を見上げ周囲を見回しても、魔獣らしき姿はない。その後ゴーレム荷馬車を検分するも、人の死体は見つからなかった。

シンドバッドのように連れ去られたのでなければ、逃げられたという事だろう。

見立ては正しかったらしく、街道脇の大岩の陰から老人と少年が姿を現した。商人ギルドの騎士を見て、安心したらしい。

『何があったんですか?』

路上に片膝を突き、外部音声で問い掛ける。祖父と孫だという二人は、事の詳細を教えてくれた。

豚を売ろうと街へ向け運んでいたところ、二羽の魔獣に襲われたのだという。

横殴りの滑空を受け、荷馬車は転倒。路上に放り出された豚達は、混乱し走り回る。

『そして豚を二匹、空へ連れ去った』と。

舞い戻った二羽は、爪に引っ掛け北へ飛んで行ったそうだ。

「もう少し早く来てくれれば、豚達も無事だったんじゃが」

老人は言うが、俺を責める気はないらしい。老嬢(オールドレディ)へ向け、軽く頭を下げる。

「昔は自分で売りに行くなぞ、考えも出来んかった。お前さん達のおかげなのは、ようわかっとる」

そして、大きな溜息を一つ。

「育てた豚を失った老人の、自分勝手な愚痴じゃよ。すまんかったな」

まともな人で良かった。ちなみに少年の方は、最初から目を輝かせて老嬢（オールドレディ）を見つめている。

「お願い！　ベーコン達の仇を取って」

きっと豚達に、名前をつけていたのだろう。加工後の話をしているのではないはずだ。

『ちょっと待ってて下さいね』

老嬢（オールドレディ）を立ち上がらせ、横倒しの荷馬車とゴーレム馬を起こす。老人が確認すると、幸いな事に動くという。

「あっ！　ミンチ」

叫ぶ少年の視線の先を見れば、ブイブイと言いながら豚が草むらから出て来た。飼い主のもとに戻って来たらしい。

他にも数匹、とぼとぼと歩いて来る。その後少し待つが、これで終わりのようだった。

「もう無理だ、帰るぞ」

渋る少年を老人が言い聞かせ、老嬢（オールドレディ）の付き添いで彼らの村へ。

「きっとだよ！」

別れ際、魔獣を倒す事を少年と約束。その後、豚がさらわれた地点まで戻り、再び街道を北へと向かう。

それなりに歩いた後、事前のレクチャーで草食整備士から言われたランドマークを見つけた。

（あの岩山だな、確かに何かいる）

こちらも大岩の陰に身を潜め、老嬢（オールドレディ）の目に望遠を掛ける。魔力を流し込むと、片目の眼前で魔法陣が展開し、ゆっくりと回転を始めた。

（……鳥だ。しかも親子）

頂上で倒れている豚の腹に、頭を突っ込んでいるのが二羽。荷馬車を襲った魔獣と思われる。

その背後で見守っている一羽が、多分親だろう。食事中の二羽より、何倍も大きい。

豚との対比から見て、翼を広げれば騎士より大きいのではなかろうか。

（あそこが巣だな。なら暗くなる直前まで待って、一撃で仕留めるか）

俺の技量では、空を飛ぶ鳥を撃ち落とすのは難しい。狙うなら今のように、止まっているところだろう。

撃たずに我慢しているのは、他にもいる可能性を考えてである。

（魔獣とはいえ鳥。昼に飛ぶ種なら、夜は寝るはず）

ならば必ず巣に戻る。出来るなら一網打尽にしたいのだ。

（鳥系は、目を狙って来るからなあ）

自分の目を、片手で押さえつつ俺は呻く。老嬢（オールドレディ）と痛覚同調の俺には、想像するのも恐ろしい。

弾幕による対空射撃もやれなくはないが、群れに襲われるのは避けたいところだ。

（さて）

時刻はすでに夕方近い、さほど待つ事なく日も落ちるだろう。

そう思って巣を眺めていると、動きがあった。親鳥と幼鳥が、一羽ずつ戻って来たのである。

（待機していて正解）

空に目を走らせるが、他に鳥の影は見当たらない。すでに太陽は西の稜線に姿を消し、周囲は急速に暗くなりつつあった。

老嬢（オールドレディ）は大岩を支えにし、杖（ライフル）を構え巣を狙う。

（Dランク魔法を丸ごと投入、光の矢（マジックミサイル）に収束は掛けない）

今の老嬢（オールドレディ）に放てる最大威力。帝国のA級騎士をも、一撃で屠（ほふ）った実績がある。

だがあの時のように絞りはしない。威力が落ちても、光の矢（マジックミサイル）の径が太くなる方を選択する。

相手は複数。範囲を広げ、一撃で一掃するのだ。

（空を飛ぶ連中は、防御力が低いはず）

戦車と戦闘機が同じ装甲厚では、戦車に立つ瀬がないというもの。硬い毛皮と分厚い脂肪は刃物をも防ぎ止めるが、鳥にそのようなものはない。

（なら、充分にいける）

ヴンッという音と共に、杖（ライフル）が震える。遮断器が投入され、重電機器に大電流が流れ込んだ時のような響きだ。

直後に老嬢（オールドレディ）周囲の、落葉や折れた小枝などが舞い上がり始める。

（照準良し）

杖（ライフル）の周囲でバチッバチッと細い稲光が走るが、まだ気づかれてはいない。

（発射！）

杖（ライフル）の先端から光の矢（マジックミサイル）が放たれ、大きく動いた空気が、周囲の落葉などを大量に巻き上げる。

光の矢（マジックミサイル）は進むにつれ太くなり、岩の頂ごと親鳥二羽幼鳥三羽を呑み込んだ。

しかしそれでは止まらず、星空の奥へ飛び去って行く。

（よっし！）

予想どおり、鳥系魔獣は耐えられなかった。命中した瞬間見えたのは、熟れ過ぎた柿を地面に叩きつけた状景。

今岩上には、豚も含め何も残っていない。

（念のため、朝までここで待機だな。それで現れなければ任務達成だ）

背もたれに体を預け、大きく息を吐く。もう少ししたら、さっきの村で貰ったベーコンを焼き、それを夕食にしよう。

そんな事を考え、首と肩を回す俺であった。


同時刻、王国北部の地方都市。最初に気がついたのは、街路を歩く人々である。

「見事な流れ星だな」

南から北へ向け真っ白い流星が、尾を長く引きながら通過して行く。遅れて気づいた人々が、窓を開け身を乗り出し空を眺めた。

冬も終盤だが、北の地の夜の風は冷たい。しかし人々は、気にもせず流れ星を見つめる。

「……不吉じゃ」

一人の老婆が、見上げつつ独り言ちる。耳が遠いせいかやや大きいその声は、周囲の人々の耳に届く。

しかし、気にする者は誰もいない。この老婆は、何かにつけネガティブな発言をする事で知られていたのだ。

『……』

そして北の街のさらに北。そこに広がる雪原で、同じように流れ星を見る存在があった。

骨で出来た馬に乗る、鎧をまとった骸骨戦士。『冬将軍』である。

一度は老嬢（オールドレディ）に倒されたものの、本格的な冬の到来とともに復活。再度現れ居座っていたのである。

『帰ルカ』

冬将軍は北を向くと、馬のアバラを踵で軽く叩く。ゆっくりと歩き出す馬に、眷属であるスケルトンの大集団が続いた。

猛烈な冷気も、スケルトン達と共に北へと移動して行く。こうして例年より長く続いた厳しい冬は、ようやく終わりを迎えたのである。

「ありゃあきっと、冬将軍へのお知らせだったんだよ。そろそろ帰れってさ」

北の街の人々は、後にそう述懐。南から来た白い流れ星は、『春の到来を告げる星』として、記憶に残った。

勿論、そう思わない者もゼロではない。長身の若い女性もその一人である。

フードをかぶってはいるものの、切れ長の目に整った顔立ち、それに栗色のストレート髪を持つ美女だ。

(魔法だねえ、間違いないよお)

冷えてしまった細長い耳先、それをフードの上から手でこすりつつ思う。彼女はエルフ、商売をしながら旅を続けている。

(誰が、何のために放ったのかねえ。方向的に、精霊の森を狙ったものじゃなさそうだし)

あれだけ派手なのだから、それなりの魔力を消費しただろう。理由なく発動するには、もったいないレベルだ。

(花火みたいなものかねえ?)

余興と酔狂で、どこかの金持ちが打ち上げたのだろうか。そうなら、是非お伺いしたいものである。

見栄っ張りで金の余っている御仁は、彼女にとって理想の客なのだ。

(里に知らせる?)

一瞬、思うが、すぐに苦い表情で頭を振る。

(別にいいか。大した事じゃなさそうだし)

故郷とは、あまり連絡を取りたくない。理由は彼女が、人族相手に大失敗をしたためだ。

死神を洗脳し情報を得ようとしたのだが、逆に屈服させられ、天国の門(ヘブンズゲート)を開けられてしまったのである。

これはエルフ族として初。歴史的醜態と言えるだろう。

(さてさて、今度は何を売りつけようかねえ)

強引に気持ちを切り替え、エルフの女商人は次の事を考える。

エルフ向けで、人族には扱いづらい品々。それをありがたがり、高額で購入する人族。

彼女はその姿を見るのが、大好きだ。

(馬鹿みたい。だけどその愚かなところが、本当にかわいいよお)

自分の傷ついた心も、癒やされるような気がする。

(よいしょ)

御者台に座る彼女は、流れ星の消え去った夜空から目を戻し、手綱を一振り。一頭立てのゴーレム馬が足を踏み出す。

天蓋つきの荷車を引き、夜の街道を南へと進み始めたのだった。


翌朝、大岩の陰で野営していた俺は、削れて小さくなった岩山の頂を眺める。

「鳥系の大型魔獣、討伐完了だな」

ビスケットとゆで卵、それにコーヒーの簡単な朝食をとりつつ呟く。

豊富な魔力のおかげで、俺の野営は快適だ。老嬢(オールドレディ)の操縦席の背もたれを倒し、暖房を掛けっ放しで過ごす事が出来る。

お湯くらいなら魔道具で沸かせるので、操縦席に座ったままコーヒーを淹れる事も可能。外に出るのはベーコンを焼く時と、小便をする時くらいだ。

(風呂には入れないが、まあ大した問題じゃない)

帰りに近くの街の娼館で、洗ってもらえばいいのである。出張先で初めての店に入るのも、仕事の楽しみの一つだ。

(しかし最近、似たような事が続くな)

場所は違えど、魔獣の移動が見受けられる。咀嚼(そしゃく)したビスケットをコーヒーで流し込みつつ、思考を巡らせた。

（いよいよ精霊の森が、やばくなって来ているのかも）

俺の眷属であるイモスケとダンゴロウ。二匹の精霊獣によれば、とても住みづらくなっているという。

重騎馬（ヘヴィーランサー）が森を離れ王国領へ侵入したのも、食料となる草の減少が理由らしい。

（あの鳥達も、同じだったんだろう）

たまたま翼を持っていたので、北部諸国を飛び越えここまで来られた。そうでなければ、山脈や河に遮られていただろう。

（ザラタンも、庭森の方がいいと言っていたし）

精霊の森にある精霊の湖。その守護者と呼ばれた体長二百メートルになる、巨大精霊獣ザラタン。

あの年寄り亀は最近、身を小さくしてうちの庭に引っ越して来たのだ。

（まああれは、文旦（ぶんたん）狙いもあるのだろうが）

庭森になる文旦。俺の願いに応え、イモスケとダンゴロウが頑張って植え育ててくれた果樹。

ザラタンは、その実が大好物なのである。昨日の朝も、池から文旦（ぶんたん）の木を見上げ、嬉しそうに尻尾で水面を打っていた。

俺は、その時の光景を思い出す。

「今年の収穫は、秋らしいぞ」

イモスケが、そう言っていたのである。夏前に収穫した昨年は、どうやらポーションによる力技だったらしい。

ザラタンは頷いたが、失望の様子を見せなかった。本当に伝わったのか、不安になって来る。

『だいじょうぶ、わかってる』

ちらりと文旦の枝上にいるイモスケを見やれば、頷きながら思念の波を飛ばして来た。

『こんどのは、すごいから』

続けてこのアゲハ蝶の五齢幼虫そっくりの精霊獣は、勇ましげにお尻で枝を叩く。その時俺に伝わって来た気持ちは、『真の旬を見せてやる、期待しておけ』というようなもの。

ちゃんとした季節に収穫した露地ものは、促成栽培とは一味違うらしい。俺も非常に楽しみである。

(庭森や精霊獣達の事は、イモスケに一任でいいな)

何せ眷属筆頭。ダンゴロウやザラタンをまとめ、庭森をうまく管理してくれるだろう。

そこまで回想したところで、俺は意識を過去の庭森から老嬢(オールドレディ)の操縦席へと戻す。

(精霊の森から、魔獣や精霊獣が溢れ出す。その可能性を示唆しておくか)

小柄でゴブリンに似た老人と、サンタクロースっぽい老人。商人ギルドのギルド長と副ギルド長を思い浮かべ、俺は頷く。

優秀で頼もしい上司である。一言伝えておけば、後は何とかしてくれるに違いない。

(よし、帰ろう)

ドロップ品はないので、身軽そのもの。

遺骸はあるにはあるのだが、空中で飛び散った後、地面に散乱している。今朝見てみれば、夜の間に獣や魔獣にたかられていた。

(諦めてもらうさ)

『トサカ』だとか『産まれる前の卵』だとか騒いでいた、知り合いの渋い冒険者のおっさんを思い出す。しかし、ないものはないのである。

（出発！）

老嬢（オールドレディ）を立ち上がらせ、街道を南へと進む事しばし。少し先に、数台のゴーレム馬車からなる隊商を見つけた。

（運んでいるのは、豚ではないな）

引いているのは、天蓋つきの荷馬車。生き物を乗せるタイプではない。

十字路の手前で停止しているため、すぐに追いつく。御者台の人物がこちらを振り向き、次に左手、東の方を指差して引っ込んだ。

（何だ？）

疑問を感じ、東から延びる街道に老嬢（オールドレディ）の顔を向ける。目に映ったのは、日よけ風よけの並木より背の高い人型の列。

（騎士か）

ぞろぞろと連なって近づいて来る。バラバラではないが、王国騎士団のように整然としたものではない。

重騎馬迎撃（ヘヴィーランサー）の遠征時、足並みがどうとか移動中もうるさく指摘され、息苦しかったのを思い出した。

（傭兵騎士団かな）

目の前の隊商は、騎士の一団が通り過ぎるのを待つつもりらしい。

（俺も待とう）

列を作る隊商と違い、老嬢（オールドレディ）は単騎。街道を横断するのは一瞬である。

しかし、隊商の後ろに並ぶ事にした。

相手は武装集団、B級とC級で半ダース以上。前を横切った事で気分を害し、絡んで来ないとも限らない。

(何より、見てみたい)

騎士を見るのが好きなのだ。現物を目の前で拝める機会があるのなら、逃す手はない。

さして待つ事なく、騎士の列は十字路に到着。そのまま西へと通り過ぎて行く。

先頭の騎士や途中の何騎かが、『悪いね』という感じで片手を上げる。

(こういうのも、悪くないな)

こちらも手を上げ返す。車の運転中、道を譲ってもらった時のようだ。

(百合の紋章か)

騎士の肩には、白で象嵌（ぞうがん）されたお揃いのマーク。ただし先頭の騎士だけは、白の他に赤青黄の三色が使われている。

おそらく百合騎士団（リリーナイツ）とかいうのだろう。

この世界、薔薇とか菊とか、騎士団の紋章は花を象（かたど）ったものが多い。雅なものである。

(味があるなあ)

常に塗りたてのような王国騎士団と違い、風化というか経年劣化というか、渋みが感じられた。ウエザリングが効いている、といった感じだろうか。

(いいものを見た)

一団が通り過ぎた後、商隊を追い越し先へ進む老嬢。しかしすぐに、街道沿いの宿場町に入る。

ここは定期ゴーレム馬車の中継地点。俺がランドバーンを出てアウォークへ向かった時、一泊したのと同じような場所だ。

(娼館や銭湯はないけれど、ここは床屋で風呂に入れるらしい)

操縦席でペラペラとめくる小冊子は、『王国を旅しちゃおう』。コーニールに教えられ、購入したのである。

大型ゴーレム馬車用の場所に片膝立ちで駐騎し、縄梯子で地上へ。揺れまくった上に回転するので、木製梯子に比べよろしくない。

その後は魔法で操縦席をロック。地図のページを開きつつ目的地を探す。

(あったあった)

何せ小さな町、街道の両側に建つ店がすべてだ。

『紳士と淑女の身嗜みの店』

そう書いてある看板の店へ行き、男性用の入口から入る。迎えてくれたのは、薄いブルーの制服を来た女性達。

ちなみに男女の入口が分かれているが、娼館のようなサービスはないという。銭湯や理容店のような意味合いなのだろう。

(かえって好都合)

娼館を風呂代わりにしようと考えていたのは、自分で洗わなくて済むから。今夜の教導軽巡先生を前に、あえて他でプレイする必要はない。

金に糸目はつけないが、弾薬は節約したいのだ。

（結構広いな）

タイル張りの床に八つほどの椅子が置かれ、客達が髪を切られたり頭を洗われたりしている。そして奥には、寝転ぶタイプの浅い浴槽と簡易ベッド。このセットが二つ。天井にレールが走っているので、カーテンで仕切る事が出来るのだろう。

（全身？　これが風呂代わりか）

壁に張り出された料金表を見て予想。大きくは整髪と洗髪なのだが、それぞれに頭と全身に分かれていた。

「じゃあ、整髪と洗髪、どちらも全身で」

一番高い奴だ。価格は銀貨一枚に銅貨五枚である。

笑顔で進み出たのは、俺と同い年くらいの女の人。美人ではないが不美人でもない、ごくごく普通の人である。

「ではまず髪を切りますので、こちらへお座り下さい」

十数分で髭剃りまで終了。洗髪はまだ。

「続いてお体の整髪をしますので、あちらへお移り下さい」

いざなわれ、誰もいない二つの浴槽の一つへ。女性がシャッとカーテンを引き、服を脱ぐよう告げる。

脱衣かごに入れ全裸になった俺は、言われるがままに浴槽へ横に。

（この一年で、随分慣れたな）

カーテン一つで仕切られた空間で、女性の前であろうと躊躇いなく裸身をさらす。我ながら成長著しいといえよう。

(温泉めぐりと一緒だ。最初は照れるが、途中から平気になる)

そんな事を考えていると、ボディソープを使って軽く洗い流された。

バスタオルで全身をくまなく拭かれた後、同じくバスタオルの敷かれたベッドに、仰向けに寝かされる。

(えっ?)

女性の手にある物を見て、少々びくりとする。それは髭剃り時に用いたシェービングブラシ、しかも二回りほど大きい物だったのだ。

ニコニコと笑う彼女は、たっぷりと泡立て俺の胸へと伸ばす。そして俺の全身に塗りたくり始めた。

「うひゃひゃひゃ」

もの凄くくすぐったい。しかし彼女は、こんな反応に慣れているのか、躊躇せず作業し続ける。

終わってほっとしたのもつかの間、次に彼女の取り出したナイフを見て、全身が硬直した。

(あれで体毛を剃るのか、しかも全身の)

髭を剃られる時は怖くなかった。顔なので、近くて見えなかったせいもあるのだろう。

しかし今は違う。笑顔のまま近づけて来る刃物が、よく見えた。

「はい、目を閉じていただいて構いません。それと、急に動くのは控えて下さいね」

営業トークでやさしく言われ、俺は目を閉じ身を硬くする。

どのくらいそうしていただろう。胸、腹、脇の下、股間は勿論、太腿、すね、ゾリゾリと刃は毛を削って行く。

「うつ伏せになって下さい」

今の俺は完全に言いなりだ。目を閉じたまま、おっかなびっくりひっくり返る。

(ああっ！　そこはっ！)

何とシェービングブラシが、俺の尻肉の間まで塗り始めたのだ。彼女は俺を左右に押し広げ、花の周りにたっぷりと泡を付けて行く。

(おうっ)

声が漏れそうになるのも、仕方がないであろう。ナイフが俺の尻の谷間の毛を剃り始めたのだから。

それから数十分後、もう一度浴槽に浸けられ、全身を洗われた俺。

無駄毛はすでに処理され、必要なところに必要な量が、きれいに整えられている。もはや紳士としての身嗜みは、完璧といえよう。

(ゼロや短過ぎても困るんだよな、お互いに痛いから)

生えていないのならともかく、剃り落とした場合はいろいろ配慮が必要なのである。

(なるほど、女性に人気というのもわかる)

ガイドブックの文言を思い出し、納得する。自分で手入れをするのが難しい場所は、こうしてお願いする方が楽だ。

女性用の入口は隣だが、結構出入りしている気配がある。

(男としての魅力、それが上昇したのではなかろうか)

服を身につけつつ、壁際の鏡をチラリと覗く。顎下に手を当て一人頷くと、全身にさっぱり感を漂わせつつ店を出たのだった。

帝国南部の地方都市、三つの春（スリー・スプリングス）。そこから東へ延びる街道は、山地を抜けランドバーンへ至る。

今、ランドバーン西側の平原を、騎士の一団が東へと進んでいた。

その数七騎、内訳はB級三騎にC級が四騎。いずれも肩に、百合の紋章が黄色で象嵌されている。

それが示すのは、この一団が百合騎士団（リリーナイツ）の一隊、『黄百合隊』であるという事。

『三つの春（スリー・スプリングス）と違い、こちらはもう春のようですね。お姉様』

C級が振り返りながら、外部音声で言う。背後には青空のもと、白く輝く雪山。

山向こうの三つの春（スリー・スプリングス）は、いまだ春の気配さえ感じられなかったのだ。

『あそこは基本、冬と夏だけですからね』

同じく外部音声で答えたのは、先頭を進むB級の操縦士。『お姉様』と呼ばれた、二十代半ば過ぎの女性。

操縦席に座っているため見えないが、胸甲を開いていれば髪型が目を引いただろう。三つ編みにした長い金髪を、頭に巻きつけている。

それは黄金の冠のようにも見え、彼女の気品ある顔立ちを、より引き立てていた。

ちなみに実の姉妹ではない。百合騎士団（リリーナイツ）は女性のみで構成され、下位の者は上位者を『お姉様』と呼ぶ慣わしがある。

『内陸にはよくある気候なのでしょうけれど、あれは辛いわね』

隊長である彼女は、雪山の眩しさに目を細めつつ言葉を続けた。

『ちなみに名の由来は、梅、桃、桜と順に咲くはずの春の花々が一度に開くからよ。冬から一息で夏になってしまうから、仕方がないのでしょうね』

説明を終え、操縦席でニッコリ微笑む金髪三つ編み巻き。かなりの破壊力だが、もったいない事に外からは見えない。

それでもC級の操縦士は、笑顔を向けられたのがわかるかのように反応する。

『さすがはお姉様！』

高音過ぎて割れた音声を発しつつ、胸の前で両手を組み合わせるC級。乗り手は、茶色の髪を三つ編みにした十代前半の少女だ。

本当は隊長のように頭に巻きたいのだが、残念ながら長さが足りず、背中へ垂らしている。

『あなた、「三つの春（スリー・スプリングス）には春がない」って詩を知らないの？　淑女（レディ）には教養も必要よ』

隣のC級が肘で突（つつ）き、何よ、と突き返す茶髪三つ編み。

何だかんだと楽しげに笑い合いながらも歩み続け、太陽が真上に来る頃、ランドバーンに到着した。

『失礼致します。百合騎士団（リリーナイツ）の方々でいらっしゃいますか？』

外部音声を響かせたのは、門前に立っていた辺境騎士団のC級騎士。礼儀正しい誰何（すいか）に丁寧に答えると、辺境騎士は駐騎場へ案内すると言う。

『こちらにお停め下さい』

後ろを付いて行くと、そこは街に隣接した大きな空き地。石積みの塀が外周を囲み、地面には石畳が敷き詰められていた。

騎士に片膝を突かせ縄梯子で降り立った彼女達は、隊長のもとへと集まる。

「周知のとおり、今回の依頼主は辺境伯です。かなりの大物ですから、皆さん失礼のないように」

金髪三つ編み巻きの言葉に、真剣に頷く黄百合隊の面々。

辺境伯といえば、帝国の重臣中の重臣。王国からランドバーンを攻め取り、大規模な鉱山開発を成功させるなど、目覚ましい実績を上げ続けている。

『帝国宰相の席を埋めるのは、辺境伯ではないか』

そう噂されるほどの勢いなのだ。

「どうぞこちらへ」

次に声を掛けて来たのは、騎士ではない生身の帝国兵。言われるままにゴーレム馬車に乗り込むと、兵も御者台へ上がり手綱を振る。

ゴーレム馬車はポクポクと足音を響かせながら、広い駐騎場を横断し始めた。

「お姉様、このB級達は薔薇騎士（ローズナイト）ではないでしょうか」

馬車の窓から外を眺めつつ口にしたのは、肩口で髪を切り揃えた少女。その表情は、緊張に強張っている。

視線の先には、片膝立ちの体勢で並ぶ黒い騎士達。しかし黒一色ではなく、各所に小さな薔薇が赤で染め抜かれていた。

「……間違いありません。ランドバーン会戦で辺境伯に与力（よりき）した事は知っていましたが、まだ駐留していたのですね」

隊長は驚きと共に答える。

薔薇騎士（ローズナイツ）団といえば、帝国屈指の精鋭騎士団として名高い。同じく騎士に乗る彼女達にすれば、尊敬すると同時に恐怖の対象なのだ。

「今回は、味方なのが幸いです」

ほっと息を吐く金髪三つ編み巻きのお姉様に、揃って同意を示す妹達。

百合騎士団（リリーナイツ）は国際的な傭兵騎士団。独立していても帝国に所属する、薔薇騎士団（ローズナイツ）や辺境騎士団とは違う。

受けた仕事によっては、敵になる場合もあるのだ。

「大渓谷での撤退戦、その英雄達とは戦いたくねえからなあ」

髪を掻き上げつつ、金髪ショートカットの女性が口を開く。

それは、二十年ほど前に行なわれた戦（いくさ）の一つ。即位したばかりの現皇帝と、それに反対する帝国大貴族達の間で行なわれたものだ。

敵の罠にはまり窮地に陥った、皇帝率いる帝国騎士団。それを谷から脱出させるため殿（しんがり）を務めたのが、薔薇騎士団（ローズナイツ）である。

「本で読んだ時は、身が震えましたわ」

生還した薔薇騎士（ローズナイト）は三分の一。周囲を震撼（しんかん）させたのは、ここまで数を減らしてなお、誰一人として逃げ出さなかった事だ。

「まさに鉄の団結って奴か」

隊長の言葉に、感想を口にする金髪ショートカット。

援軍など来ない絶望的な状況下で、文字どおり最後の壁となって戦い続けた薔薇騎士（ローズナイト）達。

隣に立つ仲間が打ち倒されても浮き足立たず、逆に復讐心を燃え立たせ剣を振るう。あまりの出血に耐えかねた大貴族側は、ついに追撃を諦めたのである。

『余の軽率な判断が、このたびの事態を招いた』

生き延びた皇帝は、こう述べ深く反省したという。そしてこの後は隙を見せる事なく徐々に攻勢を強め、大貴族側を打ち倒した。

専門家から愛好家まで多くの歴史家が、『帝国史の転換点』と捉える戦いである。

「私達だって逃げません！　黄百合隊の結束は、薔薇騎士団(ローズナイツ)にだって負けませんから」

拳を握って力説する、茶色の髪を三つ編みにした少女。それを見た隊長と金髪ショートカットは、顔を見合わせ苦笑したのだった。

駐騎場を抜けた馬車は、そのまま街中へと入り中央広場で止まる。

そこで降りた彼女達は、目の前にある領主の館に入り、辺境伯の執務室へと通された。

「百合騎士団(リリーナイツ)、黄百合隊。B級三騎、C級四騎、到着致しました！」

敬礼をする金髪三つ編み巻きの隊長を見て、辺境伯らしき人物が席を立つ。

「よく来てくれた。世に名高き百合騎士団(リリーナイツ)に来てもらえて、大変心強い」

満面の笑みで握手を求める、頭の禿(は)げ上がった小太り中年男。地位に見合わぬ偉ぶらない態度と予想以上の歓迎ぶりに、隊長は驚いていた。

（随分、気さくな方ね）

しかし辺境伯にしてみれば、いつもの行ないである。平民出身というのもあるが、もともとの気質でもあるのだろう。

握手を交わしつつ、辺境伯の隣の人物をそっと窺う。そこに立つのは大柄で筋骨逞しい、白髪短髪の壮年男性。

胸にあるのは操縦士徽章(きしょう)と、薔薇を象った騎士団長章。薔薇騎士団(ローズナイツ)の団長、ローズヒップ伯と見て間違いなかった。

(普通は、こういう感じよね)

太い腕を胸の前で組み、値踏みするように自分や背後の隊員達を見つめるローズヒップ伯。その様子に、金髪三つ編み巻きの隊長は頷く。

『使えるか、使えないか』

傭兵の価値は、それしかないのだ。

「立ったままで申し訳ないが、仕事の説明をしたい」

手を離した辺境伯は、そう言いつつ地図の張られている壁へと移動。ランドバーンの東南、『大穴』の位置を指差し続ける。

「この鉱山での採掘作業、いわゆるゴーレム狩りに従事してもらう」

これまで薔薇騎士団(ローズナイツ)が行なっていたのだが、皇帝の命によりランドバーンを離れる事が決定し、その代わりが彼女達だという。

「お聞きしてよろしいでしょうか」

緊張に頬を引き締めつつ、金髪三つ編み巻きの隊長は口を開く。

「薔薇騎士団(ローズナイツ)はB級を十騎以上所持しています。しかし我々はB級三騎、C級四騎しかおりません。代わりが務まりますでしょうか」

辺境伯は、大丈夫だ、というように頷きつつ答えた。

「辺境騎士団を君達の下につけよう。遠慮はいらん、自由に使ってくれ」

しかし、隊長の表情は緩まない。辺境騎士団の実力は並以下という事を、彼女も知っていたからである。

辺境伯も自覚があるのだろう。隊長の顔を見て言葉を続けた。

「狩りには死神卿も参加する。手に負えない時は、助力を乞うといい」

死神卿は現在、辺境騎士団と共に大穴で戦闘中だという。

(死神!)

めまいにも似た感覚に半歩ふらつく隊長と、瞼を限界まで開いて小さな悲鳴を上げる隊員達。

不敬と咎めるのも酷であろう。

帝国の重臣二人を前にして、すでに彼女達の神経は引き絞られた弓の弦のようであったのに、『死神』の名まで出たのだから。

(帝国最強の一角よ！　そんな人物と、肩を並べて戦うというの？)

操縦士という同じ職にあるからこそわかる、彼我の差。隊長にとって死神は、遥かな高みにいる存在なのだ。

「何、見た目も中身も恐ろしいが、怒らせなければ大丈夫だ。滅多な事では味方を殺したりせんよ」

冗談のつもりなのだろうか、辺境伯は上を向いて大声で笑う。それを見て、少々呆れ顔で頭を横に振るローズヒップ伯だった。

「部屋と食事を用意させている。まずは旅の疲れを落としてくれ」

笑い終えた辺境伯からそう告げられ、執務室を後にする黄百合隊の面々。

あてがわれた四つの二人部屋の一室に集合した彼女達は、ベッドの上に座り込むと情けない声を上げた。

「おいおい、死神卿とか冗談だろ！」

ばったりと背後に倒れたのは、金髪ショートカットの副隊長である。他の者達も、すっかり萎縮してしまっていた。

そんな妹達を見て金髪三つ編み巻きのお姉様は自らに活を入れ、次にしっかりとした口調で告げる。

「何を言っているの？　こんな機会、まずないわよ。他の隊の者達が聞いたら、間違いなく羨ましがるわ」

その言葉に、反応する隊員達。『他の隊』に対抗心を燃やす彼女達は、逆の立場だった時の事を考えたのだ。

金髪ショートカットの副隊長は、ベッドの上でむくりと上半身を起こす。

「そう言やそうだな。とくに赤百合隊は悔しがるはず。あそこの隊長は、死神卿に憧れていたからな」

肩口で髪を切り揃えた少女も、強く頷く。

「青百合隊もです。警備ばかりで、戦闘らしい戦闘をしていませんから」

他の隊へ自慢してやる、という動機で、場は一気に華やいだ。

「じゃあ、まずはお風呂、それから食事ね。その後は辺境騎士団の団長と顔合わせよ、わかった？」

隊長なお姉様の言葉に、皆元気良く返事をしたのだった。

一方こちらは、百合騎士団(リリーナイツ)が退室して行った後の執務室。

腕を組み小首を傾げた辺境伯は、ローズヒップ伯に問う。

「死神卿の名を出した時、背後の者達が『お姉様』と小声で叫んでいたが、彼女達は皆姉妹なのかね？」

騎士や操縦士にさほど詳しくない事を思い出し、ローズヒップ伯は口元に笑みを浮かべつつ答える。

「いえ、百合騎士団(リリーナイツ)では、上位の者を『お姉様』と呼ぶ慣わしがあるのです。騎士団内で擬似的な姉妹関係を作り、結束を高めているのでしょうな」

興味を示したのか、目をキラリと光らせる辺境伯。しかしローズヒップ伯の次の一言で、急激に沈静化した。

「我が薔薇騎士団(ローズナイツ)にも同様のものがあります。『兄貴』というのがそれですな。私を『親父』と呼ぶのも、その一種かも知れません」

金髪三つ編み巻きの隊長と、肩口で髪を切り揃えた少女が、手を取り合って見つめ合う。辺境伯の脳内に描かれていたその姿は、ローズヒップ伯とその部下にすり替わってしまったのである。

「……結束は固そうだな」

表情を消し頷く辺境伯に、ローズヒップ伯も同意を示す。

「他の傭兵騎士団より値は張りますが、それだけの価値はあるでしょう。見た感じ、外れではないようですし」

専門家に太鼓判を押され、辺境伯は安堵の息を漏らしたのだった。

舞台はここから、大きく北北西へと移動。

ここは精霊の森のすぐ南側にある地方都市。エルフの里と帝都をつなぐ街道、その帝国領内の最北端に位置する国境の街だ。

領主の館の執務室では今、化粧の濃い熟女が脚を高く組み書類を読んでいる。

「お入りよ」

扉がノックされ、領主である熟女子爵は入室を許可。姿を見せたのは、老け気味の痩せた男性だ。

タイトスカートであるがゆえに、隠し切れない赤い布に包まれた三角地帯。それを一瞥し唾を飲み込んだ後、副官である老け痩せは口を開く。

「百合騎士団（リリーナイツ）の皆様が、到着されました」

書類から目を上げ、窓外を見やる熟女子爵。北の街を囲む城壁の向こうに、いくつかの騎士の頭部が見えた。

騎士の歩みによる揺れに気づかなかったのは、操縦士が配慮したからだろう。

「応接室に通しておきな、すぐに行くよ」

答えた後、書類を机に置き立ち上がる。

百合騎士団（リリーナイツ）とは、傭兵騎士団。特定の国に所属しておらず、団員達の出身地も様々だ。

エルフとの緊張が高まりつつある北の国境に、彼女が援軍として呼んだのである。

(出来るだけ多くって言っといたけど、何隊くらい来てくれたのかねえ)

期待しつつ、熟女子爵は部屋を出たのであった。

「へえ、騎士団長自らお出ましとは、ありがたいね」

応接室に入った熟女子爵は、ソファーでくつろいでいる女性を見て驚きの声を上げる。

年齢は熟女子爵と同じくらいであろう。彼女ほど胸も尻もないが、切れ長の目をしたまつ毛の長い美女だ。

惜しむらくは、右目の下に長く大きな傷痕がある事。

「お前の顔を見に来ただけだ。こいつらを置いて、すぐに帰る」

熟女子爵と百合騎士団(リリーナイツ)の団長は、旧知の間柄。そのため交わす言葉にも、飾りがない。

勝手に座っていた団長は、背後に向け顎をしゃくる。

「百合騎士団(リリーナイツ)、白百合隊。B級三騎、C級四騎、依頼により馳せ参じました」

ショートカットの色白の女性が、踵を鳴らし敬礼。細身の体から凛とした声を出す。

彼女と共に敬礼を行なう六人も、全員が操縦士服姿。すべて女性で、それなりに若い。

熟女子爵は答礼すると、すぐに顔を団長に向けた。

「一隊だけかい？　出来るだけ多くって、手紙に書いておいただろう」

浮かんでいるのは、期待を裏切られた表情。団長はさして気にした風もなく、栗色のロングストレートを片手ですく。

「お前の身内からも注文を受けている。今はこれが精一杯だ」

聞けば黄百合隊が、ランドバーンの辺境伯のもとへ向かったという。

自分に大きく差を付けているライバル。そこへの派遣に顔をしかめるも、思い当たる節はあった。

(薔薇騎士団(ローズナイツ)がここへ応援に来るっていう話だから、その代わりに傭兵を雇ったね)

辺境伯麾下の辺境騎士団は、彼女から見ても強くない。鉱山の採掘にランドバーンの防衛と、双方

をこなすのは厳しいだろう。

死神卿は駐留を続けるらしいが、一騎では手が回るまい。

「赤百合隊は何しているんだよ」

百合騎士団（リリーナイツ）は、四隊からなる。せめてもう一隊と思い尋ねた。

ちなみにタウロが街道で遭遇したのは、白百合隊。今、この部屋にいる者達である。

「東方諸国での紛争に、首までどっぷり浸かって動けないな」

即座に返す団長。熟女子爵がさらに言葉を発しようとするのを見て、答えを先に口から出す。

「青百合隊は東の国、あそこで警備業務に当たっている。国家騎士の数が揃うまで、動かすのは無理だ」

大きく顔をしかめ、熟女子爵は団長の正面に勢いよく腰を下ろす。そして白百合隊の面々にも、座るよう告げた。

白百合隊の隊長は、団長に向けお伺いを立てる。

「お姉様、座ってもよろしいでしょうか」

鷹揚に頷く団長を見て、白百合隊の操縦士達もソファーに座る。それを見て、熟女子爵は少しばかり嫌そうな表情をした。

「上の者を『お姉様』って呼ぶ習慣、相変わらずだねえ。団長じゃ駄目なのかい？」

運ばれて来た紅茶に口をつけた団長は、平然とした様子で返事もしない。百合騎士団（リリーナイツ）では団長、副団長、隊長などとは呼ばず、目上はすべて『お姉様』なのである。

ふと周囲を見回した団長は、熟女子爵に逆に問う。

「ところで、あのエルフの優男はどうした？　お気に入りじゃなかったのか」

その言葉に、表情を苦くする熟女子爵。

以前、帝都にいた時は常に侍らせていたのだが、北東部の田舎町への左遷が決まると離れてしまったのだ。俗にいう、振られたという奴である。

ちなみに北部諸国へ侵攻して敗れ、捕らえられて敗戦姦を受けたのはその後だ。

「……熱が冷めたのさ」

しかし、正直に言うつもりはない。団長は熟女子爵の友であるが、頭に『悪』がつく。

弱みを見せれば、いつまでもネタにされるだろう。

（実際、あの頃はどうかしていたと思うよ）

あんなに入れ込んでいたのだが、別れて半月もすると落ち着いて来たのである。

体の方は、何度かエルフの味を思い出した。しかしそれも神前試合で負けて以降、薄らいでしまっている。

（お山の絶倫大将、あいつに上書きされちまったのかね）

神前試合で自分を負かした相手とは、北部諸国に侵攻した時、敵として再会した。

そのいやらしくも鋭い狙撃で、再度自分を打ちのめしたのである。

（くっ）

その後の敗戦姦を思い出し、無意識に体が震える。お山の絶倫大将に股間をいじられた後、なぜか突然敏感になってしまった自分。

その後は現地の田舎操縦士共に、寝る事も許されず相手をさせ続けられたのだ。

「へえ」

百合騎士団（リリーナイツ）の団長は、口を斜めにして笑う。その目は、『お前の熱が冷めたんじゃなく、相手の熱が冷めたんだろうよ』と露骨に語っている。

この話題に触れたくない熟女子爵は、話題を変え反撃を決意。ちょうど格好の話題があった。

「あんたもそろそろ、A級騎士に乗ったらどうだい？　天下の百合騎士団（リリーナイツ）の団長様が、B級のままじゃ格好つかないだろう？」

ここまで表情を崩さなかったが、初めて不快げに眉根を寄せる百合騎士団（リリーナイツ）の騎士団長。乗騎がB級である事を、彼女は非常に気にしていたのだ。

「そういう事は、先代に言ってくれ」

かつては百合騎士団（リリーナイツ）にも、A級騎士が存在していた。当然ながら団長騎であり、当時副団長だった彼女は、代替わりと同時に受け継ぐ予定だったのである。

「ああごめん、壊されちゃったんだっけか」

わざとらしく謝る熟女子爵。

ある戦闘で、先代団長は敗北。本人は軽傷で捕獲され、敗戦姦を受けるだけで済んだ。

しかし騎士の方は、修復不可能な状態まで破壊されてしまったのである。

以来、百合騎士団（リリーナイツ）にA級騎士は存在しない。団長に就任した彼女の乗騎も、B級のままだ。

「いいよお、A級は。B級が玩具みたいに感じるほどさ」

お前の騎士は玩具も同然。そのようにも取れる言葉に、団長は眉を撥ね上げた。

同時に困惑と、まさかという信じたくない感情が、顔に色濃く現れる。

「Ａ級に乗ったとでもいうのか？」

ここで熟女子爵が浮かべたのは、嫌らしい笑い。勝者の笑みである。

「陛下からね、賜ったのさ」

驚愕し、手にしていた紅茶のカップを音高く皿に置く団長。

Ｂ級は金を積めば買えない事はないが、Ａ級は違う。国の象徴たるＡ級は、国外に流れる事はないのだ。

そのため百合騎士団（リリーナイツ）のような傭兵騎士団が入手するには、鹵獲するしか方法がない。

「これから見に行くかい？　真っ赤でさ、格好いいよ凄く」

心からの悔しさに、拳を握り締め震わせる団長。両脇の白百合隊の隊員達が、心配そうに見つめていた。

（お前の実力じゃない！　帝国の看板のおかげだ！）

自分の方が腕は上。事実かどうかはともかく、自負はある。

劣る相手がＡ級を与えられ、自分はＢ級のまま。その理不尽さに心が煮え立つ。

しかし彼女も騎士を駆る者だ。Ａ級騎士を間近で見る機会には抗えない。

「……見せてもらうよ」

唇を噛み締めつつも頷く。

（気持ちいいねえ、陛下に感謝だね）

久しぶりの、悪友への勝利。それに酔いしれつつ、笑顔でテーブル上のバタークッキーに手を伸ばす熟女子爵だった。

歓楽街。それは王都の場合、中央広場から西門へと走る大通り一帯を指す。

表通りに建ち並ぶのは、上級や中級の娼館。裏通りや横丁には、下級娼館や個人営業の店がひしめいている。

「コーニールさん、あそこでどうです？」

裏通りを歩いていた俺は、路上に店を出している屋台を指差し提案。炙り物のいい匂いが、食欲を刺激したのだ。

「いいですねえ、そこにしましょう」

鼻をひくつかせつつ、少々ブサイクな筋肉質の青年も了承。

時刻は夕飯時。遊びに行く前に、腹ごしらえをしておきたい。

「んじゃ、この串焼きセットを二人前」

屋台の前に設置された六卓のテーブル。空いている一つに向かい合って座り、手振りで屋台のおじちゃんに注文。

無事伝わったらしく、おじちゃんは頷いている。

この木製のテーブルと椅子は、周囲に何軒かある屋台と共同。どこで頼んでも、ここに座って構わないのだ。

「ありがとう」

水差しとコップを運んで来てくれた少年に、笑顔で礼を言う。見たところ十歳くらい、親の手伝いでもしているのだろう。

さほど待つ事なく、料理も運ばれて来た。

(ん?)

大きなトレイにいくつも皿を載せ、懸命に運んで来た少年。その姿に違和感を覚え、片眉を曲げる。

先ほどの少年かと思ったのだが、何かが違う。

「双子のようですね」

俺の気持ちを読んだかのように、口にするコーニール。見回せば別のテーブルで、先ほどの少年が皿を片づけていた。

髪型も顔もそっくりだが、着ている服が若干違う。それが俺に、引っ掛かりを抱かせたらしい。

(……この少年達は、将来イケメンになる)

串焼きの皿を並べて行く少年を見つつ、俺は思う。

目鼻のパーツに派手さはないが、端整な顔立ちだ。俺やコーニールとは天と地ほども違う、正統派の美形に育つだろう。

これも、生まれ持った才能の一つというのだろうか。

「じゃあ早速、いただきましょうか」

思索にふける俺をよそに、コーニールは両手のひらをこすり合わせ催促。確かに肉や魚の香ばしい匂いを前にして、食わずに考え事をするのは無理だ。

俺達は水の入ったコップで乾杯し、食べ始める。

「騎士が揃いつつあるのですか、よかったですねえ」

鶏肉と野菜が交互に刺さった串を、手に取りつつ言う俺。

塩胡椒のみで焼いた、分厚い牛串。コーニールはその一片を頬張りつつ、大きく頷く。

スケベマッチョはこう見えて、王国騎士団内での地位が高い。そのため、このような内部情報を聞く事が出来るのである。

「ええ、今C級に乗っている操縦士も、すべてB級に上がりました」

その言葉で思い浮かぶのは、努めて明るく振る舞うも、気落ちしているのがわかる編み込みおかっぱ超巨乳ちゃんの姿。周りがB級に乗り換える中、一人C級の操縦席に座り続けていたのだ。

（よかったな）

これでやっと、念願だった主力騎士に乗れる。うんうんと頷く俺に、親友にして大人のグルメ倶楽部唯一のメンバーは、難しい表情をした。

「ですが今度は、C級の操縦士が足りなくなりまして」

騎士の数が戻っても、操縦士の補充が間に合わないという。

（それもそうか）

材料があって技術者がいれば、騎士は建造出来る。しかし操縦士は、素質ある者を探すところから始めねばならない。

騎士の建造ペースほどには、操縦士を準備出来なかったのだろう。

ここで俺は、嫌みを一つ飛ばす。

「王国騎士団って、C級を騎士と認めてましたっけ？」

俺の問いに、コーニールは困り顔。勘弁して下さいよ、と肩をすくめた。

「それは前の騎士団長の時までです。使ってみてわかりましたが、連絡、警戒、荷の運搬と、C級は

「補助戦力として手放せません、と言葉を続ける。

非常に有用です」

（騎士団も変わったな）

手に持った串を振りつつ、C級の価値を力説するコーニール。その姿を目にし、俺は思う。

『B級以上しか、騎士とは認めない』

だから王国騎士団は、C級を含む他の騎士団より精鋭である。そのような理屈で、胸を張っていたものだった。

黄金の美食家（グルメ・オブ・ゴールド）に思うところはあるものの、騎士団長としては優秀なのだろう。

「それでですね、タウロさん。相談があるのですが」

食べ終わった串を皿に置き、身を乗り出すコーニール。俺は警戒心を触発され、椅子ごと少し後ろに下がった。

「大丈夫ですって、今さら勧誘はしませんから」

騎士団に行く気がない事は、ちゃんと理解しているようである。俺の視線にうながされ、筋骨逞しい青年は言葉を続けた。

「操縦士候補、紹介してくれませんかねえ」

意味がわからず、怪訝な顔で見つめ返す。

俺が操縦士を志したきっかけは、観騎士式の体験イベントだ。そこで素質を見出され、操縦士学校への入学を勧められたのである。

自分の才能に気がついていた、などという事はない。

（何で俺に、そんな事を聞くんだ？）

困惑する様子に、説明不足を悟ったのだろう。コーニールは言葉を重ねる。

「ほらタウロさん、前に言ってたじゃありませんか。男女の技と騎士の操作には、関連性があるのかも知れないって」

その事は覚えている、俺の持論でもあるからだ。

「今までの経験から、心当たりがありませんか？　素質のありそうな人に」

説明に合点が行き、しばし思考を巡らす。

期待に満ちた目で俺を見つめるスケベマッチョをそのままに、海老と貝の串焼きを咀嚼。飲み下した後、水をひと口。

それからおもむろに口を開いた。

「言われてみれば、『もしや』という人も、いないではありません。ですがそれは、コーニールさんも同じでしょう？」

魔眼に近い技を習得しつつある『串刺し旋風』。コーニールの守備範囲は俺より広く、触れ合った相手も多いはずだ。

仮に俺が推薦したとしても、コーニールが目をつけていた人物とかぶる可能性が高い。

「それがですね、俺が大丈夫と思った者が、入学試験に落ちてしまったんですよ」

串刺し旋風は、タレで焼いた豚肉の串を指先で回しつつ息を吐く。滴が飛ぶのでやめてほしい。

ちなみにその受験生は、部下の娘だという。コーニールもその娘を知っていて、間違いなく受かると見ていたそうだ。

それが駄目だったので、自信を失ったようである。

「タウロさんも面識がありますよ」

意外な情報に、説明を求める。聞き終えた俺は、大きく驚いた。

「あの親子丼銅バッジのサイドラインですか！」

思わず出る大きな声。御三家の一つシオーネ、そのサイドラインに座る魔法少女だったのだ。

特筆すべきはその母親。素人ながら素晴らしく、母と娘が織りなす親子丼の味わいは、絶品というしかない。

「あの魔法少女ですか、なるほどねえ」

びらびらの鳥の皮、その串に手を伸ばしながら、魔法少女を脳裏に思い浮かべる。

「どうです？　素質はありそうですよね」

コーニールは同意を求めるが、俺は少し考えた後、静かに頭を左右に振った。

(確かに腕はいい、しかし何か違う)

操縦士の素質。そう問われ、とっさに頭に浮かんだのはクールさんだ。そして次が教導軽巡先生。

魔法少女もかなりの手練れだが、どうもしっくりこないのである。

(魔法少女だけではない。爆発着底お姉様も同じだ)

何かが足りない、騎士の操縦士たり得る何かが。

「男女の技の他に、何かもう一つ要素があると思うんです。あの子には、それが感じられませんでした」

水の入ったコップを口に運びつつ、そう答える。コーニールは興味深そうに、身を前に乗り出した。

「何ですか？　そのもう一つって」

無言で頭を左右へ振る俺。感覚的なものなので、言葉には出来ない。

伝わったのだろう、残念そうに眉尻を下げコーニールは続ける。

「お願いします、心当たりを紹介して下さい。操縦士学校の試験を受けさせてみたいんです」

聞けば黄金の美食家（グルメ・オブ・ゴールド）な騎士団長から、かなりプレッシャーを掛けられているらしい。

『見つけられなかったら、パニック寸前なのだそうだ。何がいい？』

そう告げられ、食事を馳走してやろう。

「タウロさんの名前は、絶対に出しませんから。このとおりです！」

拝むように両手を合わせる、王国騎士団のA級乗り。その姿は、見ていて気の毒なほど。

しかしなおも悩む俺に、コーニールは説得を始めた。

「その人達は、自分の持つ素質に気がついていないのでしょう？　受ける受けないは別として、可能性を示してやるくらいは、してもいいのではありませんか」

確かにこの世界では、騎士の操縦士は憧れの職業。危険があるのは知られているが、それでも希望者は後を絶たない。

『才能がないと思って諦めていたけれど、実はなりたかった』

そういう人がいても、おかしくはないのである。

「自分の進む道を決めるのは、その人自身です。しかしどんな道があるのかわからなければ、選ぶ事さえ出来ません」

なかなかの熱弁だ。

「先を進む者として、後ろに道を示す。それも一つの責任だと思うのです」

男の娘を俺に薦めた時もそうだったが、コーニールの話には妙な説得力がある。

(まあ、強制するわけではないし、いいだろう)

親友のお願いに、折れる事にした。

「わかりました。今ここでいいですか?」

俺の返事に、喜色を浮かべるコーニール。早速胸元からメモとペンを取り出し、書く準備をする。

(クールさん、それに教導軽巡先生)

出会いと触れ合いの記憶、その海へと深く潜って行く。こうして洗い出すと、思ったよりも少ない事に驚いた。

(女王様になった後の地味子ちゃんもだな。……他にも誰かいたような)

御三家ではない、上級娼館も違う。

(中級? いやそうじゃない。下級か?)

何となく浮かぶ映像は、赤い髪に三つ編みの、田舎臭い少女。ソバカスもあったような気がする。

(多分、体調不良の治療をして回っていた時だな)

店の名は思い出せない。彼女については特徴と、下級娼館である事を伝えるしかないだろう。

視線を感じて親友の方を見ると、筆記用具を手に待ち構え、今か今かと目を輝かせている。

「えーっとですね、まずは――」

肩をすくめた俺は、思いついた名から告げて行くのであった。

ここで舞台は王都から北西、聖都へと移る。

神前試合はとうに終わり、商売の神の神殿は、いつもどおりの落ち着きを取り戻していた。

大会出場者や付き添いの応援団も、故国へと戻って久しい。しかしそうではない者達も、また多かった。

「へえ、『男祭り』ねえ。妻が見たら、絶対参加しただろうな」

Eランク以上しか入れないエリアへ、入ってすぐ。そこに設置された掲示板を見て、中年終盤の髪の薄い男性が独り言ちる。

この男の名はアンデール。王都で薬師向けの店を経営する、Eランクの商人だ。

彼もまた、帰りを急がない一人。せっかくの聖都参りだからと、のんびり物見遊山を楽しんでいたのである。

「こっちは『盗賊ゲーム』？　何だこりゃ」

王都の商店街は毎年この時期、代表者を聖都へ送り出す。そして今回は、彼が選ばれたのだ。

商店街のまとめ役という、苦労の多い役どころ。それを数期に渡って務め上げた事への、ご褒美なのだろう。

『商人たるもの、一度は聖都に赴くべし』

その慣習は『聖都参り』と呼ばれ、商人達の間で昔から行なわれているものだった。

「何々、『盗人になりきって、ひったくりの技を競う』か。面白そうだな」

掲示板に顔を近づけ、詳細を読むアンデール。『盗みの技を知ってこそ、防ぐ事が出来る』というフレーズが、心に響いたのである。

「場所も近いし、行ってみるか」

上を見上げつつ呟く。そこには大空間が広がり、天蓋が高い位置に見えた。

商売の神の神殿の内部は、巨大な屋内空間になっている。アンデールがいるのは、その入口付近。

ここに立ち入れるのは、Eランク以上の商人と定められている。Fランクなどという誰でもなれる身分では、許可されないのだ。

(やっぱり遊ぶなら、内部だよな)

周囲の屋台を見回しながら、髪の薄いおっさんは思う。

アイドルコンサートなどの人気イベントは、常に内部で開催される。そのためEランクに昇格したがる者は多いが、条件は決して甘くない。

一人前の商人にならねば、認められないのだ。

「いらっしゃいませ。『盗賊ゲーム』のお客様ですね？　銅貨二枚になります」

到着したアンデールは、受付の若い兄ちゃんに金を払う。

受付といっても簡単なもので、布をかぶせたテーブル一つだけ。その上に、手提げ金庫と木箱が置かれている。

「ルールはいたって簡単です。この奥のEランクエリアに、目標となる人物が複数おります。そこでポイントを稼いで下さい」

紐の付いた薄い金属板。それを木箱から取り出し、差し出す兄ちゃん。

これにポイントが記録されるので、首から下げるようにとの事だった。

「オレンジ色のスカーフをした女性達の胸を触る、あるいはスカートをめくると、一ポイント入ります」

これが、ひったくり行為の代わりらしい。真剣な表情で頷くアンデールに、若い兄ちゃんは注意点を告げる。

「ですが、胸なら三揉み以上、スカートはヘソが見えるまで持ち上げないとカウントされません。また、ペンダントを取り上げられてしまうと、残り時間を待たずに終了となります」

ペンダントとはさっき渡された、紐付き金属板の事らしい。判定もこの板が、魔法により自動で行なうという。

「三揉みの途中で振り解かれたり、スカートを手で押さえられて失敗すると、減点になるのか？」

ペンダントをブラブラさせるアンデールに、笑顔で手を横に振る受付の兄ちゃん。

「いえ、それはありません、プレートさえなくさなければ結構です。よくあるのは付近の人に取り押さえられ、時間切れとなる事ですね」

神殿自体が巨大な娼館のようなものといっても、合法なのは店の中だけ。痴漢行為を働けば、衛兵や一般客に現行犯逮捕されてしまうのだ。

(そのスリルも、楽しみの一つって事か)

衛兵には話が通っているので、ギルド証を見せれば解放されるとの事。しかし失った時間は戻らない。

了解、と頷くアンデールに、若い兄ちゃんは言葉を続ける。

「制限時間は二十分、二十ポイント以上で豪華景品が貰えます。頑張って下さい」

示しているのは、平均で一分の間に標的を探し出し、揉むかめくるかしなければならないという事。

（おいおい、結構厳しい条件じゃねえか？）

一旦、顔をしかめるも、すぐに苦笑へと変えた。参加費が銅貨二枚という安さであるのを、思い出したからである。

これでは豪華景品など、よほどでなければ出せないだろう。

「それではよろしいですか？　……開始です！」

兄ちゃんの声と共に、一瞬だけペンダントが輝いた。

周囲を見回し、走り出すアンデール。目に入ったのは、ロングスカートを穿く女性の後ろ姿。

勿論、オレンジ色のスカーフを首に巻いている。

（思いっきり行くぞ）

すぐに背後へ到達。子供の頃を思い出し、スカートの布地を腰ベルトの限界まで引き上げた。

後ろからながら、へそ上までめくれ上がるロングスカート。鈴が鳴るような音が一瞬だけ、ペンダントから響く。

周囲の歓声に笑顔で応えながら、手を離すと同時に全力で逃走に移るアンデール。金切り声でつかみかかる女性の手を、辛くも逃れる。

（おっし、ポイントゲット！　次は胸を揉んでみるか）

オレンジ色のスカーフを探しつつ、会場で風になるハゲたおっさんであった。

そして二十分後、肩で息をしつつアンデールは受付へと戻る。

差し出されたペンダントの表示を見て、若い兄ちゃんは驚きを浮かべた。

「二十五ポイントですか、やりますね」

息を弾ませながらも不敵に笑い返す、中年後半のハゲ親父。

「まあな。これでも小さい頃は、『鷲づかみのアンデール君』と恐れられたものよ」

感心したように頷きつつ、兄ちゃんは紙片を一枚取り出した。

「おめでとうございます。これが景品、今夜行なわれるアイドルユニットのライブチケットです」

夜な夜な行なわれる、感謝の触れ合いコンサートの事だろう。

アイドルの人気にもよるが、買うなら銀貨数枚が必要なはず。銅貨二枚で貰えるなら、充分にもとは取れる。

受け取ったチケットを眺めながら、兄ちゃんの話の続きを聞く。

「このアイドルユニットは、小部屋での触れ合いを行ないません。ですが代わりに、『オン・ステージ』があります」

そこで笑みを強め、兄ちゃんは説明を終える。

「このチケットは特別でして、数少ない『オン・ステージ』の権利が与えられた貴重なものです。頑張って下さい」

聞きなれぬ言葉に顔をしかめつつ、チケット裏面の注意書きを読むアンデール。次に険しい表情で、若い兄ちゃんを睨みつけた。

「俺にステージへ上がり、皆の前でやれって言うのか」

しかし兄ちゃんは、平然としたものである。

「オン・ステージですから」

悪びれず答えると、目を細め薄い笑みを浮かべながら言葉を続けた。

「人前では無理というのでしたら、辞退されて構いませんよ。それでもステージ観戦は出来ますので」

二回り近い年下から煽られ、アンデールは目に闘志を浮かべる。

「舐めるなよ。これでも若い頃は、娼館に勤めたくて自主練したもんだ。見られた方が、逆に硬度を増すってもんよ」

切られた啖呵に、兄ちゃんは礼儀正しく頭を下げた。

「失礼致しました。では、今夜のご活躍をお祈り致します」

鼻息荒く、肩で風を切り歩き去るアンデール。しかし、見た目ほど平静ではない。

(人前でだよな、大丈夫だろうか。駄目だったら格好悪過ぎだぜ)

知り合いなどいたら、いつまでもからかわれそうである。

(いや、神前試合の選手達を思い出せ。あんな大舞台でも、堂々としたもんだった。俺だって頑張れば出来るはず)

チケットに書かれたサインを見ると、お相手はサブリーダー。近くに張られているポスターで確認すれば、見た目のレベルはそれなりに高い。

(おっし肉だ！　肉を食うぞ！)

覚悟を決め、夜に向け腹ごしらえに向かうのであった。

神殿外周へ出て、肉汁滴る厚切りステーキを食したアンデール。夜になり、コンサート会場へと入る。

そして女性五人のユニットの、歌と踊りを眺めやった。

(えっと、サブリーダーは、ベリーショートのあの子だな)

ホットパンツと丈の短いトップス。その間から見えるヘソと、しなやかに鍛えられた腹筋。

髪型も合わさって、スポーティーな印象である。ポスターで見るより、さらにいい。

(しかし、やれるのか？　この状況で)

席は満員、立ち上がって熱烈に応援している者達も多い。ピンク色のジャケットを着た一団は、応援団で間違いないだろう。

彼らにとって、彼女達はおそらく女神。その一柱と目の前で合体するのだ。

(大丈夫かよ)

反応を想像すると恐ろしい。

『皆が憧れている女性を、その眼前で抱く』

その事に昏くたぎる感情もあるが、重圧はそれ以上だ。

ステージを楽しむどころではない。緊張で胃を痛めながら、アンデールはその時を待つ。

『それではこれより、オン・ステージを開始致します』

場内に、やたら芝居臭いアナウンスが響く。おそらくだが、昼間受付にいた若い兄ちゃんだろう。

喋り方を変えてはいるものの、声がよく似ていたのだ。

『では、まずリーダーのお相手。実力と幸運でつかみとったお客様、どうぞ壇上にお進み下さい！』

ピンク色のジャケットを羽織った顎の長い兄ちゃんが、飛び跳ねるように階段を上がる。向かう先はリーダーとおぼしき、ロングソバージュのスリムな女性。

観客席からは、凄まじいまでの羨望と怨嗟の叫びが上がった。

（やべえ、こいつら本気だ）

自分はゲームの賞品として、たまたま手に入っただけ。そのため正直、このアイドルユニットの事をよく知らない。

ここで熱狂的に声援を送る者達とは、価値観が違うのだ。

（何でこいつら、二十ポイントくらい貯められないんだ？）

自分より若い彼らは、体力があるはず。自分に出来て彼らに出来ない、その理由がわからなかった。

（もしかして、俺って才能あるのかも知れん）

一国一城の主として、万引きを許さず目を光らせて来た経験。それが『盗賊ゲーム』での好成績につながっているのだろうか。

そのような事を考えていると、周囲から笑いを含んだ歓声が湧く。驚きと共にステージ上へ目をやれば、顎の長い兄ちゃんが撃ちまくっていた。

（おいおい、何だよそりゃあ）

脱がされてファーストショット、手で触れられてセカンドショット、息を吹きかけられてサードショットだったのである。

女神とも崇拝する憧れのアイドルを間近に感じて、自分を止められなかったのだろう。

（また出しやがった）

リップが触れてフォースショット。そこで撃ち止めらしく、顎の長い兄ちゃんは口を斜めに緩めたまま、ステージ上で仰向けに倒れている。

(大丈夫だ。俺は、あれよりましなはず)

野次と笑い声にひるみつつも、心を奮い立たせる。ちなみに観客席は、嘲笑と怒号の大合唱だ。

『お疲れ様でした。続きまして、サブリーダーのお相手です。お客様、どうぞ！』

高々とチケットを掲げ、立ち上がるアンデール。

自分に向けて投げつけられる歓声は、物理的な圧力を持っているかのよう。歯を食いしばって耐え、ステージへと上がる。

「よろしくね、おじさま」

アンデールのベルトを緩め、ズボンと一緒にしゃがみ込むサブリーダー。微笑みながら声を掛けるものの、目の高さにあるおじさまは、元気なくうなだれている。

やはりステージ上で、衆目を集めているせいだろう。

「……すまん」

苦渋と焦りに満ちた表情で、声をひそめ謝罪するアンデール。

寒いのだろうか。外気に触れたおじさまは、さらに首を引っ込め身を縮こまらせてしまう。

(こんなはずじゃねえ)

セーターの襟首を鼻の上まで引き上げ、下を向く股間のおじさま。腰を左右に揺すってみても、力なく肩を振るだけ。

騎士団への就職に失敗した時の、息子のような状態になっていた。

「大丈夫、私に任せて」

気にする様子も見せず、温かな息を吐き掛け舌でやさしくおじさまを包み、勇気づけるサブリーダー。その励ましに応えんと、アンデールも気張る。

結果からいうと、アンデールは何とかなった。

しかしその功績の多くは、サブリーダーの技術と配慮にあっただろう。

(彼女が慣れていて、助かった)

終わった後、しみじみと思う。

積極的に口を出す事で、強制的に準備を整えさせたサブリーダー。そしてその後は、間をおかずに合体。

硬度が半生だったのは、二人だけの秘密である。

(見たか、小僧共)

席に戻り腕を組み、鼻息荒く周囲に目を走らす。羨望の目はあれど、侮る雰囲気は感じられない。

失敗する者の多い中、充分に面目を施したといっていいだろう。この会場のこの時においては、男の価値は人前で量られるのだ。

ちなみにアンデールが王都への帰路に就くのは、もう少し先の事である。


オスト大陸北部に広がる精霊の森。その中心に聳え立つ世界樹の幹に、ハイエルフの集う館がある。

館の会議室では今、ハイエルフ達が会議を行なっていた。

「急ぎ対応が必要なのは、この二つだ」

最近消える事のなくなった、眉の間の縦皺。それをさらに深くしつつ議長は告げる。

長い間平穏であったエルフの里であるが、近年になって様々な問題が発生し、議長は心の休まる暇がなかったのだ。

「まず一つは、ゴミの件だ。里で出た廃棄物を、森の外に運び出す事が出来ん」

里の家々や工房からは、汚物や有害物が発生する。これまでは人族に取りに来させ、帝国の山間部に処分させていた。

しかし最近になって、帝国はこれを拒否。エルフ達を困惑させていたのである。

「どうせ使ってない土地であろうに、何が不満なのだ？」

理解出来ない、という表情で頭を振るハイエルフ。別のハイエルフも苦々しい表情で同意した。

「金なら払うと言うておるのに、聞く耳すら持たん。人族には、損得を考える頭がないらしい」

また別のハイエルフは腕を組み、『聞いたか？』と二人に問う。二人が怪訝な顔でうながせば、帝国から戻った使者の話だという。

突如として暴挙に及んだ北の街の新任領主、その行いを叱責すべく赴いていたのだ。

「我らの剣幕に恐れをなしたのか、領主は出て来んかったらしい。副官とやらと会うたが話にならず、結局帝都まで足を延ばすはめになったそうだ」

頭を左右に振りつつ、ハイエルフは言葉を継ぐ。

「帝都で応対した者は、『領主に任せております』の一点張り。このままでは大変な事になるという事を、理解しておらぬアホばかりらしい」

私語が進むにつれ、声量が大きくなる出席者達。議長は表情を歪め、机を叩き強く声を出す。

「静粛に」

一旦静まった会議室を見回し、議長は一度息を吐く。そして議事を再開した。

「二つ目は資源の不足。帝国との交易が止まった事で、必要な物が手に入らなくなっている」

精霊の森は、水清く地味豊か。漂う魔力も濃厚だが、地下資源には恵まれていない。

エルフ族自身が地属性を苦手としている事もあり、地中や火口付近から産出される資源は、人族からの購入に頼っていた。

ポーションや道具の材料になるものも多く、そのためエルフの里では、生活必需品を作れないでいたのである。

「交易が止まれば、帝国とて自分の首が絞まろう。それがわからぬほど、連中は馬鹿なのか？」

自分達がより苦しい事を棚に上げ、信じられん、という表情を作る一人。再度騒ぎ出したハイエルフ達の中、太ったハイエルフが沈んだ様子で口を開いた。

「しかし、我々にも問題がある。帝国に、強力な専制君主を誕生させてしまった」

地形上の制約から、大量に物品を運ぶルートは、帝国との街道しかない。北部諸国との間には険しい山脈が存在するため、大型のゴーレム馬車は通れないのだ。

つまりこの街道は、エルフ族にとって生命線。そこを人族の一勢力に、押さえられてしまったのである。

「ハニートラップで帝国内部を掻き回し、対立させ弱体化しておくべきだった。これは、それを怠った報いだろう」

苦い表情で押し黙るハイエルフ達。『愚かな人族の事、どうせすぐに分裂する』、あるいは『皇帝もじきに寿命で死ぬだろう』という楽観的な考えで、本腰を入れなかったのだ。

深く息を吐き出しつつ、議長はその指摘に答える。

「遅ればせながら、手を打つよう指示はした。しかし正直、今からでは難しいだろう。帝国はすでに、我らを敵と認識している」

帝国の態度が急変したのは、大穴における死神との遭遇戦以降。

あの戦いでエルフ族は、四騎のＢ級騎士を失った。操縦士はエルフであるから、里の関与は一目瞭然だろう。

生きて捕まったかどうかはわからないが、死体一つ残らないはずがない。

「見たところ、帝国の姿勢は交易路の封鎖と国境の防衛だ」

言い終えた議長に、太ったハイエルフが手を挙げ意見を述べる。

「我らは帝国としか交易路がつながっていないが、向こうは他国と品物のやり取りが出来る。こちらが先に音を上げるのを、じっくり待つつもりかも知れん」

議長は頷き、言葉を発した。

「私も同じ考えだ。時間は帝国の味方であり、動かなければ我らは先細りだろう」

深刻な表情の二人へ向け、馬鹿にしたような声が飛ぶ。発信源は枯れ木のように痩せた老人。

このハイエルフは、エルフ騎士団の騎士団長の職にある。

「何を悩んでいる。出向いて、更地にすればよいだけだろうに」

隣の老婆の肩を抱き、得意げに顔を歪めつつ言う。

議長は、渋い表情で静かに反論した。

「我々は強いが、帝国は広く人口も多い。倒し切るのは困難な上に、我々が欲しいのは地下資源だ」

わかるか？　と睨み言葉を重ねる。

「土地を奪っても、掘って精製する者達がいなければ意味はない。我々エルフ族はそのような仕事を好まぬし、人族を支配して働かせるような面倒もごめんだ」

言い終えた議長を、騎士団長は鼻で笑う。

「馬鹿だなお前、隣接地だけでいいだろうに」

眼を剥く議長と、眉根を不快げに寄せる太ったハイエルフ。一方、騎士団長に寄りかかる老婆は口元を手で押さえ、おかしそうにくすくすと笑う。

「必要なのは、ゴミの捨て場と交易路だ。王国や北部諸国と接する位置まで張り出せば、もはや帝国に頼る必要などない」

指を弾くと、壁に掛けられた地図のタペストリーが変化。精霊の森、帝国、王国、それに北部諸国の境が拡大される。

次に精霊の森のすぐ南にある、帝国の地方都市が赤く輝いた。

「この位置で帝国を押し返しつつ、他の人族の国と交易を行ない、並行して帝国内部への離間工作を行なう。それでいいだろうが」

この案を聞き、議長を含めほぼ全員が沈黙。頭の中で吟味する。

「……悪くない」

太ったハイエルフが重い声音で口にした。彼はこの、枯れ木のように痩せたハイエルフが嫌いである。

しかし、馬鹿でないのは認めねばならないだろう。

「現状では、それがより良い策か」

議長も唸る。

「さあ、ではいつ行く？　こちらはすぐにでもよいぞ」

嬉しげに笑いつつ、議長に問う枯れ木のように痩せたハイエルフ。しかし横槍を入れたのは、隣で肩に頭を預けている老婆だった。

「エルフの騎士が、わざわざ行く必要なんてないんじゃない？　とりあえず、魔獣でもけしかけてみたらいいのよ」

それもそうか、と目尻を下げ笑い、続けて尊大な態度で言い放つ。

「人族の騎士など、魔獣共で充分だな。ハイエルフに準じる者とやらが出て来たら、その時、相手をしてやろう」

頬をすり合わせる騎士団長と老婆を見やりながら、議長は今の話を考える。

騎士は切り札、魔獣で済むのならその方が良い。帝国が防備を整え待ち構えているのなら、なおの事だ。

（ハイエルフに準じる存在も、気に掛かる）

どうでもいい連中をぶつけて様子を窺う。この案を採用しない理由はない。

決断を下した議長は会議室の皆に向け、力のこもった声を発した。

「よし、では魔獣、とくに害獣と呼ばれる奴らだな。そいつらを脅して南へ誘導し、帝国にけしかけてみるとしよう」

各所で上がる同意の声。こうしてエルフの里の、帝国への攻撃方針が定まったのである。

舞台は精霊の森から東南東遥か、王都へと移動。

日の落ちた後の歓楽街。その裏通りをスキップで進む、一人のおっさんがいた。

「いやあ、楽しみだな」

俺である。向かっているのは、『制服の専門店。どんな制服も揃っちゃう。さあ、あなたも今すぐ、制服、征服！』。

今日はポニーテールと、バイト復帰後初の顔合わせ。期待でズボンが膨らむのも、致し方ないだろう。

「予約しているタウロでーす」

テンション高めの俺は、ロビー奥のカウンター前にいる老コンシェルジュのもとへと突き進む。ポニーテールの姿は雛壇にないが、予約済みなのでおかしくはない。

ニコニコでギルドカードを取り出す俺だが、なぜか老コンシェルジュは受け取ろうとしなかった。

昏い表情で申し訳なさそうに口を開く。

「実は少々、困った事が起きておりまして」

話を聞いたところ、ポニーテールは俺に対して、なぜかひどくご立腹なのだそうだ。

「後輩と一緒に、プレイルームに立てこもっているのですか？」

操縦士学校の後輩である黒タイツちゃん。彼女を勝手に部屋へ連れ込み、内側から鍵を掛けているという。

『俺に説教し、黒タイツちゃんへ謝らせる』

だから、来店したら連れて来い。そのような事を主張しているのだそうだ。

マスターキーで踏み込む事も考えたが、まずは俺に話をしてから。そう判断し、待っていたという。

言い終えた後、細い溜息を長々とつく老コンシェルジュ。

(相変わらず元気一杯だな)

コンシェルジュの憂いとは逆に、俺の機嫌は上がる一方だ。

(ポニーテールと黒タイツちゃんのいる部屋に一人で向かい、黒タイツちゃんに謝る?)

大変結構。何について謝るのかはわからないが、望むところである。

大人の落ち着きを演出しつつ、穏やかな口調で老コンシェルジュに返答する俺。

「構いませんよ、彼女のやりたいようにしてもらって結構です」

料金も二人分払う。そう告げる俺に老コンシェルジュは、背を丸め、『申し訳ありません』と呟く。

しかし、それだけでは終わらず、言いにくそうに言葉を続けた。

「……別の予約ですか」

黒タイツちゃんにはすでに予約が入っており、間もなく客が来る、との事。

(それは残念)

操縦士学校の先輩後輩による、夢の共演。そして演目は、『俺に謝らせる』という新鮮なもの。

俺もベッドという名の舞台に、共に立ちたかった。

(しかし、黒タイツちゃんとのプレイを楽しみにしていた客がいるのなら、そうもいかない)

諦め切れない俺は悩み、駄目もとで一つの提案をした。

「予約していたお客さんに、迷惑料としてプレイ代の倍を払う。そのような条件なら、譲ってもらう事は可能でしょうか」

驚きを浮かべる老コンシェルジュ、理由は太っ腹な金額だろう。

不動産取引で言うところの『倍返し』だが、予約客は手付けを払っていない。黒タイツちゃんに執着がなければ、悪くない話のはず。

「……わかりました。一応交渉してみます」

予約していた時間は俺と同じだったので、すぐに客は現れた。老コンシェルジュは早速歩み寄り、大学生くらいの兄ちゃんに話し掛ける。

(どんなもんかな)

少し離れたところから見ていると、大学生の顔に笑みが浮かぶ。あの様子なら大丈夫だろう。

老コンシェルジュがこちらを向いたので、大学生は俺が依頼主だと気づいたらしい。親指を立て片目をつむって見せた。

「ご了解いただけました」

ほっとした表情で、戻って来た老コンシェルジュ。『ご散財お掛けしまして』などと言っているが、気にする必要などないのである。

ポニーテールと黒タイツちゃんのプレイ代に、倍返しの違約金。二コマお願いしているので、合わせて六人分の料金になる。

(とはいえ、下級娼館だけに単価は安い)

正直に言えば、御三家で一回遊べない。

加えて俺は商人ギルドの操縦士にして、週一でポーションを納める薬師だ。努力して使わないと、残高が増えてしまうのである。

「じゃあ、行って来ますよ」

老コンシェルジュに手を振り、一人階段へ向かう。視線の先では、ＯＬっぽいビジネスーツを来た肉感的な女性の尻が揺れていた。

先ほどの大学生がすぐに指名し、肩を抱きつつ階段を上がっていたのである。

(さてさて、何が待っているのやら)

いろいろなアイディアで、人を驚かせるのは楽しい。しかし驚かせてもらうのも、また楽しいものだ。

『ドクタースライムは、業界の風雲児と争っている』

そのような事を口にする人も、世間にはいる。しかし事実ではない。

なぜなら俺は、風雲児の経営する店が好きなのだ。

(発想の切り口が斬新なんだよな)

ちょくちょく店を回り、新鮮な驚きを楽しんでいる。

俺は前世知識というネタを持っているが、風雲児にはないはず。天才といっても、いいのではないだろうか。

(俺的に、当たりより外れの方が多いのも事実だが)

しかしそれでも、人に楽しませてもらう喜びは大きい。

立てこもっているらしい扉の前まで来た俺は、先ほどロビーで注文した飲み物が来るのを待つ。入室してからでは、頼めないだろうからだ。

「ご苦労様」

三つの汗をかいた、アイスティーのグラス。それをトレイごと受け取りつつ、見習いの少女へチップと共に払う。

その後、片手でノックし声を掛けた。

「タウロです、来ましたよ」

カチャリと扉が内側に開き、隙間から凄い目のポニーテールがこちらを覗く。俺しかいないのを確認し、中へと入れてくれた。

「あ、あの、教官殿、自分はそろそろ」

最初に声を出したのは、体重の軽そうな肢体を操縦士学校の制服に包んだ少女。黒タイツちゃんである。

予約が入っている事を知っているのだろう、表情を白くし焦っている。

ポニーテールは、自分が巻き込んだくせに一言も発しない。腕を組み俺を睨みつけているだけだ。

(……何だあれ？)

いつもの事なので、あまり気にせず見つめ返すと、背後の壁に立て掛けてある物に気づく。

それは直径一メートルはある、ツタか何かで編まれた輪。フラフープのような感じである。

しかしまずは、黒タイツちゃんを安心させせなければならない。

「心配しなくていい、予約は譲ってもらった」

俺の言葉を聞いて、肺の奥から息を吐き出す黒タイツちゃん。

薄い胸に手を当て、目を閉じている。いろいろと心配していたのだろう、気の毒な事だ。

（さて）

次に俺は、この騒ぎの元凶へと目を向ける。

（やっと気づいたか）

ポニーテールは自分が後輩に迷惑を掛けていた事を、今さらながら理解したらしい。睨むのをやめ、渋い顔をしている。

フォローしたのが俺のため、その渋さはさらに増しているようだ。

（相変わらず、周りが見えなくなるなあ）

変わらない姿に、嬉しく思う。

ポニーテールは、まあいいわ、と非常に無責任な言葉を呟きながら首を振った。

「あんた、この子が知らないのをいい事に、好き放題やっているそうじゃない？」

騎士団の操縦士制服を来たポニーテールが、鋭く睨みつけつつ口を開く。

学校とほぼ同じ、オリーブドラブの戦車兵のようなシャツとジャケット。そして勿論、いく分膝上のタイトスカートだ。

違いと言えば、胸もとに光る操縦士徽章くらいだろう。

「先輩、教官殿は自分を鍛え――」

うろたえた様子でポニーテールに言う黒タイツちゃん。それを見て、俺はおおよそ理解した。

黒タイツちゃんに俺とのプレイ経験があるのを知って、内容を尋ねたのだろう。そしてそれは、ポニーテールの怒りを募らせるに充分だったらしい。

（体育会系後輩なのをいい事に、いろいろなシチュエーションプレイを強要したのは確かだ）

物知らぬ純真な後輩を、もてあそんでいる。おそらくポニーテールには、そう見えたのだろう。

このきつめの顔立ちの少女なりに、黒タイツちゃんを守ってあげようとしているのかも知れない。

「いいから黙ってて。私に任せておきなさい」

なおも言い募る黒タイツちゃんを、片手で制するポニーテール。しかし黒タイツちゃんからしてみれば、俺は悪い客ではないはず。

『操縦士学校での順位も上がりました。強くなったのが、自分でもわかります』

これは本人の弁である。騎士団には採用されなかったものの、定期実技試験では優勝してもいた。

(それにチップもたっぷり渡している)

相場のほぼ上限。下級娼館としては、なかなかない額だろう。

だがポニーテールは、そんな事まで考えたりはしない。

『後輩を騙す悪い奴を、とっちめて謝らせる』

動機はこれだけ。いつものごとく、気持ちいいほどのわかりやすさだ。

猛獣のような雰囲気を発しつつ、言葉を続ける。

「何が敗戦姦の訓練よ、した事もないくせに」

やはりポニーテールを怒らせたのは、敗戦姦プレイらしい。

敗戦姦、それは勝者が敗者に行使出来る権利。戦争による無差別な虐待を防ぐため制定されたもので、国際的に広く認められている。

『姦をするのもされるのも、戦争に参加した操縦士と兵士のみ』

中身はこれともう一つ。

『操縦士は、操縦士にも兵士にも姦出来るが、兵士は兵士相手にしか行なえない』

俺は黒タイツちゃんが敵に捕らえられた時の事を想定し、紐で縛り目隠しをし、脚の間に割り入ったのである。

反応も予想以上に良く、大変楽しませていただいた。

(敗戦姦まがいの経験はあるが、ここで言う必要はないな)

俺が北部諸国防衛戦に参加し、熟女子爵を捕虜にした事など知らないだろう。

せっかく騎士団に入って、俺より上になったと息巻いているのだ。水を差す必要などない。

なので俺は、論点を変えて切り返す。

「騎士相手の実戦経験がないお前に、言われたくはないな」

騎士での戦いに勝ち、さらに操縦士を捕らえる。ここまでしなくては、操縦士同士の敗戦姦は起きない。

騎士団内を探しても、それほど多くはないだろう。

(おっ？)

武を尊ぶポニーテールにとって『実戦経験』は、結構効く言葉だったらしい。しかも、後輩の眼前でだ。

険しい表情で、拳を震わせている。

「……実戦経験ならあるわ」

数拍の沈黙の後、ポニーテールは答えた。

「アウォークの防衛戦と、東の伯爵の討伐に参加しているもの。魔獣しか相手にしていない、あんたなんかとは違う」

黒タイツちゃんの目が輝き、『凄いです先輩』と両拳を胸の前で握る。

しかし俺は知っているのだ。

帝国の遠征軍は、アウォークへたどり着く前に引き返している事を。そして東の伯爵領で騎士相手に戦ったのは、貴族の子の駆るB級である事を。

ポニーテールの乗ったC級は、『自称賢者』も敵騎士も倒された後、城内に踏み込んだだけである。

(後輩の前で、見栄を張っちゃったか?)

嘘が苦手なところも変わらないらしく、大きく目を泳がせているポニーテール。

このままでは黒タイツちゃんにばれかねない。先輩としての立場に、影響を与えてしまうだろう。

そうならないよう、俺は話を合わせる事にした。

「これは失礼、しかしいくら王国騎士団の操縦士とはいえ、敗戦姦の経験はないだろう?」

一瞬迷った後、ポニーテールは俺を睨み宣言。

「あるわよ」

敗戦姦の仕組み上、勝者側の女性が望めば、敗者側の男性を姦する事が可能だ。実際戦場では、よくある話らしい。

しかしポニーテールの場合、間違いなく口が滑っただけ。どんどん大きくなる話に、内心焦っているのが手に取るようにわかる。

「本当かなあ、見栄を張って出鱈目(でたらめ)言っているんじゃないの?」

臭いものを嗅ぐような表情で、俺はあえて黒タイツちゃんに言う。先輩を信じる純真な後輩は、怒りを見せ反論した。

「何を言っているのですか！　そのような言葉、いくら教官殿でも聞き流せません！」

そして透き通るような輝く瞳を、ポニーテールに向ける。

「先輩は騎士団の主力騎士を駆る、歴戦の操縦士なんです！　発言を取り消し謝って下さい！」

俺は即座に絨毯へ両膝を突き、ポニーテールに頭を下げ謝罪。ちらりと見上げると、ポニーテールの少女はきつめの顔立ちを大きく歪めていた。

（いいぞいいぞ）

必死に笑みを押し隠し、騎士戦の経験豊富な操縦士に、教えを乞う。

「もしよろしければ、実際の敗戦姦について教えていただけないでしょうか」

口を開閉させるが声の出ないポニーテールと、顔を輝かせる黒タイツちゃん。

「先輩、私も覚えたいです！　ちょうど今はプレイ時間ですし、今日は敗戦姦の勉強にしませんか？」

うつむき、必死に悪魔の笑いをこらえる俺。ポニーテールの顔が見られないのが残念だ。

しばしの沈黙の後、ポニーテールの声が耳に届く。微妙に震えているのが、鼓膜に心地いい。

「いいわよ。本当の敗戦姦っていうのを教えてあげるわ。覚悟しなさい」

俺を見下ろしながら、震え声で答えるポニーテール。口調も若干投げやりだ。

俺への敵愾心（てきがいしん）と後輩への見栄で、引っ込みがつかなくなっているのだろう。

しかし、黒タイツちゃんは気がつかない。『ありがとうございます！』と目を輝かせている。

（こんな事になるとは。幸運過ぎて怖いくらいだな）

思いを口には出さず顔を上げれば、顔色を白く変化させたポニーテールが見えた。目という水槽の中では瞳が、水族館の魚のように泳ぎまくっている。

「……そうよ、あれを使えば」

ボソボソと独り言を呟いた後、ポニーテールはふらふらと廊下への扉へ向かう。

扉を少し開けると、見習いの少女を呼ぶべく声を出す。廊下の奥から返事と、パタパタという足音が聞こえた。

扉の隙間越しに、見習いの少女と言葉を交わすポニーテール。その話を漏れ聞くに、何かを持って来させようとしているらしい。

しかし、なかなかうんと言わないらしく、ポニーテールの語気が強まり始めていた。

(見習いの少女が戸惑っているのは、今日の行ないのせいだ)

部屋に立てこもり、客である俺を呼びつけるという、娼館で働く者にあるまじき行ない。

そんな事をしたポニーテールの言葉に従っていいものか、悩んでいるのだろう。

(大丈夫)

ポニーテールの後ろから、無言で頷く俺。それに気づき、頷き返す見習いの少女。

走り去る足音は、すぐに戻る。扉の隙間からポニーテールが受け取ったのは、ロープの束だった。

「ベッドに寝なさい、仰向けにね」

俺に指示をするポニーテール、その表情は先ほどより明るい。いくらか余裕を取り戻したようである。

(なるほど、いい考えだ)

両手両足を、ベッドの脚にロープで固定されつつ俺は思う。拘束すれば何も出来ない、そう考えたのだろう。

『自分のペースで自由に責め、危なくなったら休む』

この体勢なら充分に可能だ。主導権の大切さがよくわかる。

独り納得していると、向けられた視線に気づく。

（んっ？）

そちらを見やれば、腕を組み思案顔のポニーテール。小テーブルに歩み寄ると、自分のバッグから大きめのハンカチを取り出し、俺の顔に巻きつける。

いわゆる目隠し、視覚を遮断する事で、精神的な優位を得るつもりだろう。非常に効果的と思えた。

（残念だな。騎士団の制服を見続けたかったのに）

ハンカチの生地は薄いので何とか見えないかと頑張るが、さすがに無理。明るいか暗いかしかわからない。

（次回は俺も、操縦士の制服を着てこよう。敗戦姦プレイなら、そっちの方が楽しめそうだ）

商人ギルド騎士が裏切り、背後から倒す。そして始まる敗戦姦。

（……ポニーテールは無理だな。黒タイツちゃんなら大丈夫か）

ダークな設定は、プレイでも駄目だろう。いや、見破られ返り討ちにされ、今みたいにされるのならありか。

想像だけでテントの張力が増してしまう。

そんな事を考えていると、ベルトに手が伸びて来た。そのまま緩められ、ズボンを下着ごとずり下げられる。

（くっ）

テントの中でしなりつつ力を蓄えていた支柱は、脱がされた事で大きく宙に振り出される。出来れば、もう少しやさしく扱ってほしい。

そのような事を考えた直後、ポニーテールの冷たい手が俺の二つあるアメリカンクラッカーに触れた。

（何っ？　急にどうした？）

もてあそぶ手つきは、少々おぼつかない。しかし今までポニーテールは、こんなサービスをした事がなかったはず。

驚きを浮かべる俺へ、ポニーテールの得意げな声が届いた。

「あのライトニングさんからの教えよ、覚悟する事ね」

聖都の神前試合で二年連続上位のライトニングは、やはり有名人。操縦士としても知られているらしく、黒タイツちゃんは驚きの声を上げる。

「騎士団に入ったら、稽古をつけてもらえるわよ。だからあなたも頑張りなさい」

先輩からの激励に、気持ちを乗せて返事をする黒タイツちゃん。

ライトニングも騎士団では、いろいろやっているようだ。これは後で、ライトニング本人から話を聞かねばなるまい。

「よし、充分ね」

そんな事を口にするが、脱がした時点でわかっているだろうに。様式美なのだろうか。

「行くわよ、……んっ」

俺に跨った後、自らに導き入れて行く。服は着たまま、下着もずらした状態なのは、俺のいつもの注文どおりである。

(うおお熱い、やっぱりこれだ)

ポニーテールの壷は、人に比べ温度が高い。久しぶりのせいだろうか、いつもより高温に感じてしまう。

(何だ？　うねりと吸引も今までより強いぞ。腕を上げたのか)

俺の上で、ポニーテールは腰を8の字に動かす。俺を逃すまいとするかのような内部の絡みつきは、これまでになかったものだ。

「ううっ、やっぱりこれいい……」

何か言いかけたポニーテールだが、すぐに口調を傲慢なものに変える。

「どう？　くやしいでしょ。あんたはこのまま、何も出来ずに果てて行くのよ」

続いて始まったのは、捕虜の尋問。ポニーテールなりの敗戦姦イメージなのだろう。

腰をグイングインと振り回しながら、荒い息で詰問を続ける。

「ほらっ！　やめてほしかったら情報を吐き出しなさい！　知っている事全部よ」

続けてほしいとは思うが、やめてほしいとは思わない。情報なら、遺伝子で良ければいくらでも出してやろう。

(しかし、このシチュエーション、最高だな)

操縦士学校の同級生にして、俺を認めていない気の強い美少女。そんなポニーテールから俺は今、擬似的とはいえ犯されている。

（……素晴らしい。この感覚を、少しでも長く味わいたい）

その思いが、魔眼と星幽刀（アストラルソード）の使用を思いとどまらせた。

ハンカチで目隠しをされていようとも、魔眼を発動すればポニーテールのいいところはわかる。

星幽刀（アストラルソード）で奥をゴリゴリしても一発だろう。

しかし、あえてやらない。

（何せこの状況。限界を感じれば、すぐに抜いちゃうだろうしな）

ここまでのプレイで持った印象だが、ポニーテールの感度が妙に高いのだ。久々の現役復帰で、慣れていないのかも知れない。

（まずは、今を楽しもう）

サービス精神を抑え、楽しむ事に集中する。

ポニーテールのぬくもりに、思わず冬にお風呂へ入ったような声が出た。それを聞いて黒タイツちゃんは、感嘆の声を出す。

「凄いです！　私は教官殿に、こんな声を上げさせた事はありません」

気を良くしたのだろう。奥から蕩（とろ）けるような熱さが降りて来る。

「ここからが本番よ、その輪をとって頂戴」

自信が湧いて来たのか、張りの戻った声で黒タイツちゃんに指示を出す。

（輪？　壁に立てかけられていたフラフープの事か）

想像する俺の耳に、ポニーテールの声が響く。

「これはね、ライトニングさんから教えられた基礎鍛錬の一つ。だけど技にもなるのよ。やってみせるから、参考にするといいわ」

どうやら俺からの責めがないので、強気になっているようだ。後輩へいいところを見せてやろうとでも思ったのだろう。

輪をくぐる気配に続き、鋭い声が発せられる。

「行くわよっ！」

一気に大きなグラインド。そして練り上げるような腰使い。

風を切る音がするので、俺に跨ったままフラフープを回しているのだろう。

(これもライトニングの教え？　やるなライトニング、いい仕事だ)

フラフープを回すという目的を持った腰の動きは、非常に新鮮。今まで使われていなかったポニーテールの内部を、すべて使い切るように掻き回す。

時折、甘えるような鼻声が漏れるので、俺よりダメージを受けていそうではあるが。

「初めて見ました！　私もライトニングさんの教えを受けてみたいです！」

言い終えると同時に、ハッと息を呑む黒タイツちゃん。

「あの、教官殿の教えも素晴らしいです！　自分は間違いなく成長出来ました！」

俺の前でライトニングの名を出してしまい、申し訳ないと思ったようだ。実に黒タイツちゃんらしい気配りである。

そんな心遣い溢れる彼女の先輩を立てるべく、俺は精一杯の演技をする。

「うわあやばい！　こんなところでライトニング・ソードを喰らったら、おしまいだあ」

ちょっと大根役者であったろうか、ポニーテールからの反応はない。彼女はこのまま、フラフープを続けるようだ。

しかし、黒タイツちゃんが反応する。

「先輩は、ライトニング・ソードを使えるんですか！」

声の調子から、間違いなく目はキラキラ。一方のポニーテールから出たのは、『えっ？』という声。

しかし『ライトニングさんの教え』と何度も自慢げに口にしているのだから、この質問は当然だろう。ライトニング・ソードは、やはり皆の注目の的なのだ。

「……もっ、勿論よ。見ていなさい」

さすがは武人ポニーテール、ここで折れたりはしない。武士は食わねど高楊枝である。

フープを回した状態で上下に小さく三回、技名を告げつつ動く。

「ライトニング・ソード！」

俺への刺激に、さして大きな変化はない。しかし俺はここぞとばかりに、情けない悲鳴を上げた。

「先輩！　効いています！」

黒タイツちゃんは大声を上げ、もう一度、と催促。先輩を信じきった瞳と笑みで口にしているのだろう。教官の俺に向けていたのと同じように。

ポニーテールは、断り切れなかったようだ。

「らいとにんぐそーどっ！」

クンクンクンッと、三連撃。ポニーテールの口の端から、甘い呻きがもれたのを、俺は聞き逃さない。

（限界が近いのかもな）

しかしここでやめられては、俺的に寸止めだ。こっちの方が敗戦姦としては効く。

（中で出したい）

強く願う俺は、黒タイツちゃんの天然のあおりに期待し、セリフつきで大絶叫。

「もう駄目だ！　何でも話す！　だから許してくれ！」

ここで許したりはしない、それを信じての言葉である。泣いて許しを請うのを踏みにじる鬼畜さが、敗戦姦なのだ。

捕虜の悲鳴を聞いて、さらなる責めをうながす黒タイツちゃん。教官である俺の教えが、生きているといえよう。

「先輩、あと少しです！」

そのとおり。体の奥底から甘い衝動が湧き上がりつつある。しかしそれは、唐突に止められた。

（あれっ？）

俺より先に、ポニーテールが大きく痙攣したのである。フラフープが落ちた事からも、彼女にとって予想外だったらしい。

連続して体幹を震わせながら、困惑の気配を漂わせている。

（予告なし？　もしやフラフープのせいか？）

ロープで縛った俺の上に跨り、主導権を股間で握っていたのだ。不意に達するなど考えにくい。

可能性としてはフラフープ。これを回し続けるという動きに体が引っ張られ、受けてはいけない刺激を拾ってしまったのだろうか。

「ぐっ、くっ、はっ」

必死に声を噛み殺し、黒タイツちゃんに達した事を気取られないよう努力するポニーテール。

幸いにして、その努力は報われた。

「チャンスです！　早くライトニング・ソードを！」

気づく事なく、黒タイツちゃんはポニーテールへ技を要求。顔近くで声がするので、俺の表情を間近で見つめているのかも知れない。

それなら先輩の姿は、視界に入っていない可能性がある。

「らいとにんぐ、そおど」

俺の上で、ペチペチと三回ほど腰を前後させるポニーテール。いきたてで敏感になっているはずだが、さすがの根性である。

呂律(ろれつ)が甘くなっているが、大丈夫だろうか。

(後輩の前で、先輩の無様な姿をさらさせるわけには行かない)

そう思った俺は、情けない悲鳴を腹の底から出す。今までで最大、もの凄く効いてますというアピールである。

「止めを！　先輩！」

先輩は、後輩の期待を裏切らなかった。

「ら、らあにんぐ、そど」

繰り返される必殺技。実は俺も限界だったので、ここで大きく吐き出す事にした。

ポニーテールの熱い壷。狂ったように吸引を続けているそこへ、思いきりぶちまけたのである。

同時に、鶏を絞め殺したような声がポニーテールから上がった。

(ああー、吸われる。気持ちいい)

真夏のビールを飲み干すような、ポニーテールの下の喉の動き。奥が下がって来ていたのもあって、たっぷりと中の中へ注ぎ込んだ実感もある。

陶然とする俺の耳に、黒タイツちゃんの悲鳴が響く。

「先輩！　どうしたんですか？　しっかりして下さい！」

そして俺の上に跨るポニーテールの体を、ゆさゆさと揺さぶった。アフターサービスを受け、俺も残りを出してしまう。

(何があった？)

その後黒タイツちゃんによって拘束を解かれ、すぐに状況を確認。

(あらら)

ポニーテールは俺に跨ったまま、意識を失っていた。

黒タイツちゃんの悲鳴の理由は、間違いなくその顔。俺から見ても凄かったのである。

白眼を剥いて口を開け、舌を真上に突き出した状態。仰け反ったまま固まっている体のせいもあり、奇怪なオブジェにしか見えない。

(この姿はまずいぞ)

俺はすぐにポニーテールをベッドに横たえ、その顔を上から下に手でなでる。刑事物のテレビ番組で、命を失った被害者にするような感じだ。

(とっくに限界を超えていたのに、先輩としての見栄と矜持だけで頑張っていたのだろうな)

その根性には、敬服せざるを得ない。

こうなった原因は、おそらく俺の内部噴火。ぎゅうぎゅう吸っていたのが突如満たされ、感覚を振り切ってしまったのだろう。

「まいった、さすがは君の先輩だ。完敗だよ」

意識を失いベッドに横たわるポニーテールと、それを見つめる俺。隣の黒タイツちゃんは、呆然としている。

自分で口にしつつも、『勝敗が逆だろう』という違和感が湧く。

(こんな時こそ、相手の目をしっかり見るんだ)

心を強く持ち、黒タイツちゃんに顔を向け両肩をつかむ。嘘を言う時こそ、相手から目をそらしては駄目だ。

「君の先輩が倒れたのは、俺を打ち負かした後だ。おそらく全力を出し切ったのだろう」

敗戦姦は勝負ではないのだから、やる側が倒れる必要などない。突っ込みどころ満載の、苦しい言い訳である。

しかし強い口調で言葉を重ねると、黒タイツちゃんは頷いた。信じてくれたようである。

顔を輝かせ、口を開く。

「尊敬する先輩ですから！」

騎士団でB級を駆るポニーテールは、黒タイツちゃんのなりたい姿なのだろう。

ソファーで一服してしばし、ポニーテールはまだ夢の世界から戻らない。時折思い出したように痙攣し、太腿をすり合わせながら大きな声で呻いている。

そんな姿を眺めながら、俺は黒タイツちゃんに提案した。

「俺への敗戦姦、やってみるか？」

一瞬驚いた表情の後、強く頷く黒タイツちゃん。

ちなみに俺は大丈夫。不思議な事に、相手が代わると気持ちも漲るのだ。

「何、そんなに構える必要はない。ついさっき、先輩がやったとおりの事をすればいいんだ。勿論、好きにアレンジを加えるのは構わないぞ」

そう言って、ポニーテールの体をベッドの脇にちょっと引っ張る。

そして中央で大の字になった俺は、後輩ちゃんに手足を縛られ、たどたどしいながらも新鮮な敗戦姦を受けたのである。

ちなみに目隠しはなし。

(ふう)

薄い胸に、細い手脚。俺の腹の上に乗った黒タイツちゃんは、いつもどおり軽かった。

そんな彼女がタイツを自ら破き、俺を迎え入れ蹂躙する。

(楽しかった)

黒タイツちゃんからの言葉責めは、かわいらしくてゾクゾクしてしまう。つい詰問に負け、遺伝子の情報を洗いざらいぶちまけてしまった。

『負け側の敗戦姦プレイ』

これもまた、新しい可能性の一つ。

黒タイツちゃんの方も、やる側での敗戦姦に思うところがあったらしい。俺の腹の上で何度も頷いていた。

プレイ後に見せたのは、汗の浮かんだ充実した笑み。何かをつかんだのかも知れない。

「……先輩、まだ戻りませんね」

たまに大きく海老反り、動物のように唸るポニーテール。今までに比べ、随分と反動が大きいようだ。

しかしこれは、時間が解決するしかない。予約時間は二コマと充分にある。

「腹も減ったし、食事でもしながら待つか」

俺は黒タイツちゃんに提案し、ルームサービスを呼ぶ。

見習いの少女からメニューを受け取り、適当に注文。作るのは外の屋台なので、すぐに出来るし味もよい。

「俺をソファーに軽く縛って、口移しで食べさせてくれないかな」

捕虜への食事、そういうシチュエーションだが、実際にはこんな事はない。それは黒タイツちゃんもわかっているが、同時にここが娼館である事も理解している。

笑顔で了承してくれた。

（おいしいなあ）

噛んだ食べ物を口移し、飲み物も当然口移し。舌を絡めるのも当たり前である。

そんな事をしていると、ポニーテールに復活の兆しが見え始めた。食べ物の匂いに釣られたのだろう。

（くそっ、本来ならここで、ポニーテールともう一戦なのだが）

腹が一杯になった事で満足してしまったらしく、眠気が山間の霧のように湧き出して来ている。

「今日はもう寝る。時間が来たら起こしてくれ」

黒タイツちゃんに伝え、ポニーテールの隣に横たわる俺。

時間と金の贅沢な使い方だが、これはこれでいいだろう。別段、生き急いではいないのだ。

「……んん？　ありがとう」

しばし後、黒タイツちゃんに揺すられ井戸の底から浮かび上がる。最初に目に入ったのは、腕を組んで仁王立ちするポニーテールの姿。

（おお、復活したか）

羞恥に頬を染めつつも睨んで来る姿には、そそるものがある。しかし残念ながら、残り時間はない。

伸びをしつつテーブルを見やると、あるのは皿だけ。半分ほど残っていたはずの料理は、きれいに消えていた。

（……）

それを注視し、次にポニーテールに目を移す。彼女は俺から目をそらし、そのまま顔も横に向けたのである。

こうして久しぶりのポニーテールとの触れ合いは幕を閉じ、俺は次回を予約。

ポニーテールは無言だったが、断りはしなかったのだった。

エピローグ

タウロが帰った後、従業員控室へと向かうポニーテールと黒タイツ後輩ちゃん。

客への態度の悪さから指名が入らず、事実上『タウロ専用完全予約制』となったポニーテールに、店に残る意味はない。しかし、見るからに真っ直ぐで真面目な後輩に危うさを感じ、警告したいと思ったのだ。

「ねえ、アイツに騙されてない？」

ソファーに向かい合わせに座っての、第一声にして言いたい事すべて。

薄い胸に細い脚のおかっぱ少女は、まず驚き、つぎに困惑した表情を浮かべた。

「先ほどもですが、先輩は誤解されていると思います。教官殿はそのような方ではありません」

目隠しや手首を縛るプレイも、すべては騎士の操縦士になるための鍛錬。そう説明するのだが、ポニーテールには響かない。

頭を左右へ振ると、『そんなので強くなれるわけないじゃない』と言い切った。

「教官殿の教えは間違っていません！　私は成長を実感出来ています」

頭ごなしに否定され、さすがに面白くなかったのだろう、頬を膨らませる後輩ちゃん。ちなみにタウロの教えとは、『騎士の操作と男女の技には、密接な関係がある』というものだ。

「優れた操縦士は、ベッドの上でも強いんです！　間違いありません」

ポニーテールが口を開くも、後輩ちゃんは強い口調で押す。

「串刺し旋風、ライトニングさん、死神卿、それに先輩もです。さきほど教官殿に、完敗と言わせたじゃないですか」

（……えっ？）

ポニーテールが言葉を呑み込んだのは、そうそうたる操縦士達に、自分の名も並べられたからだ。

王国騎士団のB級乗りの中で、自分は一、二を争うほど弱い。その自覚があるので、普通なら不愉快さに眉を吊り上げるところだろう。

（この子、本気でそう思っている）

だが疑う色のない、正面から向けられた真剣な眼差しは、彼女の心を貫いてしまったのである。

「……そう思うのなら仕方ないわね。忠告はしたわよ」

頬を朱に染め横を向き、怒ったような表情で言うポニーテール。当初の硬かった雰囲気も、今や茹でたジャガイモの上に置いたバターのよう。

『何だそれは。耐性がないにも程があるぞ』

あまりの軟化ぶりに、そう思われる方もいるだろう。しかし彼女の承認欲求は、掘っても水気のない大地のごとくカラカラに干上がって久しかったのだ。

「だけどさすがに、あの人達にはちょっと後れをとるかな」

照れながら、自分だけにしか聞こえない声量で呟くポニーテール。一方、華奢で小柄な後輩ちゃんは、先輩が矛を収めてくれた事に満足したらしく、別の話題を振る。

それは、今感じている不安についてだった。

「定期実技試験で優勝しましたが、王国騎士団には採用されませんでした」

打ち明けるような口調に、浮いていたポニーテールも地に足を戻し、真剣な表情で耳を傾ける。

『優勝すれば、採用は間違いないと思っていた』

『努力をし続けても、自分は王国騎士団員になれないのではないか』

要約すればこのようなもの。

定期実技試験の上位四名に与えられるのは、あくまで騎士団の訓練への参加権でしかない。そこで合否を判定されるのだが、これまで『優勝者で不採用』という事例はなかった。

そのため心が揺れているらしい。

「教官殿は、水準に達していなかっただけだと、だから腕を上げれば大丈夫だと言ってくれました」

本当でしょうか？　とすがるような表情で、現役騎士団員であるポニーテールに問う。先輩は指で頬を軽く掻くと、溜息を一つつき口を開いた。

「アイツに同意するのは嫌だけれど。本当よ」

続いて悩むような表情で考え込み、『別に機密というわけでもないし』と自分を納得させるように言(げん)を継ぐと、後輩ちゃんへ顔を向ける。

「今騎士団ではね、足りていなかったB級騎士が揃いつつあるの」

重騎馬(ヘヴィーランサー)の群れとの戦い、帝国との間で行なわれたランドバーン会戦。負け続けた王国騎士団は、主力であるB級騎士を多数失った。

穴を埋めるべく始められた建造の結果が、やっと実ったのである。

「C級騎士の運用も始めたから、それまで含めれば操縦席の数は以前より多いわね」

しかし今、その席に座るべき操縦士がおらず、騎士団の上層部も困っているらしい。そう続けられた言葉に、後輩ちゃんの目が広がる。

「だからアイツの言うとおり、純粋に採用基準に届かなかっただけよ。腕さえ上がれば、少なくともC級には座れるわ」

それともC級は王国騎士団の騎士とは認められない？　と、過去の自分には聞かせられないセリフを吐くポニーテール。

「そのような事はありません。それに最初はC級でも、そこで腕を磨いて昇級すればいいのです」

強く頭を振り勢いよく答える後輩ちゃんへ、その意気よ、と微笑む先輩。

後輩ちゃんはソファーから腰を上げると身をひるがえし、部屋の隅にある私物のバッグから布を取り出す。そして席に戻ると、ポニーテールへ両手首と共に黒い布を差し出した。

「縛って下さい」

意味がわからず、訝し気に後輩を見やる先輩。

「そうとわかれば、時間を無駄にせず鍛錬すべきと思いまして」

何でも、いつもよりグレードを上げた修練をするとの事。具体的には、『両手首を縛り、目隠しをした上で雛壇に座る』という。

「アイツの教え？　だけれど、プレイルームに入ってからでいいじゃない」

その声に後輩ちゃんは、頭を左右へと振った。

「自分の弱点は、相手の顔も人数もわからない状態で行われる、夜這いプレイです。克服するには、より本物に近い方が効果が高いでしょう」

つまり、プレイルームで目隠ししたのでは、相手の顔も人数もわかってしまう。だからあらかじめコンシェルジュにお願いし、一切の情報を遮断した上で客を取るのだそうだ。

「大丈夫なの？」

眉根を寄せ、疑わしいような呆れたような、何とも言えない表情で問うポニーテール。後輩ちゃんの方はやる気で顔を輝かせ、ご協力いただけないでしょうかと頭を下げる。

肺の底から息を吐き出した後、目隠しで両手を縛られた黒タイツの華奢な少女を、雛壇へと導くポニーテールであった。

8巻発売
おめでとう
ございます！
Butcha-U

GC NOVELS

せっかくチートを貰って異世界に転移したんだから、好きなように生きてみたい ⑧

2021年7月8日初版発行

著者 ムンムン

イラスト 水龍敬

発行人 子安喜美子

編集 岩永翔太

装丁 森昌史

印刷所 株式会社平河工業社

発行 株式会社マイクロマガジン社
〒104-0041 東京都中央区新富1-3-7 ヨドコウビル
［販売部］TEL 03-3206-1641／FAX 03-3551-1208
［編集部］TEL 03-3551-9563／FAX 03-3297-0180
https://micromagazine.co.jp/

ISBN978-4-86716-156-2 C0093

本書は18禁小説投稿サイト「ノクターンノベルズ」(https://noc.syosetu.com/)に掲載されていたものを、加筆の上書籍化したものです。

ファンレター、作品のご感想をお待ちしています！

宛先 〒104-0041 東京都中央区新富1-3-7 ヨドコウビル
株式会社マイクロマガジン社 GCノベルズ編集部「ムンムン先生」係「水龍敬先生」係

右の二次元コードまたはURL（https://micromagazine.co.jp/me/）をご利用の上、本書に関するアンケートにご協力ください。

■ご協力いただいた方全員に、書き下ろし特典をプレゼント！
■スマートフォンにも対応しています（一部対応していない機種もあります）。
■サイトへのアクセス、登録・メール送信時の際にかかる通信費はご負担ください。